Thomas Wiens

Neues aus Dangholt

Die magische Eisharfe

Fantasy-Roman

Dangholt schwebt in großer Gefahr. Ohne Vorwarnung erwecken dunkle Mächte eine alte Legende zum Leben. Tief unter der Erde schlägt plötzlich die Pauke des Todes und kündet von nahendem Unheil.

Warum sind alle Zwerge aus ihren Bergwerken spurlos verschwunden? Bürgermeister Fuddelhaar ist außer sich vor Wut.

Der Legende nach kann nur der Klang der magischen Eisharfe die Welt retten.

Die Zwillinge Anna und Max gehen zusammen mit dem Zauberer und Lehrmeister Atos auf die Suche. Es beginnt ein gefährliches Abenteuer tief unterhalb des Zwergenreichs. Mächtige Gegner wollen die Welt erobern und die magische Eisharfe zerstören.

Können die Abenteurer den Wettlauf gegen den Eisritter Frigador gewinnen und die Welt retten?

Thomas Wiens

Neues aus Dangholt

Die magische Eisharfe

Fantasy-Roman

für Lina

Bibliografische Information der
Deutschen Nationalbibliothek

Die Deutsche Nationalbibliothek verzeichnet diese
Publikation in der Deutschen Nationalbibliografie;
detaillierte bibliografische Daten sind im Internet über
http://dnb.d-nb.de abrufbar.

Die Nacht lag wie ein schwarzes Tuch über der Hauptstadt der Würfelwelt. Undurchdringliche Dunkelheit machte es unmöglich, einzelne Häuser in den schmutzigen Gassen von Dangholt zu erkennen. Nur auf einigen Wachtürmen an den fest verschlossenen Stadttoren tanzte der schwache Schein einiger Fackeln wild umher. Fröstelnd blickte ein müder Soldat der Stadtwache in die Runde. Alles schien so wie immer zu sein, nur der feuchte nächtliche Nebel wirkte noch undurchdringlicher als sonst. Die benachbarten Wachtürme zur linken und rechten Seite lagen kaum einhundert Meter weit entfernt, wurden aber zusammen mit den dort ebenfalls leuchtenden Fackeln von einem trüben Dunstschleier verschluckt. Unterwachtmeister Breitschuh langweilte sich fast zu Tode. Es musste etwa Mitternacht sein, vielleicht einen viertel Stunde davor.

Plötzlich gellte ein Hilfeschrei aus der Finsternis an seine Ohren. Der Soldat schien nicht sonderlich beeindruckt zu sein. Auch als die schrille Stimme erneut wie am Spieß brüllte zuckte Breitschuh nur gleichgültig mit den Schultern.

›Selbst schuld‹, dachte er. ›Ist glatter Selbstmord, in der Nacht durch die Straßen der Stadt zu spazieren. Wahrscheinlich hat die Diebesgilde gerade wieder reiche Beute gemacht.‹ Breitschuh beschloss, sich nicht vom Fleck zu rühren und die sichere Stellung auf dem Wachturm auf keinen Fall zu verlassen. Sollten sich gefälligst andere um das Problem kümmern. Schließlich drangen die Hilferufe von irgendwo *innerhalb* der Stadtmauern an seine Ohren.

›Ich habe die Aufgabe, die Stadtmauer gegen Eindringlinge von außen zu bewachen‹, beruhigte sich Breitschuh. ›Und sagt mein Leutnant nicht immer, dass ich tun soll, was ich tun muss, und ich mich nicht um andere Dinge kümmern darf? Ich werde nicht fürs Denken bezahlt, sagt mein Leutnant doch immer zu mir.‹

Kurze Zeit später herrschte Stille. Keine Schreie, kein Stöhnen mehr. Gespenstische Stille. Plötzlich klackten Schritte auf dem Kopfsteinpflaster irgendwo unterhalb des Wachturms. In der Schlucht zwischen Stadtmauer und der gegenüber liegenden

Häuserreihe hallte das Echo des Geräusches tausendfach wider. Die Schritte schienen näher zu kommen. Breitschuh bekam eine Gänsehaut wie ein Reibeisen. Vergeblich glitten seine Augen durch die Dunkelheit wie ein Angelhaken durch trübes Wasser. Es wäre reine Glückssache gewesen, etwas oder jemanden zu entdecken. Mit zitternden Händen entzündete Breitschuh eine weitere Fackel. Das Licht blendete seine Augen und machte es noch schwieriger, irgendetwas unterhalb des Wachturms zu erkennen.

›Wo bleibt nur die Ablösung?‹, überlegte er fieberhaft. Sein Kamerad, Unterwachtmeister erster Klasse Lorbeer, musste zur nächsten vollen Stunde den Wachposten besetzen. ›Ob ihm etwas passiert ist?‹, grübelte Breitschuh mit einem Blick auf das abgelaufene Stundenglas zu seinen Füßen. Schnell drehte er die Sanduhr auf den Kopf, um eine neue Stunde mit rieselnden Sandkörnern zu messen. Sonst erschien die Ablösung immer einige Minuten vor der verabredeten Zeit. Wo genau steckte das Wesen, das zu den immer näher kommenden Schritten gehören mochte?

Klack, Klack.

»Halt, im Namen der Stadtwache. Wer ist dort?«, rief der Unterwachtmeister mutig. Nur er selbst spürte, dass seine Stimme leicht bebte. »Gebt euch zu erkennen.«

Klack, Klack.

»Ich warne euch. Kommt näher und zeigt euch!«

Klack.

Nur ein Schritt. Dann wurde es still.

»Ihr habt es nicht anders gewollt«, schrie Breitschuh in die Nacht hinein. Niemand hörte seinen Ruf. In seiner Not warf er eine der brennenden Fackeln in Richtung der sich nähernden Schritte, in Richtung des letzten Klackens. War dort nicht ein Schatten zu erkennen? Der Umriss einer großen, mächtigen Gestalt? Ein unheimlicher bläulicher Schimmer? Und blitzte im kurzen Schein der noch im Flug erlöschenden Fackel nicht ein blank polierter Gegenstand auf? Ein gefährlich aussehendes Ding? Breitschuh war sich nicht sicher. Panisch griff der Soldat zur Armbrust und feuerte in die Dunkelheit, ohne genau zielen zu können. Mit einem unüberhörbaren *Plopp* prallte das Geschoss an einem metallenen Objekt ab und schlug dabei Funken, die wie Sternschnuppen durch die Finsternis hüpften. Im Schein der kleinen Lichtblitze schimmerte wieder dieser bläuliche Umriss. Breitschuh schoss erneut und dieses Mal klang das *Plopp* anders. Der Bolzen hatte etwas durchschlagen und war in diesem Etwas stecken geblieben. Das Klacken entfernte sich nun vom Wachturm, wurde leiser und leiser, bis es schließlich irgendwo zwischen den engen Häuserreihen der Hauptstadt erstarb. Ein weiterer Schatten verfolgte die klackenden Schritte, aber davon bekam Breitschuh hoch oben auf seinem Ausguck nichts mit. Zitternd spähte der Wachsoldat in die Finsternis. Mit großer Konzentration lauschte er nur in Richtung der Stadt. Voller Hoffnung, dass die Schritte nicht zurückkehren würden. Die Hand, die sich langsam von hinten seiner rechten Schulter näherte, bemerkte Breitschuh zu spät. Ein kräftiger Griff umklammerte ihn und riss ihn unsanft zu Boden. Es blieb keine Zeit mehr für einen Hilferuf, Breitschuh hatte keine Chance. In seinen Adern gefror vor Angst jeder Tropfen seines Blutes.

Von all diesen seltsamen Geschehnissen rund um den Wachturm von Unterwachtmeister Breitschuh bemerkten die übrigen Einwohner Dangholts in dieser Nacht nichts. Die Zauberer wälzten sich unruhig in ihren frisch bezogenen Betten hin und her, weil sie wie immer zu spät, zu fettig und mehr als reichlich zu Abend gegessen hatten. Viele Kinder im Waisenhaus hätten genau diese Probleme gerne in Kauf genommen, konnten sie doch genau aus gegenteiligen Gründen nicht schlafen. Ihre leeren Mägen ließen die dürren Körper immer wieder erbeben und knurrten wie hungrige Wölfe nach einer Woche Fastenkur. Einzig die Heimleiterin, Madame Euphrosine, schlief ruhig, fest und satt in ihrem Himmelbett.

In der gesamten Stadt brannten nur noch vereinzelt Lichter in den Häusern. Kerzen waren sehr teuer und die Nacht war zum Schlafen da. Nur im Dachgeschoss der Bibliothek schimmerten einige magische kalte Leuchten. Wenzel, der Bibliothekar, blätterte in einem uralten Bildband und machte fleißig Notizen auf einem Blatt Pergament.

Klack, Klack.

Unheimliche Schritte eilten über den Marktplatz, vorbei am goldenen Pendel von Dangholt, das seit ewigen Zeiten dort schlug und anzeigte, dass die Würfelwelt sich noch drehte.

Klack, Klack.

Die Schritte verschwanden in einer Seitengasse und von dort aus in einem unterirdischen Abwasserkanal. Das Wesen schien Ortskenntnisse zu besitzen, denn es bewegte sich ziel- und trittsicher in der Finsternis. Nur einmal verharrten die Schritte noch im Schutz der stinkenden Abwassergräben. Fluchend zog das Wesen den Armbrustbolzen aus seinem Körper und warf das Geschoss achtlos beiseite. Dann marschierten die Schritte weiter.

Klack, Klack.

Niemand schöpfte Verdacht.

Selbst den nachtaktiven Vampiren fielen keine Besonderheiten auf. Graf Krommel, Meister der Vampirgilde, hatte wieder einmal zu seinem berühmten Tanztee um Mitternacht geladen. Seine fünfhundertdreißig Lebensjahre[1] sah man ihm überhaupt nicht an. Die sonnenlichtscheuen Wesen verstanden sich darauf, die ganze Nacht hindurch zu feiern, Blutcocktails zu schlürfen und alte Geschichten über längst vergangene Abenteuer auszutauschen. Tee gab es bei dieser Art von Veranstaltung nicht, aber Graf Krommel vertrat die Ansicht, dass Tanztee feiner und gebildeter klang als Tanzblut oder Bluttanz. Erst im Morgengrauen machten sich viele der Blutsauger vergnügt auf den Heimweg, um rechtzeitig vor dem Blinzeln des ersten Sonnenstrahls in Begleitung eines gehörigen Katers die sicheren Schlafsärge zu erreichen.

Und doch gab es genau eine Gruppe von Lebewesen, die diese

---

[1] Vampire sprechen nicht gerne von Todesjahren. Sie fühlen sich lebendiger als jedes andere Wesen. Es gilt allerdings, eine genaue Unterscheidung bei der Altersangabe zu treffen. Bei einem Vampir von Geburt an beginnt die Zählung der Lebensjahre mit eben diesem Ereignis. Wird jedoch ein normales Lebewesen nachträglich durch einen Biss zum Blutsauger, zählen die zuvor gelebten Jahre nicht mit.

Nacht niemals vergessen sollte. Diese Gruppe hatte ein Problem, doch sie konnte niemandem davon berichten. Nicht, dass in Dangholt niemand zugehört hätte. Die Leute waren neugierig. Nein, der springende Punkt war ein anderer. Es gab *gewisse* Schwierigkeiten. Große Schwierigkeiten.

Unterwachtmeister Breitschuh lag hilflos wie ein Maikäfer auf dem Rücken und streckte alle Viere von sich. Der feste Griff löste sich von seiner Schulter, ein irres Lachen raste durch die Ohrmuscheln und brachte beide Trommelfelle zum Erbeben. Tausend Gedanken und Fragen durchzuckten den Turmwächter.

›Wie ist das Wesen nur so schnell und unbemerkt auf den Turm gelangt? Ich dachte, die Schritte haben sich von der Mauer entfernt? Was geschieht nun? Und warum gerade ich?‹

Der irre Lachanfall hinter ihm erstarb langsam.

»Mach die Augen auf, Breitschuh«, grinste Lorbeer. Lächelnd reichte er seinem am Boden liegenden Kameraden die Hand.

»Du hast es wieder getan, du hast es schon wieder getan«, schimpfte der Unterlegene mit säuerlicher Miene.

»Und du bis schon wieder darauf hereingefallen«, lästerte die Ablösung fröhlich. »Komm, steh auf.«

Lorbeer war etwas größer und kräftiger gebaut als Breitschuh, aber in seiner Wut wirkte der Kleinere sehr entschlossen. Breitbeinig und mit in die Hüfte gestemmten Armen positionierte Breitschuh seinen Körper wenige Zentimeter vor dem Kameraden. Breitschuh zitterte, nicht vor Angst und nicht vor Kälte, sondern voller Wut.

»Dafür sollte ich dich …«, setzte er grollend an und ballte die rechte Hand zur Faust.

»… das solltest du nicht tun!«, entgegnete sein Gegenüber gelassen. »Du bist Unterwachtmeister Breitschuh.«

»Ich weiß, wer ich bin und wie ich heiße. Wechsele nicht das Thema!«

Lorbeer sprach unbeeindruckt weiter. Nicht, dass er stärker oder wesentlich intelligenter als sein Kamerad gewesen wäre. Er besaß dennoch einen kleinen aber entscheidenden Vorteil. »Sieh her, Breitschuh.« Gelassen tippte er mit dem ausgestreckten Zeigefinger der rechten Hand auf seine linke Schulter. »Die Abzeichen auf meiner Schulter besagen, dass ich Unterwachtmeister *erster Klasse* bin«, erklärte er seelenruhig. »Und nun schau auf deine Schultern.«

Breitschuh sackte in sich zusammen wie ein Dudelsack, dem langsam die Luft ausging. Er wusste, dass er als einfacher Unterwachtmeister im Rang unterhalb seines Kameraden stand. Zwar nur eine Stufe, aber eben eine Stufe *darunter*. Jeder Angriff auf einen ranghöheren Soldaten wurde streng bestraft. Er wusste das. Zähneknirschend verwandelte er die Faust wieder in eine offene Hand.

Breitschuh unternahm einen weiteren Vorstoß. Konnten schon die Fäuste nichts ausrichten, dann vielleicht Worte. »Dann melde ich eben dem Leutnant, dass du mich erschreckt hast und groben Unfug treibst!«

Lorbeer lächelte im Schein des tanzenden Fackellichts entwaffnend und warnend zugleich. »Dann melde ich dem Leutnant, dass du in Richtung der Stadt geschaut und die Gegend außerhalb der Mauern nicht beachtet hast. Wie lautet unser Auftrag?«

»Schon gut, Lorbeer. Schon gut.«

Breitschuh war schlau genug, die Sache einstweilig auf sich beruhen zu lassen. Zu Hause wartete ein warmes Bett auf ihn. Dem armen Teufel, der vorhin leichtsinnig mitten in der Nacht durch die Straßen Dangholts gelaufen war, hatte er in der Dunkelheit sowieso nicht helfen können. Der Unterwachtmeister beruhigte sich selbst. ›Wenn er einem Dieb zum Opfer gefallen ist, verliert er sein Hab und Gut, vielleicht auch seine Kleidung. Aber niemals sein Leben. Die Diebesgilde der Stadt arbeitet nach festen Regeln. Auch die Begegnung mit einem Vampir verläuft in einer normalen Nacht meist ohne Probleme. Beschwipst vom Bluttrunk geht kaum eine Gefahr von den Wesen der Dunkelheit aus.‹

Trotzdem fürchtete Breitschuh den Rückweg zur Stadtwache. Ein weiter Weg durch die düsteren Straßen Dangholts lag vor ihm, aber er musste ihn gehen. Trieb sich das Wesen mit bläulichem Schimmer und klackenden Schritte noch irgendwo dort unten herum? Der Unterwachtmeister wusste es nicht. Leider hatte er erst dann Dienstschluss, wenn er sich nach der Ablösung durch Lorbeer bei seinem diensthabenden Leutnant im Gebäude der Stadtwache am Marktplatz persönlich meldete und seinen Bericht abgab. Missmutig verließ Breitschuh den Schutz des Turms. Weder die Armbrust noch die Fackel durfte er mitnehmen. Beide Gegenstände gehörten zur Ausrüstung des Wachpostens. Nur eine trübe Petroleumleuchte stand ihm zur Verfügung. Der matte Lichtschein reichte kaum aus, um im Nebel die Hand vor Augen erkennen zu können. Ängstlich ertastete Breitschuh Schritt für Schritt den Weg über unebene Straßen, durch enge Häuserschluchten und stockdunkle Gassen. Mit pochendem Herzen, aber unbeschadet erreichte der Unterwachtmeister sein Ziel. Atemlos aber glücklich spurtete er zur Wachstube.

»Gute Nacht, Herr Leutnant«, salutierte Breitschuh höflich.

»Irgendwelche besonderen Vorkommnisse?«, brummte der Offizier, ohne von seinem Pergament aufzublicken.

»Keine Vorkommnisse in meinem Aufgabenbereich«, erklärte die Wache mit festem Blick. ›Und das ist nicht einmal gelogen‹, dachte Breitschuh. ›Mein Aufgabengebiet erstreckt sich von der Stadtmauer nur nach außen, weg von der Stadt. Was auch immer in der Stadt vorgeht, ist nicht mein Bier.‹ Auch die beiden Schüsse mit der Armbrust erwähnte der Mann nicht.

»Wegtreten«, befahl der Leutnant zufrieden.

»Jawoll!« Breitschuh schlug die Hacken seiner Stiefel zusammen, dass es krachte. Er schaute noch kurz bei den Kameraden in der Wachstube bei den Gefängniszellen herein und prahlte ein wenig mit seinen Erlebnissen. Breitschuh verließ nach einer Runde Würfelspiel die Stadtwache und war froh, als er kurze Zeit später sein Haus in einem heruntergekommenen Wohnviertel erreichte und die Tür hinter sich abschloss.

»Alles in Ordnung«, murmelte er.

Nichts war in Ordnung, aber das wusste zu diesem Zeitpunkt innerhalb der Stadtmauern von Dangholt immer noch niemand.

Langsam kroch die schmutzige Wintersonne über eine Seite der Würfelwelt, streifte die endlos hohen Berge, dann das Meer, den Fluss Klo und viel später auch die Hauptstadt Dangholt. Das goldene Pendel auf dem Marktplatz glänzte matt im trüben Morgenlicht. Eigentlich verhielt es sich mit der Sonne der Würfelwelt etwas anders als in üblichen Planetensystemen. Die Bauabteilung der Götter hatte sich mächtig ins Zeug gelegt und nach endlos vielen Kugel- und Tellerwelten zum ersten Mal einen Würfel[1] gebaut. Man einigte sich darauf, dass oberhalb des Würfels eine Sonne und unterhalb ein selbstleuchtender Mond installiert werden sollten. Der eigentliche Würfel drehte sich zwischen der unbeweglichen Sonne und dem ebenfalls starr aufgehängten Mond im Uhrzeigersinn um die eigene Achse. Würde man die Welt mit einem Spielwürfel vergleichen und diesen von einem Punkt weit draußen im All aus betrachten, ergäbe sich folgendes Bild. Die Würfelseiten mit den Ziffern sechs, zwei, eins und fünf kamen innerhalb einer Umdrehung nacheinander einmal an der Sonne und am Mond vorbei. Morgendämmerung, Tag, Abenddämmerung und Nacht ergaben sich für vier von sechs Seiten des Kubus. Bei der Ausstattung mit Landschaften, Gewässern, Lebewesen und Pflanzen aller Art gerieten sich die Baumeister jedoch mächtig in die Haare und zankten pausenlos miteinander. Schließlich wurde es dem Chefgott Ortlerich zu bunt. Wütend kickte er die erst zu einem kleinen Teil fertig gestellte Würfelwelt ins All und kümmerte sich nicht weiter um das Gebilde.

So geschah es, dass drei von vier Würfelseiten nur aus kahlem Fels und Ozeanen bestanden. Pflanzen oder Lebewesen gab es dort nicht. Auf dem vierten Quadrat entstand im Zentrum über die Jahrhunderte die Hauptstadt Dangholt. Genau im Mittelpunkt der Stadtfläche hatten die Vorfahren einen mit Granitsteinen gepflasterten Marktplatz geschaffen. Wiederum in der Mitte des quadratischen Platzes erbauten die Bewohner einen Brunnen. Nicht, weil ihnen diese Position besonders gut gefallen hätte, sondern weil die Götter mit einer speziellen Erfindung den

---

[1] Eigentlich waren die Baugötter tödlich beleidigt, da ausgerechnet ein Kindgott den Architekturwettbewerb gewonnen und die Würfelform ersonnen hatte.

Standort Dangholts, des Marktplatzes und des Brunnens vorherbestimmt hatten. Über dem Brunnen schlug das Herz der Würfelwelt, dort zog das goldene Pendel von Dangholt seine Bahnen. Das obere Ende ragte weit in den Himmel und schien an einer herzförmigen Wolke befestigt zu sein, die bei jeder Witterung schneeweiß blieb und sich auch bei Wind und Sturm nicht von der Stelle bewegte. Sehr speziell musste auch die Pendelbewegung auf einen Betrachter von außen wirken, aber die Bewohner der Würfelwelt waren daran gewöhnt. Während jedes normale Uhrenpendel gleichmäßig weit nach links und rechts ausschlug, gab es bei dem goldenen Gegenstück auf dem Marktplatz eine Besonderheit zu bewundern. Die Besonderheit in der Bewegung des Pendels lag darin, dass es ganz weit nach rechts ausschlug, aber auf dem Rückweg direkt über dem Brunnen stoppte, um dann erneut mit Schwung nach rechts zu gleiten. Auf diese Weise konnten die Baugötter auf einen Blick erkennen, ob die Welt sich noch im Takt drehte, oder ob Probleme zu erwarten waren.

Und die Probleme ließen nicht lange auf sich warten. Zwei weitere Seiten der Würfelwelt, bei einem Spielwürfel die Drei und die Vier, lagen in ewigem Eis und ewiger Finsternis verborgen. Keiner der Baugötter hatte jemals geplant, in diesen ungemütlichen Gebieten Lebewesen anzusiedeln. Bevor Chefgott Ortlerich vor langer, langer Zeit den Würfel ins All gekickt hatte, streute ein überarbeiteter und frustrierter Kontrollgott[1] die Saat des Bösen auf eine der finsteren Seiten des Kubus. Im ewigen Eis wuchs das dunkle Reich Frigadors heran, in dessen Zentrum der schwarze Eispalast ruhte. Vor Kurzem erst war die gesamte Würfelwelt aus den Fugen geraten, da Frigador mit seinen Polarriesen in einem unterirdischen Eisdom ein weiteres Pendel errichtet hatte. Mithilfe dieser Konstruktion wollte er die Drehbewegung der Welt stoppen, damit drei weitere Seiten in ewigem

---

[1] Die mehr als undankbare und niemals endende Aufgabe eines Kontrollgotts bestand darin, in regelmäßigen Abständen jeden Planeten in der Unendlichkeit des Alls zu überprüfen und jedes Mal ein grauenvoll kompliziertes Formular mit siebentausendachthundertzwölf Durchschriften auszufüllen. Während die Baugötter eine Party nach der anderen feierten, musste der Kontrollgott rund um die Uhr arbeiten und suchte daher nach Wegen und Möglichkeiten, die neu gebauten Welten durch defekte, explodierende Sonnen oder andere Eingriffe zu sabotieren.

Eis versinken sollten. Die dauerhaft der Sonne zugeneigte Seite war dem Eisritter dabei egal. Sollte sie doch verglühen und verdampfen.

Nur durch viel Magie, mutige Abenteurer und treue Gefährten war es den Bewohnern Dangholts gelungen, den Angriff abzuwehren. Frigadors Festung stürzte in sich zusammen, seine Macht schien gebrochen. Nun drehte sich die Würfelwelt wieder so wie immer um die eigene Achse, das goldene Pendel schlug im richtigen Takt.

Im Morgengrauen des trüben Wintertages erwachte die Stadt mühsam zum Leben. Unterwachtmeister erster Klasse Lorbeer stieg mit steifen Armen und Beinen vom Wachturm herab und öffnete das Stadttor, um die ersten Markthändler einzulassen. Zu dieser frühen Stunde drehten sich die meisten Bewohner in ihren Betten auf die andere Körperseite oder krochen bibbernd aus den Federn. In den ärmeren Stadtvierteln klatschten die ersten Nachttopfinhalte auf die Straßen, ohne dass sich jemand daran störte. Viele der stinkenden Abwasserkanäle waren eingefroren und so musste eben die Straße als Ersatz dienen. Obwohl in Dangholt selten Schnee fiel, wurde es im Winter in manchen Jahren sehr kalt. Der Leiterin des Waisenhauses, Madame Euphrosine, war diese Tatsache herzlich egal. Noch vor dem ersten Hahnenschrei weckte sie die Kinder. Nach einer Katzenwäsche am eisigen Brunnen und einem Schweinefraß als Frühstück trieb sie die zerlumpten und viel zu dünn angezogenen Waisen auf die Straße. Die Größeren mussten als Küchenhilfe, Magd, Knecht, Putzkraft oder Hilfsarbeiter ihr Dasein fristen, während die Kleinen zum Betteln ausschwärmten. Selbst im Winter liefen die meisten Kinder barfuß ihrem Ziel entgegen. Jeden Abend musste der Tageslohn bei der Heimleiterin abgegeben werden. Zusätzlich kontrollierte Madame Euphrosine die Taschen der zerlumpten Kleidung, in der Hoffnung, doch noch eine weitere winzige unterschlagene Münze zu entdecken. Wehe des Kindes, das sie erwischte.

Auch Anna und ihr Zwillingsbruder Max hatten die meiste Zeit ihres Lebens im Waisenhaus von Dangholt verbracht. Erst seit einigen Monaten lebten die Beiden wieder im Haus ihrer

Tante Amalia. Die Zauberin hatte vor mehr als zehn Jahren die Zwillinge in die Obhut der Zauberergilde übergeben müssen, um für Fuddelhaar, den mächtigen Regenten Dangholts, eine Expedition zu leiten. Dabei geriet Amalia tief in den Gebirgen am Ende der bekannten Welt in das Reich Frigadors. Viele Jahre suchte sie vergeblich nach einem Rückweg, wurde schließlich von den Polarriesen entdeckt, in der schwarzen Eisfestung Frigadors eingesperrt und als Spionin verhört. Erst in letzter Sekunde gelang der Zauberin mit Hilfe von Max, Anna, Atos dem Lehrmeister, Midrafo dem Feuerdrachen und Meister Dost, dem grünen Kobold, die Flucht.

Zu Beginn der Expedition hatten die Gildenzauberer ihrer Kollegin Amalia versprochen, für Essen und Unterkunft der Kinder zu sorgen. Schnell wurde klar, dass im Waisenhaus genau *das* geboten wurde. Essen und Unterkunft. Nicht mehr, aber auch nicht weniger. Einzig der aus der Gilde der Zauberer verstoßene Atos hatte sich damals um Max und Anna gekümmert. Der Magier holte die Kinder jeden Tag in sein Haus und unterrichtete beide in allen wichtigen Dingen des Lebens. Aber das ist eine andere Geschichte.

»Max, wach auf!« Anna rüttelte sanft an der Schulter ihres Bruders. »Ich muss dir etwas erzählen.«

Der Junge rieb kurz beide Augen und war sofort hellwach. In all den Jahren im Waisenhaus hatte er gelernt, mit den Hühnern aufzustehen.

»Lass mich raten«, überlegte Max und blickte seine Zwillingsschwester grübelnd an. »Du hattest einen Traum, von dem du mir berichten musst.«

Anna schluckte. »Woher weißt du … ?«

»Ich spürte in der letzten Nacht eine Gefahr, hatte ebenfalls einen Traum und dachte, wir haben vielleicht …«

»… dieselben Gedanken?«, ergänzte Anna. Sie nahm auf dem Strohlager neben ihrem Bruder Platz und zog die Beine nah an ihren Körper heran. »Ich träumte, dass ein Schatten durch die Nacht zog und Gefahr brachte«, erklärte sie aufgeregt.

Max nickte. »Und ich sah einen Vampir, der Angst in der Dunkelheit verspürte«, ergänzte er. »So etwas gibt es doch in der echten Welt überhaupt nicht. Vampire haben nur vor der Sonne Angst, niemals aber in der Nacht. Aber der Traum wirkte so echt!«

»In meinem Traum wanderte ich durch schmale dunkle Gänge, die sich immer weiter verzweigten und immer tiefer in die Erde hineinführten. Etwas stimmte nicht, aber ich kann nicht sagen, wo das Problem lag. Dann schrie der Hahn und ich wachte auf«, ergänzte Anna bekümmert. »Lass uns Tante Amalia fragen«, schlug sie vor und stürmte die Treppe hinab in die Küche. Um diese Zeit stand die ehemalige Meisterin der Zauberergilde meist schon am Herd und erledigte dort tausend Dinge gleichzeitig. An jedem normalen Tag duftete das Haus schon früh am Morgen nach frischen Kräutern aus dem Hexengarten hinter dem Haus, nach Kaffee, nach Hafergrütze, nach Malzsirup und warmen Pfannkuchen. An jedem normalen Tag. Aber heute war kein normaler Tag.

»Tante Amalia?« Anna suchte jeden Winkel der Küche und danach alle anderen Räume des kleinen Hauses ab, sah im Garten und auf dem Dachboden nach.

Max gesellte sich zu seiner Schwester. »Ich schaue in den Keller«, erklärte der Junge mutig. Das Gewölbe erreichte man nur über eine dunkle, feuchte Wendeltreppe aus Stein. Auch die Kellerräume selbst wirkten wenig einladend. Jeder Quadratzentimeter triefte vor Magie, in den Regalen ruhten Flüssigkeiten, Tinkturen, Salben, Tiegel, Töpfe, getrocknete Kräuter, eingelegte Zutaten für Zaubertrunke, alte Bücher mit dicken Ledereinbänden und uralte Pergamentrollen mit geheimen Schriftzeichen.

»Ist Tante Amalia dort unten?«, rief Anna besorgt. Ihre Worte wurden von den Wänden des Kellers verschluckt wie die Geräusche eines in Watte fallenden Schwertes.

»Nein«, erklang die Antwort aus unendlich scheinender Ferne. »Hier ist niemand.«

Kurze Zeit später tauchte Max hustend wieder aus der Unterwelt auf. Mit besorgter Miene schüttelte der Junge Staub und Spinnweben aus dem Haar und gesellte sich zu seiner Schwester, die auf einem großen Küchenstuhl hockte und fror.

»Es ist nicht einmal Feuer im Herd«, stellte Anna fest. »Das hat es noch nicht gegeben, seit wir hier in diesem Haus wohnen.«

Max nickte. Sein Blick wanderte über blank geschrubbte Pfannen, die wie Orgelpfeifen der Größe nach sortiert an einer Wand des Raumes aufgereiht hingen. Die Küche, sonst das gemütliche Zentrum des Hauses und Treffpunkt aller Bewohner, wirkte trostlos. Plötzlich sprang der Junge auf, sein Stuhl kippte nach hinten und schlug unsanft auf den steinernen Fußboden.

»Was hast du?«, rief Anna erschrocken.

»Sieh hier!« Max krabbelte auf allen Vieren unter dem Küchentisch herum. Kurze Zeit später tauchte er wieder auf und wedelte mit einem Stück Pergament vor Anna Nase herum.

»Was ist das?«

»Mal sehen.« Max strich mit dem Unterarm das verknitterte Dokument glatt. Sorgfältig untersuchte er die Vorder- und Rückseite und zuckte enttäuscht mit den Achseln. »Ein leeres Blatt«, stellte er nüchtern fest.

Anna hielt das Pergament gegen das Licht einer brennenden Kerze. »Vielleicht hatte unsere Tante es eilig und konnte nur noch eine Gedankenübertragung auf das Blatt vornehmen?«, vermutete sie.

»Wie machen wir solche Gedanken sichtbar?«, grübelte Max. Er konnte sich an keine Lektion seines Lehrmeisters Atos oder seiner Tante erinnern, in der diese Kunst geübt oder wenigstens erklärt worden wäre.

»Keine Ahnung, ich weiß nur, dass die Meister der Zauberei ihre Worte ohne Tinte und Feder auf ein Pergament bannen können«, ergänzte Anna. »Zauberer sind bequem und haben daher immer Mittel und Wege gefunden, Dinge ohne körperliche Anstrengung zu erledigen.«

»Vielleicht ist unsere Tante nur in den vergessenen Garten des Lapacho gegangen, um geheime Kräuter zu holen. Wahrscheinlich sorgen wir uns ohne Grund«, vermutete Max.

»Wir wecken Meister Dost«, beschloss Anna mutig.

»Aber …«

»Kein aber!«

»Aber zu dieser frühen Stunde ist der grüne Kobold unausstehlich«, gab Max zu bedenken.

»Schnickschnack«, wischte Anna die Bedenken ihres Zwillingsbruders energisch zur Seite. »Meister Dost ist schließlich der Diener unserer Tante.«

Mutig spazierte das Mädchen zu einem schweren Vorhang, hinter dem eine kleine Vorratskammer zum Vorschein kam. Auf den Brettern eines großen Regals ruhte etwa in Annas Augenhöhe eine goldene Truhe mit reichen Verzierungen. Ein leises Schnarchen drang aus dem edlen Behälter heraus. Meister Dost war zu Hause und schlief. Ein weiteres beunruhigendes Anzeichen dafür, dass die Zauberin Amalia sehr hastig und überstürzt aufgebrochen sein musste. Unter normalen Umständen hätte sie zumindest dem grünen Kobold ihre Pläne mitgeteilt. Anna klopfte mutig auf den Deckel der Truhe. Nichts geschah. Der Bewohner sägte munter weiter eine magische Tanne nach der anderen ab und machte keinen Anstalten, damit aufzuhören. Das Mädchen klopfte etwas energischer an. Ein missmutiges Knurren drang aus dem goldenen Kasten, dann folgten wieder Schnarchgeräusche. Anna platzte der Kragen.

»Wir haben keine Zeit«, zischte sie energisch. »Fass mal mit an, Brüderchen!«

»Bist du sicher?« Max zögerte.

»Ja!«

Gemeinsam schüttelten die Zwillinge die schwere goldene Truhe. Gegenstände schepperten und klirrten.

»Wahrscheinlich hat er nun nicht mehr alle Tassen im Schrank«, grinste Anna.

Ein lautes Fluchen hallte aus der Truhe. »Verschwindet und lasst mich gefälligst in Ruhe«, schimpfte eine hohe Fistelstimme. »Es ist mitten in der Nacht.«

Erneut drangen Schnarchgeräusche aus dem goldenen Kasten.

»Jetzt reicht es«, schimpfte Anna energisch. »Max, achte auf deine Füße.«

Der Junge tat eilig einen Schritt zurück. »Was hast du vor?«

»Wirst du gleich sehen«, grinste das Mädchen. Mit einem kräftigen Ruck zog sie die Kiste nach vorne aus dem Regal. Max schüttelte verzweifelt den Kopf, doch es war zu spät. Die goldene Truhe kippte, veranstaltete in der Luft einige wilde Purzelbäume und stürzte unaufhaltsam abwärts. Mit unglaublichem Getöse landete die goldene Kiste schließlich auf dem harten Steinfußboden der Vorratskammer. Der Deckel sprang auf und winzige Möbelstücke, Geschirrteile, Bücher, Pfeifen und Tabaksdosen purzelten zusammen mit einem kleinen grünen Kobold vor Annas Füße. Meister Dost blieb mit seiner Nase direkt zwischen zwei Zehen des Mädchens stecken. Wie von der Tarantel gestochen und mit einer Miene, die säuerlicher als eine uribesmatische Megazitrone aussah, rappelte Amalias Diener sich hoch. Ein kleines goldenes Laufrad, das einem Rhönrad ähnelte, rollte über den Fußboden, geriet ins Trudeln und kippte schließlich auf die Seite.

»Was fällt dirrrrrrr ein?«, kreischte Meister Dost. »Sieh herrrrr, was du angestellt hast.« Wütend stapfte der Kobold zu seinem magischen Laufrad. Mit Argusaugen suchte er nach Kratzern oder Dellen, konnte aber nichts entdecken. »Wehe, wenn etwas entzwei gegangen ist!« Schneller als die Zwillinge mit ihren Augen folgen konnten, hüpfte Meister Dost wie ein Hamster in das goldene Laufrad und rannte los. Das Rad wurde schneller und schneller, bald verschmolzen die Sprossen zu einem leuchtenden Ring mit grünem Inhalt. Ein strahlend helles Licht ging plötzlich vom magischen Laufrad aus. Es leuchtete auch dann noch weiter, als der Kobold längst wieder neben Annas Füßen stand. »Da hast du aberrrrr Glück gehabt, junge Dame!«

»Beruhige dich, es ist ein Notfall«, unterbrach Anna die Schimpfkanonade des grünen Wesens. »Deine Herrin, unsere Tante Amalia, ist verschwunden.«

»Das kann nicht sein.« Meister Dost schüttelte mehrmals den Kopf, während er das Chaos in der goldenen Wohnkiste bereinigte. »Meine Herrin und Meisterin hätte Gedankenkontakt zu mir aufgenommen, mich geweckt und mir ihre Anweisungen erteilt. Die große Zauberin Amalia verlässt nicht einfach so ihr Haus, Anna. Nicht, ohne ihrem Diener Befehle zu hinterlassen.«

»Genau das ist unser Problem«, unterbrach Max. »Wir haben keine Ahnung, sondern nur ein leeres Stück Pergament.«

»Zeig her.« Meister Dost hüpfte aufgeregt zum Küchentisch. Nachdem er das Blatt von oben, unten, links, rechts, hinten und vorne beäugt hatte, raste der Kobold zurück zur goldenen Truhe, wühlte in Kisten, Kästen, Dosen und Schachteln, um schließlich mit einem triumphierenden Lächeln zum Ausgangspunkt zurückzukehren. In Windeseile öffnete er das Verschlussband am oberen Ende eines winzigen Säckchens. Mit geheimnisvoller Miene trat er vor das Pergament, das vor ihm auf dem Küchentisch wartete.

»Das ist Zauberpulver, um die Zauberschrift auf dem Pergament sichtbar zu machen, nicht wahr?«, vermutete Anna.

»Viel besser«, erklärte der Kobold lächelnd.

»Dann handelt es sich um magische Nebelkräuter, die dir den Weg zu unserer Tante weisen?«, riet Max.

»Nein, noch viel besser.«

Meister Dost griff beherzt in das Säckchen, führte anschließend die Hand zur Nase und atmete ein. Sein Niesen zerriss ihn fast in zwei Teile.

»Schnupftabak«, erklärte Meister Dost.

»Schnupftabak?«, tobte Anna. »Wir stecken bis zum Hals in der Tinte, und du hast nichts Besseres zu tun als …«

»… ich benötige meinen Schnupftabak, um nachzudenken«, rechtfertigte der grüne Kobold sein Verhalten.

»Wie geht es nun weiter? Was sollen wir tun?«, fragte Max unsicher.

»Es gelingt mir nicht, eine Gedankenübertragung zu meiner Herrin aufzunehmen«, erklärte Meister Dost. »Das ist ungewöhnlich. Irgendetwas blockiert den Zugang. Also lasst uns die Aufmerksamkeit auf das Pergament lenken.«

»So weit waren wir vor fünf Minuten auch schon«, meckerte Anna. »Hast du ausnahmsweise irgendwelche Neuigkeiten für uns? Vielleicht ist unsere Tante in Gefahr?«

Beleidigt verschränkte der Kobold seine Arme vor der Brust und stampfte wie ein kleines Kind mit dem rechten Fuß auf den Boden.

»Zerreiß dich nicht versehentlich in zwei Teile«, lästerte Anna mit heiterer Miene, die nicht so recht zu ihren wahren Gefühlen in diesem Augenblick passen wollte.

»Keine Sorge, das war ein Kollege von mir. Ich muss schließlich keinen Namen erraten, sondern nur ein Pergament entschlüsseln«, beruhigte Meister Dost säuerlich.

Kurze Zeit später musste er selbst über sich und die Situation aber bereits wieder lachen. Anna entschuldigte sich grinsend und hievte zusammen mit ihrem Bruder die goldene Truhe zurück an ihren angestammten Platz im Regal. Meister Dost nickte zufrieden.

»Erinnert ihr euch an unsere erste Begegnung?«, fragte der grüne Kobold.

»Wie könnten wir das vergessen? Du bist aus der Truhe vor die Haustür von Herrn Atos gestürmt, weil du mal musstest«, grinste Max.

»Das meine ich nicht«, wehrte der Kobold verlegen ab. »Denkt mal an den Inhalt der goldenen Kiste von damals, dann kommt ihr auch auf die Lösung mit dem Pergament.«

»Ich hab es«, rief Anna. »Damals fanden wir in der Kiste einen magischen Umschlag mit einem Brief von Tante Amalia für Max und mich.«

»Stimmt genau«, nickte Max. »Der Umschlag gab sein Geheimnis erst preis, als wir ihn beide gleichzeitig berührten. Eine Art magischer Verschluss.«

»Genau, denn nur so konnte eure Tante sicher sein, dass nur die rechtmäßigen Empfänger die Nachricht lesen würden. Und genauso verhält es sich mit dem scheinbar leeren Pergament auf dem Küchentisch.«

Die Zwillinge stürmten zum Küchentisch und berührten zeitgleich das unbeschrieben aussehende Pergament. Nichts geschah. Verdutzt und traurig blickte Anna erst ihren Bruder und danach den Kobold an.

»Es funktioniert nicht«, flüsterte sie.

»Geduld ist nicht gerade eine deiner Tugenden«, bemerkte Meister Dost mit spitzer Zunge.

»Wir haben keine Zeit für Geduld«, schimpfte Anna etwas altklug.

»Das Gras wächst nicht schneller, wenn man daran zieht«, gab der Diener Amalias zu bedenken. »Geduld ist die Kunst, nur langsam wütend zu werden.«

Leichtfüßig wie ein Floh hüpfte er auf die Tischplatte und berührte nun ebenfalls mit einer Hand das Pergament. Es gab einen Knall, schwarzer Rauch entstand einige Zentimeter über dem leeren Blatt und bildete eine kleine schwarze Wolke. Langsam sackte das Gebilde nebelartig nach unten. Wie von Geisterhand bildeten sich Buchstaben. Ein kurzer, hastig geschriebener Text entstand.

»Nicht pusten!«, mahnte Meister Dost. »Die Zeichen sind flüchtig, verschwinden beim kleinsten Windhauch. Lest schnell!« In letzter Sekunde gelang es ihm, den Kopf nach hinten zu reißen und sein Niesen in eine andere Richtung zu lenken. »Haaaaaatschiiiii, das war knapp.«

Anna beugte sich mit angehaltenem Atem vorsichtig etwas weiter nach vorne über das Pergament.

»Lies vor«, bat Max.

»Dangholt ist in großer Gefahr. Ein Schatten ist in der Stadt. Wichtige Angelegenheiten dulden keinen Aufschub. Amalia.« Anna schluckte.

»Das ist ganz eindeutig die Handschrift meiner Herrin«, erklärte Meister Dost aufgeregt.

»Stimmt!« Auch Max erkannte das verschnörkelte ›A‹ im Namenszug seiner Tante. »Unter dem Namen steht doch noch etwas, nicht wahr?«

»Ist aber so krakelig, dass ich kaum etwas lesen kann. Unsere Tante muss in großer Eile gewesen sein«, stellte Anna mit gerunzelter Stirn fest.

»Versuch es trotzdem«, bat ihr Bruder.

»Gut«, nickte Anna. »Hier steht: Ich bin in …«

»Haaaatschiiii«, schrie der grüne Kobold über den Küchentisch hinweg und blies eine schwarze Wolke durch den ganzen Raum. Schlagartig lag ein leeres Blatt Pergament vor drei verdutzten Gesichtern.

»Das gibt es doch gar nicht«, rief Max entsetzt. Seine Schwester wollte den grünen Kobold gerade in dem Moment am Kragen packen, als mehrere seltsame Dinge geschahen. Von überall und nirgends erklang ein langsames, gleichmäßiges, wuchtiges und unheimliches Geräusch.

Wumm, wumm.

Es klang wie der Schall einer mächtigen Pauke.

Wumm, wumm, wumm.

Nur wenige Sekunden später erzitterten die Wände des Hauses, übertrugen die Vibrationen auf die Bodendielen, die Fensterscheiben und die Möbel. In allen Schränken wippten Teller, Tassen, Tiegel und Töpfe im unheimlichen Rhythmus der Paukenschläge.

Wumm, wumm, wumm.

Die Bodendielen reichten ihre Energie über Füße und Beine an die Bewohner des Hauses weiter. Anna und Max bebten wie der Vulkan Tonaluga kurz vor einem Ausbruch.

Wumm, wumm, wumm.

Die Erschütterungen waren so kräftig, die Paukenschläge so laut, dass eine normale Unterhaltung kaum noch möglich war. Annas Frage »Was ist das?« klang in den Gehörgängen der übrigen Anwesenden wie »Wahahahs ihihihst dahahahas?« Max hielt seine Ohren mit beiden Handflächen zu, aber das unheimliche Geräusch, die Vibrationen, wanderten durch jeden Millimeter des Körpers wie ein heißes Messer durch ein Stück Butter. Eine Schranktür sprang auf, Tassen und Teller fielen auf den harten Steinfußboden der Küche und zerschellten in tausend Stücke. Jede einzelne Scherbe hüpfte anschließend im Takt der Schläge weiter umher.

Wumm.

Stille.

So schnell die Paukenschläge einem Erdbeben gleich begonnen hatten, so schnell war der Spuk nun vorbei. Anna wiederholte ihre Frage. »Was zum Tonaluga war denn das?«

Max zuckte ratlos mit den Schultern. »Es fühlte sich an, als wenn tief unter uns in der Erde eine Trommel oder Pauke geschlagen wurde, aber das kann nicht sein, oder?« Vorsichtig stelzte der Junge barfuß durch die Küche, immer auf der Hut, sich nicht an einer der zahlreichen Scherben zu verletzen.

Meister Dost erlangte als Erster seine Fassung zurück, auch er wirkte aber um die grüne Nase herum etwas blass. »Vielleicht hat der Riese[1] im Bauch der Würfelwelt seine Liebe zur Musik entdeckt und übt nun an der Pauke.«

»So ein Unsinn«, schimpfte Anna. »Herr Atos hat uns gelehrt, dass es den Riesen nicht gibt.«

»Ich weiß«, nickte Meister Dost mit schelmischem Grinsen. »Ich dachte nur, in unserer Lage wäre etwas Humor …«

»… völlig falsch«, betonte das Mädchen. »Deinetwegen kennen wir nicht den ganzen Brief unserer Tante, sondern nur *Ich bin in …*«

»Ist doch immerhin etwas«, rechtfertigte Meister Dost sein Niesen.

»Funktioniert die Magie der Berührung nicht ein zweites Mal?«, schlug Max halb hoffend, halb bangend vor. Eilig legte er eine Hand auf das Pergament, seine Zwillingsschwester folgte dem Beispiel. Obwohl auch Meister Dost das leere Blatt berührte, geschah nichts.

»Solch ein Zauber funktioniert nur ein einziges Mal, danach ist die Wirkung verpufft. Ist eine Sicherheitsmaßnahme«, erklärte der Kobold.

»Unsere Tante ist verschwunden, die gesamte Stadt bebt, ein Unbekannter spielt Pauke, und wir wissen nicht weiter«, klagte Anna. »Dann gibt es nur eine Lösung. Wir laufen zu Herrn Atos.« Das Mädchen öffnete die Haustür und stürmte in einen kalten, trüben Wintermorgen hinein.

»Stopp«, rief Meister Dost, doch sein Ruf verhallte ungehört, da auch Max sich seiner Schwester anschloss. »Aber, ihr seid noch barfuß und tragt noch eure Nachthemden«, seufzte der grüne Kobold, kramte einen warmen Schal aus seiner goldenen Truhe und marschierte los. Meister Dost trat auf ein am Boden schleifendes Ende des Halswärmers und schlug mit der Stirn und voller Wucht gegen den Türrahmen. Dunkelheit folgte.

---

[1] In Dangholt und Umgebung hielt sich seit ewigen Zeiten ein hartnäckiger Aberglaube. Viele Bewohner glaubten, dass Tag und Nacht, Sonnenaufgang und Sonnenuntergang nur deshalb zu Stande kamen, weil im Kern der Würfelwelt ein Riese in einem Laufrad unermüdlich seine Runden drehte.

Atos, der Gildenzauberer und Lehrmeister der Zwillinge befand sich zu diesem Zeitpunkt schon seit mehreren Stunden nicht mehr in seinem Haus, aber davon ahnten Anna und Max auf ihrem Weg durch die kalten Straßen noch nichts.

Ein Bote von Graf Krommel war mitten in der Nacht aufgeregt in der Hopfengasse erschienen und hatte Atos geweckt. Der erfahrene Magier wusste sofort, dass etwas Ungewöhnliches geschehen sein musste. Nur in sehr seltenen Fällen, und dann auch nur äußerst ungern unterbrach die Vampirgilde ihre Tanzabende im Spiegelkabinett des Dangholter Schlosses. Mit Einbruch der Dämmerung begann die lustige Versammlung an jedem Abend der Woche. Das Vergnügen dauerte stets die ganze Nacht und erst eine halbe Stunde vor dem ersten Sonnenstrahl läutete eine Glocke die letzte Tanzrunde ein.

Mit qualmenden Füßen, beschwipst und glücklich wankten die Wesen der Dunkelheit anschließend zurück zu ihren Schlafstätten. Mit letzter Kraft zogen sie die Sargdeckel wie eine Bettdecke über ihre Körper und verschliefen den nahenden Tag. Weniger wohlhabende Vampire gingen oft tagsüber einer geregelten Arbeit nach. Als sehr beliebt galt eine Anstellung in Wenzels Bibliothek. In dieses steinerne, fensterlose Gebäude gelangte niemals ein Sonnenstrahl. Aber auch als Nachtwächter erfreuten sich Vampire großer Beliebtheit. Ein adliger Blutsauger lag nun starr und bleich vor Atos. Der Gildenzauberer beugte seinen Kopf tief über den Körper des Vampirs, der reglos auf einem schweren, mit rotem Samt bezogenen Holztisch ruhte. Die Spitze seines gepflegten Zauberervollbarts berührte die knochigen Hände des Blutsaugers, die gekreuzt auf seiner Brust lagen. Graf Krommel, der oberste Vampir, stand mit besorgter Miene neben dem Magier.

»Ist er lebendig oder tot?«, fragte der Graf.

»Nein, immer noch untot«, beruhigte Atos.

»Ich hatte schon die schlimmsten Befürchtungen!« Der Graf atmete schwer. So etwas hatte er in den über fünfhundert Jahren seines Lebens noch niemals erlebt. Auch eine Gruppe von großen schlanken Vampiren schaute kopfschüttelnd auf ihren erstarrten Kollegen.

»Was ist geschehen?«, fragte Atos.

»Wir wissen nicht sehr viel«, erklärte der Graf. »Zwei Vampire, die früher als gewöhnlich den Spiegelsaal verlassen hatten, fanden auf ihrem Heimweg den armen Baron von Herzblut reglos auf der Straße liegend.«

»Wo genau war das?«

Graf Krommel winkte zwei magere Gestalten herbei, die bisher abseits in einer dunklen Ecke des Raums gewartet hatten. »Das sind die Brüder Dunkelwein.«

Atos nickte kurz in Richtung der beiden Vampire, wandte aber seinen Kopf danach schnell wieder dem erstarrten Baron zu. »Wo wurde er gefunden?«

»In der Nähe des westlichen Stadttors, direkt an der Stadtmauer«, erklärte der größere der Brüder.

»Kannst du ihm helfen, Herr Atos«, fragte Graf Krommel.

»Wie lange ist es her, dass ihr ihn fandet?«, forschte der Zauberer nach.

»Gegen Mitternacht, Herr Atos.«

»Dann bleibt nicht mehr viel Zeit«, erklärte der Magier. »Der Baron muss etwas gesehen haben, dass ihm das Vampirblut in den Adern gefrieren ließ. Er leidet an einem Megaschock, ist aber körperlich ansonsten unverletzt. Ich habe in der letzten Nacht in meinen Gedanken einen Schatten über Dangholt gesehen.«

Noch immer blickten die weit aufgerissenen Augen des erstarrten Vampirs ins unendliche Nichts des großen Spiegelsaals.

»Ist eine Rettung möglich, Herr Atos?« Graf Krommel blickte den Zauberer seines Vertrauens bittend an.

»Ich will es versuchen, aber ich muss dein Schloss noch einmal verlassen, um aus dem vergessenen Garten des Lapacho einige Kräuter zu beschaffen. Wir benötigen einen besonders starken Zaubertrank für den Baron. Bitte stellt während meiner Abwesenheit einige chemische Apparaturen und eine Flamme zur Verfügung.«

»Was benötigst du, Herr Atos?«

»Abdampfschale, Becherglas, Bürette, Glaskühler, Exsikkator,

Waschflasche, Glasrohre, Kolbenprober, Kühlfalle, Küvette, Mehrhalskolben, Messzylinder, Mischzylinder, Pneumatische Wanne, Reagenzglas, Reaktionsrohr, Rundkolben, Rückflusskühler, Glaskühler, Saugflasche, Scheidetrichter, Schlenkgefäß, Schliffstopfen, Siedekapillare, Spitzkolben, Standzylinder, Standkolben, Trichter, Trockenrohr, Tropftrichter, U-Rohr, Uhrglas und …«

Graf Krommel wirkte noch bleicher als zuvor.

»OK, ein einfacher Kupfertopf muss auch genügen«, lenkte Atos ein. »Es eilt!«

»Etwas ist nicht in Ordnung mit der Würfelwelt, nicht wahr?«, murmelte Graf Krommel bekümmert.

Atos nickte stumm und verließ eilig das Dangholter Schloss. Der mächtige Zauberer wusste, dass er keine Zeit verlieren durfte. Kopfschüttelnd marschierte der Magier mitten in der Nacht zielsicher durch die Straßen der Hauptstadt. Seine Füße schienen den Weg ohne Hilfe des Kopfes zu finden, der mit tausend anderen Dingen beschäftigt war. Eine magische Lampe verbreitete mattes Licht. Diese Art von Leuchtmittel besaßen alle Zauberer. Die Lampe bestand aus einer Glaskugel, in der prekorianische Glühwürmchen umher surrten. Die winzigen Tiere waren in der Lage, Licht in unterschiedlicher Farbe und Helligkeit abzugeben. Vorsichtig schüttelte der ehemalige Zauberer die Lichtquelle, die kurz darauf mit grünlichem Schimmer zu leuchten begann. Jeder Taschendieb und auch alle anderen Gestalten der Finsternis wussten, dass ein Angriff auf den Träger der Lampe ein böses Ende nehmen würde. Selbst die Ratten sprangen auseinander, als der Zauberer mit schnellen Schritten seinem Ziel entgegen stürmte. Eine Weile später bog Atos in eine Sackgasse ab, die abrupt vor einer hohen Mauer endete. Mit einer kurzen Handbewegung wies er die Glühwürmchen in der Glaskugel an, das Licht zu löschen. In den nächsten Sekunden durfte kein zufällig vorbeikommender Nachtschwärmer Zeuge der Geschehnisse werden. Selbst erfahrene Zauberer waren nicht in der Lage, einfach durch Gegenstände wie Türen oder Mauern hindurchzuspazieren. Diese Kunst blieb den Geistern, Gespenstern und Klabautern vorbehalten, die es aber trotzdem nur selten versuchten. Der Grund war simpel; es tat höllisch weh, die Atome des Körpers durch eine unangenehm kalte Wand zu drücken. Atos wählte einen anderen Weg über die Mauer. Seit ewigen Zeiten lehnte eine unsichtbare Leiter an der Umwallung zum vergessenen Garten des Lapacho. Und mit unsichtbaren Dingen verhielt es sich genau so, wie es der Konstrukteur damals beabsichtigte. Was man nicht sieht, das existiert nicht. Und was nicht existiert, wird irgendwann zu einer Legende. Bald rankten wilde Gerüchte und Erzählungen um den zunächst verborgenen Garten des Lapacho. Mit den Jahrhunderten vergaßen die Leute die Geschichte, und aus dem verborgenen Garten wurde der vergessene Garten. Nur wenige Zauberer, darunter Amalia und Atos, kannten noch das alte Geheimnis. Auf der Mauerkrone angekommen, tastete Atos mit einem Fuß nach einer unsichtbaren Sprosse. Die dazu gehörende Leiter führte abwärts, direkt in einen magischen Garten. Eine erneute Handbewegung entzündete nicht nur die Glühwürmchen in der Glaskugel, sondern es geschah noch mehr. Das grünliche Licht in Atos' Hand sprang auf alle Pflanzen des Gartens über. Plötzlich schimmerte jeder Grashalm, jedes Blatt, jedes Zauberkraut und jede andere verbotene Pflanze in einem unheimlichen Grünton. Der vergessene Garten hatte schon immer dem Mönch Lapacho gehört, dessen Kloster der Legende nach hoch in den Bergen am Ende der bekannten Welt lag. Da der Weg von der Gebirgsspitze weit und der Mönch alt war, kehrte er nur selten in seinen Garten zurück. Atos sah sich um. Mitten auf der Wiese stand ein Türrahmen mit einer geschlossenen Tür darin. Außer Lapacho war es bisher nur dem vergesslichen Zauberer Purpel gelungen, die Tür versehentlich zu öffnen. Die Pforte führte direkt und ohne Umwege per Zeitsprung in einen Raum innerhalb des Gebirges und half dem Mönch dabei, mühsame Reisen durch Sumpflandschaften, Trollgebieten oder Drachenwälder zu vermeiden. Außerdem ließ sich auf diese Weise jede Diskussion mit den Wachen an der Stadtmauer und ihre dämliche Fragerei umgehen. Atos berührte kurz den Türknauf und drehte wie erwartet vergeblich daran. Anschließend begab er sich über die mit Reif überzogene Wiese zu einem bestimmten Beet. Hier wuchsen geheime Kräuter, die nicht in einen Hausgarten gehörten. Viele der Gewächse konnten in den falschen Händen gefährlich sein. Spezielle Züchtungen von Beißbeere, Bilsenkraut, Bohnenbaum, Eisenhut, Fingerhut, Kellerhals, Stechapfel, Tollkraut oder Wunderbaum wurden den Händen eines Magiers zu Wundermitteln, stellten für Ungeübte oder Uneingeweihte sonst aber oft tödliche Pflanzen dar. Atos trennte mit einer winzigen goldfarbenen Sichel hier und da Blätter, Sprossen, Blüten, Zweige und Halme ab und verstaute die Sammlung in einer Tasche seines weiten Umhangs. Bevor er den vergessenen Garten des Lapacho auf demselben Weg wieder verließ, löschte der Zauberer sorgfältig alle Lichter. Langsam wurde der grünliche Lichtschimmer dunkler, bis er schließlich erlosch. Nur die Fußspuren auf der Wiese erinnerten nun noch daran, dass mitten in der Nacht ein Gartenbesuch stattgefunden hatte. Auf dem Rückweg zu den Vampiren im Dangholter Schloss spürte Atos in einem kurzen Moment eine Bedrohung, konnten aber die genaue Ursache nicht feststellen. Hastig löschte er das Licht in der Glaskugel und schlüpfte in eine stockdunkle Nische zwischen zwei Häusern. Lag es an den schweren Schritten, die langsam näher kamen? Nein, nur ein betrunkener Vampir auf seinem schlangenlinienförmigen Weg nach Hause. Oder an den flinken Trippelschritten zu seinen Füßen? Nein, wahrscheinlich suchte hier nur eine Ratte das Weite. Lag es am kalten Nebel der Nacht, der wie ein Geist um seinen Körper waberte und ein unangenehmes Prickeln auf der Haut hinterließ? Nein, auch hier gab es keine ungewöhnlichen Abweichungen. Als Gildenzauberer verspürte Atos keine Angst, sondern nur großes Unbehagen. Irgendetwas fühlte sich anders an als sonst. Aber was? Der Magier beschloss, schleunigst seinen Weg fortzusetzen. Für den erstarrten Vampir bestand Lebensgefahr. Für einen Untoten keine schöne Vorstellung. Plötzlich durchzuckte Atos ein Gedankenblitz. Er wusste schlagartig, was ihn die ganze Zeit über gestört hatte. Der Gedankenkontakt zu Amalia fehlte, war wie abgeschnitten. Atos beschloss, der Sache so schnell wie möglich auf den Grund zu gehen. Am nächsten Morgen würde er bei Amalia, Anna und Max vorbeischauen. Aber momentan herrschte finstere Nacht und ein Vampir bedurfte seiner Hilfe. Mit großen Schritten stürmte der Zauberer im Schein der grünlichen Glaskugel zurück ins Schloss des Grafen Krommel.

»Sollen wir Suchtrupps aussenden?«, bot der Adlige an.

»Noch nicht, wartet noch, bis wir Baron von Herzblut anhören können. Ich bin sicher, wir erhalten weitere Hinweise von ihm.« Atos warf in einer bestimmten Reihenfolge seine Ernte aus dem vergessenen Garten des Lapacho in siedendes Wasser. Aus dem Kupferkessel stieg beißender Rauch auf, der durch geschickte Handbewegungen des Zauberers die Form einer Wolke annahm. Vorsichtig lenkte Atos das Gebilde über den erstarrten Baron von Herzblut.

»Tretet bitte etwas zurück«, bat der Magier die gespannt wartenden Vampire. »Und erschreckt bitte nicht zu sehr.«

Plötzlich zuckte ein greller Blitz aus der Wolke, ein Donnerschlag folgte, dass die Spiegel im großen Saal klirrten. Danach tröpfelte feuchter Nebel nach unten und benetzte Haut und Kleidung des Vampirs. Gleichzeitig flößte Atos seinem Patienten etwas Zaubertrank ein. Hustend und spuckend erwachte der Baron, verdrehte beide Augen.

»Pfui Spinne!«

»Es wirkt«, frohlockte Graf Krommel.

»Was ist geschehen?«, fragte der Baron. Mühsam richtete er seinen noch geschwächten Körper auf und hockte ziemlich verloren auf dem großen Tisch mit Samtüberzug.

»Er kann sich an nichts erinnern?« Der Graf klang enttäuscht und entmutigt.

»Noch ein weiterer Schluck meines Tranks …«, schlug Atos gerissen vor.

»… nein, nein, es geht schon«, wehrte Baron von Herzblut dankend, aber bestimmend, ab. »Es ist kein weiterer Schluck erforderlich.«

»Nimm dir ruhig, es ist noch genügend Vorrat vorhanden«, grinste der Zauberer.

»Mir ist gerade eben alles wieder eingefallen«, erklärte der Baron. Schon der bloße Gedanke an die nächtliche Begegnung schien dem Vampir unheimlich, ein weiterer Schluck des Zaubertranks aber noch viel mehr. In seinen Augen flackerten panische Bilder der Erinnerung. »Ich war auf dem Weg zu meiner Herzdame, um sie zum Tanz um Mitternacht abzuholen. Ihr müsst wissen, der Mitternachtstango ist eine tolle Sache und auch die Drinks kosten zur Happy Hour nur noch die Hälfte«, schwärmte Baron von Herzblut mit geschlossenen Augen.

»Könntest du bitte zur Sache kommen«, bat Atos, ohne dabei seine Ungeduld offen zu zeigen.

»In der Nähe der Stadtmauer, ich konnte schon die Fackel der Wachleute auf dem Turm sehen, hörte ich hinter mir plötzlich Schritte, ein unheimliches *Klack, Klack*. Keine feinen Schritte eines Vampirs, auch keine schleichenden Schritte eines Taschendiebs. *Klack, Klack*.«

»Was geschah dann?«, drängelte Graf Krommel ungeduldig und blickte den Baron mahnend an.

»Ich drehte mich um, und dann war es auch schon zu spät. Aus dem Augenwinkel heraus erkannte ich ein bläuliches Licht, einen riesigen Schatten. Die Winternacht war zwar schon kalt, aber dann traf der Atem des Schattens mein Gesicht. Eine solche Eiseskälte habe ich noch niemals zuvor gespürt. Das letzte, was ich sah, war das böse Funkeln aus dunklen Augen und einen blitzblank polierten Gegenstand. Vielleicht eine Waffe. Dann wurde die Atemkälte des Schattens immer unerträglicher, mir wurde langsam schwarz vor Augen, ich stürzte zu Boden, schrie um Hilfe, dann war es dunkel um mich. Diese Kälte, diese unheimliche Kälte. Ich konnte mich nicht mehr bewegen. Bevor der Schatten verschwand, hörte ich noch ein Zischen, ein klingendes Geräusch, dann wieder ein Zischen und ein *Plopp*.«

Zitternd sank Baron von Herzblut wie ein luftleerer Dudelsack in sich zusammen und schwieg.

»Weißt du Rat, Herr Atos?« Graf Krommel wirkte hilflos. Der oberste Vampir konnte mit den Erklärungen des Barons nicht viel anfangen.

Der Zauberer dachte angestrengt nach. Tiefe Furchen durchzogen seine Stirn von links nach rechts, während beide Hände abwechselnd durch den weißen Rauschebart glitten. Schließlich schnippte der mit Daumen und Zeigefinger.

»Graf Krommel, bitte sende deine mutigsten Vampire zum Tatort. Sie sollen unauffällig nach Spuren suchen, so lange es noch dunkel ist. Jeder winzige Hinweis kann wichtig sein. Wenn Beweisstücke gefunden werden, lasst diese hier in den Schutz des Schlosses bringen. Ich muss in der Zwischenzeit noch etwas überprüfen und kehre schnellst möglich wieder zu euch zurück.«

Graf Krommel schien froh, dass es nun einen ersten Plan gab. Auch Baron von Herzblut seufzte erleichtert, als der Graf ihm ein Zimmer im Schloss anbot, um den nahenden Tag in Ruhe und Sicherheit verbringen zu können.

»Eine Frage noch, Baron von Herzblut«, bat Atos.

»Ich kann mich doch an nichts erinnern«, wehrte der Vampir ab. »Und außerdem habe ich Kopfschmerzen.«

»Wurdest du beraubt?«, bohrte Atos hartnäckig weiter.

Der Baron suchte eine bestimmte Stelle auf seinem Umhang, griff in die Außentasche und zog seinen Geldbeutel hervor. Sorgfältig und umständlich überprüfte der Vampir den Inhalt.

»Es fehlt nichts, Herr Atos. Mein Gold ist noch im Beutel, und hier in der Tasche ist der Schlüssel zur Schlafgruft. Es ist alles in Ordnung.«

Atos verließ durch einen Nebenausgang in Windeseile das Spiegelkabinett des Dangholter Schlosses. Mit dampfendem Atem betrat der Gildenzauberer die neblige, kalte Nacht. Schnell verschmolz der Magier mit der Dunkelheit und verschwand über Straßen, Gassen, Hinterhöfe und Schleichwege. Atos versuchte, die notwendigen Erledigungen gedanklich zu planen. Er musste einige Besuche abstatten.

Es gab eine Menge Probleme und damit eine Menge Arbeit.

Die Hauptstadt der Würfelwelt war keine Schönheit. Über viele Jahrhunderte war Dangholt rund um den Marktplatz und das goldene Pendel immer weiter ringförmig nach außen gewachsen. Schon bald reichte die erste Stadtmauer nicht mehr aus, die Stadt drohte aus allen Nähten zu platzen. Immer mehr Landbewohner versuchten ihr Glück in Dangholt. So entstand weiter außen eine zweite Stadtmauer und wieder einige Jahrzehnte später der äußere Mauerring. Anna und Max kamen atemlos in der Hopfengasse direkt an der zweite Stadtmauer an. Gegenüber dem steinernen Schutzwall standen dicht gedrängt schmale, schmucke Häuschen, teils gemauert, teils als Fachwerkbauten mit Lehm und Stroh zwischen den Holzbalken. Inmitten dieser Reihe schlummerte ein gemütliches Häuschen, das etwas weiter von der Hopfengasse nach hinten versetzt lag. Direkt am Straßenrand trennte ein schmiedeeiserner Zaun, unterbrochen durch eine kunstvoll verzierte Pforte, die Gasse vom Grundstück. Trat ein Besucher durch das kleine Tor ein, gelangte er auf einen mit hellen Kieselsteinen gestalteten Weg, der sich durch einen blühenden Vorgarten schlängelte. An der hölzernen Haustür hing ein schwerer Anklopfer, links und rechts des Eingangs durchbrachen große Fenster das Mauerwerk. Selbst auf den steinernen Fensterbänken rankte trotz winterlicher Temperaturen ein Blumenmeer aus breiten Pflanzkästen hervor. Hinter seinem Haus hatte Atos einen großen Kräutergarten angelegt, der zu jeder Jahreszeit alle Arten von Heil-, Küchen- und Zierkräutern bereithielt. Einige magische Gewächse zur Zubereitung spezieller Zaubertränke wuchsen ganz hinten in einer Grundstücksecke.

Die Zwillinge liefen barfuß über die knirschenden Kieselsteine. Anna ergriff den Anklopfer und pochte vorsichtig an der hölzernen Haustür. Nichts geschah, alle Fenster blieben dunkel.

»Vielleicht schläft Herr Atos noch«, vermutete Max.

Seine Schwester klopfte erneut, dieses Mal jedoch viel kräftiger. Jeder Schwerhörige wäre nun mit Sicherheit aus dem Bett gefallen. Wieder blieb es vollkommen ruhig im Haus des Zauberers.

»Wir gehen hinein«, schlug Anna vor. Das Mädchen wusste, dass ihr Lehrmeister während seiner Abwesenheit immer einen magischen Verschluss über sein Haus stülpte. Trotzdem kannten die Zwillinge einen einfachen Trick, der so simpel war, dass kein normaler Eindringling auf diese Idee kommen würde. In einem Balkonkasten links der Haustür lag ein Schlüssel für Notfälle. Anna wühlte kurz in der kalten Erde und hielt wenig später stolz einen schweren Öffner in der Hand. Klaglos sprang die schwere

Haustür auf, die Zwillinge traten ein.

»Herr Atos?«, rief Max vorsichtig. Niemand antwortete. Eilig durchsuchten die Zwillinge Raum für Raum des gemütlichen Hauses.

»Niemand hier«, stellte Anna enttäuscht fest.

»Was nun?«, fragte ihr Bruder.

»Wir suchen weiter.«

»Wen zuerst? Unsere Tante oder Herrn Atos?«

»Ich weiß es nicht.«

Anna und Max blickten sich einen Augenblick an, dann musste das Mädchen lauthals lachen.

»Weißt du eigentlich, dass du barfuß und im Nachthemd durch die halbe Stadt gelaufen bist?«, fragte sie spöttisch.

»Dann schau dich mal selbst im Spiegel an«, grinste ihr Bruder. Plötzlich gefror jedoch sein Lächeln zu einer starren Grimasse, »Pssssst, hast du das auch gehört?«, flüsterte er entsetzt.

»Ja«, wisperte Anna mit trockener Kehle.

Auf dem Kiesweg zwischen Hopfengasse und Atos' Haus knirschten schnelle, zackige Schritte. Unaufhaltsam kam das Geräusch näher und näher.

»Wir müssen uns verstecken«, raunte Max.

Auf Zehenspitzen schlichen die Zwillinge in den Keller hinab. Es klopfte an der Haustür.

Bumm, Bumm.

Annas Herz schlug bis zum Hals, Max schnappte entsetzt nach Luft.

Bumm, Bumm.

»Herr Atos, öffne sofort die Tür«, bellte eine laute Stimme im Befehlston. »Öffne sofort, oder ich muss andere Maßnahmen ergreifen.«

»Ein Zombie?«, fragte Anna leise.

Max schüttelte seinen Kopf. Vorsichtig kletterte der Junge die steile Kellertreppe nach oben und lugte vorsichtig durch den Türspalt. Im Haus schien die Luft noch rein zu sein. Max kroch auf allen Vieren weiter in die Küche. Gerade noch rechtzeitig konnte er sich flach auf den Boden drücken, als von draußen ein Kopf mit Helm durch das Fenster lugte.

»Dort drinnen ist jemand, ich habe es genau gesehen«, brüllte die zackige Stimme. »Männer, brecht die Tür auf.«

Max robbte zurück zur Kellertür und rannte zurück zu seiner Schwester.

»Major Bockelwitz steht mit mehreren Männern vor der Tür«, erklärte der Junge. »Sie haben mich wohl gesehen und wollen nun die Haustür aufbrechen.«

»Dann droht uns keine Gefahr«, grinste Anna. Gegen den magischen Verschluss des Hauses konnten normale Soldaten ohne magische Kräfte nicht das Geringste ausrichten. Weder das Eintreten der Tür noch das Einschlagen von Fenstern würde ihnen jemals gelingen. Tatsächlich wehrte das Haus des Zauberers Stiefeltritte, Säbelstiche und Steinwürfe problemlos ab. Alle Eindringversuche prallten ohne Wirkung ab wie ein flacher hüpfender Stein auf einer ruhigen Wasseroberfläche.

»Mir ist kalt«, wisperte Anna.

»Stimmt, so eisig war es in Dangholt noch nie. Auch hier unten im Keller ist es kälter als sonst«, pflichtete Max seiner Schwester bei.

Aus dem Erdgeschoss drangen Rammgeräusche nach unten. Offenbar setzen die Soldaten von Major Bockelwitz nun einen langen Holzstamm mit Griffen ein, an dessen Vorderseite eine Eisenkugel befestigt war. Doch weder die Tür noch irgendein Fenster gab nach. Selbst wenn die Männer eine Kanone zur Hand gehabt hätten, wäre auch dieser Versuch kläglich gescheitert. Ein magischer Verschluss stellte eine besondere Sicherung dar und konnte von einem guten Zauberer wie eine Käseglocke über jeden beliebigen Gegenstand gestülpt werden. Natürlich hatte Bürgermeister Fuddelhaar verboten, die gesamte Stadt oder öffentliche Gebäude mit diesem Bann zu belegen. Atos befolgte Dangholts Gesetze, aber bei seinem privaten Eigentum verstand er keinen Spaß.

Anna und Max begriffen im Augenblick die Zusammenhänge der Geschehnisse und die ganze Aufregung nur teilweise. Sie wussten nur, dass beide denselben Traum von einem unheimlichen Schatten über Dangholt, von einem angsterfüllten Vampir und von Problemen tief unterhalb der Stadt geträumt hatten. Beunruhigender war die Tatsache, dass ihre Tante Amalia wie vom Erdboden verschwunden zu sein schien, da selbst Meister Dost als ihr Diener keinen Gedankenkontakt zu seiner Herrin aufnehmen konnte. Dann das seltsame Pergament von Tante Amalia, das zwar eine Gefahr andeutete, aber nicht den Standort der Zauberin preisgegeben hatte. Anna ärgerte sich insgeheim über den grünen Kobold, der mit seinem Niesen den Schriftzug nach den Worten »Ich bin in …« vernichtet hatte. Und nun hockten beide im Haus ihres Lehrmeisters Atos im kalten Keller, während draußen ein Trupp Soldaten vergeblich versuchte, in das magisch geschützte Bauwerk einzudringen. Und es wurde immer kälter. Kälter als jeder Winter, den es jemals auf der Würfelwelt gegeben hatte.

Major Bockelwitz brüllte neue Befehle heraus. Die Zwillinge schreckten aus ihren Gedanken hoch.

»Was hat er gerufen?«, fragte Anna.

Wie auf Kommando wiederholte der Offizier seine Anweisungen. »Umstellt das Haus«, schnarrte Bockelwitz. »An die Vordertür ein Mann, einer an die Hintertür. Und vor jedes der Fenster ebenfalls ein Mann. Leutnant?«

Knirschende, zackige Schritte näherten sich der Stimme. Das Zusammenschlagen der Hacken hallte bis in den Keller hinab. Offenbar salutierte der Gerufene gerade vor seinem Vorgesetzten.

»Melde mich wie befohlen, Herr Major!«

»Leutnant, du bleibst mit deinen Männern hier. Wir kommen zwar nicht in das Haus hinein, aber ich habe gesehen, dass sich dort jemand aufhält.«

»Wie lauten deine genauen Anweisungen, Herr Major?«

Bockelwitz seufzte kurz. »Ich dachte, das sei klar?«

»Klar, Herr Major. Wir bleiben hier.«

»Gut!«

»Und was tun wir sonst, Herr Major?«

Die Zwillinge mussten in ihrem Kellerversteck laut loslachen, hielten aber zur Sicherheit die Hände vor den Mund.

»Was du sonst tun sollst … «

Der Leutnant blickte seinen Vorgesetzten fragend an.

»… ich dachte, das sei klar. Also hier zum Mitschreiben. Wir kommen nicht in das Haus hinein, soweit die Fakten. Also umstellst du mit deinen Männern das Haus und verhinderst, dass irgendjemand herauskommt.«

Der Leutnant dachte scharf nach, traute sich aber nicht, eine weitere Frage zu stellen. Mit Major Bockelwitz war nicht gut Kirschen essen. Trotzdem verstand er den Sinn der Aktion nicht. ›Gut, der Grund des Besuchs in der Hopfengasse ist klar‹, dachte er zufrieden. ›Bürgermeister Fuddelhaar hat den Major persönlich beauftragt, den Zauberer Atos ins Rathaus zu holen. Der Grund sind wohl diese unheimlichen Paukenschläge, das *wumm, wumm*‹, vermutete er. Jetzt folgte der unklare Teil seiner Gedanken. ›Wir kommen nicht in das Haus hinein und umstellen es. Der Zauberer Atos hockt im Haus und kann nicht herauskommen. Wo ist da der Sinn?‹

Der Leutnant sah vor seinem schlichten geistigen Auge bereits den Tag in klirrender Kälte vor dem Haus in der Hopfengasse verstreichen. Keine schönen Aussichten. In der Wachstube am Marktplatz lockten ein Ofen, heißer Kaffee und nette Würfelspiele mit den Kameraden, aber hier?

Zum Glück schien Major Bockelwitz die wirren Hirnwindungen seines Untergebenen zu erahnen.

»Ich marschiere zum Rathaus und berichte Bürgermeister Fuddelhaar von der aktuellen Lage. Wir benötigen den Beistand eines anderen Zauberers, um in dieses Haus zu gelangen. Soviel steht fest!«

»Und dann, Herr Major?«

»Herrje«, seufzte Bockelwitz. »Ich kehre so schnell wie möglich mit einem Zauberer oder anderen Weisungen des Bürgermeisters zurück.«

»Und dann, Herr Major?«

Anna und Max drohten vor Lachen zu platzen und konnten nur mit Mühe verhindern, nicht laut loszuprusten.

»Dann knacken wir das Haus hier wie eine Auster«, brüllte Bockelwitz und stapfte von dannen. Die Zwillinge hörten die zackigen Schritte auf dem Kiesweg, dann das quietschende Geräusch der Gartenpforte. Der Leutnant postierte mit keifenden Befehlen seine Männer an den befohlenen Stellen.

›Hier kommt keine Maus mehr rein oder raus‹, dachte er zufrieden.

Stille kehrte im Keller ein. Anna fror. Die Luft schien von Minute zu Minute weiter abzukühlen, da beim Sprechen der Atem dampfende Wolken vor dem Mund bildete.

»Wir schleichen nach oben«, schlug Max bibbernd vor. Das dünne Nachthemd bot kam Schutz gegen die eisige Kälte, die durch die Bewegungslosigkeit der Zwillinge in ihrem Versteck noch stärker am Körper nagte. Anna und ihr Bruder wollten ihren Plan gerade in die Tat umsetzen, als sie erneut ein Geräusch hörten. Ein scharrendes, kratzendes Geräusch. Ein Geräusch im Haus? Nein, viel näher. Ein Geräusch direkt hier im Keller.

»Es ist noch jemand hier unten«, wisperte Anna. Ihre Augen blickten entsetzt zu Max hinüber. Dem Jungen lief ein eiskalter Schauer den Rücken hinunter. Ganz langsam. Auf den Armen seiner Schwester entdeckte er eine Gänsehaut wie ein Reibeisen. Nicht durch die Kälte ausgelöst, sondern durch das Geräusch direkt hinter ihnen in der Dunkelheit des Gewölbes.

»Pssssst«, zischte eine feine Stimme aus der Finsternis.

Die Zwillinge erstarrten vor Angst. Sie waren im Keller nicht mehr alleine.

»Es ist bestimmt Meister Dost«, flüsterte Anna. »Der Kobold hat sich Sorgen gemacht und ist uns gefolgt.«

Auch dieser letzte, verzweifelte Versuch einer Erklärung misslang.

»Pssst«, zischte die Stimme erneut. »Ich bin *nicht* Meister Dost!« Anna und Max schluckten entsetzt.

Einige Zeit vor den Erlebnissen der Zwillinge in seinem Keller hatte Atos gerade das Dangholter Schloss verlassen. Obwohl er kaum geschlafen hatte, war der Zauberer hellwach und in großer Eile. In seinem Kopf schrillten mehrere Alarmglocken gleichzeitig. Der unheimliche Schatten, von dem der erstarrte Baron von Herzblut berichtet hatte, das bläuliche Schimmern, der eiskalte

Atem des Angreifers; all das klang nicht nach einem Taschendieb oder Wegelagerer. Atos fand, dass sich die ganze Sache nicht einmal wie ein normaler Überfall anhörte. Aber was war dann geschehen? Der Zauberer wusste es nicht, verspürte aber Ahnungen in verschiedensten Richtungen. Ohne Furcht marschierte er durch die nächtlichen Gassen und Straßen der Hauptstadt. Auf halbem Wege hielt er kurz inne und blickte sich um. Er meinte, ein Geräusch gehört zu haben, konnte aber nichts und niemanden entdecken.

›Kein Verfolger in Sicht‹, dachte er erleichtert. Atos verwarf den Gedanken, sich in einen Adler zu verwandeln, um schneller sein Ziel erreichen zu können. Jede Umwandlung in eine andere lebendige Gestalt oder in einen scheinbar leblosen Gegen-stand war mit großer Mühe und körperlichen Schmerzen verbunden. Der Zauberer beschloss, diese Fähigkeit nur in einer *echten* Notsituation einzusetzen und marschierte weiter in Richtung Marktplatz. Das goldene Pendel von Dangholt zog ruhig und gleichmäßig seine Bahnen im Schein einiger Straßenlaternen, die den Mittelpunkt der Hauptstadt nachts in ein feines Licht tauchten. Alle Kaufleute in ihren Häusern rund um den Marktplatz schienen zu schlafen. In sanften Träumen stapelten sie Geld und Goldstücke von links nach rechts und wieder zurück. Hinter keinem der Fenster brannte Licht. Auch das steinerne Rathaus stand verwaist und dunkel vor dem Zauberer. In einer Wachstube der Stadtwache schob ein einsamer Soldat Dienst, schien aber dabei eingeschlafen zu sein. Aus dem Keller drang ein Wirrwarr von Stimmen nach oben.

›Wahrscheinlich glüht dort unten der Knobelbecher und die Männer verspielen gerade ihren Sold‹, dachte Atos. Ihm sollte es Recht sein, solange er unbeobachtet den Marktplatz passieren konnte. Sei Ziel lag nun direkt vor ihm. Erleichtert stellte der Zauberer fest, dass Wenzel nicht schlief. Aus einem kleinen, vergitterten Fenster weit oben im Dachgeschoss der Bibliothek drang magisches kaltes Licht in die trübe Nacht hinaus. Wie im gesamten Bibliotheksbereich benutzte Wenzel auch in seiner Privatkammer ausschließlich spezielle Leuchtmittel. Jedes offene Feuer, ganz gleich ob am Ende eines Streichholzes, einer Kerze, einer Fackel oder am Docht in einer Petroleumleuchte war strengstens verboten. Zu groß war die Gefahr, dass die wertvollen Schriften ein Raub der Flammen wurden. Viele Bibliotheken in anderen Städten oder Klöstern gaben hier ein warnendes und abschreckendes Beispiel ab. Bücher aus Papier ruhten dort in Regalen aus Holz, zu denen Treppen aus Holz führten. An hölzernen Tischen arbeiteten die Mönche im Schein von heißen Petroleumlampen und wärmten ihre Füße an Kaminen mit brennenden Holzscheiten.

Wenzel, der Bibliothekar, liebte seine Bücher und fand, dass Papier, Holz und offenes Feuer zusammen eine tickende Zeitbombe darstellten. Es war keine Frage *ob* etwa geschehen würde, sondern lediglich *wann* eine solche Kombination die Bibliothek in Schutt und Asche legen würde. Aus diesem Grund war die Dangholter Bibliothek anders konstruiert. Alle Bücherregale bestanden aus geschmiedetem Eisen. Auch in der Bibliothek selbst befand sich keine einzige Kerze, keine Fackel, keine Petroleumleuchte. Nur Kronleuchter mit Glühwürmchen oder anderen magischen Lichtern erhellten die riesigen Säle.

Atos erreichte ungesehen das eiserne Portal zur Bibliothek und klopfte an. Fast im selben Moment wurde eine kleine Luke geöffnet.

»Geschlossen!«, knurrte die tiefe Stimme eines Zombies.

»Ich weiß«, nickte der Zauberer. »Ich bin Atos.«

»Verzeiht, Herr.«

Der wortkarge Riese schloss die Luke wieder. Mit einer Geschwindigkeit, die man einem zusammengeflickten Untoten nicht zugetraut hätte, öffnete der Zombie das schwere Zugangstor. Es folgte ein Gang, an dessen Ende eine zweite Eisentür den Weg versperrte. Erst nachdem der Zombie die erste Tür verschlossen hatte, ließ sich die zweite Pforte öffnen. Atos betrat den großen Lesesaal und traf auf ein hektisches Treiben. Die Nachtschicht war damit beschäftigt, Buchrückgaben in die Regale zu sortieren, Eselsohren zu bügeln und Fettflecken mit magischer Tinktur von den Buchseiten zu entfernen. Für unadelige Vampire stellte die Bibliothek eine begehrte Arbeitsstätte dar, da man hier zu jeder Tages- und Nachtzeit bei künstlichem und damit ungefährlichem Licht seine Aufgaben verrichten konnte. Tief unten im Keller der Bibliothek werkelte ein Heer von Gnomen, das sich nur sehr selten im Lesesaal blicken ließ. Diese Wichte waren spezialisiert auf die Reparatur von Büchern und auf das handschriftliche Kopieren von einzelnen Seiten oder ganzen Bänden. Wenzel liebte die Ordnung, jedes Buch musste am richtigen Platz im Regal stehen und ohne sichtbare Mängel sein. Der Bibliothekar schien nie zu schlafen und kannte nahezu jedes wichtige Buch auswendig.

Atos stieg über eine schmiedeeiserne Wendeltreppe in die Privaträume des Bibliothekars hinauf. Wenzel saß in einem gemütlichen Ohrensessel und las in einem uralten Buch mit Ledereinband und aufwändigen Verzierungen. Auf einem kleinen Tischchen glimmte eine magische Leuchte, in der Glühwürmchen herumflatterten. Es roch nach frischem Kaffee. Ohne von seinen Buchseiten aufblicken zu müssen erkannte der Bibliothekar an den nahenden Schritten seinen langjährigen Freund Atos.

»Guten Morgen oder besser gute Nacht, Atos«, grinste der Bücherwurm. »Was führt dich zu mir?«

»Probleme«, seufzte der Zauberer.

»Musst du wieder die Welt retten?«, scherzte Wenzel.

»Das könnte sogar passieren«, entgegnete Atos besorgt.

Wenzel schloss das schwere Buch und widmete seine volle Aufmerksamkeit dem Magier.

»Was ist geschehen, und was kann ich dabei tun?«

Atos berichtete von den Vorkommnissen der letzten Nacht, vom erstarrten Vampir, dem Schatten mit eisigem Atem und anderen Merkwürdigkeiten.

»Außerdem wird es draußen immer kälter. Kälter als in jedem Winter zuvor, soweit ich mich zurückerinnern kann«, schloss der Zauberer seinen Bericht ab. »Und nun zu meiner Bitte. Ich benötige zwei Informationen. Wobei ich weiß, dass die Suche mühsam ist und viel Zeit kosten wird.«

»Meine Mitarbeiter sind geschickte Spürnasen«, versprach Wenzel.

»Ich weiß. Lass bitte herausfinden, ob es schon jemals einen so kalten Winter in Dangholt gegeben hat, wie in diesem Jahr.«

»Und weiter?«

»Die zweite Information betrifft den erstarrten Vampir Baron von Herzblut. Finde heraus, ob es einen Bericht aus früheren Jahrhunderten gibt, in denen ein erstarrten Blutsauger oder riesige Schattenwesen mit eisigem Atem eine Rolle spielen. Schaut auch in alten Legenden, Märchen und Sagen nach.«

Wenzel rief einen Vampir aus dem großen Lesesaal zu sich, um die notwendigen Anweisungen zu erteilen. Anschließend wandte er sich wieder Atos zu. »Ich schicke dir eine Nachricht, sobald wir die passenden Informationen gefunden haben. Magst du einen Kaffee?«

»Später vielleicht, ich muss eilig zu meinem nächsten Ziel. Ich muss zur Zauberin Amalia«, lehnte Atos dankend ab. »Noch eine Frage. Wo finde ich Knirk?«

Bevor Wenzel antworten konnte, huschte eine flinke Ratte aus ihrem Versteck hervor und blieb vor Atos stehen. Der Zauberer hob den Nager auf das Tischchen neben Wenzels Ohrensessel.

»Knirk, mein Freund.«

»Ist mir ein Vergnügen, dass Atos der Zauberer nach mir fragt«, antwortete der Rattenspion. Knirk lebte im Schutz der Bibliothek, hatte aber in Dangholt seine Augen und Ohren überall. Benötige man Informationen, war man beim Rattenspion an der richtigen Adresse. Knirk kannte jeden Winkel, jede Gasse, jeden Schleichweg und alle Abwasserkanäle. Auch unterhalb der Stadt gab es genügend geheime Gänge, ein undurchdringliches Labyrinth aus stinkenden Rinnsalen und glitschigen Bächen. Knirk nutzte sie alle. Atos hatte schon oft auf die Dienste des verschwiegenen Spions zurückgegriffen.

»Dann hast du eben ja sicher schon gehört, was mit Baron von Herzblut geschehen ist?«, vermutete Atos.

»Korrekt, aber ich war auch schon im Spiegelkabinett des Schlosses, als du dem Vampir deinen Zaubertrunk gemischt hast. Starke Vorstellung«, lobte Knirk.

»Dann bist *du* mir eben auch auf dem Weg vom Schloss zur Bibliothek gefolgt«, stellte der Zauberer fest.

»Hast du es doch bemerkt«, ärgerte sich die Ratte verlegen.

»Du warst gut«, beruhigte Atos. »Kannst du für mich einen Auftrag erledigen?«

Knirk nickte.

»Es geschehen seltsame Dinge in Dangholt. Schleiche dich in das Gefängnis und sieh nach, ob Garmander[1] noch in seiner Zelle sitzt. Ich habe das Gefühl, dass dunkle Mächte am Werk sind. Anschließend treffen wir uns in Amalias Haus.«

Genauso schnell und leise, wie der Rattenspion aufgetaucht war, verschwand er wieder von der Bildfläche und machte sich auf den Weg zum Dangholter Gefängnis.

Atos wollte Wenzels Räume gerade verlassen, als die Erde erzitterte.

Wumm, wumm.

Obwohl die Bibliothek aus Stein gebaut war, bebten alle Regale. Wenzels Kaffeetasse schepperte.

Wumm, wumm, wumm.

Mächtige Paukenschläge erklangen von überall und nirgendwo zugleich.

»Damit dürfte die Nachtruhe in Dangholt für heute zu Ende sein«, bemerkte Atos. Er nahm das Getöse erstaunlich gelassen hin.

»Ein Erdbeben ist das nicht, oder?«, vermutete Wenzel.

Wumm, wumm, wumm.

Atos schüttelte den Kopf. »Es klingt wie Paukenschläge, die tief aus dem Inneren der Würfelwelt herausdringen und alles an der Oberfläche in Schwingungen versetzen.«

»Seltsam, aber ich erinnere mich schwach an eine Legende, die ich vor langer Zeit gelesen habe. Ich werde persönlich sofort danach suchen.«

Wumm, wumm.

Weitere Bücher fielen aus den Regalen. Die Gnomen und Vampire hatten nun alle Hände voll zu tun, die Unordnung zu beseitigen und parallel dazu die Suchaufträge zu bearbeiten.

---

[1] Garmander, einst Meister der Zauberergilde, war vor einiger Zeit bei Bürgermeister Fuddelhaar in Ungnade gefallen und saß nun in einer magisch geschützten Zelle im Gefängnis von Dangholt. Auch Max und Anna waren damals nur mit viel Glück den Angriffen des Magiers entkommen.

Wenzel durchstreifte zielsicher die endlosen Gänge in der Bibliothek, schob hier und dort ein aus den Reihen hervorstehendes Buch nach hinten. Atos folgte dem wieselflinken Bibliothekar, der voller Stolz vor dem Regal mit der Nummer DCCCLXIX seine Reise durch das Labyrinth beendete.

»Hier muss es sein, genau hier«, lächelte Wenzel. Atos bewunderte das Gedächtnis des Bibliothekars, hatte er doch selbst oft Schwierigkeiten, sich an das Mittagessen von gestern zu erinnern.

»Wonach suchen wir?«, fragte der Zauberer.

»Seltsam«, grübelte Wenzel, ohne die Frage zu beantworten. »Genau hier müsste das Buch stehen!« Mit entsetztem Blick wies Wenzels ausgestreckter Arm auf eine Lücke im Regal. »Diese uralten Bände werden niemals verliehen. Nur die Mitarbeiter der Bibliothek dürfen diesen Bereich der Regale betreten. Ich frage bei den Gnomen und Vampiren nach.«

Doch weder im Keller noch im Verantwortungsbereich der Vampire entdeckten Wenzel und Atos das gesuchte Werk.

»Die Legende von der magischen Eisharfe ist verschwunden«, hauchte der Bibliothekar entsetzt. »Dieses Buch erzählt von einer riesigen Pauke, soweit kann ich mich erinnern. Und von einem beschwerlichen Weg durch die Unterwelt aus Wasser und Eis, hin zur erlösenden magischen Eisharfe.«

»Was genau hat es mit der Harfe auf sich?«, fragte Atos interessiert.

»Nur mit Hilfe der magischen Eisharfe kann der Legende nach die Würfelwelt gerettet werden. Aber der genaue Weg dorthin steht im fehlenden Buch. Vielleicht ist an der Überlieferung etwas Wahres?«

»Bitte sucht weiter«, bat der Zauberer.

Das Geräusch, das wie eine unterirdische Riesenpauke klang, verstummte so plötzlich, wie es begonnen hatte. Atos verließ durch den Haupteingang die Bibliothek. Der Wachzombie kaute genüsslich auf einem Stück rohen Fleisch herum und ließ den Zauberer ungestört passieren. Atos beschloss, dass es besser sei nicht zu fragen, woher das Fleisch stammte. Die Paukenschläge schienen den Untoten überhaupt nicht beeindruckt zu haben. In dem Moment, als er den Marktplatz betrat, gab es vor dem Gebäude der Stadtwache ein Spektakel. Atos drückte seinen Körper flach an die Hauswand und lauschte. Ein Trupp Soldaten marschierte zu dieser frühen Stunde eilig vorbei am goldenen Pendel und verschwand in einer dunklen Gasse. Der Zauberer konnte nicht ahnen, dass Major Bockelwitz in diesem Moment mit seinen Männern im Gleichschritt zu seinem Haus unterwegs war. Selbst wenn er es gewusst hätte, bestand aus seiner Sicht kein Grund zur Panik. Sein Eigentum lag sicher und geborgen hinter einem magischen Verschluss.

Der Morgen über Dangholt kroch mühsam heran und zog der Nacht die dunkle Decke vom Gesicht. Atos erreichte Amalias Haus und klopfte. Niemand öffnete. Der Zauberer stellte fest, dass kein magischer Verschluss das Gebäude schützte. Zu seiner Überraschung bemerkte Atos, dass die Haustür nicht verschlossen war. Ein leichter Druck gegen die schwere Holzpforte gab den Weg in Amalia Haus frei. Ein hilfloser grüner Kobold hockte trübselig im Schneidersitz auf dem Küchentisch und schimpfte leise vor sich hin. Eine riesige Beule leuchtet mitten auf der grünen Stirn.

»Verfluchter Schnupftabak, verfluchter Schal«, meckerte Meister Dost.

»Was hast du am Schnupftabak auszusetzen?«, fragte Atos erstaunt.

»Seinetwegen musste ich niesen, dabei sind alle Buchstaben vom Pergament geflogen.«

Atos verstand genug, um besorgt zu sein.

»Das Pergament stammt von deiner Herrin, nicht wahr?«

»Korrrrrekt«, stammelte der Kobold aufgeregt. »Frau Amalia ist spurlos verschwunden, ich kann keinen Gedankenkontakt knüpfen«, klagte er. »Unter dem Küchentisch lag nur ein Pergament mit einer Nachricht ...«

»... von deiner Herrin, und du hast ...«

»... ich habe die Sache verbockt weil ...«

»... du die Schrift vom Pergament geniest hast ...«

»... bevor wir den ganzen Text gelesen hatten«, beendete der Kobold den abwechselnden Satz.

»Wiederhole die Nachricht, soweit du sie gelesen hast«, drängte Atos.

»Dangholt ist in großer Gefahr. Ein Schatten ist in der Stadt. Wichtige Angelegenheiten dulden keinen Aufschub. Amalia«, schnarrte Meister Dost. »Ich bin in ...«, und dann musste ich unglücklicher Weise niesen. »Dann hörten wir *wumm, wumm*.«

»Wo sind Anna und Max?«, fragte Atos besorgt.

»Ich dachte, sie sind bei dir, Herr Atos. Sie sind vor einiger Zeit aufgebrochen, um Rat zu suchen. Hast du sie nicht gesehen? Sie werden sich erkälten.«

»Ich war unterwegs, Graf Krommel ließ mich mitten in der Nacht holen.« Eilig berichtete Atos vom erstarrten Vampir. »Warum bist du den Zwillingen nicht gefolgt?«

»Der Schal war Schuld!«

»Was ist gegen einen Schal einzuwenden, bei dieser Kälte?«

Meister Dost beichtete sein Missgeschick.

»Ich war wohl eine Zeit bewusstlos, kam erst kurz vor deinem Eintreffen wieder zu mir, bin froh, mich überhaupt an etwas zu erinnern. Ich hasse Schnupftabak. Und ich hasse meinen viel zu langen Schal.«

Knirk schlüpfte atemlos durch die einen Spalt weit geöffnete Haustür.

»Verdammt kalt heute an der Oberfläche. In den Abwasserkanälen ist es noch recht angenehm. Ich bringe eine gute und eine schlechte Nachricht aus dem Gefängnis.«

Meister Dost erschrak. »Ist Garmander ausgebrochen?«

»Nein, das ist die gute Nachricht. Er hockt wie immer in seiner magischen Zelle. Redet zwar etwas wirr daher von einem Schatten und dem Untergang der Würfelwelt, aber er ist sicher verwahrt.«

»Und die schlechte Nachricht?«, fragte Atos mit sorgenvoller Miene.

»Sie betrifft dich. Bürgermeister Fuddelhaar hat Major Bockelwitz und seine Männer ausgeschickt, dich abzuholen und ins Rathaus zu begleiten. Sie sind bereits abmarschiert.«

»Ich habe vorhin einen Trupp Soldaten gesehen, als ich Wenzels Bibliothek verließ«, nickte der Zauberer. »Anna und Max sind in Gefahr, vielleicht sind beide Bockelwitz direkt in die Arme gelaufen und werden nun verhört, oder sie haben sich im Haus versteckt und benötigen Hilfe.«

»Bin gleich zurück, bitte wartet hier«, bat Knirk und schlüpfte auf die eisige Straße hinaus. Wenige Sekunden später verschluckten dampfende Nebelschwaden den Nager. Der Rattenspion wählte einen Weg durch die Kanalisation, entlang der breiten Abwassergräben und künstlichen Kanäle. Die Hauptstadt der Würfelwelt war über die Jahrhunderte ringförmig um den Marktplatz und das goldene Pendel herum gewachsen und wurde daher nicht, wie allgemein üblich, an den Ufern eines Flusses erbaut. Der Fluss Klo verband die großen Meere der Würfelwelt miteinander, floss aber nicht direkt an der Stadt vorbei. Irgendwann in ferner Zukunft, wenn weitere Ringe der Stadtmauer notwendig waren, würde die Stadtgrenze vielleicht das Flussufer berühren. Bis dahin sollten künstliche Kanäle frisches Flusswasser in die Stadt spülen. So war der Plan. Leider hatten die Bewohner Dangholts diese Erfindung jedoch gründlich missverstanden. Sie entsorgten jede Art von Müll, Opfer von Überfällen und Streitigkeiten, Essensreste und Nachttopfinhalte in den Kanälen. So kam es, dass die langsam fließenden künstlichen Wasserstraßen noch langsamer wurden und zu jeder Jahreszeit ein übler Gestank wie eine Käseglocke über manchen Stadtbezirken hing. Der Winter galt dabei noch als angenehme Jahreszeit, aber im Sommer stanken die Kanäle zum Himmel, dass sogar die Götter eine Nasenklammer aufsetzen mussten. So kam es, dass in Dangholt kaum ein Kind schwimmen lernte.

Doch dieser Winter schien ein neues Problem mit sich zu bringen. Knirk beobachtete, dass Teile der Oberflächen von besonders schlecht fließenden Kanälen einzufrieren begannen. In normalen Jahren fiel in Dangholt kaum Schnee, auch grimmiger Frost war den Bewohnern so gut wie unbekannt. In der Enge der Stadt schmiegten sich Häuser aneinander, jeder Fleck wurde bebaut. Die drei ringförmig angelegten Stadtmauern boten nicht nur Schutz gegen ungebetene Gäste, sondern auch gegen Wind und Sturm, die Kälte in die Stadt hätten treiben können. Knirk tauchte kurz an der Oberfläche auf, um die Lage auf den Straßen zu überprüfen. Trotz eisiger Kälte und der frühen Morgenstunde wimmelte es nur so von Füßen. Aus dem Blickwinkel einer Ratte wurden Lebewesen nicht nach ihrer Statur oder ihren Gesichtern beurteilt, sondern in erster Linie nach ihren Füßen und ihrer Gangart. Knirk erkannte, dass arme und reiche, junge und alte, gesunde und kranke, dicke und dünne, saubere und schmutzige Bewohner wie ein aufgeschreckter Hühnerhaufen durch die Straßen und Gassen stolperten. Von riesigen Zombielatschen, die man als Paddel hätte benutzen können bis zu winzigen Koboldstiefeln bewegten sich alle Arten von Schuhen, Sandalen und Galoschen vor seiner Nase hin und her. Auffallend viele Kinder liefen trotz der Kälte barfuß oder trugen mit Lederriemen umwickelte Stofflumpen als Schuhersatz.

›Waisenkinder‹, seufzte Knirk. Die Einwohner schienen in Richtung des Marktplatzes zu strömen. Das unheimliche Paukengeräusch, die erzitternde Erde, die plötzliche Kälte hatten die Dangholter verunsichert und verängstigt. Dabei wussten die verschreckten Bürger noch nichts vom nächtlichen Ereignis an Breitschuhs Wachturm. In der Bevölkerung der Würfelwelt herrschte ein tiefer Aberglaube, ein Glaube an Legenden, Sagen und Märchen. Jeder kleine Hinweis wurde von Hobbyhexen sofort gedeutet, aus dem Kaffeesatz oder Hühnerknochen herausgelesen und heraus posaunt. Knirk fing Wortfetzen der vorbeieilenden Wesen auf, die seine Befürchtungen bestätigten. Die Gerüchteküche brodelte, und jeder hatte seinen Senf dazuzugeben.

»… der Riese schlägt die Pauke des Weltuntergangs …«

»… der Vulkan Tonaluga ist ausgebrochen …«

»… es wird immer kälter, die Götter haben das Feuer der Sonne gelöscht …«

»… Brezeln, frische Brezeln …«

»… ich habe dir gesagt, du sollst deinen Teller leeressen. Sieh nun, was wir davon haben, dass du nicht gehört hast …«

Der Rattenspion musste kurz grinsen. Immer mehr Leute strömten zum Marktplatz vor das Rathaus. Knirk lief in entgegen gesetzter Richtung, und kam kurze Zeit später ungesehen vor dem Haus des Atos an. Er konnte gerade noch erkennen, dass die Zwillinge den Hausschlüssel aus dem Balkonkasten nahmen und im Gebäude des Zauberers verschwanden. Noch bevor der Nager ihnen folgen konnte, hörten seine feinen Ohren die Schritte der nahenden Stadtwache. Knirk beobachtete amüsiert und besorgt zugleich die vergeblichen Versuche, die Tür einzurammen oder die Fenster einzuschlagen. Um einen magischen Verschluss zu überwinden, bedurfte es mehr als stumpfer, grober Gewalt von Soldaten. Während Major Bockelwitz seinem begriffsstutzigen Leutnant Anweisungen erteilte, schlüpfte der Rattenspion durch einen unterirdischen Zugang in den Keller des Hauses. Auch der Geheimgang war mit einem Schutz versehen, aber Knirk kannte das Kennwort. Er sah die Zwillinge vor sich am Boden kauern und gab einen Laut von sich.

»Pssssst«, zischte er aus der Finsternis.

Die Zwillinge schienen vor Angst zu erstarren.

»Es ist bestimmt Meister Dost«, flüsterte Anna. »Der Kobold hat sich Sorgen gemacht und ist uns gefolgt.«

»Pssst«, zischte Knirk erneut. »Ich bin *nicht* Meister Dost! Knirk ist hier, Herr Atos schickt mich.«

Anne und Max fiel ein Stein vom Herzen. Das Zittern vor Angst wurde nun wieder von der Kälte abgelöst. Schlotternd standen die beiden wie ein Häuflein Elend vor dem Nager.

»Wo ist Herr Atos?«, fragte Max besorgt.

»Jetzt im Haus eurer Tante, davor war er aber schon im Spiegelkabinett des Schlosses und bei Wenzel in der Bibliothek. Es ist eine Menge geschehen, in der letzten Nacht.«

Anna nickte. »Gibt es eine Spur von Tante Amalia?«, fragte das Mädchen bekümmert. »Sie hat nur ein Pergament auf dem Küchentisch hinterlassen …«

»… von dem der grüne Kobold die entscheidenden Worte herunter geniest hat«, ergänzte Max grinsend.

»Herr Atos versucht, ob er den magischen Text auf irgend eine Weise wieder sichtbar machen kann«, erklärte Knirk. »Es gibt immer noch keine Spur von Amalia. Auch Meister Dost ist nicht in der Lage, Gedankenkontakt zu seiner Herrin aufzunehmen.«

»Warum ist das Haus von der Wache umstellt?«, sorgte Anna sich. »Schließlich hat Bürgermeister Fuddelhaar den Zauberer schon einmal verhaften und zusammen mit einem Brülltroll in eine Zelle stecken lassen.«

»Stimmt, und später stellte sich heraus, dass Garmander ...«, begann Max.

»Wir alle kennen die Geschichte«, unterbrach Knirk, ohne dabei unhöflich zu wirken. »Major Bockelwitz lässt das Haus umstellen und marschiert selbst zurück zum Rathaus. Wahrscheinlich, um neue Anweisungen vom Bürgermeister zu erhalten. Der Stadtobere hat ein Problem. Die Bevölkerung stürmt gerade jetzt den Marktplatz und erwartet eine Rede des Bürgermeisters.«

»Was hat Herr Atos mit der ganzen Sache zu tun?«, fragte Max verunsichert. »Er ist doch nicht Schuld am *wumm, wumm*!«

»Das stimmt, aber wahrscheinlich wissen die Berater des Bürgermeisters nicht weiter, und ihr kennt ja den dünnen Geduldsfaden von Fuddelhaar«, grinste Knirk. »Bockelwitz hat jedenfalls einen von euch beiden durch ein Fenster kurz gesehen und denkt nun, dass Herr Atos sich im Haus verschanzt hat.«

»Ist das gut oder schlecht?«, grübelte Anna.

»Gut für Herrn Atos, er gewinnt Zeit«, erklärte der Rattenspion. »Und schlecht für euch, denn im Augenblick sitzt ihr hier in der Falle.«

»Können wir nicht einfach hinauf gehen und uns ein Feuer im Kamin anzünden«, schlug Max bibbernd vor.

»Oder wir öffnen einfach die Haustür, überraschen die Soldaten und laufen davon«, schlug Anna vor.

»Nein, niemand darf euch sehen. Die Soldaten müssen glauben, dass Herr Atos hier im Haus gefangen ist. Dort hinten in der Ecke liegen leere Kartoffelsäcke. Keine hübsche Mode, aber trocken und warm.«

»Aber wir können doch hier nicht einfach hocken, während unsere Tante in Gefahr schwebt«, protestierte Anna. »Ich würde einfach aus dem Haus laufen ...«

»... und die Wache überraschen«, ergänzte Max.

»Wir gehen geschickter vor«, erklärte Knirk mit listiger Stimme. »Aber ich benötige eure Hilfe. Was haltet ihr von diesem Vorschlag?«

Die Drei steckten ihre Köpfe zusammen, und der Rattenspion

erklärte seinen Plan.

Bürgermeister Fuddelhaar hatte ausgesprochen schlechte Laune. Der Stadtobere von Dangholt war ein äußerst mächtiger Mann. Als Regent der Hauptstadt und oberster Richter in einer Person konnte er über das Schicksal jedes Bürgers mit einer Unterschrift entscheiden. Seine Statur wirkte unscheinbar, aber seine Launen machten ihn zu einem gefürchteten Gegner.

Der Tag hatte schlecht angefangen, sehr schlecht. Denn es war noch früh am Morgen, und Fuddelhaars geplanter Tagesablauf stand schon jetzt auf dem Kopf. Der Bürgermeister galt als Gewohnheitsmensch, alle Termine, Mahl- und Ruhezeiten standen fest wie in Granit gemeißelt. Jede Störung konnte den Verursacher Kopf und Kragen kosten, wenn er nicht schnell genug in Deckung ging oder keinen wirklich guten Grund vorbringen konnte.

Doch an diesem Wintermorgen gab es keinen Verantwortlichen für das Durcheinander. Jedenfalls war er noch nicht gefunden worden.

Noch vor Sonnenaufgang stand der Bürgermeister von einer Sekunde auf die andere plötzlich senkrecht in seinem mit edlen Leinentüchern bezogenen Daunenfederbett. Ein unglaublich lautes Geräusch, das wie *wumm, wumm* klang, dröhnte höllisch in seinem Kopf. Kurze Zeit später erzitterte das Schlafgemach, und ein Kronleuchter aus edlem loppelwuhischem Bergkristall zerschellte auf dem Marmorfußboden in tausend Einzelteile. Nachdem alle Diener zu Schnecke gemacht worden waren, ließ Fuddelhaar seine persönlichen Berater holen. Doch niemand war in der Lage, das unheimliche Ereignis zu erklären. Weder die Astronomen noch die Astrologen wussten Rat. Schließlich konnte sich niemand an ein solches Ereignis erinnern. Auch nicht der Gildenmeister aller Zauberer[1], der ehrenwerte Daribert. Die

---

[1] Diese Stellung hielt vor mehr als zehn Jahren die Zauberin Amalia inne, wurde aber von Bürgermeister Fuddelhaar aufgrund einer Hinterhältigkeit Garmanders entlassen. Als

Laune des Bürgermeisters sank schneller als die Temperatur in Dangholt.

Es gab weitere Dinge, die Fuddelhaar hasste wie die Pest. Viele Dinge. An erster Stelle seiner privaten Liste des Abscheus stand, oder besser gesagt lag, ein besonderer Gegenstand. In einer mit Gold verzierten Schachtel ruhte in der Nacht das Heiligtum des Bürgermeisters. Oder besser gesagt das, was die Ahnen und der Aberglaube für das Heiligtum hielten. Andere Herrscher trugen Kronen, goldenen Halsketten, Zepter oder andere wertvolle Schmuckstücke. Da Fuddelhaar aber nicht nur das Amt des Stadtregenten und Bürgermeisters, sondern auch noch das des oberster Richters von Dangholt innehielt, trug er als Zeichen der unumschränkten Macht eine Perücke. So lange die Ahnen zurückdenken konnten, gab es diesen Brauch, also durfte man auch nichts daran ändern. Leider. Fuddelhaar selbst hielt das mottenzerfressene Stück für einen verlausten Feudel, für eine verfilzte Haarmatte. Die Perücke hatte einen weiteren Nachteil. Unter ihr wurde es zu jeder Jahreszeit unerträglich heiß, der Kopf juckte erbärmlich. Aber alte Bräuche sind eben alte Bräuche, daran konnte selbst ein mächtiger Mann wie Fuddelhaar nichts ändern. Also änderte die Perücke seine Laune. Sobald sein Diener das Erbstück nur in seine Nähe brachte, verzog Fuddelhaar das Gesicht, als hätte er gerade in eine unreife uribesmatische Megazitrone gebissen.

Die Nummer zwei auf der Liste der Unausstehlichkeiten waren Probleme. Jedes Problem bedeutete eine Störung des geordneten Tagesablaufs. Und heute gab es ein ernstes Problem, das alle weiteren Abneigungen gegen unfähige Berater oder schlechtes Essen in den Hintergrund rückte. Bürgermeister Fuddelhaar war ein erfahrener Mann. Er wusste genau, wann eine Situation für ihn selbst und seine Macht gefährlich werden konnten. Dies war immer dann der Fall, wenn die Bevölkerung in Aufruhr geriet. So wie in diesem Augenblick. Fuddelhaar schwitzte, die Perücke juckte, er war geladen wie ein Pulverfass, an dem die Lunte

---

schließlich Garmander seinerseits beim Regenten in Ungnade gefallen war, hatte der listige Bürgermeister die Stellung erneut Amalia angeboten. Die Tante der Zwillinge lehnte dieses Angebot jedoch dankend ab.

bereits brannte. Missmutig marschierte der Bürgermeister im großen Saal des Rathauses auf und ab. Wäre der Fußboden nicht aus hartem Granitstein gewesen, hätte Fuddelhaar eine tiefe Furche darin hinterlassen. Nervös lugte er durch einen Spalt zwischen den schweren noch geschlossenen Vorhängen hindurch auf den Marktplatz. Aus dem im oberen Stockwerk gelegenen Sitzungsraum konnte man das goldene Pendel, die gepflegten Kaufmannshäuser gegenüber, aber insbesondere die unerbittlich herbeiströmende Bevölkerung beobachten.

»Wo bleibt der Zauberer Atos?«, schimpfte Fuddelhaar.

Seine Berater zogen die Köpfe ein, da sie auch diese Frage nicht beantworten konnten. Der Bürgermeister hatte Major Bockelwitz mit einem Trupp der Stadtwache zum Haus des Zauberers geschickt, nachdem seine eigenen Berater das *wumm, wumm* nicht erklären konnte. Schließlich kam jeder zusätzliche Sündenbock gelegen, dem er die unheimlichen Vorgänge in die Schuhe schieben konnte. Doch langsam wurde die Zeit knapp. Fuddelhaar wusste, dass er bald eine Ansprache vom Balkon des Rathauses halten musste. Die Bürger waren lästig, sie störten, aber als dicht gedrängte Menge auf dem Marktplatz durften sie nicht ignoriert oder unterschätzt werden.

Major Bockelwitz stürmte atemlos in den großen Saal und salutierte. »Herr Bürgermeister, ich melde …«

»… keine Zeit für umständliche Meldungen«, bellte Fuddelhaar gereizt. »Wo ist der Zauberer?«

»Meine Männer haben das Haus umstellt«, meldete der Major zackig.

»War *das* die Frage?«, kreischte der Bürgermeister mit hochrotem Kopf.

Major Bockelwitz stand als erfahrener Mann schon lange in den Diensten des Rathauses und hatte schon einige Bürgermeister kommen und gehen sehen. Fuddelhaar stellte ohne Zweifel ein besonders schwieriges Exemplar dar, aber Bockelwitz ließ sich nicht aus der Ruhe bringen.

»Die Frage war, wo der Zauberer ist, Herr Bürgermeister. Er befindet sich in seinem magisch verschlossenen Haus in der Hopfengasse, das von meinen Männern zur Sicherheit umstellt ist. Da kommt kein Mann und keine Maus mehr heraus. Er hockt dort wie eine Schildkröte unter ihrem Panzer, wie eine geschlossene Auster, wie eine Schnecke in …«

»Ich benötige den Zauberer aber hier«, keifte Fuddelhaar ungeduldig.

»… und ich benötige daher einen Zauberer, mit dessen Hilfe ich den magischen Verschluss überwinden kann. Schließlich sind wir Soldaten und keine Magier«, erklärte Bockelwitz höflich und geduldig.

Fuddelhaar seufzte. Seine bevorstehende Ansprache auf dem Balkon des Rathauses würde bald seine gesamte Aufmerksamkeit fordern. Er musste die Leute beruhigen, obwohl er selbst keinen blassen Schimmer hatte, was es mit dem *wumm, wumm* auf sich haben mochte. Er musste Zeit gewinnen.

»Der ehrenwerte Daribert wird mit dir gehen«, wies der Bürgermeister seinen Major an.

Der Gildenmeister der Zauberer nickte. Obwohl er Atos als Zaubererkollegen schätzte, ging doch jeder Magier seiner Wege. Echte Freundschaften pflegten die Einzelgänger untereinander nur selten, sondern blickten immer etwas eifersüchtig und misstrauisch auf die anderen Zauberer. Der ehrenwerte Daribert beeilte sich daher, dem Major aus dem Sitzungssaal zu folgen. Da Fuddelhaar nach Atos verlangt hatte, konnte Daribert sich selbst aus der Schusslinie des Bürgermeisters retten. Der Gildenmeister war sich sicher, dass Atos keine Konkurrenz bedeutete. Das *wumm, wumm* konnte seiner Meinung nach niemand erklären.

Ein Diener rückte Bürgermeister Fuddelhaars Perücke umständlich zurecht, zupfte ein wenig hier, ein wenig dort, bis dem Stadtoberen der Kragen platzte und er den Helfer verscheuchte. Zwei weitere Lakaien zogen die schweren Vorhänge zur Seite und öffneten die beiden Flügel der Balkontür. Eisige Kälte strömte in den Saal, doch Fuddelhaar schwitzte. Sein Haupthaar unter der der Perücke begann unangenehm zu jucken. Am liebsten hätte er den verlausten Haarersatz vom Kopf gerissen und mit einer Gabel sein fettiges Echthaar bearbeitet. Würdevoll, als sei alles in bester Ordnung, schritt der Bürgermeister auf den mächtigen Balkon und hob die linke Hand. Schlagartig verstummte die Versammlung, nur noch leises Hüsteln oder das eine oder andere geflüsterte »leise« drang nach oben. Wie es sich für einen Herrscher gehörte, begann er nicht sofort mit der Ansprache, sondern blickte von rechts nach links und von vorne nach hinten über die Zusammenkunft. Dabei musste Fuddelhaar feststellen, dass trotz der grimmigen Kälte kein Fleckchen der Marktplatzpflasterung mehr zu sehen war. Dicht gedrängt erwartete die Menge eine Erklärung.

Fuddelhaar galt ein guter Redner, als Geschichtenerzähler, als Märchenonkel. Er beherrschte die Kunst, viel zu reden und dabei wenig oder nichts zu sagen. Glatt wie ein Aal entwischte er immer dann, wenn man glaubte, ihn gerade erwischt zu haben. Sein Lieblingssatz lautete ›das habe ich so nie gesagt‹, dicht gefolgt von ›da hast du mich dann aber falsch verstanden‹ und ›daran bin ich nicht schuld, sondern …‹.

In diesem Augenblick wirkte der Bürgermeister für einen kurzen Moment unsicher Aber niemand bemerkte es. Bevor Unruhe in der versammelten Menge entstehen konnte, winkte Fuddelhaar kurz seinem Publikum zu, um sofort danach mit einer weiteren ruckartigen Armbewegung die volle Aufmerksamkeit auf sich zu ziehen.

»Liebe Einwohner von Dangholt, liebe Gäste von außerhalb unserer Stadtmauern«, log der Regent. Er fand die Einwohner nicht lieb, sondern allenfalls lästig und von Zeit zu Zeit als Steuerzahler nützlich. Gäste von außerhalb konnten sich an diesem Morgen kaum in die Hauptstadt verirrt haben, da mit dem ersten *wumm* die Stadttore geschlossen worden waren.

»Ihr habt euch heute hier freiwillig versammelt, weil euch die seltsamen Paukenschläge und das Erzittern eurer Häuser verunsichern. Und ihr fragt euch nun, was mit der Würfelwelt nicht in Ordnung ist?«

Die meisten Anwesenden nickten zustimmend, flüsterten mit ihrem Nachbarn oder sprachen mit sich selbst. Bevor aus dem Stimmengewirr eine noch größere Unruhe entstehen konnte, erhob Fuddelhaar erneut seine Stimme. Sein Problem lag in der einfachen Tatsache, dass er keine Ahnung hatte. Er kannte weder die Ursache der Paukenschläge noch den Grund für die außergewöhnliche Kälte.

»Was stimmt mit der Würfelwelt nicht?«, wiederholte Fuddelhaar seinen letzten Gedanken. »Nun, wir wissen es nicht …«

Unruhe machte sich in der Menge breit, daher beeilte Fuddelhaar sich, weiterzusprechen.

»… aber, liebe Bürger, wir haben einen Verdacht …«

Lautes Getuschel folgte.

»… und dieser Verdacht hängt mit dem Riesen zusammen, der tief unter der Erde in seinem Rad treu und ergeben die Würfelwelt in Bewegung hält.«

Auf dem Marktplatz wurde es nun noch lauter. Fuddelhaar legte eine längere Pause ein und blickte lächelnd in die Runde. Er fand es erstaunlich, dass der Trick mit dem Riesen immer wieder funktionierte. Seine Zuhörer glaubten fast alle fest daran, dass im Mittelpunkt des Würfels von den Göttern ein Laufrad eingebaut worden war und ein Riese darin lief wie ein Hamster. Wie sollte auch sonst die Drehung der Welt funktionieren? Da niemand beweisen konnte, dass es den Riesen nicht gab, griff der Bürgermeister manchmal zu einer kleinen Notlüge. Schließlich wollten die Bürger belogen werden und selbst wenn Fuddelhaar in diesem Augenblick die Wahrheit gekannt hätte. Wer wollte schon die Wahrheit hören? Das Publikum hatte eine Erklärung gefordert und diese bekommen. Der Stadtobere wurde nun sicherer.

»Wir wissen, dass der Riese uns ein Zeichen gibt, das haben die Astrologen deutlich gesehen«, log er weiter.

Die Berater im Rathaussaal hörten staunend zu, niemand protestierte jedoch. Auch die beiden Sterndeuter schwiegen weise.

Fuddelhaar kam plötzlich die rettende Idee. Es wusste nun, wie er Zeit gewinnen konnte. Zeit, um die wahre Ursache zu finden, die mit Sicherheit nichts mit einem Riesen und einem Rad zu tun hatte. Dessen war er gewiss und hob den Arm. Sein Publikum verstummte erneut.

»Um zu erfahren, was der Riese uns mitteilen möchte, lasse ich eine Expedition zum Mittelpunkt der Welt vorbereiten.«

Beifall erklang, erst zaghaft, dann lauter und lauter.

»Die Expedition wird lange dauern, wahrscheinlich sehr lange. Wir werden einen Weg dorthin finden, wo noch nie zuvor ein Mensch gewesen ist. Sorgt euch nicht, wenn das Signal tief unten aus der Erde erneut ertönt. Sorgt euch nicht, wenn der Riese die Pauke schlägt. Ich werde nicht ruhen, bis die Welt wieder in Ordnung ist. Geht nun nach Hause, geht eurer Arbeit nach.«

›Was glaubst du denn, was wir schon die ganze Zeit tun?‹, grinste ein Taschendieb, der gerade einem fetten Kaufmann seinen Geldbeutel aus dem Gewand zog.

Der Bürgermeister hatte nun so gut wie gewonnen. Die verängstigte Versammlung verwandelte sich in eine jubelnde Zusammenkunft. ›Jetzt nur kein *wumm*‹, dachte Fuddelhaar. ›Ein *wumm*, und alles ist für die Katz.‹ Es erklang kein weiterer Paukenschlag. Alles lief nach Plan.

»Ich möchte mich nun verabschieden. Die Pflicht ruft. Wenn ihr dann keine Fragen mehr habt …«

›… dann will ich zurück in meine Gemächer, den Lauselappen vom Kopf reißen, ein gutes Frühstück genießen und meine Ruhe haben‹, dachte der Bürgermeister seinen Satz still zu Ende. Niemand rechnet in diesem Augenblick mit einer Frage, am allerwenigsten Fuddelhaar selbst. Fragen durften nicht gestellt werden. Vielleicht noch von einem der Berater, aber niemals von einem einfachen Bürger. Heute war alles anders.

Eine kecke Stimme schrillte aus der Menge. »Ich hätte da eine Frage.«

Von einer Sekunde auf die nächste herrschte Grabesstille. Hunderte Augenpaare blickten entsetzt in Richtung der Wortmeldung. Auch Fuddelhaar fiel die Kinnlade bis auf die Zehenspitzen herunter. Missmutig und vorwurfsvoll blickte er hinab auf eine uralte Wetterhexe, die mit gebeugtem Rücken und zitternden Händen mit ihrem Besen herumfuchtelte. Zwei Männer der Stadtwache stürmten herbei, um die Alte vom Marktplatz zu entfernen. Fuddelhaar stoppte die Soldaten mit einer eindeutigen Handbewegung.

»Lasst die Hexe sprechen«, lächelte er großzügig, kochte aber innerlich vor Wut.

»Bürgermeister, da du doch auf *alle* Fragen eine Antwort weißt

…«

Fuddelhaar drohte zu explodieren und kniff mit der rechten Hand in seinen linken Arm.

»… möchte ich wissen, warum es so entsetzlich kalt in Dangholt ist.«

»Es ist Winter«, rief der Bürgermeister mit gespielter Fröhlichkeit in die Menge. Tosendes Gelächter folgte. Die Wetterhexe stieg auf ihren Besen und verschwand beleidigt.

»Da nun keine Fragen oder Bemerkungen mehr zu erwarten sind, gehe ich wieder an die Arbeit. Ich höre die Pflicht laut und deutlich rufen.«

Fuddelhaar machte auf dem Absatz kehrt, als das Klappern von Pferdehufen näher kam. Im Galopp rasten Ross und Reiter durch eine enge Gasse, die Hufeisen sprühten Funken wie Sternschnuppen, als das Tier schnaubend bremste und an der Kante des Marktplatzes zu Stehen kam. Auf dem Rücken des Pferdes saß ein erschöpfter Bote, blass im Gesicht und nach Luft ringend. Ohne auf die Erlaubnis zum Sprechen zu warten, platzte die Nachricht aus ihm heraus, die dem Bürgermeister den Rest des Tages verdarb. Schlechte Nachrichten waren noch schlimmer als schlechte Berater und schlechtes Essen zusammen. Es gab es neues Problem.

»Die Zwerge sind verschwunden, alle Zwerge sind verschwunden«, keuchte der Bote.

Knirk huschte die Kellertreppe hinauf und gelangte ungesehen in die Küche. Von Zeit zu Zeit schaute ein gelangweilter und frierender Soldat durch die leicht vereiste Fensterscheibe in den Raum hinein, was den Rattenspion nicht im Geringsten beeindruckte. Schließlich suchte die Wache nach einem ausgewachsenen Zauberer und nicht nach einem unscheinbaren Nager. Zielsicher steuerte Knirk auf einen Vorratsschrank zu, schnupperte angestrengt, um sofort wieder zu den frierenden Zwillingen in den Keller zu eilen.

»Wir finden in der Küche, was wir brauchen. Ich konnte deutlich die Universaltinktur von Herrn Atos riechen. Es ist ein Vorrat davon vorhanden«, erklärte die Ratte.

»Ein Glück«, bibberte Anna.

»Und jetzt kommt der schwierige Teil«, bemerkte Knirk besorgt.

Zwei durchgefrorene Abenteurer erklommen mit steifen Beinen barfuß die Kellertreppe, bis sie auf der oberen Stufe ankamen. Von Knirk fehlte jede Spur. Max lugte vorsichtig durch den Türspalt, zog aber schnell den Kopf wieder zurück.

»Durch das Küchenfenster kann man die Tür genau erkennen«, flüsterte er seiner Schwester zu.

»Ich hoffe, dass Knirk die Wache am Fenster lange genug beschäftigen kann«, bangte Anna. Die Zwillinge warteten auf das Startsignal, während der Rattenspion seinen geheimen Durchschlupf im Keller benutzte und mit einem Stück Seife zwischen den Zähnen das Haus verließ. Auf leisen Pfoten schlich er an der Hauswand entlang, näherte sich gefährlich den Füßen des Soldaten vor dem Küchenfenster. Knirk zerkaute das Seifenstückchen, bis dichter Schaum vor seinem Maul entstand. Mit den Vorderpfoten verteilte er noch ein bisschen der weißen Masse auf seine Schnurrhaare.

Nun begann der riskante Teil des Plans. Der Rattenspion fiepte so laut, dass der Wachmann vor dem Fenster einen Schritt nach hinten tat und über eine Beetumrandung stolperte. Knirk traute sich noch ein Stückchen näher an den panisch mit den Armen wedelnden Mann heran.

»Ein tollwütige Ratte«, schrie er entsetzt und robbte auf dem Hosenboden vom Nager fort. Knirk wusste, dass der Überraschungseffekt nicht lange anhalten würde.

Die Zwillinge nutzten die Gunst der Stunde. Beide schlüpften nacheinander durch die Kellertür. Max schloss die Tür wieder bis auf einen kleinen Spalt, während seine Schwester zu einem bestimmten Vorratsschrank rannte. Schnell, aber sehr vorsichtig ergriff Anna ein unscheinbares Fläschchen, schloss den Schrank und spurtete zusammen mit Max die Treppe hinauf ins Dachgeschoss. Der Junge trug einen hölzernen Kochlöffel in der Hand, den er im Vorbeilaufen von der Wand genommen hatte.

Draußen im Garten hatte der Wachmann den ersten Schrecken überstanden und schlug nun mit seinem Säbel nach dem Rattenspion. Zwei weitere Soldaten eilten mit gezückter Waffe zur Hilfe. Knirk konnte nicht länger warten und rannte um sein Leben. Kurze Zeit später erschien der Spion atemlos, aber wohlbehalten bei den Zwillingen.

»Du hast dort noch etwas Seifenschaum«, bemerkte Anna grinsend.

»Oh, vielen Dank!« Knirk leckte genüsslich die weiße Verzierung von der rechten Pfote.

»Schmeckt das nicht ekelig?«, fragte Max mit säuerlicher Miene.

»Schmeckt nach Erdbeere«, korrigierte Knirk. »Ist wirklich lecker! So, nun aber schnell zum zweiten Teil unseres Plans. Und seid bitte vorsichtig mit der Universaltinktur!«

Das Rezept der geheimen Mischung war in Dangholt und Umgebung nur Amalia und Atos bekannt. Kein anderer Zauberer verfügte über ein solch vielseitiges Mittel, das auf unterschiedlichste Art und Weise genutzt werden konnte. Unverdünnt ohne Magie, unverdünnt mit Magie, gemischt mit anderen Flüssigkeiten, Kräutern, Pulvern und Pasten. Die beiden Zauberer kannten eine Unmenge von Kombinationen und konnten von einer ätzenden Säure über wohltuende Medizin bis hin zu alkoholischen Getränken jede nur denkbare Mischung schaffen.

Eine Besonderheit der Universaltinktur war Teil des Plans, den Knirk und die Zwillinge zum Verlassen des Hauses geschmiedet hatten. Gab man genau zwei Tropfen auf einen hölzernen Löffel, löste die Tinktur den Küchenhelfer langsam auf. Dabei entstand schwerer Nebel, so undurchsichtig wie Milchglas. Atos hatte vor einiger Zeit mithilfe dieses Tricks einem Troll beim Ausbruch aus dem Dangholter Stadtgefängnis geholfen. Der Nebel hatte damals zäh in allen Fluren und Gängen und war sogar auf den Marktplatz hinausgewabert. Selbst ein geübter Zauberer würde einige Zeit brauchen, um diese Tarnung wieder zu entfernen.

Anna und Max wussten, dass die Zeit drängte. Atos wartete in Amalias Haus mit Meister Dost auf die Rückkehr der Zwillinge. Außerdem schien Tante Amalia wie vom Erdboden verschluckt.

Zu allem Überfluss nahte auch noch die Rückkehr von Major Bockelwitz. Würde er mit weiteren Soldaten oder einem anderen Zauberer erscheinen, wäre eine Flucht fast unmöglich.

Max schob vorsichtig eine Dachluke nach oben und legte den Holzlöffel auf einen kleinen Sims. Anna träufelte genau zwei Tropfen der Universaltinktur in die Wölbung des Rührgerätes. Ihr Bruder verschloss sofort die Luke, da ansonsten auch alle Räume des Hauses mit undurchdringlichem Nebel geflutet worden wären. Langsam entstand ein Gebilde, das einem weißen Laken oder Tischtuch ähnelte. Zentimeter für Zentimeter sank der Nebelteppich abwärts, umhüllte bald das Dach des Hauses.

»Ich muss mich nun verabschieden«, drängte Knirk.

Anna sah den Rattenspion entsetzt an. »Aber …«

»Keine Sorge, Anna«, beruhigte der Nager. »Ich bevorzuge den Ausgang durch meinen privaten Geheimgang im Keller. Wenn es gleich im Garten drunter und drüber geht kann es sein, dass ein Soldat versehentlich auf mich tritt. Das will ich vermeiden.«

Max hatte eine Idee. »Kann ich dich nicht in der Tasche tragen, damit du sicher aus dem Nebel kommst?«

»In welche Tasche?«, grinste Knirk. »Du trägst ein Nachthemd. Und auch ein Kartoffelsack hat keine Taschen!«

Max errötete für einen kurzen Augenblick. »Und wenn ich dich stattdessen mit den Händen trage?«

»Nein, seit ich damals in den Klauen einer Boteneule durch die Luft gereist bin, habe ich Klaustrophobie.«

»Klaustrowas?«, fragten die Zwillinge wie aus einem Mund.

»Ich fühle mich nicht wohl, habe Beklemmungen bei dem Gedanken, dass ich mich nicht frei bewegen kann.«

Knirk trippelte geschickt die Treppe herunter. »Wir treffen uns im Haus eurer Tante. Verpasst den rechten Augenblick nicht, um das Haus zu verlassen«, rief er und verschwand im Keller.

Anna und Max bemerkten, dass der Nebel die obere Kante des Küchenfensters erreicht hatte und wie ein Vorhang langsam weiter nach unten sank. Das Mädchen verschloss sorgfältig das Fläschchen mit Universaltinktur.

»Die nehmen wir mit«, schlug Anna vor.

»Gute Idee«, pflichtete Max seiner Schwester bei. »Der Hausschlüssel liegt noch auf dem Küchentisch. Ich verstecke ihn besser im Vorratsschrank.«

»Wirkt der magische Verschluss noch, wenn wir das Haus verlassen haben?«

»Ich hoffe!«

»Bist du bereit?«

»Ja. Und du?«

»Es kann losgehen.«

Ein letzter Blick aus dem Küchenfenster zeigte, dass die Nebelwand nun bis auf die Kieswege, Beete und Rasenflächen herunterhing.

»Jetzt«, rief Max, riss die Haustür auf und rannte los. Seine Schwester zog die Tür fast lautlos zurück ins Schloss und lief um ihr Leben. Die Zwillinge kannten den Kiesweg bis zur Gartenpforte auswendig. Fluchende und umher taumelnde Wachleute irrten im Garten umher, stolperten über Gießkannen, Eimer und Werkzeuge. Zum Glück gab es kein Hindernis auf dem Kiesweg. Max erreichte die Pforte, Anna lief von hinten auf ihren Bruder auf. Beide schlüpften nebeneinander auf die Hopfengasse, dann herüber auf die andere Straßenseite bis an die Stadtmauer.

Flüche und Schritte nahten. Nicht aus dem Garten, die Wachleute dort blieben hilflos im dichten Nebel stecken. Anna hörte zwei Personen, die zielstrebig die Hopfengasse entlang marschierten.

»Duck dich, Max«, zischte sie leise. »Ich höre die Schritte eines Soldaten.«

»Und die eines Zauberers«, ergänzte ihr Bruder leise. »Er hat eine magische Laterne dabei, die den Nebel durchdringt.«

Mucksmäuschenstill kauerten die Zwillinge zitternd am Boden. Der weiße Stoff der Nachthemden verschmolz mit dem Nebel zu einer Einheit. Major Bockelwitz und der ehrenwerte Daribert marschierten an den Geschwistern vorbei, erreichten die Pforte und bogen auf den Kiesweg zum Haus ein.

»Was ist das für eine Suppe hier?«, brüllte der Major. »Männer, bleibt wo ihr seid. Alles stillgestanden!«

»Atos«, rief Daribert halb staunend, halb verärgert. Einen solchen Nebelzauber hatte selbst der Gildenmeister noch niemals zuvor gesehen. Es würde eine ganze Weile dauern, bis die weiße Pracht wieder beseitigt war.

»Ist Atos noch im Haus?«, bellte Bockelwitz. »Leutnant, wo bist du?«

»Hier, Herr Major«, klang es kläglich aus der Ferne. »Ich sitze in einem Eimer fest. Wir haben niemanden aus dem Haus gehen sehen, äh will sagen hören, äh gehört.«

»Dann weg mit dem Nebel, heraus mit dem Zauberer Atos und zurück zum Rathaus«, verkündete Major Bockelwitz seinen aktuellen Plan.

Der ehrenwerte Daribert begann mürrisch mit der Arbeit vor einem verwaisten Haus.

Kurze Zeit später platzte Amalias Küche aus allen Nähten. Atos und Meister Dost hatten bereits sehnsüchtig auf die Zwillinge und den Rattenspion gewartet. Der Zauberer bereitete im Handumdrehen einen köstlichen Kräutertrunk zu. Vier dampfende Becher auf dem Küchentisch verbreiteten ein wenig Gemütlichkeit, aber ohne die Hausherrin Amalia wirkte die Stimmung bedrückt. Anne nippte vorsichtig einen Schluck des magischen Gebräus. Zunächst fühlte es sich an wie jedes andere heiße Getränk. Die Speiseröhre wurde wohlig warm. Normalerweise endete dieses Gefühl in der Magengegend, aber heute geschah etwas Seltsames. Eine angenehme Wärme durchströmte auch den Rest des Körpers, die Beine und schließlich beide Füße. Anna dachte für einen Augenblick, jemand hätte den Oberkörper wie einen Wärmflaschenverschluss abgeschraubt und warmes Wasser eingefüllt.

»Meine Füße sind heiß wie bei einer Ente«, strahlte das Mädchen.

»Donnerwetter«, staunte Max. »Meine auch.«

»Die Wirkung wird eine ganze Weile vorhalten«, lachte Atos. »Ich weiß ja, dass ihr Schuhe an den Füßen nicht besonders mögt. So könnt ihr sogar bei der grimmigen Kälte barfuß weiterlaufen, ohne Erfrierungen zu erleiden. Aber vielleicht tauscht ihr nun doch die Nachthemden gegen eine angemessene Garderobe.«

Die Zwillinge rasten die Treppe hinauf in ihre Kammern, wuschen sich, wechselten in Windeseile ihre Kleidung und saßen schneller als der Schall wieder auf den Küchenhockern.

»So ist es besser«, kommentierte Meister Dost.

Anna blickte den grünen Kobold tadelnd an.

»Nein, bitte fang nicht wieder mit der Geschichte mit dem Pergament und dem Niesen an«, klagte Amalias Diener.

»Ich habe doch überhaupt nichts gesagt«, grinste das Mädchen. »Ist es dir gelungen, Gedankenkontakt zu unserer Tante aufzunehmen?«

Meister Dost schüttelte betrübt den Kopf. »Nein, auch Herr Atos dringt nicht zu eurer Tante durch. Wo steckt sie bloß?«

»Ich bin in …«, lästerte Max. Auch er hatte das Missgeschick des Kobolds noch nicht ganz verziehen.

Meister Dost zog beleidigt ab und warf den Deckel der goldenen Truhe krachend über sich zu.

»Tschuldigung«, murmelte der Junge.

»Was kann ich für euch tun?«, fragte Knirk.

Atos runzelte die Stirn. »Wir benötigen ein sicheres Versteck. Es dürfte nur eine Frage der Zeit sein, bis Major Bockelwitz und der Ehrenwerte Daribert bemerken, dass mein Haus leer steht. Bürgermeister Fuddelhaar wird einen weiteren Trupp Soldaten zu diesem Haus hier senden.«

»Was will der Bürgermeister von dir, Herr Atos? Du hast doch nichts verbrochen«, stellte Anna fest.

»Das ist richtig«, nickte ihr Lehrmeister. »Aber ich weiß, was Fuddelhaar von mir und auch von eurer Tante begehrt.«

Max blickte fragend zum Zauberer auf.

»Eine Expedition, ich soll mit Sicherheit eine Expedition leiten, um die Ursache der Paukenschläge, der Beben und der eisigen Kälte herauszufinden.«

»Was ist so schlimm daran?« Die Stimme klang weit weg und ein wenig wie der Ruf aus einem Schacht oder einem Brunnen.

»Was war das?«, fragte Max.

»Meister Dost in seiner Kiste«, beruhigte Knirk.

Atos beschloss, die Frage des Kobolds zu beantworten. »Das Schlimme daran ist, dass wir mit unserem geringen Wissen momentan keine erfolgreiche Expedition durchführen können. Wir benötigen Zeit, die uns Fuddelhaar aber nicht geben würde. Er sucht einen Sündenbock, denn wir würden nichts bewirken. Nein, wir müssen ein sicheres Versteck finden, bis ich mit Wenzel in der Bibliothek, mit den Vampiren im Schloss und vielleicht auch mit der Wache gesprochen habe, die in der letzten Nacht auf dem Turm stand. Uns fehlen Informationen.«

»Und Tante Amalia?«, fragte Anna besorgt.

»Ich bin sicher, dass ihr Verschwinden mit all den seltsamen Geschehnissen der letzten Nacht zusammenhängt. Erinnert euch daran, was auf dem Pergament stand.«

»Dangholt ist in großer Gefahr. Ein Schatten ist in der Stadt. Wichtige Angelegenheiten dulden keinen Aufschub. Amalia«, rief Max sofort.

»Genau. Eure Tante muss einen guten Grund gehabt haben, Hals über Kopf aufzubrechen. Vielleicht hat sie ein große Gefahr erkannt und versucht, diese abzuwenden. Wir werden es herausfinden«, beruhigte der Zauberer. »Aber nicht jetzt und nicht hier.«

»Warum gehen wir nicht in den vergessenen Garten des Lapacho und verstecken uns dort?«, fragte die Gruftstimme aus der Kiste.

»Es ist Winter, und ein besonders kalter dazu. Wir benötigen ein Dach über dem Kopf«, rügte Atos den Diener Amalias. »Komm aus der Kiste, gib Max die Hand, und dann zieht ihr beide wieder am selben Strang.«

»Pöööööh!«, meckerte der Kobold. Er stellte sich bildlich vor, dass er beim Tauziehen am einem Seilende und Max am anderen Ende zog. Natürlich gewann Meister Dost.

Anna platzte der Kragen. Mit Donnerhall sprang die goldene Truhe auf und Meister Dost schwebte wie eine Besenhexe mit wild rudernden Armen hilflos durch die Luft.

»Huch«, rief das Mädchen erstaunt. Immer wenn der Kobold

den Bogen überspannte und Anna mit seinem Verhalten auf die Palme brachte, gelangen ihr ungewollte und unerklärliche Kunststücke. Ihre Gedanken wurden dann plötzlich Realität. Auf diese Weise hatte das Mädchen dem Kobold in einem früheren Abenteuer einen goldenen Maulkorb verpasst oder für kurze Zeit seine Gedanken lesen können

»Lass mich herunter«, schmollte der immer noch schwebende Meister Dost beleidigt. Mit einem unsanften Aufprall landete er mitten auf dem Küchentisch zwischen den Trinkgefäßen. Mürrisch nahm Meister Dost die Hand von Max und schüttelte sie.

»So ist es besser«, nickte Atos zufrieden. »Wir müssen zusammenhalten.«

Plötzlich hörten die Abenteurer in der Küche ein feines Geräusch, das wie ein ungeduldiges Scharren klang. Kurz darauf erklang Laut, der wie *tick, tick* klang.

»Das kommt von draußen«, stelle Max fest, nachdem er vergeblich nach einer Ursache innerhalb der Küche gesucht hatte.

Tick, tick, tick.

Anna blickte zum Küchenfester. »Seht dort am Fenster«, rief sie aufgeregt.

Tick, tick. Eine Brieftaube pickte ungeduldig gegen das Glas. Max öffnete das Fenster einen Spalt weit. Zusammen mit der Taube schwappte eine Woge eisiger Luft in den Raum. Der Junge beeilte sich, die durchsichtige Maueröffnung wieder zu verschließen. Meister Dost brachte ein Stückchen Brot zum Küchentisch, auf dem die Taube nun hockte und erwartungsvoll in die Runde blickte.

»Ein Bote von Wenzel«, erklärte Atos. Vorsichtig zog der Zauberer aus einer auf dem Rücken der Brieftaube befestigten Hülse ein kleines Pergament hervor. »Seltsam!«

»Was ist seltsam, Herr Atos?«, hakte Max neugierig nach.

»Dass Wenzel seine Bibliothek so gut wie niemals verlässt, ist ja bekannt. Mich erstaunt, dass er am helllichten Tag das Risiko eingeht, eine Brieftaube zu schicken.«

Tatsächlich gab es in Dangholt eine Menge Möglichkeiten, eine Nachricht von A nach B zu versenden. Zunächst stand die gewöhnliche Post zur Verfügung, welche aber als langsam, unzuverlässig, teuer und unfreundlich galt. Private Kurierdienste transportieren mit berittenen Boten ebenfalls Nachrichten. Wenzel schickte auch gerne einen Zombie, was aber regelmäßig Aufsehen erregte. Die untoten Wesen waren auch mehr für das Überbringen schlechter Nachrichten aus der Bibliothek zuständig. Wurde die Ausleihfrist eines Buches überschritten oder die Bibliotheksgebühr nicht bezahlt, stattete ein Zombie einen freundlichen Hausbesuch ab und regelte die Angelegenheit auf seine Weise. Stellten die gewissenhaften Vampire oder Gnomen in der Bücherei fest, dass in einem pünktlich zurückgegebenen Buch ein Eselsohr, ein Fettfleck oder ein Tintenklecks vorhanden war, kam ebenfalls ein Untoter beim Verursacher vorbei. Mit der Zeit sprach sich die Sache herum und fast alle Bücher befanden sich seither in einem perfekten Zustand.

Zum Versand einer Eilpost wurden, wie in anderen Städten auch, Brieftauben oder Fledermäuse eingesetzt. Wenzel besaß mehrere Flugboten. Einer davon hockte auf Amalias Küchentisch und pickte vergnügt Brotkrumen in seinen Kropf.

»Warum ist es gefährlich, eine Brieftaube zu senden?«, fragte Anna, während ihr Lehrmeister Atos das Pergament mit den Augen überflog.

»Oh wie, was? Ich habe gerade nicht zugehört.«

Anna wiederholte ihre Frage und erhielt eine erstaunliche Antwort.

»Heute ist es nicht so gefährlich, eine Taube zu schicken.«

»Das verstehe ich nicht«, wunderte sich Max. »Eigentlich ist es gefährlich, aber heute doch wieder nicht. Ist die Taube durch einen Zauber geschützt?«

»Nein, das ist nicht der Grund.« Atos Miene sah plötzlich sehr sorgenvoll aus. Tiefe Furchen gruben sich in seine Stirn. »Alle Zwerge sind verschwunden!«

Anna, Max, Knirk und Meister Dost fiel die Kinnlade herunter. Alle waren sprachlos und schluckten.

Zarter Taubenbraten stand auf dem Speisezettel der Zwerge ganz weit oben. Mit Buttersoße und Kräutern angerichtet wurde diese Speise gerne zu allen möglichen Anlässen gereicht. Die

Jagdmethode war dabei sehr speziell und nicht ungefährlich. Zwerge jagten mit einer höllisch scharfen Bumerangaxt, die entweder das gewünschte Ziel traf oder zurück in die Hand ihres Besitzers flog. Soweit die Theorie.

In der Praxis hatte es in der Vergangenheit viele unschöne Zerstörungen und Unfälle gegeben. Einmal zerlegte ein fliegendes Mordwerkzeug versehentlich einen festlich gedeckten Esstisch und schlug zwischen Schweinebraten und Soßenterrine ein. Ein anderes Mal zerrissen ein Dutzend zum Trocknen aufgehängte weißen Spitzenlaken zu Fetzen, als der scharfe Bumerang wie ein Pfeil hindurch schoss. Sogar die Kaufleute konnten früher ein Lied von der Axtjagd singen. Klirrende Fensterscheiben, frisch gezogene Mittelscheitel, zerplatzte teure Weinflaschen, gespaltene Brotlaibe oder zerlegte Blumensträuße gehörten damals zur Tagesordnung. Wie durch ein Wunder war niemals ein Lebewesen zu Schaden gekommen, von den Mehlwürmern im Brot und Insekten auf den Blumensträußen einmal abgesehen.

Eine im goldenen Pendel auf dem Marktplatz steckende Wurfaxt brachte schließlich das Fass zum Überlaufen. Bürgermeister Fuddelhaar verbot nach diesem Vorfall vor einigen Jahren die Axtjagd innerhalb der Stadtmauern von Dangholt, aber man konnte nie wissen, ob die Zwerge nicht doch in der Dämmerung ihrem Hobby nachgingen.

Auch die Taube auf Amalias Küchentisch schien zu wissen oder zu spüren, dass heute keine Gefahr von herumfliegenden Äxten drohte. Satt entflog der Bote durch das zuvor von Anna geöffnete Fenster und konnte in letzte Sekunde einem Adler ausweichen, der im Sturzflug vom Himmel raste.

Der Rattenspion fand als erster die Sprache wieder. »Wie können *alle* Zwerge verschwinden?«

Atos blickte auf das Pergament des Bibliothekars. »Wenzel schreibt, dass ein berittener Bote die Nachricht überbrachte. Es scheint so, dass die Zwerge am Abend wie immer in die Bergwerke einfuhren, um Gold und Diamanten abzubauen. Keiner von ihnen ist wieder an der Oberfläche aufgetaucht.«

»Hat jemand nachgesehen, ob sie noch im Berg stecken?«, fragte Meister Dost.

»Wenzel schreibt, es fehlt jede Spur«, erklärte Atos. »Was wissen wir sonst noch Neues? Wenzel schreibt, es ist der kälteste Winter seit über tausend Jahren, also solange die Wetterhexen ihre Aufzeichnungen machen. Die Büchervampire haben das sorgfältig nachgeschlagen. Das kann Zufall sein, oder einen besonderen Grund haben.«

»Bürgermeister Fuddelhaar wird nicht glücklich sein, wir sollten sehen, dass wir diesen Ort schleunigst verlassen.« Knirk wurde langsam nervös. Der erfahrene Spion witterte jede nahende Gefahr meilenweit im Voraus und kannte die üble Laune des Stadtregenten aus eigener Erfahrung.

Atos nickte. »Anna, Max, Meister Dost, packt euer Reisebündel, wir müssen aufbrechen«, wies er an.

Die Zwillinge wussten, dass nun keine Zeit für weitere Fragen zur Verfügung stand. In ihren Schlafkammern gab es nur wenige Habseligkeiten. Anna und Max kannten aus ihren Jahren im Dangholter Waisenhaus keinen persönlichen Besitz außer der Kleidung am eigenen Leib. Die Heimleiterin, Madame Euphrosine, hatte stets peinlich genau darauf geachtet, dass jedes erarbeitete oder erbettelte Geldstück in ihrer eigenen Tasche gelandet war.

Obwohl ihre Tante Amalia als Gildenzauberin genügend Geld für ein sorgenfreies Leben besaß, machten sich Anna und Max wenig daraus. Ihnen genügten das Dach über dem Kopf, geregelte Mahlzeiten und ihre Tante und Atos als Lehrmeister. Mehr war nicht nötig. Die Zwillinge packten warme Kleidung, Felle und Lederriemen zum Umwickeln der Füße und einige kleine Glücksbringer ein. Anna verstaute zusätzlich noch das Fläschchen Universaltinktur in ihrem Bündel. So schnell die Füße trugen, standen die Geschwister wieder reisefertig vor dem Küchentisch.

Auch Meister Dost kramte in seiner goldenen Wohntruhe herum und schnürte eilig sein Bündel. Im Selbstgespräch murmelte der Kobold seine Packliste in den nicht vorhandenen Bart. »Pfeife, Tabak, Schnupftabakdose, goldenes Laufrad, Tagebuch, Würfelbecher und Würfel. Fertig!« Amalias Diener knotete das Reisebündel an seinem Wanderstab fest.

»Wo ist Knirk geblieben?«, fragte Anna erstaunt. Sie konnte den Rattenspion nirgends im Raum entdecken.

»Er erledigt noch etwas für mich und stößt später wieder zu uns«, erklärte Atos.

Eilig verließen vier besorgte Wesen das Haus der Amalia. Atos sorgte für einen besonders sicheren magischen Verschluss. Andere Zauberer, selbst der erfahrene Gildenmeister Daribert persönlich, würden eine ganze Weile benötigen, um den unsichtbaren Schutzschild zu knacken. Der Lehrmeister der Zwillinge wählte nicht den kürzesten Weg zum Dangholter Schloss, sondern den sichersten. Vielleicht suchte schon die Stadtwache in den Straßen nach ihnen? Atos wusste es nicht. Durch enge, schmutzige Nebengassen führte der Weg im Zick-Zack-Kurs quer durch die halbe Stadt. Es war wenig Betrieb, die meisten Bürger mussten demnach noch auf dem Marktplatz oder auf dem Heimweg sein. Dem Zauberer konnte es nur recht sein. Je weniger Leuten man begegnete, desto schlechter ließ sich die Spur der vier Abenteurer später zurückverfolgen. Atos zog die Kapuze seines Umhangs tiefer ins Gesicht. Er lebte schon sehr lange in Dangholt, viele Einwohner kannten ihn persönlich oder wussten zumindest, wie er aussah. Im trüben Morgennebel achteten die meisten Passanten glücklicherweise aber sowieso mehr auf ihre eigenen Füße. Jeder Einwohner schien nur mit sich selbst beschäftigt, zu sehr hatte das unheimliche Geräusch *wumm, wumm* die Leute verängstigt. Atos stellte sich insgeheim zwei Fragen. Wann würde das *wumm, wumm* erneut zu hören sein, und woher kam das Geräusch?

Endlich tauchte das Dangholter Schloss auf, in dem Graf Krommel lebte. Das Gebäude sah von außen eher aus wie eine Burg, die Innenausstattung glich aber einem königlichen Palast. Standen die Türen des Vampirschlosses in der Nacht jedem Besucher offen, galten tagsüber andere Regeln. Selbst der schwächste Sonnenstrahl an einem schmuddeligen, trüben Wintertag hätte ausgereicht, um jeden Vampir schwer zu verletzten. Stärkeres Naturlicht wirkte hingegen sofort und absolut tödlich. Einen zu Staub zerfallenen Blutsauger konnte auch der beste Zauberer nicht wieder zusammenflicken.

Atos klopfte am Hauptportal des Schlosses an. »Wundert euch gleich nicht, wenn ihr das Gebäude betretet. Es gibt dort einige besondere, nun ja, nennen wir es Sicherheitsvorkehrungen.«

Meister Dost grinste, da er in der Vergangenheit schon häufig das Schloss alleine oder als Begleiter seiner Herrin Amalia aufgesucht hatte.

»Was meinst du mit Sicherheitsvorkehrungen?«, fragte Anna erstaunt. »So etwas wie der magische Verschluss an deinem Haus in der Hopfengasse, Herr Atos?«

»Nein, viel besser«, lachte der Magier freundlich, ohne sich dabei über das Mädchen lustig zu machen.

Max überlegte in einer anderen Richtung. »Falltüren, siedendes Öl oder heißes Pech und Federn dazu? So wie an den äußeren Stadttoren?«

»Habt Geduld, ihr werdet sehen und erleben.« Atos klopfte erneut.

Eine dünne, heisere, uralte, verschnupft klingende Stimme drang von der anderen Seite der Pforte auf die Gasse hinaus. »Wer begehrt Einlass?«

»Atos, der Zauberer, meine Schüler Anna und Max sowie Meister Dost, Diener der Zauberin Amalia.«, erklärte Atos umständlich.

»Ihr werdet bereits von Graf Krommel erwartet«, wisperte der Unbekannte als Antwort.

Ein schabendes Geräusch erklang, als würde ein schwerer Riegel hinter dem Haupteingang beiseitegeschoben. Das Portal schwang langsam zur Seite. Atos ging voraus. Die Zwillinge folgten unsicher, während der Kobold fröhlich hereinspazierte. Wie von Geisterhand gesteuert schloss eine unsichtbare Kraft die Pforte wieder. Anna versuchte, rund um ihren Standort etwas zu erkennen. Die Augen mussten sich erst einige Sekunden an das Dämmerlicht gewöhnen, das von einer magischen Leuchte an der Decke des Raums ausging. Unter ihren Füßen spürte das Mädchen einen flauschigen Teppich. Einige Schritte vor den Wartenden wurde nun eine andere schwere Tür geöffnet. Angenehmes Licht flutete die Personenschleuse. Max erkannte, dass er auf einem blutroten Teppich stand. Alle Wände, die Decke und selbst die Türen waren mit rotem Samt ausgekleidet.

Ein uralter, würdevoll aussehender Vampirbutler erschien zur Begrüßung. Anna und Max verstanden auf Anhieb, warum die Stimme so verschnupft klang. Der Diener trug eine große Nasenklammer. »Wenn ihr mir bitte folgen wollt, Herr Atos und sein Gefolge.« Mit kerzengeradem Rücken verbeugte der Diener sich erstaunlich tief und schritt voran.

»Welchem Zweck dient der erste Raum?«, fragte Anna ihren Lehrmeister.

»Es handelt sich um eine Lichtschleuse. Es ist Tag, und Vampire vertragen kein Sonnenlicht. Die Einrichtung schützt den Butler. Er wartet zwei Türen weiter, der Gast tritt durch die erste Tür ein, diese wird dann geschlossen. Nun hat auch der Vampir die Möglichkeit, seinen Gästen gegenüberzutreten.«

›Ist das die ganze Überraschung?‹, dachte Max enttäuscht. ›Eine ähnliche Schleuse gibt es doch auch in der Bibliothek. Erst eine Tür, dann ein Zombie und danach wieder eine Tür die man nur öffnen kann, wenn die erste wieder geschlossen wurde.‹

»Hab Geduld«, flüsterte Atos dem Jungen zu.

Im nächsten Raum staunte Max Bauklötze. Was er sah, hätte er nicht erwartet. Überraschend war nicht der Raum selbst, er glich der Lichtschleuse in Größe und Ausstattung. Nur der Kronleuchter an der Decke spendete wärmeres, helleres Licht. Mitten im Zimmer stand ein kleines Tischchen, darauf lag eine knallrote Decke. Auf Tisch und Decke hockte ein Biber, der misstrauisch zu schnuppern begann.

»Was geschieht hier?«, flüsterte Anna interessiert.

»Der Biber kümmert sich um die Holzpflöcke«, erklärte Atos.

»Wieso …«, begann Anna, doch dann verstand sie und lächelte. »Vampire könnten durch einen Holzpflock ins Herz getötet werden.«

Tatsächlich schlug der Biber Alarm, hüpfte aufgeregt fiepend auf seinem Tischchen herum und zeigte auf Meister Dost. Der Kobold konnte sich die Aufregung nicht erklären, hatte er doch schon häufig die Kontrollstation gemeistert.

»Würdest du bitte deinen hölzernen Wanderstock hier in diesem Raum zurücklassen«, bat der Butler höflich, aber bestimmend.

Der Kobold tat, wie ihm geheißen wurde, löste den Knoten seines Reisebündels und zog den Stock heraus. Der Biber nickte zufrieden und entspannte sich sichtlich. Der Weg führte die Besuchergruppe in einen dritten roten Raum. Hier sahen die Zwillinge einen größeren Tisch, wieder mit einem Tuch bedeckt. Anstelle eines Bibers thronte dort eine schwere Kristallkugel in einem Samtkissen. In einem bequemen Schaukelstuhl hinter dem Tisch wippte ein uraltes Mütterchen, gebeugt vom Alter. Anna konnte das Gesicht kaum erkennen. Aus einem viel zu großen Kopftuch ragten nur eine lange Nase mit Warze und ein sehr spitzes Kinn hervor. Max beobachtet, dass seine Schwester eine Gänsehaut auf den Handrücken bekam. Auch dem Jungen war nicht wohl in seiner Haut. Mit offenem Mund blieb er wie angewurzelt stehen und starrte Löcher in die Luft.

»Hier sitzt Radixa, die Hammerhexe«, erklärte Atos seinen Schülern.

Die Hexe blickte nicht einen Augenblick direkt auf die Besucher, sondern schaute angestrengt in die Kristallkugel. Nach kurzer Zeit nickte Radixa knapp in Richtung des Vampirbutlers, nippte an einer Tasse Kräutertee und döste im Schaukelstuhl vor sich hin, als sei sie alleine im Raum.

»Die Arbeit als Hammerhexe ist sehr anstrengend«, erklärte Atos seinen immer noch staunenden Schülern. »Sie kann mit Hilfe der magischen Kristallkugel durch jedes Wesen im Raum hindurch sehen, weder Kleidung noch Haut oder Muskeln halten den Blick auf. Alle festen Körperteile wie zum Beispiel eure Knochen oder aber die Gegenstände in euren Reisebündeln erscheinen in der Kugel.«

»Und warum Hammerhexe?«, fragte Max.

»Wenn man einen Vampir töten wollte, benötigt man neben dem Holzpflock auch einen Hammer, um ihn einzuschlagen«, erklärte der Vampirdiener, ohne eine Miene zu verziehen.

»Eins verstehe ich aber nicht«, grübelte Anna. »Wenn der Biber doch schon den Holzpflock anzeigt, was nützt mir dann der

Hammer, um einen Pflock einzuschlagen, den ich nicht mehr besitze?«

»Die junge Herrin denkt sehr kompliziert«, bemerkte der Diener Graf Krommels mit spitzen Lippen. »Manchmal übersieht, oder besser gesagt überriecht der Biber etwas. Manche Besucher benutzen Parfüm aus Baumrinde. Und nicht jeder Hammer besitzt einen Holzstiel, den unser erster Wächter wittern könnte.«

»Was geschieht, wenn ein Besucher Pflock und Hammer bei sich trägt und den Butler angreift?«, überlegte Anna weiter.

Der Vampirbutler seufzte höflich. »Ich trage ein Kettenhemd unter meinem Umhang. Kein Holzpflock der Würfelwelt kann die Maschen durchdringen. Aber natürlich können nicht alle Bewohner des Schlosses den ganzen Tag ein so unbequemes und schweres Kleidungsstück tragen.«

Ein weiterer Raum folgte. Graf Krommel nahm die Sicherheit der Untoten sehr ernst. Eine wichtige Kontrolle stand den Besuchern noch bevor. Mitten im Raum stand ein deckenhohes Holzfass. An der Vorderseite des Behälters entdeckten die Zwillinge von oben bis unten menschenkopfgroße Löcher, daneben eine weitere Reihe kleinerer Öffnungen.

»Wenn die Herrschaften bitte nacheinander ihre Köpfe in ein Loch stecken würden, das zu ihrer Körperhöhe und Kopfgröße passt«, bat der Vampirbutler.

Atos und Meister Dost erledigten den Auftrag im Handumdrehen und steckten ihre Häupter durch das jeweils passende Loch weiter oben oder unten. Aus dem Innern des Fasses erklang eine Stimme. »Bitte tief ausatmen. Vielen Dank. Alles in Ordnung.«

»Was zum Tonaluga ist das?« Max konnte sich keinen Reim auf Fass, Löcher und Stimme machen.

»Der junge Herr war noch niemals hier, nicht wahr?«, fragte der Butler gelangweilt, aber höflich. Er kannte die Antwort, arbeitete er doch selbst schon mehrere Jahrhunderte am Empfang des Schlosses. »Das Gerät ist voller Magie und trägt einen schwierigen Namen. Wir nennen es Knoblauchdetektor. Eine sehr nützliche Erfindung, junger Herr. Das Fass meldet, wenn ein Besucher Knoblauch gegessen hat. Wenn du nun bitte deinen

Kopf ….«

Max steckte mutig seinen Schopf durch eines der zahlreichen Löcher und hörte »Bitte tief ausatmen. Vielen Dank. Alles in Ordnung.« Auch bei seiner Schwester verlief die letzte Prüfung ohne Zwischenfälle.

Erleichtert entfernte der Vampirbutler die unbequeme Nasenklammer und atmete tief durch. Seine Stimme klang nun völlig anders, als er zusammen mit den vier Gästen den Spiegelsaal des Schlosses betrat. »Bitte hier entlang, meine Herrschaften.«

Mit Spiegeln und Vampiren war das so eine Sache. Eine Hassliebe verband die Blutsauger mit diesen besonderen Gegenständen. Die Untoten liebten Spiegel, weil das einfallende Licht der Kronleuchter tausendfach in unterschiedliche Richtungen zurückstrahlte. Außerdem wirkten alle Räume eines Hauses oder Schlosses mit Spiegeln an den Wänden viel größer. Der große Spiegelsaal, durch den die Besucher hindurch marschierten, war ein Beispiel für Verschwendung von feinstem Bergkristall. Jeden Quadratzentimeter der vier Wände und auch die Decke hatte Graf Krommel mit sündhaft teuren Spiegeln ausrüsten lassen. Der verspiegelte Fußboden wurde zum Teil durch einen knallroten Plüschteppich überdeckt. Wohin Anna auch blickte, sah sie sich, Max, Atos und Meister Dost tausendfach von allen Seiten und in allen Größen. Den Vampirbutler entdeckte das Mädchen nirgendwo an den Wänden, obwohl er direkt vor ihr entlang stolzierte.

Aus Sicht eines Untoten sah dieselbe Szene etwas anders aus. Der Vampirbutler sah alles außer sich selbst. Aus welchem Grund Vampire ihr eigenes Spiegelbild nicht sehen konnte, war über die Jahrtausende in Vergessenheit geraten. Viele Sagen, Märchen, Gerüchte, Überlieferungen, Erzählungen, Gedichte, Lieder, Seemannsgarn, Dichtungen, Verse, Balladen, Reime und Sprichwörter meinten, die Wahrheit zu kennen.

Doch all diese Quellen lagen völlig falsch, denn sie suchten immer die Schuld bei den Vampiren. Entstanden aus Angst vor den Wesen der Nacht, aus Unwissenheit, manchmal auch aus Neid. Hätte jemand auf der Würfelwelt die Wahrheit gekannt und anderen Leuten weitererzählt, wäre er im Irrenhaus gelandet.

Verantwortlich für das fehlende Spiegelbild war ein missgelaunter Baugott. Er hatte genau in der Sekunde Feierabend, als die Vampire modelliert wurden und wie alle anderen Lebewesen ihr Spiegelbild bekommen sollten. Der Blutsauger war frisch gebastelt, aber noch nicht perfekt. Irgendwo zwischen lebendig und tot, also untot. Die Fünf-Uhr-Glocke läutete, der Baugott ließ alles stehen und liegen und nahm sich vor, nach einem verlängerten Wochenende sein Werk zu vollenden.

Dumm nur, dass genau an diesem Wochenende ein riesiger Streit zwischen den Baugöttern entbrannte. Genervt von der ewigen Zankerei verlor der Obergott Ortlerich erst die Geduld und dann die Nerven. Völlig außer sich vor Wut kickte er die Würfelwelt in ihrem unvollkommenen Zustand ins All und überließ alles Weitere dem Schicksal und der Zeit. Die Vampire fanden es bedauerlich, sich in keinem Spiegel, keinem Gewässer und auf keinem Silbertablett selbst erkennen zu können. Die einzige Möglichkeit, sich ein Bild von sich selbst zu machen, war die Anfertigung eines Gemäldes durch einen Maler. Neben den Bildkünstlern entstand eine zweite Berufsgruppe, die vom Unglück der Untoten sehr gut leben konnte. Die Frisöre, Haarkünstler, Barbiere und Bartschneider. Denn wie hätten sich die Wesen der Nacht ohne Spiegelbild unfallfrei selbst rasieren sollen?

Graf Krommel wartete bereits und empfing die Besucher mit offenen Armen. »Lerne ich euch auch endlich persönlich kennen, euer Lehrmeister hat mir schon so oft von euch berichtet«, lächelte der oberste Vampir und streichelte mit seiner knochigen Hand nacheinander die Köpfe der Zwillinge. Anna und Max verspürten keine Furcht, nur riesengroßen Respekt vor dem über fünfhundert Jahre alten Wesen.

»Haben deine Männer Spuren an dem Ort entdeckt, wo Baron von Herzblut vor Schreck erstarrt ist?«, fragte Atos.

»In der Tat, wir hatten Erfolg«, berichtete Graf Krommel nicht ohne Stolz. »Von Herzbluts Schicksal hat viele meiner Männer gerührt, schließlich hätte jedem anderen von ihnen diese unangenehme Begegnung auch widerfahren können. Es meldeten sich sehr viele freiwillige Helfer, die den Schutz der Dunkelheit genutzt und jeden Zentimeter rund um den Ort des Geschehens abgesucht haben.«

»Was genau haben deine Leute gefunden, Graf Krommel?«, fragte Atos.

»Schaut hier!« Der oberste aller Vampire winkte einen Helfer herbei, der auf einem goldenen Tablett drei Gegenstände zum Grafen brachte. Anna hob Meister Dost auf ihre Schulter, damit auch der Kobold die Fundstücke betrachten konnte. Gespannt untersuchte Atos mit wachen Augen die vor ihm liegenden Dinge. Zuerst betrachtete er einen etwa unterarmlangen Pfeil mit verbogener Spitze. Pechschwarz vom Scheitel bis zur Sohle, bis auf eine silberfarbene Stelle an der beschädigten Kuppe. Am anderen Ende des Pfeils entdeckte der Zauberer eine tiefe Kerbe.

»Der Pfeil gehört zu einer Armbrust der Stadtwache«, erklärte Atos. »Also gibt es doch jemanden, der etwas gesehen haben könnte. Die Wachleute sind eigentlich nur für die Bewachung der äußeren Stadtmauerseite eingeteilt.«

»Es muss also etwas sehr Ungewöhnliches geschehen sein, wenn ein Turmwächter in Richtung Dangholt schießt«, folgerte Graf Krommel scharfsinnig.

»Schauen wir weiter, Herr Graf?«, bat Atos.

»Gerne. Das zweite Fundstück ist ein kleines Stück Metall, scheint wohl aber nicht so wichtig zu sein, ist aber trotzdem recht interessant«, erklärte der Graf.

Atos nahm den Splitter genauer unter die Lupe. Das glänzende Metall kam ihm völlig unbekannt vor. Kein Gold, Silber, Bronze, Eisen oder Platin. Der Zauberer hatte eine Idee. Mit spitzen Fingern zog er ein Fläschchen Universaltinktur aus seinem Umhang. Anna und Max traten einen Schritt zurück, als ihr Lehrmeister genau einen Tropfen der magischen Flüssigkeit auf das kleine Stück Metall gab. Ein bläulicher Schimmer schien plötzlich vom Rand des Bruchstücks auszugehen.

Baron von Herzblut trat erschrocken einen Schritt zurück. »Genau diesen Schimmer konnte ich in der letzten Nacht sehen, als mich der eisige Atem traf«, flüsterte er. »Was genau ist dieses Stück? Woher kommt es?«

Meister Dost hatte eine Idee. ›Gut, vielleicht genial, aber sehr gewagt‹, dachte der Kobold. ›Aber irgendwie kommt mir die Sache bekannte vor!‹ Aus Respekt vor Graf Krommel wagte er aber nicht, ungefragt seine Meinung in die Runde zu rufen. Auch Anna und Max staunten und schwiegen, seit das bläuliche Licht vom zweiten Fundstück ausging.

»In jedem Fall steckt eine magische Kraft darin verborgen«, erklärte Atos. »Es sieht so aus, als ob der Armbrustpfeil des Turmwächters auf einen größeren Gegenstand aus Metall geprallt ist und das kleine Stückchen hier herausgebrochen hat.«

»Und deshalb ist auch die Spitze des Pfeils verbogen«, ergänzte Graf Krommel.

Wumm. Wumm.

Das Geräusch der unheimlichen Pauke erklang.

Wumm, wumm, wumm.

Das Dangholter Schloss erzitterte. Einige der schweren Kristallleuchter im Spiegelsaal klirrten gefährlich und begannen zu schwanken. Im Eingangsbereich fiel der dösende Biber fast von seinem Tischchen. Die Hammerhexe im Nachbarzimmer hatte alle Hände voll zu tun, ihre Kristallkugel festzuhalten.

»Die Pauke klingt lauter als heute am Morgen«, flüsterte Anna ihrem Bruder ins Ohr.

Max nickte. »Wir müssen unsere Tante finden. Sie wusste etwas und ist vielleicht deswegen spurlos verschwunden.«

Nachdem die Mauern des Schlosses samt Kronleuchter, Kristallkugel und aufgeschrecktem Biber wieder zur Ruhe gekommen waren, lenkte die kleine Gruppe um Graf Krommel ihre Aufmerksamkeit wieder auf das Tablett. Es gab dort ein drittes Fundstück. In einem kleinen verkorkten Fläschchen lauerte eine schwarze Flüssigkeit. Obwohl die Menge gering war, strahlte die Tunke etwas Böses und Bedrohliches aus. So wie ein Flaschengeist, der nur darauf wartete, von der Leine gelassen zu werden, um sich anschließend an allem und jedem für seine Gefangenschaft zu rächen.

Graf Krommel erklärte die Geschichte des Fundstücks. »Meine mutigen Vampire fanden in der Nähe des Wachturms kleine, schwarze, eiskalte Kügelchen. Jedes einzelne Stückchen nicht größer als eine Perle. Sie lagen fast wie an einer unsichtbaren Schnur aufgereiht, die meine Männer verfolgten. Durch enge Gassen, bis hin zu einem Abwasserkanal. Dort endete die Spur. Wir haben viele der Perlen aufgelesen und in der Flasche hier gesammelt.«

Die Zwillinge schauten sich verunsichert an. Noch bevor sie ihre Frage stellen konnten, gab ihr Lehrmeister die Antwort. »Die Perlen oder Kügelchen waren in Wirklichkeit aus Eis und sind dann hier in der Wärme des Schlosses geschmolzen, nicht wahr?«

Graf Krommel nickte betrübt. »Ja, wir bemerkten es erst, als es schon zu spät war.«

Meister Dost trat näher an die Flasche heran und beäugte den Glasbehälter misstrauisch von allen Seiten. Aufgeregt hüpfte er von einem Bein auf das Andere.

Graf Krommel bemerkte das seltsame Verhalten des Kobolds. »Meister Dost, du wirkst sehr unruhig.«

Der Diener Amalias erschrak. »Verzeiht, Herr Graf. Aber ich habe eine Idee, besser gesagt einen Gedanken!«

»Dann heraus damit.«

Gespannt blickten Anna und Max ihren kleinen Begleiter an.

Meister Dost wies mit ausgestrecktem Arm auf das glänzende Tablett. Auf den immer noch bläulich leuchtenden Metallsplitter, dessen genaue Zusammensetzung niemand kannte, auf den schwarzen Armbrustpfeil und auf das Fläschchen mit seinem unheimlichen Inhalt. »Bitte denkt nicht, dass ich vollkommen verrrrrrrückt geworden bin, Herrrrr Graf, Herrrrrr Atos. Aber ich der Flasche befindet sich doch geschmolzenes schwarzes Eis?«

Alle Anwesenden nickten. Meister Dost musste wirklich sehr aufgeregt sein, denn nur dann rollte sein ›rrrrrr‹. Der Kobold atmete tief durch und versuchte, sich zu konzentrieren.

»Ich kenne nur einen einzigen Orrrrrrt auf der ganzen Würrrrfelwelt, an dem es schwarrrrrrrzes Eis gibt«, raunte er.

»Das Land aus Eis und Finsternis«, flüsterte Anna.

»Die Festung des Eisritters Frigador«, wisperte Max.

»Wenn das stimmt, dann ist der Schatten des Bösen in Dangholt angekommen«, seufzte Graf Krommel.

Atos nickte sorgenvoll.

In diesem Augenblick hämmerte jemand gegen die Eingangspforte des Vampirschlosses.

Major Bockelwitz musste hilflos mit ansehen, dass der Gildenmeister der Zauberer, der ehrenwerte Daribert, nur sehr langsam den zähen Nebel rund um Atos' Haus auflösen konnte. Der Offizier hoffte insgeheim, dass der Lehrmeister noch in seinem Haus steckte. Gleich würde Daribert den magischen Verschluss lösen und im Handumdrehen die Tür öffnen. Der Rest ließ sich dann schnell erledigen.

An die zweite Möglichkeit mochte Bockelwitz überhaupt nicht denken. Bürgermeister Fuddelhaar würde Kleinholz aus ihm und seiner Truppe machen, wenn sie mit leeren Händen ins Rathaus zurückkehrten. Der Stadtregent stand sowieso kurz vor einer Explosion. Es fehlte nur noch eine winzige Kleinigkeit, eine klitzekleine Aufregung, ein Haar in der Suppe, ein schiefer Blick, ein falsches Wort oder eine Fliege an der Wand, dann würde es geschehen. Major Bockelwitz kannte Fuddelhaar sehr genau. Seine Eigenarten, seine Stärken, Schwächen und Launen. Seine Vorliebe für gutes Essen, guten Wein und viel Ruhe. Seinen Hass auf Störungen im Tagesablauf, auf Probleme, auf miese Berater. Der Offizier seufzte unhörbar. Er diente schon so viele Jahre in der Stadtwache, hatte als einfacher Soldat angefangen. Nicht als Leutnant, wie die Söhne der reichen Adligen, deren verzogene Bengel meinten, sie seien etwas Besseres. Dabei konnten viele nicht bis drei zählen, nicht einmal, wenn sie ihre Finger zur Hilfe nahmen. Besonders krasse Fälle schafften es nicht, eins und eins zusammenzuzählen, waren dümmer als es auf eine Kuhhaut ging.

Bockelwitz selbst war ganz anders. Er besaß eine Gabe, die im Umgang mit schwierigen Leuten wie Fuddelhaar lebensnotwendig war. Er konnte hatte schon immer drohendes Unheil, nahende Schwierigkeiten oder mögliche Probleme sehr früh erkennen können. Entsprechend geschickt handelte Bockelwitz, dachte immer etwas weiter als andere, war immer mit seinen Handlungen einige Schachzüge voraus. Langsam aber sicher wurden seine damaligen Vorgesetzten auf den jungen Mann aufmerksam. Und irgendwann hatte er es geschafft und war Chef der Stadtwache geworden. Mit viel Verantwortung, aber wenig Stress, solange es in Dangholt und Umgebung ruhig und friedlich blieb.

Die Aufgaben seiner Truppe waren überschaubar. Die Bewachung der Stadttore zählte dazu, im Angriffsfall natürlich die Verteidigung Dangholts. Für diesen Fall stand zusätzlich eine Bürgerwehr zur Verfügung, die alarmiert werden konnte. Auch das Gefängnis der Hauptstadt wurde von Soldaten bewacht. Die meiste Zeit nahm aber die Bewachung des Bürgermeisters in Anspruch. Fuddelhaar ließ sich rund um die Uhr hüten wie einen Schatz. Er ließ seine Leibgarde direkt vor der Tür des Sitzungssaals im Rathaus Stellung beziehen, und jeden Eindringling schon an der Pforte abwehren zu können.

Erst jetzt fiel Bockelwitz auf, dass der Bürgermeister eigentlich niemals das Rathaus zu verlassen schien. Seine Privatgemächer lagen im selben Gebäude, er aß, trank und schlief im Rathaus. Seine Beratergruppe kam ins Rathaus, bei Unwohlsein kam der Arzt. ›Eigentlich weiß ich gar nichts über den Bürgermeister‹, dachte er, beruhigte sich aber selbst. ›Ist bestimmt auch besser so.‹ Aber ein wenig Neugierde gab es schon. Woher stammte Fuddelhaar, machte er jemals Urlaub, hatte er Freunde, eine Familie, ein Hobby? Wie alt war er? Wann war sein Jahrestag? Eilig wischte Bockelwitz alle Gedanken fort, doch sie kehrten zurück wie ein Bumerang. ›Warum war eigentlich …‹

»Herr Major«, brüllte der Leutnant wenige Zentimeter vor seinem Vorgesetzten und salutierte artig. Bockelwitz erschrak. Eilig verließ er die Gedanken an gestern, an die Vergangenheit, um wieder den aktuellen Problemen ins Gesicht schauen.

»Herr Major, ich melde, dass der ehrenwerte Daribert die Nebelwolke soeben besiegt hat!«

Bockelwitz blickte um sich und bemerkte erst jetzt, dass es erneut kälter geworden sein musste. Seine Atemluft dampfte wie der Kegel des Vulkans Tonaluga. Aber er sah die Hopfengasse, die Gartenpforte, den Kiesweg und das Haus des Zauberers Atos klar und deutlich. Der ehrenwerte Daribert stand erschöpft aber stolz direkt vor der Haustür und probierte eine magische Kombination nach der anderen durch, um den Verschluss zu knacken. Nach einer Weile hörten die im Halbkreis um den Zauberer wartenden Soldaten ein erlösendes Klicken. Die Tür sprang auf. Wortlos stürmte die Truppe das Haus, durchsuchte jeden Raum, jeden Winkel. Doch auch mit Hilfe des ehrenwerten Daribert ließ sich kein Atos finden. Weder in seiner gewohnten Gestalt, noch als Haushaltsgegenstand, anderes Lebewesen oder unsichtbar unter einem Tarnumhang.

»Er ist nicht hier«, erklärte der oberste Zauberer kopfschüttelnd. »Er ist deinen Männern entwischt, Herr Major.«

Der Leutnant zog vorsichtshalber den Kopf ein, um bei einem Donnerwetter seines Vorgesetzten das Gebrüll besser ertragen zu können. Major Bockelwitz blieb aber gefasst und ruhig. Er konnte es seinen Männern nicht übelnehmen, dass einer der besten Zauberer der Stadt ihnen ein Schnippchen geschlagen hatte. Hätte er gewusst, dass zwei Halbwüchsige und eine Ratte seine Truppe an der Nase herumgeführt hatten und entkommen waren, dann hätten seine Männer als Strafarbeit in den nächsten Wochen die Latrinen der gesamten Stadt mit dem Rasierpinsel gereinigt. Ohne Handschuhe.

»Folgt mir, im Gleichschritt Marsch«, befahl Bockelwitz und schritt eilig voran. Ein Leutnant, weitere einfache Soldaten sowie der ehrenwerte Daribert hatten Mühe, dem Major zu folgen. Nur mühsam gelang es dem Leutnant, keuchend auf gleiche Höhe mit seinem Vorgesetzten zu gelangen und einige Meter direkt neben Bockelwitz zu verweilen.

»Verzeih mir, Herr Major. Wohin marschieren wir? Das ist doch nicht der Weg zum Rathaus …«

»Gut erkannt.« Bockelwitz marschierte unbeeindruckt weiter, ohne sein Tempo auch nur einen Augenblick zu verlangsamen.

»Aber, müssen wir nicht dem Bürgermeister berichten …«

»Das werden wir!«

»Aber, ich dachte …«

»Was dachtest du, Leutnant?«

»Unser Auftrag lautete, in die Hopfengasse zu marschieren, den Zauberer Atos abzuholen und direkt zum Bürgermeister zu begleiten«, keuchte der Leutnant verzweifelt.

»Genau.«

»Und warum gehen wir dann nicht direkt zum Rathaus, Herr Major?«

Bockelwitz blieb ganz ruhig. Er musste ganz ruhig bleiben. Der Leutnant stammte aus einem einflussreichen Adelshaus, war für ein Jahr bei der Stadtwache, weil es sich im Lebenslauf gut machte. Und er war dumm wie Bohnenstroh, aber eben nicht nur dämlich, sondern auch reich. Gut, eine kleine Abreibung, ein kleiner Überbrüller, wenn er sich zu dumm anstellte. Das war erlaubt. Aber ansonsten verhielt Bockelwitz sich auch hier klug wie ein Schachspieler. Die Zeit würde das Problem lösen und diesen selten dämlichen Untergebenen aus der Stadtwache entfernen. Das Dumme daran war nur, dass meist auf ein dummes Stück ein noch Dümmeres folgte. Er beschloss, seinem Untergebenen das Problem zu erklären, das so offensichtlich war wie ein Brett vor dem Kopf. Man konnte es nicht übersehen. Bockelwitz wusste, was nun gefragt war. Engelsgeduld, Gelassenheit, Selbstbeherrschung, Gleichmut, Besonnenheit, Milde, Ausdauer, Nachsicht, Sanftmut, Friedfertigkeit, Gutmütigkeit, Ruhe, Rücksicht, Unerschütterlichkeit und Gefasstheit. Und zur Not hatte er noch eine weitere Zutat im Gepäck. Einen kräftigen Tritt in den Hintern.

»Denk mal scharf nach, Leutnant. Wiederhole nochmals unseren Auftrag.«

»Unser Auftrag lautet, in die Hopfengasse zu marschieren, den Zauberer Atos abzuholen und auf kürzestem Wege zum Bürgermeister Fuddelhaar zu begleiten!«

»Genau. Siehst du irgendwo den Zauberer Atos in unseren Reihen?«, giftete Bockelwitz.

»Äh …«

»Siehst du ihn?«

»Nein, Herr Major.«

»Sehr gut erkannt. Wirklich sehr gut.«

›Er hat mich gelobt‹, dachte der Leutnant stolz. ›Das muss ich nachher meinem Papa erzählen!‹

»Und warum gehen wir nicht zurück zum Rathaus, um dem Bürgermeister zu berichten, dass wir den Zauberer nicht …«

»Diese Frage habe ich vorausgesehen und will sie dir gerne beantworten. Der Bürgermeister würde sagen, ›dann sucht ihr, bis ihr ihn gefunden habt‹, nicht wahr?«

Der Leutnant nickte ergeben. Er bewunderte seinen Major, der so gut denken konnte, der wusste, was zu tun war, der nahezu immer eine Antwort parat hielt.

»Wir marschieren zum Haus der Amalia und anschließend zum Dangholter Schloss!«

»Warum, Herr Major?«

»Warum nicht?«, antwortete Bockelwitz bissig.

»Verstehe, Herr Major!«

Bürgermeister Fuddelhaar war sauer. Wirklich sauer. Nicht einfach nur stinksauer. Eine uribesmatische Megazitrone, deren Saft jedes Metall wegätzen konnte, war eine harmlose Frucht im Vergleich mit der momentanen Laune des Stadtoberen. In seiner Nähe wäre ein Glas Milch auf der Stelle ebenfalls sauer und flockig geworden.

Er hatte es fast geschafft, die Menschenmenge auf dem Marktplatz um den Finger zu wickeln und wieder nach Hause zu schicken. Trotz des *wumm, wumm* und der eisigen Kälte waren die abergläubischen Bürger gerade eben noch bereit gewesen, sich mit der Ankündigung einer Expedition abspeisen zu lassen. Und ausgerechnet in diesem Augenblick war der berittene Bote erschienen und hatte den schönen Plan gründlich verdorben. Außer sich vor Wut kam dem Bürgermeister kurz der Gedanke, eine Ausgangssperre zu verhängen. Mann und Maus hätten dann sofort in ihren Häusern zu verschwinden und durften nur noch mit einer Sondererlaubnis die Straßen und Gassen betreten. Fuddelhaar war aber auch klug genug, das Volk nicht noch weiter zu verunsichern oder zu reizen. Trotz aller Mühe gelang es dem Stadtregenten im Augenblick nicht, sich vom Balkon aus Gehör zu verschaffen. Die Menge unten auf dem Marktplatz schenkte ihre volle Aufmerksamkeit dem berittenen Boten am äußeren Rand des Versammlungsortes. Jeder hatte Fragen, doch kaum jemand verstand etwas von dem, was der Überbringer der schlechten Nachricht zu sagen hatte. Zu allem Überfluss kam ein Unglück selten allein.

Wumm. Wumm.

Es folgte ein Augenblick unheimlicher Ruhe.

Wumm. Wumm. Wumm.

Doch auch jetzt beruhigten sich die Menschenmassen nicht.

»Schade, dass wir den Brülltroll[1] nicht mehr im Kerker haben«, brummte Fuddelhaar. Entnervt kehrte er vom Balkon zurück in den großen Saal. Seine Beraterrunde zitterte vor Kälte und Angst vor der unterirdisch schlechten Laune des Bürgermeisters. »Ich nehme nicht an, dass ihr eine Idee habt?«, keifte er und erhielt wie erwartet keine Antwort. Fuddelhaar beschloss, selbst zu handeln. So wie immer.

»Wache, bringt den Boten zu mir in den großen Saal«, wies er ungeduldig an. Schweiß rann unter der Perücke hervor. Es bedurfte ein Dutzend bewaffneter Männer, um mühsam durch die Menschenmassen bis zum Boten vorzudringen. Unsanft zerrten Soldaten die Gestalt vom Pferd und führten sie in ihrer Mitte ins geschützte Rathaus. Ein blasser Jüngling, kaum erwachsen, stolperte die Treppen herauf. Unsanft stießen die Männer der Stadtwache den Boten in den großen Saal des Rathauses. Der junge Mann schlug der Länge nach auf den harten Fußboden und rutschte ein Stück auf dem Bauch liegend weiter. Kurz vor Fuddelhaars Füßen endete die Reise.

»Steh auf«, brüllte ein Leutnant.

Mühsam kam der Bote auf die Beine, blickte entsetzt auf den

---

[1] Vor gar nicht allzu langer Zeit besaß der Bürgermeister noch ein Exemplar der Gattung Brülltroll. Wurde das Wesen wütend, schrie und schleimte es Störer in Grund und Boden. Bei schwierigen Verhandlungen oder zur Einschüchterung aufgebrachter Menschenmengen hatte Fuddelhaar die Dienste seines Gefangenen oft und gerne in Anspruch genommen. Leider konnte der Troll eines Tages entkommen. Niemand außer dem Troll und Atos kannten die genauen Umstände der Flucht.

Bürgermeister, die versammelten Berater und sehnsüchtig auf einen großen Obstteller. »Guten Morgen, Herr Bürgermeister von Dangholt«, flüsterte er schüchtern.

»Was ist an diesem Morgen denn deiner Meinung nach gut?«, bellte Fuddelhaar. »Hörst du, was du angerichtet hast?« Fuddelhaar wies mit ausgestrecktem Zeigefinger in Richtung seines Balkons. »Die Unruhe dort unten ist *dein* Werk. Wie kommst du dazu, meine Versammlung zu stören?«

Der schüchterne Bote blickte kurz auf. Ein Flackern in seinen Augen verriet, dass er sich ungerecht behandelt fühlte. Was konnte er dafür, dass seine Nachricht schlecht und der Empfänger noch schlechter gelaunt war.

»Die Zwerge sind aus den Bergwerken nicht zurückgekehrt. Sie sind alle spurlos verschwunden. Man soll den Boten nicht für seine Botschaft töten«, bemerkte der junge Mann mutig.

»Das stimmt«, giftete Fuddelhaar mit zu winzigen Schlitzen zusammengekniffenen Augen. »Nicht töten, nur einsperren. Wache, steckt den Wirrkopf ins Gefängnis.« Der Bürgermeister hatte wieder einmal die rettende Idee bekommen, um Zeit zu gewinnen und das Volk zu beruhigen. Während der Bote unter Protest von zwei Wachsoldaten direkt ins Gefängnis verfrachtet wurde, betrat Fuddelhaar erneut den Balkon. Den ehrenwerten Daribert, Major Bockelwitz und seine Männer konnte er immer noch nicht entdecken. Auch das würde ein Nachspiel haben. Fuddelhaar hasste Trödelei. Es konnte doch nicht so schwierig sein, zur Hopfengassen zu marschieren, einen mittelmäßigen Zauberer aus seinem Haus zu treiben und auf kürzestem Weg zurück ins Rathaus zu kommen. Der Lärm auf dem Marktplatz war ohrenbetäubend. Trotz eisiger Kälte blieben die Einwohner beharrlich vor dem Rathaus stehen, tauschten ihre Ansichten über das *wumm*, über die Zwerge und das Wetter lautstark aus. Selbst die lauteste Männerstimme konnte dort nichts mehr ausrichten. Fuddelhaar griff zu einer List, die immer funktionierte. Er schritt ganz nah an die Brüstung des Balkons und blickte nach unten. Einige Fleckchen der Marktplatzpflasterung schienen nicht mit Füßen aller Größe bedeckt zu sein. Schnell zückte der Bürgermeister den Geldbeutel und nahm einige Münzen heraus.

Der Stadtregent zielte sorgfältig und warf die Geldstücke auf den steinernen Untergrund des Marktplatzes. Man müsste meinen, dass das zarte Klimpern einer Münze im Tumult der Menge sang- und klanglos untergehen würde. Das Gegenteil war der Fall. Ruckartig blickten viele Köpfe gierig auf die Wertstücke, viele Hände griffen gleichzeitig nach den wenigen Münzen. Die erwartete Rauferei ließ nicht lange auf sich warten und kurz darauf blickte jedermann auf dem Marktplatz wieder in Richtung des Rathauses. Fuddelhaar schleuderte eine weitere Ladung Geldstücke mitten in die Menge und winkte mit seinem Geldbeutel, zeigte immer wieder mit der anderen Hand auf seine Börse. Dabei bewegte er den Mund, als hätte er den Bürgern eine wichtige Mitteilung zu machen, und setzte dabei eine wichtige Miene auf. Dabei zählt Fuddelhaar einfach nur von eins bis hundert. Die vorderen Reihen der Versammlung zu seinen Füßen wurden neugierig.

»Ich verstehe nicht, was er sagt«, rief ein fetter Kaufmann

»Dann halt doch selbst den Mund«, keifte ein altes Weib neben ihm zurück.

»Warum zeigt er mit dem Finger auf seine Geldbörse?«, rätselte ein Dritter. »Haltet doch mal die Klappe.«

Wie ein Lauffeuer schwappte kurz darauf ein zischendes »Pssst« durch die Menge. Langsam kehrte die Ruhe zurück, dann war es still. Der Bürgermeister nutzte seine Chance.

»Liebe Bürger von Dangholt, diesen Geldbeutel fanden wir soeben bei dem Boten der behauptete, dass die Zwerge alle verschwunden seien«, log er schamlos. »Der Bote hat soeben gestanden, dass er bestochen wurde, um Unruhe nach Dangholt zu tragen.«

Gemurmel, Getuschel, Nicken und Kopfschütteln folgten in der versammelten Menge. Wer sollte auch so einen Unsinn verbreiten? Schließlich waren die Zwerge angenehme Zeitgenossen, trinkfest, fleißig, schlechte Spieler die gerne ihr Geld in der Taverne verloren und Lieferanten von Gold und Diamanten. Wer sollte den Zwergen ein Leid zufügen wollen? Fuddelhaar ahnte, dass seine Behauptung allein nicht ausreichen würde, um die Bevölkerung zu überzeugen. Sehr wahrscheinlich hatte der Bote

Recht und die Zwerge waren wirklich, aus welchem Grund auch immer, verschwunden. So einen haarsträubenden Unsinn dachte sich niemand freiwillig aus. Sein Plan sah trotzdem anders aus. Im Augenblick wirkte es auf die Bürger beruhigender wenn er behauptete, die Zwerge seien natürlich nicht verschwunden. Jemand wolle nur der Versammlung weis machen, dass die Bergwerke verwaist seien, um Unruhe zu stiften. Fieberhaft überlegte er, wem er die Sache in die Schuhe schieben konnte. Wie immer in Notlagen ließ ihn seine Fantasie nicht im Stich. Er hob erneut den Geldbeutel. Die Menge schwieg schlagartig.

»Ihr fragt euch nun, wer uns mit dieser Behauptung in Unruhe versetzen möchte. Denn wir wissen, dass nicht alle Zwerge verschwunden sein können. Noch heute in der Früh erhielt ich eine Lieferung Gold«, log Fuddelhaar.

Auf dem Marktplatz nickten nun die meisten der Anwesenden. Es klang logisch. Wenn der Bürgermeister eine Goldlieferung erhalten hatte, konnte nicht *alle* Zwerge verschwunden sein. Also war die Sache nur halb so wild, ein Gerücht, eine Übertreibung oder eine Anstiftung zu noch größerer Unsicherheit und Unruhe. Aber wer …?

»Hört mich an. Wir haben es mit einem Gegner zu tun, der lange verschollen war«, rief Fuddelhaar.

Niemand in der Menge wagte einen Mucks. Der Bürgermeister sah nur stumme Atemwolken und blickte standhaft in erwartungsvolle Augenpaare. Schließlich ließ er die Katze aus dem Sack und setzte damit seinem Lügengebilde die Krone auf.

»Die Feuerhexen von Loppelwuh sind zurück«, rief er.

Loppelwuh selbst war keine Erfindung des Bürgermeisters. Vor langer Zeit hatte es ein Dorf mit diesem Namen gegeben, weit entfernt von Dangholt, jenseits des großen Meeres, am Fuß des mächtigen Gebirges am Ende der Welt. Die heutigen Einwohner der Würfelwelt kannten die Geschichte nur noch aus Gutenachtgeschichten, bei denen man anschließend vorsichtshalber unter dem Bett nachschaute, ob dort nicht ein glühendes Augenpaar lauerte. Die Hexen von Loppelwuh trieben damals fast jede Nacht lodernde Feuerräder von den Bergen hinunter, um böse Geister vom gleichnamigen Dorf Loppelwuh fernzuhalten. Versehentlich vernichteten sie dabei die gesamte Getreideernte, als ein herrenloses Feuerrad in die riesige Vorratsscheune einschlug. Beim anschließenden Versuch, den bösen Feuergeist mit weiteren Rädern zu besänftigen, legten die Hexen das gesamte Dorf in Schutt und Asche. Das durch einen magischen Feuerbann geschützte Haus der Oberhexe Ignipota blieb als einziges Gebäude verschont, wurde aber noch in derselben Nacht von wütenden Dorfbewohnern mit Äxten zu Kleinholz zerhackt.

Das Dorf gab es noch immer, oder besser gesagt das, was Feuer und Äxte einst davon übrig gelassen hatten. Ein trauriger Anblick. Am Fuß des mächtigen Gebirges ruhten nun die einstmaligen Gebäude als verbrannte Ruinen. Ein Berg verfaulendes Kleinholz zeigte, dass an dieser Stelle die früheren Bewohner mit Äxten das Haus der Oberhexe zerlegt hatten. Nach dem Unglück mit den brennenden Rädern wurde jedes Feuer in Loppelwuh, selbst das im Kamin, bei Strafe verboten. Im nächsten Winter wanderten die Feuerhexen an einen anderen Ort aus. Niemand wusste genau, ob und wo die Nachfahren heute lebten, und genau diese Tatsache nutzte Bürgermeister Fuddelhaar schamlos aus. Gemeinerweise konnte niemand etwas dagegen sagen. Der Stadtregent mochte vielleicht seine Behauptung nicht beweisen können, aber es gab auch niemanden, der die Unwahrheit belegen konnte.

Mit väterlicher Stimme sprach Fuddelhaar einige letzte Worte vom Balkon des Rathauses. »Liebe Bürger, ich wiederhole gerne meine Worte von vorhin, damit die hinterlistigen Versuche der Feuerhexen von Loppelwuh keinen Erfolg haben, müsste ihr mir vertrauen. Habe ich euch nicht auch vor der Bedrohung gerettet, als das goldene Pendel von Dangholt stillstand. Erinnert euch daran!«

Beifall kam auf. Die Stimmung kippte zu Gunsten des Bürgermeisters. Fuddelhaar legte nach und wiederholte sinngemäß seine letzten Worte vor der Störung durch den Boten. Der Bote, der eigentlich die Wahrheit gebracht hatte. Die Wahrheit, die dem Bürgermeister nicht in seine Pläne passte. Die Pläne, mit denen er Zeit gewinnen wollte.

»Ich sage es noch einmal. Um zu erfahren, was genau der Riese uns mitteilen möchte, wird schon in diesen Stunden eine Expedition zum Mittelpunkt der Welt vorbereitet. Die Expedition wird lange dauern und gefährlich sein. Deshalb wähle ich nur mutige Männer aus. Sorgt euch nicht, wenn das Signal des Riesen tief unten aus der Erde erneut ertönt. Sorgt euch nicht, wenn der Riese die Pauke schlägt. Er ruft uns nur, er will uns nichts antun. Ich werde nicht ruhen, bis die Würfelwelt wieder in Ordnung ist. Geht nun nach Hause!«

›Anderenfalls lasse ich den Marktplatz mit Waffengewalt räumen und verhänge einige Tage Ausgangssperre‹, dachte er grimmig, während er lächelnd winkend den Balkon verließ. Tatsächlich wurde die Menschenmasse vor dem Rathaus schlagartig kleiner. Die eisige Kälte machte allen Lebewesen zu schaffen.

Fuddelhaars Berater klatschten Beifall. Nur ein lebensmüder Astrologe wagte eine Bemerkung. »Aber sind die Zwerge nicht wirklich verschwunden, so wie es der Bote sagte?«

Fuddelhaar glotzte seinen Sterndeuter verständnislos an. »Ich dachte, das sei klar?«

»Äh, nein.«

Die beiden Tischnachbarn zur Linke und Rechten rückten ein Stückchen vom Astrologen ab. Fuddelhaar konnte an manchen Tagen nicht nur wütend, sondern fuchsteufelswild werden. Er hasste zusätzlich zu allen anderen Dingen, die er sowieso schon hasste, auch Leute, die in seinen Augen zu dumm zum Milch holen waren. Leute, die seinen Gedanken nicht schnell genug folgen konnten.

»Also, langsam und zum Mitschreiben für alle«, fauchte der Bürgermeister. »Natürlich stimmt etwas mit den Gold- und Diamantbergwerken nicht. Wir haben heute *keine* Lieferung von den Zwergen erhalten. Wache!«

Der Stellvertreter von Major Bockelwitz, ein zackiger Hauptmann, stürmte in den Saal und salutierte vor Fuddelhaar. »Jawoll, Herr Bürgermeister.«

»Sieh zu, dass deine Leute den ehrenwerten Daribert und Major Bockelwitz finden. Und die Zauberer Amalia und Atos gleich

dazu. Ich will eine Expedition, und zwar bald. Ob die beiden
Zauberer wollen oder nicht, sie werden für mich arbeiten. Wir
ziehen nun andere Saiten auf. Holt Amalias Ziehkinder, und
bringt sie in den Kerker.«

Wütend riss Fuddelhaar seine Perücke vom Kopf und knallte
die Tür seiner Privatgemächer hinter sich zu. Es klang fast wie
ein *wumm*.

✸

Knirk huschte durch Dangholts Unterwelt. Atos hatte dem
Spion einige Aufträge erteilt, während Anna, Max und Meister
Dost in Amalias Haus ihre Reisebündel packten. Sein erster
Gang führte den Nager direkt in die Bibliothek zu Wenzel. Dabei
vermied Knirk den Weg über den Marktplatz. Zu viele Leute, zu
viele Füße, auf die er achten musste. Zum Glück gab es genügend Abwasserkanäle, Geheimgänge, unheimliche Grüfte, stau-
bige Weinkeller und vergessene Friedhöfe. Der Rattenspion
kannte Dangholt wie seine Westentasche. Ohne Probleme erreichte er einen Lagerraum der Bibliothek. Auch in fast völliger
Dunkelheit fand Knirk seinen Weg mit traumwandlerischer Sicherheit.

Auf das Lager folgte der erste magisch beleuchtete Raum, die
Kopierabteilung. Ein feiner Teppich lag längst durch den Keller
gerollt. Links und rechts davon standen dutzende Schreibpulte,
die sich wie Ei dem anderen glichen. Eine kleine Lampe, ein
Stuhl ohne Lehne, Tintenfässchen in allen erdenklichen Farben,
Schreibfedern mit unterschiedlichen Strichdicken, Pergamentblätter und ein kleiner Schwamm, mit dem versehentlich verschüttete Flüssigkeit oder überflüssige Tinte abgetupft werden
konnte. Auf jedem Stuhl hockte je ein Gnom in dunkler Uniform
mit Schirmmütze und Ärmelschonern. Auf der linken Tisch-
hälfte lag fein säuberlich ausgerichtet ein aufgeschlagenes Buch,
rechts daneben ein Pergament in derselben Größe wie eine
Buchseite. Jeder Gnom kopierte in mühevoller Handarbeit das
komplette Werk. Anschließend verschwand das Original im Archiv. An die Leser verlieh Wenzel anschließend nur die Kopie.

91

Dabei leisteten die Gnomen eine so gute Arbeit, dass Original und Fälschung nur von einem absoluten Könner unterschieden werden konnten. Leider würde es aber noch viele Jahrzehnte dauern, bis der gesamte Bestand der Dangholter Bibliothek als Kopie vorliegen würde. Wenzel bedauerte dies, da bis zu diesem Termin immer noch viel zu viele wertvolle Erstdrucke ausgeliehen werden mussten. Knirk huschte ungestört mitten durch den Raum. Hier in der Bibliothek war sein Zuhause. Die Gnomen grüßten freundlich.

Hinter der Schreibstube folgte die Buchbinderei, die ebenfalls fest in der Hand der Gnomen lag. Es roch nach Leder, Leim und Farbe.

Wieder einen Raum weiter gelangte der Rattenspion in die Reparaturabteilung. Hier wurden leichte und schwere Fälle behandelt. Als einfach galten Arbeiten, bei denen Eselsohren aus Seiten gebügelt, Fettflecken getilgt, Popel entfernt oder eingerissene Seite geklebt werden mussten. Diese Aufgaben erledigen die Lehrlinge der Gnomen. Die Gesellen hatten schon schwierigere Arbeiten zu erledigen. Hierzu zählten das Entfernen von Kritzeleien, Rotwein-, Kaffee- oder Teeflecken. Aber die wirklich schwierigen Reparaturen blieben den Meistern mit jahrelanger Erfahrung vorbehalten. Häufige Probleme bereiteten zusammengeklebte Seiten. Manchmal war vergessenes gepresstes Laub der Grund, in anderen Fällen ein gehöriger Schlag Erbseneintopf. Schwierigkeiten gab es auch häufig, wenn ein Vampir Entleiher war und während einer Mahlzeit das Buch las. Hässliche Blutflecken bereiteten den Meistergnomen dann schlaflose Nächte.

Knirk huschte weiter durch den großen Lesesaal. Hier erledigten nichtadlige Vampire die Geschäfte der Bibliothek. Das fensterlose Gebäude stellte den besten Ort dar, an dem die Blutsauger arbeiten konnten. Nur die private Kammer Wenzels im Dachgeschoss besaß ein kleines Fenster, aber dort hielt sich gewöhnlich kein Vampir auf. Zu den Aufgaben im Lesesaal gehörten wie in jeder anderen Bibliothek Verleih, Rücknahme, Terminverlängerungen sowie die Beratung der Leser. Da die Vampire aus verständlichen Gründen tagsüber das Gebäude nicht verlassen konnten, sorgten Zombies für den unangenehmen Teil der Büchereiarbeit. Man hätte es auch Drecksarbeit nennen können. Die Untoten statteten gerne unpünktlichen Entleihern einen Hausbesuch ab, um persönlich die nicht zurückgegebenen Bücher abzuholen und das Strafgeld zu kassieren.

Doch auch wer alle Rückgabetermine pünktlich einhielt, konnte es im Nachhinein immer noch mit einem Zombie zu tun bekommen. Wenzel liebte Bücher. Fehlerfreie und saubere Bücher. Eselsohren, Fettflecken, Popel, eingerissene Seiten, Kritzeleien, Blut-, Rotwein-, Kaffee- oder Teeflecken, das alles war ihm zuwider. Seit die Zombies ihren Job machten, gab es die genannten Probleme kaum noch, aber die Schäden aus vergangenen Jahrzehnten und Jahrhunderten würden die Gnomen noch sehr lange beschäftigen.

Knirk erreichte Wenzels Kammer unter dem Dach der Bibliothek. Von hier aus konnte man den Marktplatz gut überblicken.

»Knirk, gut dass du kommst«, rief Wenzel erfreut. »Zur Begrüßung reichte er dem Nager ein Stück Käse.«

»Vielen Dank, ist ein anstrengender Tag heute«, grinste der Rattenspion. »Würde ich nach der Anzahl der zurückgelegten Meilen bezahlt, wäre ich wohlhabend.«

»Ich nehme an, du bist sehr in Eile?«, fragte der Bibliothekar, während er die Versammlung auf dem Marktplatz im Auge behielt.

»Für ein Stück Käse reicht es«, nickte Knirk. »Hin und wieder will man ja auch mal zu Hause sein.«

Personen, die zum ersten Mal mit dem Bibliothekar Wenzel sprachen, stellten sich fast immer die Frage, aus welchen Quellen dieser sein ungeheuerliches Wissen bezog. Sicher, er kannte seine Bibliothek so gut wie auswendig und hatte fast alle Bücher auch selbst gelesen. Aber auch über das aktuelle Tagesgeschehen, über Skandale und Gerüchte in Dangholt war er immer bestens im Bilde. Wenzel selbst verließ aber so gut wie niemals sein Reich aus Pergament, Tinte, Leder und Federkielen. Nur wenn Bürgermeister Fuddelhaar besondere Wünsche äußerte, musste der Bibliothekar wohl oder übel dem Ruf des Stadtregenten folgen. Selbst die Mahlzeiten nahm Wenzel in seiner Kammer ein.

Trotzdem schien er alles zu sehen und zu hören. Als verlängerte Ohren und Augen dienten die Sinnesorgane des Rattenspions. Knirk lebte schon seit vielen Jahren in der Bibliothek und arbeitete hauptsächlich für Wenzel oder dessen Freunde. Eine Tages wann dann auch der Kontakt zu Atos entstanden, für den der Nager besonders gerne spionierte. Man konnte von dem Zauberer unendlich viel lernen.

»Ist ein Pulverfass, die Menge dort unten auf dem Marktplatz«, stellte Wenzel besorgt fest. »Mal sehen, wie Fuddelhaar die Kuh vom Eis holt. Ein falsches Wort, und wir haben die größten Unruhen in der Stadt. Aber ich habe gute Nachrichten.«

Knirk richtete seine volle Aufmerksamkeit auf die Worte Wenzels.

»Heute, während du im Stadtgefängnis nach Garmander geschaut hast, suchten Atos und ich nach einem Buch. Ein besonderes Buch. Ich war sicher, dass es im Regal DCCCLXIX stehen würde, doch dort klaffte eine Lücke.«

»Was steht in diesem Buch?«, fragte Knirk gespannt.

»Hast du je von der Legende der magischen Eisharfe gehört«, fragte der Bibliothekar Gedanken versunken.

»Nein, noch nie.«

»Diese Geschichte erzählt von einer riesigen Pauke, von einem beschwerlichen Weg durch die Unterwelt aus Wasser und Eis, hin zur erlösenden magischen Eisharfe.«

»Was genau ist die magische Eisharfe?«

»Nur mit Hilfe der magischen Eisharfe kann der Legende nach die Würfelwelt gerettet werden, sollte jemals die Pauke schlagen. Ich bin mir nun sicher, dass in der Überlieferung ein Stückchen Wahrheit stecken muss.«

»Aber das Buch ist verschwunden«, warf Knirk ein.

»Richtig und falsch zugleich«, lächelte Wenzel triumphierend. »Als Atos gegangen war, haben wir die Bücherei mit allen Gnomen und Vampiren auf den Kopf gestellt. Von meiner Kammer bis in den tiefsten Keller. Sogar die Zombies halfen mit. Und, siehe da, wir hatten Glück ...«

Wenzel hielt kurz inne und schaute nervös auf den Marktplatz. Fuddelhaars Worte schwappten über die versammelte Menge hinweg, klatschten an die gegenüber liegenden Häuser der Laufleute und kamen als Echo zurück zur Bibliothek. Direkt am geöffneten Fenster konnte man den Redner gut hören.

»Er hat vorhin in seiner ersten Rede schon mit einer Lüge angefangen, unser Bürgermeister«, brummte der Bibliothekar. »Es klang wie ›liebe Einwohner‹, das kann er nicht erst gemeint haben. Dann kam der berittene Bote und ich habe die Brieftaube abgeschickt. Aber ich komme vom Thema ab. Wo war ich stehen geblieben?«

Knirk nannte ein ausgesprochen gutes Gedächtnis sein Eigen. »Und, siehe da, wir hatten Glück, das waren deine letzten Worte.«

»Danke! Und, siehe da, wir hatten Glück. Gestohlen wurde nur eine Kopie des Buches. Eine gute Kopie, die nur die Gnomen im Keller, die Bibliotheksvampire und ich erkennen würden. Das Original fanden wir in einem Zwischenlager. Dort landen die Werke, bis der Lagerverwalter den endgültigen Regalplatz festlegt. Komm, wir gehen zu den Gnomen in den Schnellschreibdienst.«

Knirk kannte den Weg zu diesem besonderen Raum auswendig, wartete aber geduldig auf Wenzel, der nicht so flink auf den Beinen war wie eine Ratte. Höchstens wie ein Wiesel. Im Erdgeschoss der Bibliothek gab es gleich links neben den beiden Theken für ›Verleih‹ und ›Rückgabe‹ einen Vorhang. Knirk huschte unter der schwarzen Gardine hindurch, noch bevor Wenzel den schweren Behang zur Seite ziehen konnte. Ein kratzendes Getöse empfing die Besucher. Ein halbes Dutzend Schreibpulte standen wie eine aufgereihte Perlenkette nebeneinander. Sechs Gnomen saßen auf ihren Hockern und schrieben mit einer speziellen Gänsefeder, deren Spitze als besonders langlebig galt. Knirk wurde immer wieder schwindelig, wenn er die wahnsinnige Geschwindigkeit sah, mit der Textzeile für Textzeile auf einfaches Pergament floss. Keiner der Gnomen blickte auf, das wahnsinnige Schreibtempo ließ keine Ablenkung zu. Der Schnellschreibdienst verfolgte grundsätzlich dieselbe Idee wie die Kopierabteilung ein Stockwerk tiefer. Von einem Original wurden Doppelausfertigungen erstellt.

Damit war die Gemeinsamkeit auch schon erschöpft. Im Keller herrschte größte Ordnung, jeder Gnom trug zudem eine schicke Uniform. Im Keller herrschte Ruhe, die Gnomen sprachen kaum miteinander. Im Keller herrschte Sorgfalt, Zeit spielte dort keine Rolle. Nur das Ergebnis einer perfekten Kopie zählte dort. Und im Keller wurden komplette Bücher kopiert, mit Bildern, verschnörkelten Schriften, verschiedenen Schriftgrößen, Schriftarten oder kunstvoll gezeichneten Anfangsbuchstaben, den sogenannten Initialen.

Im Schnellschreibdienst herrschte das blanke Chaos, doch Wenzel störte die Unordnung in diesem einen Raum überhaupt nicht. Ganz im Gegenteil, hier wurde viel Geld für die Bibliothek verdient. Jeder Besucher mit Leseausweis konnte Abschriften von Buchkapiteln oder einzelnen Buchseiten in beliebiger Anzahl bestellen. Um Zeit zu sparen, wurde nur der Text kopiert, keine Abbildungen. Auch auf die Gestaltung des Originals wurde nicht die geringste Rücksicht genommen. Die Schnellschreibgnomen nutzten nur eine Schriftart und eine festgelegte Schriftgröße. Auch das verwendete Pergament war preisgünstig. Für jede Textkopie musste der Kopierpreis entrichtet werden, und natürlich bot der Schnellschreibdienst auch einen Mengenrabatt an. Auf jedem freien Fleckchen stapelten die Gnomen neue Aufträge, fertige Arbeiten oder halbfertige Pergamente.

Aber auch ohne Leseausweis standen die Dienste der Schnellschreiber jedem Bibliotheksbesucher offen. Jeden Tag ließ beispielsweise die Kaufmannsgilde wichtige Verträge kopieren. Die Kassen der Bibliothek klingelten dann gewaltig.

Wie war Wenzel auf die Idee des Schnellschreibdienstes gekommen? Durch einen glücklichen Zufall. Eines Tages hatte Meister Dost die Bibliothek besucht, um im Keller einen entfernten Verwandten[1] aufzusuchen. Als Kobold der Meisterklasse und Diener einer Zauberin verfügte er über allerlei magisches Zubehör, von dem ein gewöhnlicher Gnom nur träumen konnte.

---

[1] Einer der uniformierten Gnome aus der Kopierabteilung im Keller war ein Cousin siebten Grades um dreiundzwanzig Ecken.

Das goldene Laufrad gehörte zu diesen besonderen Gegenständen, aber auch das Tagebuch. Seine Gedanken konnte Meister Dost direkt auf das Papier übertragen. Ohne Tinte, ohne Schreibfeder, nur durch reine Magie. In Windeseile rasten die Buchstaben über das Pergament des Buches, sogar die Seiten blätterten wie von Geisterhand um. Wenzel war entzückt, musste aber bald feststellen, dass die Bibliotheksgnomen nicht nach seinen Wüschen funktionierten. Es gelang nicht, dass die fleißigen Helfer eine Originalseite betrachteten, im Gedächtnis speicherten und anschließend per Gedankenübertragung auf ein leeres Pergament übertrugen. Außerdem wurde dem Bibliothekar schnell klar, dass magisches Pergament viel zu teuer war. Aber Wenzel gab nicht auf, suchte in einem Wettbewerb die schnellsten Schreiber unter den Gnomen und bald darauf wollte niemand in Dangholt mehr auf den Schnellschreibdienst verzichten. Sofern er selbst lesen konnte.

Während die Gänsekiele weiter Tinte ausspuckten, wies ein Gnom mit seiner freien Hand auf ein Pergament, das am Fußboden neben seinem Schreibpult lag. »Bin schon fertig, Herr Wenzel«, erklärte er, als sei es das Selbstverständlichste der Welt.

Der Bibliothekar hob das Blatt auf, das auf beiden Seiten beschriftet war. »Gute Arbeit. Hier ist sie!«

Knirk galt als schneller Denker, blickte aber in diesem Augenblick fragend zu Wenzel herauf.

»Die Sage von der magischen Eisharfe. Sie liefert vielleicht die Erklärung zu den merkwürdigen Dingen, die in Dangholt gerade passieren«, erklärte der Bibliothekar stirnrunzelnd. »Auch wenn es nur eine Legende ist.«

»Aber steckt nicht in jedem Märchen, in jeder überlieferten Geschichte ein Fünkchen Wahrheit?« warf Knirk ein.

Wenzel nickte. Draußen auf dem Marktplatz musste es zu diesem Zeitpunkt hoch her gehen, das Geschrei der versammelten Massen drang als dumpfes Gemurmel bis in den Lesesaal der großen Bibliothek.

»Die Kopie muss auf dem schnellsten Wege zu Atos, Dangholt und die ganze Würfelwelt sind in Gefahr, wenn die Dinge so sind, wie die Legende sie beschreibt.« Wenzel rollte eilig das Pergament zusammen, band einen Lederriemen darum und reichte es Knirk. Der Rattenspion grinste, und auch Wenzel fiel jetzt das Problem auf. Mehrmals blickte er abwechselnd auf den Nager und die Pergamentrolle.

»Ist vielleicht doch ein wenig unhandlich«, brummte Wenzel vergnügt.

Tatsächlich war die Rolle mehr als doppelt so lang wie Knirks Körper und der Spion hätte durch die Röhre hindurch kriechen können. Eine andere Lösung musste her. Wenzel durfte kein Risiko eingehen. Die Legende in den falschen Händen konnte über Glück oder Unglück, über Leben oder Tod entscheiden. Nicht ohne Grund hatten Unbekannte die Kopie des Buches aus dem Regal DCCCLXIX gestohlen. Der oder die Diebe mussten dabei genau gewusst haben, wonach sie suchten. Und sie waren geschickt vorgegangen. Es gab keine Hinweise, keine Spuren, keinen Verdacht. Welche Pläne verfolgte der Unbekannte mit dem Buch? Der Bibliothekar hatte dafür gesorgt, dass das Original nun besonders sicher verwahrt und sogar von einem Zombie bewacht wurde. Aber auch das Pergament, das der Schnellschreibdienstes angefertigt hatte, durfte nicht in falsche Hände geraten. Weder ein berittener Bote noch eine Brieftaube kamen in Frage. Auch Atos konnte das Dangholter Schloss nicht verlassen. Wenzel wusste, wie sehr der Zauberer die durchaus schmerzhaften Verwandlungen in andere Lebewesen verabscheute. Außerdem hätte der ehrenwerte Daribert seinen Kollegen trotz aller Verwandlungen erkennen können. Knirk war genau der richtige Mann für den Auftrag, besser gesagt die richtige Ratte. Nur ein wenig zu klein. Knirk und Wenzel marschierten in einen abgelegenen Kellerraum, der normalerweise nur vom Archivverwalter der Bibliothek benutzt wurde. Hier stand seit kurzer Zeit eine magische Erfindung des Zauberers, Erfinders und Alchimisten Exitus. Eine einmalige Schöpfung, von der außerhalb der Bibliothek niemand etwas wusste. Insbesondere Bürgermeister Fuddelhaar durfte von diesem einmaligen Gerät nichts erfahren. Er hätte die Maschine ansonsten sofort von seiner Wache abholen lassen und für seine Zwecke gebraucht oder missbraucht.

»Genial, wir benutzen den Pack-O-Mat. Warum bin ich nicht selbst darauf gekommen?« Knirk tippte mit der rechten Pfote gegen seinen Kopf. »Zu viele alte Informationen dort oben, ich muss wohl mal aufräumen.«

Wenzel lachte. Im Kellerraum stand ein großer Eisenschrank. Der Bibliothekar zog einen Schlüssel aus seinem Gewand und öffnete lautlos die gut geölte Flügeltür. Direkt dahinter kam eine weitere Tür zum Vorschein. Wieder aus Eisen, und wieder verschlossen. Doch es gab noch ein weiteres Hindernis. Hinter der zweiten Tür stand ein kleiner Eisentisch, an dem drei Winzlinge Karten spielten. Sie gehörten zur Rasse der Feuerdrachen. Sehr klein, sehr grün und mit sehr heißem Atem. Und von Natur aus sehr friedlich. Feuerdrachen wurden häufig von schlechten Zauberern auf Jahrmärkten und Rummelplätzen benutzt, um plötzlich aus ihrer Hand eine Stichflamme emporschießen zu lassen. Andere lebten in magischen Feuerholzschachteln. Drückte man an einer ganz bestimmten Stelle auf diese Erfindung, sprang ein Deckel hoch und aus der Öffnung schoss eine Flamme. Die Länge richtete sich dabei nach dem ausgeübten Druck. Die drei Exemplare hier am Spieltisch arbeiteten als Bewacher der einmaligen Maschine, des ›Pack-O-Mat‹.

»Eine Frage«, flüsterte Knirk in Wenzels Richtung. »Wie vertragen sich Feuer und Bücher? In der ganzen Bibliothek gibt es keinen Kamin, keine Kerze, keine Fackel, keine Petroleumleuchte, kein anderes offenes Feuer. Aber es gibt diese Feuerdrachen hier im Eisenschrank!«

Wenzel beruhigte den Rattenspion. »Eine Laune des Erfinders Exitus. Die drei Feuerdrachen sind magischer Natur. Sobald sie den Schrank verlassen, ist ihre Flamme kalt, aber innerhalb des Eisenmöbels geben sie eine erstklassige Wache ab.«

Einer der drei Spieler bekam einen Hustenanfall und legte die Karten seiner Gegner in Schutt und Asche.

»Und ich hatte gerade ein so gutes Blatt«, meckerte der Eine.

»Jetzt benötigen wir schon wieder ein neues Kartenspiel«, fluchte der Andere.

»Tschuldigung«, murmelte der Übeltäter und steckte einen

Kräuterbonbon in den Feuerschlund. Hinter dem Spieltisch konnte Wenzel eine weitere Tür öffnen und betrat einen verborgenen Raum, in dem der ›Pack-O-Mat‹ stand. Eine wüst aussehende Maschine, die aus Schrott zusammengebastelt war. Keine Schönheit für das Auge des Betrachters, aber ein Segen für die aus allen Nähten platzende Bibliothek. Mithilfe des ›Pack-O-Mat‹ konnten Texte gepackt werden. Man legte einfach ein komplettes Buch oder einzelne Pergamentseiten in die Maschine und zog einen roten Hebel. Kurze Zeit später war das Original auf ein Hundertstel seiner einstmaligen Größe und seines früheren Gewichts geschrumpft. Der Erfinder hatte dafür gesorgt, dass nur Bücher oder mit Tinte beschriftete Dokumente packbar waren, bei anderen Gegenstände oder gar Lebewesen verweigerte das Gerät seine magischen Dienste.

Neben dem roten Hebel gab es einen grünen Griff, mit dessen Hilfe ein gepackter Text wieder entpackt werden konnte. Man legte dazu die Miniaturausgabe in die Maschine, zog am grünen Hebel und die Originalgröße wurde wiederhergestellt. Ein weiterer magischer Schutz sorgte dafür, dass ein bereits gepackter Text nicht nochmals packbar war. Leider gab es nur eine Maschine dieses Typs, da der Erfinder Exitus bei einem chemischen Experiment einige Zutaten verwechselt hatte und mit einem lauten Knall in einer riesigen Rauchwolke verschwunden war. Seit dieser Zeit ward er nie wieder gesehen. Innerhalb der Bibliothek leistete der ›Pack-O-Mat‹ gute Dienste, auch wenn Wenzel zu Beginn sehr misstrauisch war und vor dem Packen die Bücher von den Gnomen sicherheitshalber abschreiben ließ. Aber alles verlief einwandfrei.

Neben dem roten und grünen Hebel gab es noch eine besonders nützliche Zusatzfunktion. Das Packen eines Buches oder Textes für eine bestimmte Zeitspanne. Hierzu stellte man den goldenen Zeiger einer am Gerät angebrachten Sonnenuhr auf eine bestimmte Tageszeit ein. Ein sehr hübscher Zeitmesser, der dem Erfinder gut gelungen war, aber leider ein sehr ungenaues Exemplar. Anschließend zog der Bediener kräftig am goldenen Hebel, und das Buch oder Pergament wurde gepackt. Nahte dann tatsächlich die zuvor am goldenen Zeiger eingestellte Zeit, exploldierte das gepackte Buch und lag wieder in seiner Originalgröße vor. Wenzel traute diesem Teil der ›Pack-O-Mat‹-Maschine nicht besonders, des es war in der Vergangenheit zu Problemen und sogar zu Unfällen kommen. Die Einstellmöglichkeiten am goldenen Zeiger der Sonnenuhr waren einfach zu ungenau. Es konnte sehr schmerzhaft sein, wenn einem Boten auf seinem Weg von der Bibliothek zum Empfänger in der Hosentasche ein Buch explodierte. Das Beinkleid konnte danach nur noch als Putzlumpen benutzt werden. Einige Male stürzten Brieftauben mitten im Flug ab, weil zu früh explodierte Bücher ihre Körper wie ein Backstein in Richtung Erde zogen und an allen möglichen und unmöglichen Plätzen unsanft einschlugen. Zum Glück brachte die Fundstücke niemand mit Wenzels Bibliothek in Verbindung. Alle hielten die vom Himmel fallenden Bücher für einen Schabernack gelangweilter Zauberer. Das Schicksal der Tauben verlief meist glimpflich. Bis auf einige Federn gab es keine nennenswerten Verluste zu beklagen. Nur manchmal kehrte ein fliegender Bote nicht zurück. Die Zwerge wiesen stets jede Schuld von sich. Schließlich war die Jagd mit Bumerangäxten innerhalb der Stadtmauern verboten. Und natürlich hielten sich die Zwerge daran.

Wenzel legte die Abschrift der Legende in den ›Pack-O-Mat‹. »Wie viel Zeit benötigst du für den Rückweg?«, fragte er den Rattenspion.

»Ich muss noch kurz im Gefängnis lauschen, danach laufe ich sofort zurück in Graf Krommels Schloss«, erklärte Knirk seine nächsten Schritte.

»Schwierig, schwierig!« Wenzel runzelte die Stirn. Vorsichtig drehte ein den goldenen Zeiger ein Stück nach rechts, trat eine Schritt zurück, schaute misstrauisch und schüttelte den Kopf. »Nein, zu weit.« Sachte führte er mit seinem ausgestreckten Zeigefinger den Zeiger etwas nach links. »So könnte es passen«, nickte Wenzel zufrieden.

»Dreimal auf Eisen geklopft«, grinste Knirk.

Wenzel schaute verwundert »Heißt das nicht dreimal auf Holz geklopft?«

»Klar, ich dachte nur, weil Holz brennt, hat es in der Bibliothek nichts verloren«, scherzte Knirk.

Vorsichtig befestigte Wenzel mit einem winzigen Gurt das geschrumpfte Pergament auf dem Rücken des Rattenspions. Zur Sicherheit ruhte das sehr kleine Blatt in einer Hülse, die sonst am Bein oder auf dem Rücken von Brieftauben befestigt werden konnte.

»Sitzt gut, nicht zu fest und nicht zu locker«, nickte Knirk.

Die Zeit lief. Hastig nahm Knirk Abschied von Wenzel, den Gnomen in Reparaturabteilung, Buchbinderei und Kopierabteilung und verschwand durch denselben Lagerraum, durch den er die Bibliothek vorhin betreten hatte. Hier in der Unterwelt, in verlassenen, stockdunklen Gängen, fand der Spion seinen Weg blind. Jeder Pfotentritt musste genau an der richtigen Stelle sitzen, um nicht versehentlich in einen Abwasserkanal zu rutschen oder in einen uralten Brunnenschacht zu stürzen. Unterhalb des mit Pflastersteinen bedeckten Marktplatzes verliefen die Rattengänge verwirrend wie ein Knäuel Wolle. Man konnte mit Ortskenntnissen jeden Keller, jedes Gebäudes erreichen. Bereits nach kurzer Zeit kam der flinke Nager im Gefängnis an, schlich durch die Gänge zwischen den Zellen. Plötzlich stutzte Knirk. In einem düsteren Kerkerraum, direkt gegenüber der magisch geschützten Zelle Garmanders, saß ein neuer Gefangener. Ein blasser, dürrer Bursche. Kaum erwachsen. Niemand bemerkte den Rattenspion als weiteren Gast. Nun ja, er nannte sich selbst Gast, zwar ungebeten, aber trotzdem ein Gast.

Knirk konnte noch einen Teil der Unterhaltung zwischen dem früheren Gildenmeister der Zauberer und dem Jüngling aufschnappen.

»... die Zwerge sind wirklich verschwunden«, erklärte der Bote. »Ich verstehe nicht, warum ich hier in der Zelle sitze.« Mit hängendem Kopf und betrübter Miene hockte er auf der harten kalten Holzpritsche. Hier im Gefängnis war es bitterkalt. Ein Ofen stand nur in der Wachstube ganz am anderen Ende des Gangs. In den Zellen zog es wie Hechtsuppe. Garmander rührte das Schicksal des Jungen wenig. Er benötigte Informationen, er verfolgte einen Plan. Hier in Gefangenschaft, in einem Kerker mit magischem Verschluss, wirkten seine Zauberkräfte nicht.

Garmander sann auf Rache. Rache an Atos, an Amalia, an Anna und Max, an Meister Dost und natürlich an Bürgermeister Fuddelhaar. In Gedanken drehte er einem nach dem anderen genüsslich den Hals um.

»Erzähl mir mehr, vielleicht kann ich dir helfen, von hier zu verschwinden«, bot der Zauberer seinem Gegenüber listig an.

»Wie soll das gehen?«, zweifelte der Bursche.

»Nun, ich bin Garmander, der Zauberer.«

»Zauberer klingt gut. Ich habe die Wahrheit gesagt!« Langsam taute der wortkarge Jüngling auf. »Mein Vater ist Gold- und Diamantenhändler. Wir leben in einem Haus in der Nähe der großen Minen. Jeden Morgen bringen die Zwerge der Nachtschicht ihre Ausbeute zu uns. Du musst wissen, die Zwerge sind keine geschickten Verhandlungsführer. Wir übernehmen diese Aufgabe und verkaufen das Gold an Schmiede, an Schmuckmacher oder an Alchimisten. Und wir sorgen dafür, dass Bürgermeister Fuddelhaar den zehnten Teil als Gewinnabgabe erhält. Die Minen gehören den Zwergen, aber das Land darüber gehört Dangholt und damit dem Bürgermeister.«

»Fasse dich kurz, was ist mit den Zwergen geschehen?« Garmander verspürte nicht die geringste Lust, die Lebensgeschichte dieses armen Würstchens aus der Zelle gegenüber anzuhören.

»Verzeiht, Herr Garmander. Wir warteten vergeblich auf die Rückkehr der Zwerge aus dem Bergwerk. Niemand kam.«

»Hast du nachgesehen? Wurden die Zwerge vielleicht verschüttet?«

»Ja und nein, Herr Garmander.«

»Wie, ja und nein?«, brummte der Zauberer und nahm einen Rundblick. Knirk schmiegte seinen Körper noch näher an eine Wand. Garmander hatte ihn zum Glück nicht bemerkt und wandte seine Aufmerksamkeit wieder dem Jungen zu.

»Ich sollte mich doch kurz fassen, Herr«, protestierte der Bote zaghaft.

»So kurz nun auch wieder nicht!«

»Gut, Herr. Ich stieg also mit einer Lampe in den Schacht, doch es gab keine Spur, keinen Stolleneinsturz, auch keinen Wassereinbruch, keine Gasexplosion. Die Zwergkanarienvögel waren alle putzmunter! Nur eines erschien mir seltsam …«

»Weiter«, drängte Garmander.

»Am Ende eines Ganges, tief unter der Erde, am tiefsten Punkt des Bergwerkes, stand ich in einer Sackgasse«, raunte der Bursche.

»Was ist daran Besonderes?«, grollte der Zauberer. »Jeder Stollen endet irgendwo mitten im Fels.«

»Aber das genau war ja das Besondere. Er endete eben nicht im Fels, sondern vor einer bläulich schimmernden Eiswand!«

Knirk erschrak, Garmander schnappte nach Luft.

»Sag das noch mal«, keucht er.

»Es kommt noch besser, Herr!« Der Junge hatte nun jede Scheu verloren und vertraute dem Magier gutgläubig sein gesamtes Wissen an.

»Zusätzlich zur bläulich schimmernden Eiswand bemerkte ich, dass etwas mit dem tiefsten Stollen im Bergwerk nicht stimmte.«

Knirk platzte schier vor Neugierde in seinem Versteck.

»Nun lass dir doch nicht jedes Wort aus der Nase ziehen«, brummt Garmander. »Warum warst du der Meinung, etwas stimme nicht?«

»Dort unten im letzten Gang war es bitterkalt. Ich verstehe etwas von Bergwerken, Herr Garmander.«

»Ja, mag sein, mag sein. Erzähl weiter!«

»Je tiefer du in ein Bergwerk hinab steigst, desto *wärmer* wird es. Und dann folgt ganz am Ende ein Gang, in dem Frost herrscht. Sehr seltsam.«

Garmander schwieg und dachte nach. ›Seltsam‹, überlegte er. ›Heute mitten in der Nacht hat ein Soldat lauthals vor seinen Kameraden in der Wachstube geprahlt. Auch er will einen bläulichen Schimmer in der Nähe seines Wachturms gesehen haben.‹

»Herr Garmander?«, fragte der Jüngling unterwürfig.

»Ruhe, ich muss nachdenken«, zischte der Zauberer.

Knirk konnte es Recht sein, dass sowohl der Jüngling als auch der Zauberer auf ihren Pritschen hockte, denn er musste nun den Gang zwischen den Zellen entlanglaufen, um zur Wachstube zu

gelangen. Auch dort, so sein Plan, wollte er noch kurz hinein-
horchen und dann direkt zum Dangholter Schloss des Grafen
Krommel laufen. Atos, Meister Dost und die Zwillinge warteten.

Doch dazu kam es nicht. Genau in dem Augenblick, als Knirk
auf leisen Pfoten voranschritt, geschah etwas, das nicht hätte geschehen dürfen. Explosionsartig verwandelte sich das Pergament
auf seinem Rücken in seine echte Größe zurück. Der Ruck zerstörte das Transportröhrchen und riss den Rattenspion von den
Füßen. Für einen Augenblick blieb er halb benommen zwischen
den Zellen im Gang liegen. Bevor er etwas dagegen hätte unternehmen können, schoss Garmanders Arm zwischen den Gitterstäben hervor, seine langen Zaubererfinger erwischten ein Ende
des Pergaments. Knirk gelang es, sich aus dem Gurt zu befreien
und in Deckung zu gehen, aber das Blatt war nun im Besitz des
Magiers. Die mit ›Pack-O-Mat‹ eingestellte Zeit war falsch be-
rechnet worden. Zu schnell, zu früh. So schnell ihn die vier Beine
trugen, rannte der Rattenspion zurück in die Bibliothek.

»Was hast du dort, Herr Garmander?«, fragte der Jüngling von
gegenüber neugierig.

»Ruhe, ich muss lesen«, fauchte der Magier ohne Zauberkräfte.
Zeile für Zeile überflog er die Legende von der magischen Eisharfe. Ein breites Grinsen verwandelte sich in ein wahnsinniges
Kichern, dann in ein teuflisches Lachen, das durch alle Gänge
und Zellen hallte.

»Ahhhaaaaaaaahhhhaaaaaahaaaaaaaaaaaah!« Ein wildes Echo
tanzte durch das Dangholter Gefängnis. Der Jüngling in der
Zelle gegenüber bekam eine Gänsehaut.

»Ahhhaaaaaaahhh, haaaaaa, haaaaaaaaaaah, haaaaaaaah,
hhhaaaaaahaaaaaaaaaaah, hahaaaaaaaaah!«

Atos, die Zwillinge, Meister Dost, Graf Krommel und viele
andere Vampire von altem Adel blickten gespannt in dieselbe
Richtung. Gerade hatte jemand gegen die Eingangspforte des
Vampirschlosses gehämmert. Laut und langandauernd.

Mit würdevollen Schritten und kerzengeradem Rücken stolzierte der Vampirbutler vom Haupteingang zurück zu seinem

Herrn. Mit einer Ruhe und Gelassenheit, als stünde der Milchmann vor dem Schloss, meldete der Diener neue Besucher beim Grafen an.

»Herr Graf, eine Abordnung der Stadtwache begehrt Einlass in dein Schloss. Major Bockelwitz, einige Soldaten und der ehrenwerte Gildenmeister Daribert.«

Anna blickte entsetzt erst zu Atos und anschließend zu ihrem Bruder Max. Sie saßen in der Falle, das Gebäude war umstellt und es gab kein Entrinnen. Das Mädchen sah vor ihrem geistigen Auge die Folgen. Sie sah Herrn Atos verhaftet und in Ketten beim Bürgermeister. Tante Amalia blieb verschwunden und sie selbst landete zusammen mit Max wieder im Waisenhaus bei Madame Euphrosine. Die Geschichte wiederholte sich. Eine grauenvolle Vorstellung. Zu ihrer Überraschung schienen Atos und Graf Krommel völlig unbesorgt und unbeeindruckt von dieser Tatsache. Der nächste Befehl des obersten Vampirs schlug dem Fass den Boden aus.

»Bitte die Herrschaften doch auf eine Tasse Tee herein«, bat der adlige Blutsauger seinen Butler.

Max schlug die Kinnlade auf seine Füße. »Aaaabbbber …«, stammelte der Junge entsetzt.

Atos grinste. »Mund zu, es zieht! Folgt mir.« Zielsicher wie ein Meisterschütze marschierte der Lehrmeister auf einen der vielen hundert Wandspiegel zu, drückte an einer bestimmten Stelle gegen das Glas und trat einen Schritt zurück. Wie von Geisterhand, völlig lautlos, schwang der Spiegel wie eine Tür zur Seite und gab einen geheimen Raum frei. Die vier Abenteurer traten ein, die Tür wurde von einer unsichtbaren Kraft geschlossen.

»Ist ja irre«, rief Max. Das verborgene Zimmer war gemütlich warm, in einem Kamin prasselten Holzscheite. Ein Ohrensessel thronte direkt vor dem Feuer. Ein kleines rundes Tischchen mit vier Stühlen herum vervollständigte die Ausstattung. Auch hier war alles in Rottönen gehalten. Teppich, Wände, Sessel- und Stuhlbezüge. Alles Rot. Anna legte ihre warmen Wintersachen beiseite und erschrak erneut. Durch den Spiegel konnte man hindurch sehen. Und auf magische Weise jedes Wort verstehen, das im großen Spiegelsaal gesprochen wurde. Die Zwillinge gaben keinen Mucks von sich. Zu groß schien die Gefahr, entdeckt zu werden. Gerade in diesem Augenblick marschierte Major Bockelwitz mit Gefolge in das Spiegelkabinett ein. Der ehrenwerte Daribert schlurfte lustlos über den roten Teppich.

Meister Dost erlaubte sich in diese Augenblick einen Scherz mit den Zwillingen. Er hüpfte wie ein Hampelmann auf und ab, zog eine wilde Grimasse und schrie so laut er konnte. »Haaaallllloooooo, Majohooooor Bockelwitz!«

Max konnte es nicht fassen. Auch seine Schwester wurde kreidebleich. Hatte der grüne Kobold nun völlig den Verstand verloren?

»Man kann die Anwesenden im Spiegelsaal hören und sehen, umgekehrt aber nicht«, beruhigte Atos schnell. Meister Dost erntete böse Blicke, schien sich aber nicht darum zu scheren.

Bockelwitz schlug die Hacken zusammen und grüßte den adligen Vampir standesgemäß.

»Verehrter Herr Graf, verzeih die Störung.«

»Du störst nicht«, hauchte Krommel seidenweich, dass es dem Soldaten einen eiskalten Schauer über den Rücken jagte. Was, wenn plötzlich eine Horde wild gewordener Vampire erschien und die ganze Truppe aussaugte? Alle brauchbaren Waffen standen entweder beim Biber oder im Raum der Hammerhexe nutzlos herum.

»Nimmst du eine Tasse Tee mit mir ein, Major?«

»Bin sehr in Eile«, schnarrte Bockelwitz diensteifrig. »Wir suchen den Zauberer Atos und die Zauberin Amalia. Kannst du uns Hinweise zu ihrem Aufenthaltsort geben?«

»Was wird den beiden vorgeworfen?«, fragte Graf Krommel höflich.

»Nichts, Herr Graf. Bürgermeister Fuddelhaar wünscht die Zauberer lediglich zu sprechen. Es geht um eine kleine Expedition, keine große Sache.«

»Wusste ich es doch«, brummte Atos auf der anderen Seite der Spiegeltür. »Fuddelhaar will uns in ein Himmelfahrtskommando schicken. Uns als Sündenbock vorausschicken, uns ans Messer liefern.«

Graf Krommel lächelte. »Wenn Herrn Atos nichts vorgeworfen wird, ist ja alles in Ordnung. Ich habe aber weder ihn noch die Zauberin Amalia in der letzten Zeit gesehen. Die Vorbereitungen für den großen Vampirball benötigen so schrecklich viel Zeit, das verstehst du doch, Major?«

»Auch wenn es unhöflich klingt, Herr Graf«, schnarrte Bockelwitz. »Aber Bürgermeister Fuddelhaar hat klare Weisungen erteilt. Dürfen wir uns im Schloss umsehen?«

Zum Entsetzen der Zwillinge hatte der Gildenmeister der Vampire keine Einwände. »Gerne, der ehrenwerte Daribert, Gildenmeister der Zauberer wäre sicher in der Lage, einen anderen Zauberer aufzuspüren, nicht wahr? Sieh dich um, Major. Doch Vorsicht bei den Schlafsälen der Vampire. Seid um der Götter Willen leise. Sehr leise.«

Bockelwitz ließ seine Männer ausschwärmen und behielt den Grafen und seinen Butler im Blickfeld. Der ehrenwerte Daribert stolzierte wichtigtuerisch durch den großen Saal, schaute hier und da in einen Spiegel. Schließlich verharrte er kurz vor der Spiegeltür und schien Anna und Max direkt anzusehen.

»Keine Sorge«, beruhige ihr Lehrmeister. »Das Vampirschloss trieft nur so von Magie. Jeder der Untoten ist magischer als alle Zauberer Dangholts zusammen. Das Schloss wurde mit Magie erbaut, jeder einzelne Gegenstand. Der ehrenwerte Daribert kann uns nicht wittern, er ist im Moment taub wie ein Pfahl, wenn ihr versteht, was ich meine?«

»Wie ein Spürhund, der in einem Becken voller leckerer Wurst hockt und eine ganz bestimmte Scheibe finden soll?«, fragte Max.

»Oder wie ein Angler, der in einem Schwarm Fische ein bestimmtes Tier finden soll«, grinste Anna.

»Das ist schlimmer, als die Stecknadel im Heuhaufen zu suchen«, frohlockte Meister Dost.

Atos wurde ernst. »Wir sind hier zwar sicher, aber bald wird die ganze Stadt auf den Beinen sein, um uns zu suchen. Fuddelhaar wird eher früher als später eine Belohnung auf mich aussetzen und mich zu der Expedition zwingen.«

»Und dabei geht es ihm nicht darum, meine Herrin Amalia wiederzufinden«, meckerte Meister Dost.

»Das ist richtig«, nickte Atos. »Wir sind ihm alle herzlich egal. Fuddelhaar interessiert nur seine Macht. Sein Problem ist, dass er aus den Zwergenminen kein Gold und keine Diamanten mehr erhält. Nur das interessiert den Bürgermeister, sonst nichts. Er wird uns ohne mit der Wimper zu zucken opfern.«

»Was sollen wir tun?«, fragte Max betrübt.

»Die Stadt verlassen, eure Tante suchen und dem Geheimnis des *wumm* auf die Spur kommen«, erklärte Atos.

»Wo nur Knirk bleibt?«, überlegte Anna.

»Stimmt, er müsste längst hier sein«, nickte Atos besorgt. »Knirk ist zuverlässig. Seine Verspätung hat einen Grund. Im Augenblick können wir nichts für ihn tun, nur warten.«

Gespannt beobachteten Anna und Max die Geschehnisse im großen Spiegelsaal des Dangholter Schlosses. Der ehrenwerte Daribert tappte noch eine Weile von Spiegel zu Spiegel, suchte hier und prüfte dort, konnte aber keine Spur des gesuchten Atos entdecken. Schließlich nahm er seufzend in einem gemütlichen Ohrensessel neben Graf Krommel Platz und nippte an einer Tasse dampfenden Tee. Major Bockelwitz durchsuchte in der Zwischenzeit mit seinen Männern weiter Raum für Raum.

»Schlimme Zeiten sind das«, brummt der Gildenmeister der Zauberer. Er sehnte sich nach seinem warmen Bett, nach einer kleinen Mahlzeit und nach schönen Träumen.

Graf Krommel plauderte über dies und das, während ein zweiter Butler auf einer großen silbernen Platte einen riesigen Berg Häppchen servierte. Dem Zauberer lief das Wasser im Mund zusammen. Der ehrenwerte Daribert entdeckte Kräcker mit Zauberquark, loppelwuhische Stinkziegenkäsewürfel mit blauen Oliven als Verzierung, Perlaustern, posulanische Pumawurst und andere Delikatessen. Vampire galten als gute Gastgeber, obwohl sie selbst meist nur sehr einseitige flüssige Nahrung zu sich nahmen. Graf Krommel beschäftigte eigens einen Koch, um für Besucher Kekse, Kuchen und kleine Häppchen zubereiten zu lassen. Der Küchenchef wurde fürstlich für seine Dienste entlohnt und fühlte sich von den Vampiren nicht bedroht. Er achtete aber beim Umgang mit Messern und anderen Schneidwerkzeugen peinlichst genau darauf, sich nicht in den Finger zu schneiden und auch nur einen Tropfen Blut zu vergießen.

»Greif zu, ehrenwerter Daribert«, bot Graf Krommel an.

»Das wäre aber nicht nötig gewesen«, erklärte der Zauberer bescheiden und verputzte in Windeseile die gesamte Häppchenplatte. Nur leere Austernschalen und einige Kräckerkrümel waren übrig, als Major Bockelwitz mit seinem Gefolge in den Spiegelsaal des Dangholter Schlosses zurückkehrte.

›Die Platte war eigentliche für *alle* Gäste vorgesehen‹, dachte einer der zahlreichen Vampirbutler verwundert. Er war aber viel zu höflich, als dass er seinen Gedanken laut geäußert hätte. Stumm und steif stelzte er zurück in die Küche und bestellte dieselbe Menge noch einmal.

Bockelwitz nahm Haltung vor Graf Krommel an. »Verehrter Graf, wir haben in deinem Schloss die Zauberer Amalia oder Atos nicht gefunden. Nicht, dass wir an deinem Wort gezweifelt hätten. Aber du verstehst. Eine Weisung des Bürgermeisters ist nun mal eine Weisung. Männer, wir gehen. Muss Meldung beim Bürgermeister machen.«

»Bleibt doch noch auf ein Häppchen«, bot Graf Krommel mit honigsüßer Stimme an.

Die Zwillinge wurden in ihrem Versteck fast verrückt. »Warum lässt er die Soldaten nicht einfach gehen?«, flüsterte Anna

»Die Pflicht ruft, Herr Graf«, erklärte Bockelwitz zackig und salutierte vor dem obersten der Vampire.

»Nun, wenn es so ist, will ich dich nicht aufhalten. Mein Butler wird dir und deinen Männern den Weg zum Ausgang weisen. Vergesst nicht, eure Waffen mitzunehmen.«

Mit neidischen Blicken verfolgten die einfachen Soldaten hinter dem Major einen Küchendiener, der gerade ein mächtiges Tablett mit Häppchen in den Spiegelsaal schleppte.

»Zu spät«, seufzte Graf Krommel. »Die Herren sind bereits gegangen.«

»Aber ich bin doch noch hier«, rief der ehrenwerte Daribert erfreut. Sein Tag war gerettet. Ohne Eile vertilgte der Zauberer auch den zweiten Speisenberg, ohne mit der Wimper zu zucken. Auf seinem Platz im Ohrensessel war es warm und gemütlich. Ideal für ein kleines Gesundheitsschläfchen. Kurze Zeit später klang ein sägendes Schnarchgeräusch durch den Spiegelsaal, dass die Kronleuchter unter der Decke nur so klimperten und wackelten.

»Unglaublich!« Atos fand kaum Worte. »Eine Schande für alle Zauberer.«

»Verfressen und unverschämt«, schimpfte Meister Dost, der selbst über einen gesegneten Appetit verfügte. Aber so etwas hatte selbst der erfahrene Kobold lange nicht gesehen.

»Der ehrenwerte Daribert sägt schlimmer als ein Troll«, grinste Max. Seine Schwester staunte nur mit offenem Mund im geheimen Raum und sagte gar nichts.

Hierzu muss man etwas wissen. Wenn es um eine Mahlzeit geht, ist einem Zauberer so gut wie nichts peinlich. Eigentlich überhaupt nichts. Die meisten Magier galten als Meister im daneben benehmen. Ihre schlechten Tischmanieren waren gefürchtet. Sprechen mit vollem Mund, schmatzen, rülpsen, bei Tisch in der Nase bohren, mit den Fingern essen, am Kopf kratzen, in den Ohren puhlen, auf fremden Tellern herumstochern, kleckern, die Speisen auf den Tellern in Soßenmeeren ertränken, Teller ablecken, Schüsseln ausschlecken, Hühnerknocken um sich werfen, während des Essens einschlafen und mit dem Kopf auf die Tischplatte schlagen, Füße auf den Tisch legen, Fußnägel schneiden, auf dem Stuhl wippen und kippeln, Gespräche lautstark diagonal von einem Tischende zum anderen Ende führen. Die Liste ließe sich beliebig fortsetzen.

Atos stellte eine rühmliche Ausnahme von dieser Regel dar. Dies ließ sich auch damit erklären, dass er für über zehn Jahre nicht der Gilde angehören durfte. Bürgermeister Fuddelhaar persönlich hatte ihn damals aus der Vereinigung der Zauberer aufgrund einer Hinterlist Garmanders entlassen. Erst nach vielen Jahren war es Atos gelungen, seinen Ruf zu retten. Seit kurzer Zeit war er wieder ein vollbärtiger Gildenzauberer. Seither saß auch Garmander im Gefängnis und sann auf Rache.

»Jetzt sitzen wir hier in der Falle«, schimpfte Meister Dost leise. »Es kann eine Ewigkeit dauern, bis der ehrenwerte Daribert sein Nickerchen beendet hat.«

»Gibt es denn keinen anderen Ausgang aus diesem Raum?«,

fragte Anna.

»Warum schleichen wir nicht einfach an dem schlafenden Zauberer vorbei?«, schlug Max vor.

Atos lächelte weise. »Wir gehen kein Risiko ein«, erklärte er den Zwillingen. »Es gibt tatsächlich keine andere Tür aus diesem Raum, nur den Spiegel, der direkt in den großen Saal zurückführt. Schleichen wir uns heraus, wacht der ehrenwerte Daribert mit Sicherheit genau in diesem Augenblick auf. Und Knirk ist auch noch nicht eingetroffen.«

Meister Dost wirkte unzufrieden. »Aber wir können doch nicht ewig warten.«

»Geduld«, brummte Atos mit freundlicher Stimme. »Die Vampire werden das Problem sehr schnell lösen.«

Knirk galt als angenehmer, ruhiger und unauffälliger Zeitgenosse. Aber in diesem Augenblick war der Rattenspion wütend. Wütend auf den ›Pack-O-Mat‹, bei dem man die Zeit des Entpackens nur so ungenau einstellen konnte. Wütend auf sich selbst, da Garmander das Pergament erwischt hatte. Der Nager kannte den Inhalt der Legende nicht. Er fürchtete daher Nachteile für Dangholt, vielleicht sogar für die gesamte Würfelwelt. Zerknirscht und atemlos kam Knirk erneut in der Bibliothek an und berichtete Wenzel von seinem Missgeschick. In aller Eile ließ der Bibliothekar das Original des Buches aus dem bewachten Lagerraum holen. Sofort danach rief er den schnellsten Gnom zu sich, den der Schnellschreibdienst zu bieten hatte. In Windeseile, aber trotzdem perfekt lesbar, entstanden auf einem leeren Blatt Pergament aus Buchstaben Wörter, aus Wörtern Sätze, aus Sätzen Absätze und schließlich ein kompletter Text. Erschöpft sank der Gnom auf sein Schreibpult, die Spitze der Gänsefeder glühte. Die Hetzjagd in der Bibliothek nahm ihren Lauf. So schnell die Beine trugen rannten Wenzel und Knirk zurück in den Keller, direkt zur ›Pack-O-Mat‹.

»Bist du sicher, dass das eine gute Idee ist?«, fragte Wenzel den Rattenspion.

Knirk nickte. »Ja, es ist der einzige Weg, zusammen mit dem

Pergament ungesehen ins Schloss zu gelangen.«

Knirk ging davon aus, dass die Stadtwache das Schloss vielleicht schon umstellt hatte oder Fuddelhaar das Gebäude beobachten ließ. Jeder Bote, egal ob er aus der Luft oder auf dem Landwege zum Schloss durchzudringen versuchte, wäre aufgefallen und sofort durchsucht oder verhaftet worden. Die Unterwelt bot die einzige Chance, unsichtbar in einem Gebäude ein- und auszugehen.

Wenzel stellte den goldenen Zeiger der ungenauen Sonnenuhr nach Augenmaß ein. »So sollte es glücken, nicht zu kurz und nicht zu lang«, hoffte er. Eilig schnürte der Bibliothekar dem Rattenspion zum zweiten Mal an diesem Tag ein Brieftaubenröhrchen auf den Rücken. Ein letzter Bissen Käse, und die Reise konnte losgehen. Knirk rannte, als wären ihm Fuddelhaar, Major Bockelwitz und eine hungrige Katze gleichzeitig auf den Fersen. Nicht auszudenken, wenn in einem engen Gang das Pergament explodieren würde. In Rekordzeit erreicht der Spion eine unterirdische Sackgasse unterhalb des Dangholter Schlosses. Knirk öffnete den magischen Verschluss, eine verborgene kleine Pforte wurde sichtbar. Eilig trat der Nager ein und verriegelte den Durchgang sorgfältig. Er befand sich nun in einem mächtigen Weinkeller. Riesige Eichenfässer, Jahrhunderte alt, wohlriechend und prall gefüllt mit edlen Tropfen, ruhten in Reih und Glied im Fels. Knirk machte sich heute nichts aus der Schönheit des Schlosses, sondern raste eine enge Wendeltreppe herauf. Dann noch ein paar Gänge entlang, einmal nach links und zweimal nach rechts abgebogen, und das Ziel war erreicht. Der Rattenspion stürmte in den großen Spiegelsaal und stemmte plötzlich entsetzt seine Vorderpfoten in den Teppich, überschlug sich fast beim Versuch einer Vollbremsung. Nur wenige Schritte vor ihm schlief der ehrenwerte Daribert in einem Ohrensessel einen unruhigen Schlaf. Schnarchend warf de Zauberer den Kopf von einer Seite auf die andere.

›Es hat bestimmt zu üppig gegessen‹, vermutete Knirk und ging in Deckung. In diesem Augenblick öffnete der ehrenwerte Daribert die Augen, nur um anschließend sofort weiterzudösen.

Vier Vampire schlichen auf Zehenspitzen von hinten an den Sessel des ruhenden Gildenmeisters heran. Der ehrenwerte Daribert bemerkte die nahenden Blutsauger nicht.

»Was geschieht jetzt«, fragte Anna. »Sie werden doch nicht den Zauberer …«

»… aussaugen!«, ergänzte Max schreckensbleich.

»Ich hab es«, rief Meister Dost. Freudestrahlend hüpfte der Kobold auf dem roten Teppichboden hin und her. »Die Vampire setzen den schlafenden Zauberer auf seinem Sessel vor die Tür des Schlosses.«

»Tolle Fantasie«, lobte Atos. »Aber dicht daneben ist auch vorbei. Vampire sind zu ihren Gästen sehr höflich. Niemals würden sie den schlafenden Zauberer aufwecken. Jeder Gast ist hier König. Beim Forttragen des Sessels könnte der ehrenwerte Daribert erwachen.«

Auch Knirk beobachtete gespannt die Szene. Seine größte Sorge galt immer noch dem gepackten Pergament auf seinem Rücken. Nicht auszudenken, wenn ausgerechnet jetzt dasselbe geschehen würde wie direkt vor der Gefängniszelle Garmanders.

Nachdem die vier Vampire sicher waren, dass der Zauberer im Ohrensessel fest schlief, trugen sie einen großen Würfel herbei, der links, rechts, vorne, hinten und oben aus Spiegelglas bestand. Die Unterseite fehlte. Langsam und vorsichtig stülpten die vier Blutsauger die Kiste über Zauberer und Sessel, bis nichts mehr von beiden zu sehen war. Himmlische Ruhe machte sich breit.

»Was …«, begann Meister Dost.

»… ist …«, ergänzte Anna.

»… das?«, schloss Max.

»Eine Schallschluckhaube. Von einem Vampir erfunden, damit betrunkene, schnarchende Gäste in Ruhe ihren Rausch ausschlafen können. Kein Laut dringt aus dem Würfel heraus, und keiner hinein.«

Graf Krommel lächelte erleichtert, da Atos, Anna, Max und Meister Dost nun endlich den Geheimraum verlassen konnten. Knirk rannte so schnell ihn seine Beine trugen zu der kleinen Gruppe.

»Knirk, mein Freund«, rief Atos.

»Ich habe eine tickende Zeitbombe auf dem Rücken«, rief der Rattenspion. Meister Dost sprang entsetzt einen Schritt zur Seite und warf sich längst auf den Boden. Mit zugehaltenen Ohren erwartete er eine Explosion. Atos befreite Knirk keine Sekunde zu früh von Gurt und Transportröhre. Kaum hatte der Zauberer das gepackte Dokument in der Hand, entstand mit einem lauten Knall ein Blatt Pergament in Originalgröße.

»Und das hat der ehrenwerte Herr Daribert nicht gehört?«, zweifelte Max.

»Keine Sorge«, beruhigte Graf Krommel. »Doch ihr solltet nun gehen. Sicher kommt Major Bockelwitz bald zurück, um den schlafenden Zauberer zu wecken, um ihn zurück ins Rathaus zu holen. Schließlich ist der ehrenwerte Daribert ein Berater des Bürgermeisters. Mein Butler hat euch etwas Proviant bereitgestellt. Ich schlage vor, ihr nutzt den geheimen Hinterausgang.«

»Mein Wanderstock«, rief Meister Dost. Der grüne Kobold lief erstaunlich schnell durch den gesamten großen Spiegelsaal, vorbei an der Hammerhexe. Entsetzt sah er den schmatzenden Biber mit einer roten Serviette um seinen fetten Hals. Mit genussvoller Miene schob der Nager gerade das letzte Stückchen des Wanderstocks zwischen die messerscharfen Zähne. Anschließend schleckte er seine Vorderpfoten ab, rollte sich auf dem roten Tisch ein und begann zu schnarchen. Meister Dost war selten sprachlos. Doch genau hier und jetzt fehlten ihm die Worte. Geknickt schlich er mit auf dem Boden schleifenden Händen zurück zu den wartenden Gefährten.

»Mein Stock, mein schöner Stock«, schluchzte er.

»Was ist geschehen?«, fragte Anna voller Anteilnahme.

»Der Biber hat meinen Wanderstock verspeist«, schimpfte der Kobold. Mit säuerlicher Miene schulterte er sein Reisebündel.

»Wir müssen gehen und dringend das Pergament studieren«, drängte Knirk. »Es gab vorhin ein großes Missgeschick mit Garmander.«

»Garmander?«, riefen Anna und Max wie aus einem Mund.

Atos runzelte besorgt die Stirn. »Wir sprechen gleich in Ruhe über alle wichtigen Dinge. Verlassen wir besser erst den großen

Spiegelsaal und auch das Schloss, bevor die Stadtwache zurückkehrt oder mein Kollege Daribert aufwacht. Hab Dank für deine Hilfe, Graf Krommel.«

Der adlige Vampir nickte vornehm. Atos, Anna, Max, Knirk und Meister Dost verließen das Dangholter Schloss durch eine magische Geheimtür, die nur als Ausgang, aber nicht als Eingang diente[1]. Mit dampfendem Atem stand die Gruppe in einer kleinen Nebengasse.

»Es ist schon wieder kälter geworden«, fluchte Meister Dost. »Und mein schöner Wanderstock ist auch verschwunden. Im Bauch eines fetten Bibers.«

»Langsam wird es in der Stadt eng für uns«, stellte Atos fest. »Wir können nicht bis zum Abend warten, sondern müssen Dangholt so schnell wie möglich verlassen.«

»Was meintest du mit dem großen Missgeschick?«, fragte Anna neugierig den Rattenspion.

»Später«, mahnte Atos. »Knirk, kannst du uns von hier aus schnell in die Unterwelt führen?«

Der Nager nickte. »Hier entlang!«

Die schmale Gasse mündete in eine etwas breitere Straße, auf der ein heilloses Chaos herrschte. Mehr als ein Dutzend Eselskarren, Pferdefuhrwerke und Handwagen bildeten zusammen mit ihren fluchenden Besitzern eine lange Warteschlange. Es ging keinen Meter vorwärts oder zurück. Zum Wenden eines Fuhrwerks war die Straße zu schmal. Heute hätte auf dem Platz vor dem Rathaus eigentlich der Wochenmarkt stattfinden sollen, aber noch immer blockierte die versammelte Menge den Ort. Händler mit allerlei Waren fürchteten um ihr Geschäft.

»Warum fährst du nicht weiter, du Esel«, brüllte ein mitten im Stau stehender Händler seinen Vordermann an.

»Weil ich ein Pferd habe, keinen Esel«, keifte der Angesprochene zurück.

»Aber du bist ein Esel, ich meinte nicht dein Pferd!«

---

[1] In Dangholt herrschte trotz aller Magie Ordnung. Jedenfalls in der städtischen Baubehörde des Rathauses, die täglich neue Vorschriften erfand. Die magische Tür hatte Graf Krommel in sein Schloss nachträglich einbauen müssen, damit im Notfall ein Fluchtweg für die Bewohner vorhanden war.

»Halt die Klappe, du Lump! Sieh deinen ärmlichen Karren und deine mottenzerfressene Ware doch mal an!«

»Das nimmst du zurück«, mischte sich ein dritter Markthändler ein, der Salzgurken und Stockfisch verkaufte.

»Wer hat dich und deinen Stinkefisch denn gefragt?«

»Das nimmst du zurück!«

»Gurkennase!«

»Halsabschneider!«

»Fischkopf!«

Ein Wort gab das nächste und kurze Zeit später war eine wilde Keilerei im Gange. Fäuste, Fische, Gurken, Würstchen und anderen Waren flogen umher. Vom Tumult angelockt erschienen weitere Schaulustige. Wenig später nahte das Unglück. Ein Trupp der Stadtwache marschierte auf.

»Soldaten«, zischte Atos, und zog die Kapuze seines Umhangs tiefer ins Gesicht.

Pferde scheuten, Esel schrien, Füße trampelten rücksichtslos über am Boden liegende Waren hinweg. Knirk und Meister Dost gingen nah an einer Hauswand in Deckung. Max und Anna blieben dicht zusammen und versuchten, den Wurfgeschossen aus dem Wege zu gehen. Arme schoben, Körper drängelten, Fäuste flogen. Im Tumult verloren die Zwillinge ihre Begleiter aus den Augen. Von Atos, Meister Dost und Knirk fehlte plötzlich jede Spur.

Bürgermeister Fuddelhaar spuckte Gift und Galle, als Major Bockelwitz ohne Atos, ohne Amalia und sogar ohne den ehrenwerten Daribert in den Sitzungssaal des Rathauses zurückkehrte.

»Was heißt hier, keine Spur von Atos. Er kann sich doch nicht in Luft aufgelöst haben«, keifte der Stadtregent schwitzend. Auf dem Kopf juckte wieder die verlauste Perücke. »Und was heißt hier, der ehrenwerte Daribert nimmt noch einen kleinen Imbiss bei Graf Krommel. Habt ihr alle den Verstand verloren? Die Stadt versinkt im Chaos, und der ehrenwerte Daribert isst Schnittchen? Und du kommst mit leeren Händen zurück, Major?«

Bockelwitz besaß ein dickes Fell. Die Schimpfkanonaden drangen in sein linkes Ohr hinein und schwebten aus dem rechten Gehörgang gleich wieder hinaus, ohne ihn auch nur im Geringsten zu berühren. Seine Augen sahen ein schwitzendes fettes Männchen mit einer lächerlichen Perücke auf dem Kopf. ›Er wird sich früher oder später schon wieder beruhigen‹, dachte Bockelwitz ungerührt.

Fuddelhaar legte nach. »Was soll ich den Leuten dort unten auf dem Marktplatz sagen? Dass ich meine Expedition nicht entsenden kann, weil wir Atos und Amalia nicht finden? Was soll ich tun, wenn die Gold- und Diamantenlieferungen für Tage oder Wochen ausbleiben? Darauf hast du keine Antwort, Major. Ich will, dass jeder verfügbare Mann der Stadtwache ausschwärmt und jeden Stein in Dangholt umdreht, bis wir gefunden haben, was wir suchen.«

Aus dem Hintergrund wagte ein Berater eine Bemerkung. »Was ist, wenn Atos und Amalia die Stadt bereits verlassen haben?«

»Blödsinn«, schrie Fuddelhaar. »Kannst du nicht nachdenken? Wofür bezahle ich dich.«

Der Berater machte einen weiteren Fehler und wagte ein Widerwort. »Aber, die Zauberer können sich in einen Adler verwandelt haben und längst durch die Luft verschwunden sein.«

Fuddelhaars Augen verengten sich zu winzigen Schlitzen. Hätten Blicke töten können, gäbe es nun einen unnützen Berater weniger auf der Würfelwelt. »Zauberer können aber keine Lebewesen zu einem Adler machen, die nicht selber Zauberer sind. Sonst würde die ganze Stadt in der Luft unterwegs sein. Amalia hat zwei Schutzbefohlene. Zwillinge, deren Namen mir nicht mehr einfallen. Atos ist ihr Lehrmeister. Würden die Zauberer die Zwillinge in der Stadt alleine zurücklassen?«

»Ähhhh …«, stammelte der Berater.

Der Bürgermeister kümmerte sich nicht weiter um den Mann. Es galt nun, klare Befehle zu erteilen. »Ich wiederhole, jeder verfügbare Mann der Wache geht auf die Suche, nur meine persönliche Leibgarde bleibt hier. Sucht Atos, Amalia und die Zwillinge. Und verbreitet in der Menschenmenge unten das Gerücht, dass eine Belohnung auf die vier ausgesetzt wurde. Eine hohe Belohnung. Aber nur, wenn sie lebendig abgeliefert werden!«

Major Bockelwitz leistete wie immer ganze Arbeit. Eilig schickte er einige Wachleute in Straßenkleidung mitten unter die wartenden Bürger. Wie ein Lauffeuer verbreitete sich die Nachricht als Wahrheit, die aber eigentlich nur ein Gerücht darstellte. Die Aussicht auf eine Belohnung sowie die eisige Kälte bewegten die versammelten Einwohner dazu, nach und nach den Marktplatz zu verlassen. An einem Wochenmarkt rund um das goldene Pendel von Dangholt war, abgesehen von den Händlern, heute niemand mehr interessiert. Außerdem steckte die Hälfte der Lieferanten mitten in einer Massenkeilerei fest und schlug sich gegenseitig Fische, Würste und Gurken um die Ohren.

Der Major ließ alle Soldaten zusammentrommeln. Auch Unterwachtmeister Breitschuh wurde unsanft von einem Kameraden geweckt und marschierte verschlafen zurück zur Wache. Kurze Zeit später glich die Hauptstadt einem Freiluftgefängnis. Alle Stadttore waren geschlossen worden und wurden streng bewacht, niemand durfte Dangholt verlassen. Jedermann suchte Atos, Amalia, Anna und Max.

Plötzlich schneite es. Große Flocken segelten lautlos zu Boden, bedeckten Dächer, Straßen und zugefrorene Kanäle. Die weiße Pracht war eine Seltenheit in der Hauptstadt, fast eine Attraktion. Die letzten Schneeflocken waren vor vielen, vielen Jahren gefallen, nur die Älteren konnten sich überhaupt daran erinnern. Damals hatte die dünne Decke nicht einmal ausgereicht, um einen winzigen Schneekobold zu bauen. Doch heute wimmelten die Kristalle tonnenweise vom schmutziggrauen Himmel.

Major Bockelwitz war das Wetter egal. Er hatte seinen Befehlsstand in einer warmen Stube der Stadtwache eingerichtet und brüllte seine Anweisungen heraus. Ein Soldat meldete eine Keilerei unter Markthändlern und einen Verkehrsstau. Bockelwitz schickte einen Trupp Männer los, um die verknoteten Arme und Beine zu lösen und für Ordnung zu sorgen. Nur mit Mühe und zusätzlicher Verstärkung gelang es einem fähigen Leutnant, alle Streithähne voneinander zu trennen. Eine Handvoll der Unruhestifter wurde verhaftet und in Ketten zur Stadtwache geführte.

Anna und Max suchten zwischen den vom Marktplatz zurückströmenden Einwohnern vergeblich nach ihrem Lehrmeister. Im Schneegestöber konnte man die Hand vor Augen nicht erkennen. Zu viele Kapuzen, zu wenige erkennbare Gesichter, fast nur von Schnee weiß gefärbte Umhänge. Anna und Max froren vor Angst und Kälte. Doch es kam noch schlimmer.

»Stehenbleiben«, keifte eine wohlbekannte Stimme aus der Menschenmenge einige Meter weiter. »Anna und Max, sofort stehenbleiben.« Eine kräftige Frau schob und drängelte, um näher an die Zwillinge heranzukommen.

»Madame Euphrosine«, rief Anna entsetzt. Die Heimleiterin des Dangholter Waisenhauses wusste etwas, dass die Geschwister noch nicht wussten. Bürgermeister Fuddelhaar hatte eine Belohnung ausgesetzt. Blanke Geldgier blitzte in Euphrosines Augen. Anna kannte diesen Blick. Jeden Abend in all den Jahren im Waisenhaus hatte die Frau alle Taschen der Kinder nach Geld durchwühlt.

»Weg hier!« Anna zog ihren Bruder am Ärmel und rannte so schnell die Füße trugen.

»Halt, stehenbleiben. Ihr ungezogenen, undankbaren Gören. Ich will meine Belohnung«, keifte Madame atemlos. Immer mehr Leute wurden aufmerksam. Das Wort *Belohnung* hatte eine magische Wirkung in den Köpfen. Eine gefährliche Wirkung. Der Verstand setzte aus und wurde durch Gier ersetzt. Anna und Max rannten um ihr Leben. Sie kannten nun den Grund für die Verfolgung. Irgendjemand hatte tatsächlich eine Belohnung auf ihre Köpfe ausgesetzt. Madame Euphrosine verfolgte die Zwillinge, und eine Handvoll Personen verfolgte Madame. Keuchend bogen Max und Anna um eine Häuserecke, schlitterten barfuß durch den Schnee. Madame Euphrosine verlor den Anschluss, aber einige kräftige junge Burschen waren den Zwillingen dicht auf den Fersen.

»Links oder rechts«, rief Anna atemlos an der nächsten Weggabelung.

»Rechts«, schlug Max vor. Die Zwillinge blickten ängstlich über ihre Schultern. Die Verfolger waren nun zum Greifen nah. Plötzlich aber verringerten die Burschen ihre Geschwindigkeit, blieben sogar stehen. Siegessicher. Lachend. Geldgierig. Anna stutzte. Warum blieben die Verfolger einfach stehen? Auch Madame Euphrosine erreichte nun wieder keuchend die jungen Burschen und drosch mit einem Fisch auf die Konkurrenten ein. Max erkannte durch das dichte Schneegestöber ein böses Grinsen auf dem Gesicht der Waisenhausleiterin. Die Zwillinge blickten nach vorne und wollten weiterlaufen. Schlagartig erkannten Anna und Max nun ihren Fehler. Sie steckten in einer Sackgasse fest. Links und rechts versperrten verschlossene Lagerschuppen den Weg. In Laufrichtung stand eine meterhohe Mauer im Weg, während von hinten die Belohnungsjäger heranrückten.

»Wir sitzen in der Falle«, schluckte Anna. Ihr Bruder nickte. Von Atos, Meister Dost oder Knirk gab es weit und breit keine Spur. Der Schneefall wurde immer heftiger, Anna und Max kauerten dicht zusammen an der Mauer. Ein gellender Schrei erklang, fuhr allen in der Sackgasse Anwesenden durch Mark und Bein. Die Verfolger blickten nach hinten, konnten aber keine Ursache entdecken. Trotzdem schien der schrille Ton näher zu kommen. Aber aus welcher Richtung? Die Zwillinge blickten aus ihrer Deckung zufällig in den Himmel und erkannten weit oben eine Bewegung. Und einen dunklen Punkt, der schnell größer wurde. Sehr schnell. Der Schrei gehörte zu einem Adler, der mit entschlossenem Blick zum Sturzflug ansetzte. Aus dem größeren Punkt wurde binnen Sekunden ein klar erkennbarer Umriss. Mächtige Schwingen bremsten plötzlich den freien Fall des Raubvogels ab. Der fliegende Angreifer fuhr messerscharfe Krallen aus und ging auf Madame Euphrosine und die Burschen los. Die Heimleiterin wehrte sich nach Kräften, schlug mit dem Fisch zu. Doch der Adler bremste die Attacke mit seinem kräftigen Schnabel und riss das Schlagwerkzeug in zwei Teile. Flügelschlagend, schreiend und pickend ging der mächtige Räuber immer und immer wieder auf seine Opfer los. Mit zerrissenen Kleidern, zerzausten Haaren und zerkratzen Armen ergriff Euphrosine zusammen mit den Halbstarken die Flucht. Der Adler landete sofort neben Max und Anna und drehte sich auf der Stelle im Kreis, als wollte er einen Tanz aufführen. Aus der langsamen Drehung wurde ein rasender Brummkreisel, der wie eine Windhose langsam in die Höhe wuchs. Plötzlich stoppte die Drehbewegung, es machte *plopp*, und Atos stand vor den Zwillingen.

»Herr Atos«, rief Anna überrascht. »Wo bist du gewesen?«

Der Zauberer und Lehrmeister reckte und streckte seine Arme und Beine. Er prüfte sorgfältig, ob nach der Verwandlung wieder alle Knochen an der richtigen Stelle im Körper saßen.

»Ich wurde erkannt. Scheinbar hat Bürgermeister Fuddelhaar die gesamte Stadtwache und die halbe Bevölkerung Dangholts auf uns angesetzt. Es reicht mir jetzt endgültig. Geht in Deckung!«

Atos galt als erfahrener Zauberer. Er verabscheute viele seiner Kollegen, die mit wichtiger Miene umher stolzierten, spitze Hüte trugen und mit einem oft völlig unnötigen Zauberstab vor der Nase anderer Leute herumfuchtelten. Ein guter Zauberer benötigte weder Hut noch Stab, sondern nur die Magie seiner Hände und manchmal die eine oder andere Tinktur. Selbst die meisten Zaubersprüche waren nur Angeberei.

»Es geht los. Schließt die Augen und haltet euch die Ohren zu«, rief Atos. Anna und Max stellten keine Fragen, sondern folgten den Weisungen ihres Lehrmeisters aufs Wort. Für zeitaufwändige Tricks oder feine Zauberei fehlte hier und jetzt die Zeit. Die magische Brechstange musste her. Mit ausgestreckten Armen sammelte der Lehrmeister Energie in seinen Händen, bis diese zu zittern begannen. Plötzlich entlud sich mit Blitz und Donner eine zischende Kugel voller magischer Kraft und krachte durch die Mauer am Ende der Sackgasse. Mörtel und Steinbrocken flogen Anna und Max um die Ohren. Das Ergebnis war beeindruckend. Ein etwas metergroßes, kreisrundes Loch ließ die Mauer aussehen wie einen einäugigen Riesen. Atos stieg, gefolgt von den staunenden Zwillingen, durch die Öffnung. Sofort danach legte der Zauberer eilig einen magischen Verschluss über den Mauerdurchbruch. Damit blieb das Loch zwar sichtbar, konnte aber nicht mehr als Durchschlupf von eventuellen Verfolgern oder neugierigen Naseweisen benutzt werden.

»Danke«, flüsterte Anna.

»Ja, vielen Dank. Wo sind wir?«, wollte ihr Bruder wissen.

»In der Dangholter Brauerei«, erklärte Atos.

»Wo sind Knirk und Meister Dost?«, rätselte Max.

Atos wusste es nicht. In Getümmel der Keilerei war alles sehr schnell gegangen. Irgendjemand hatte dem Zauberer die Kapuze vom Kopf gerissen und ›ich habe Atos gefunden‹ gerufen. Nach seiner Enttarnung durch einen übereifrigen Soldaten der Stadtwache konnte Atos in letzter Sekunde entwischen, verlor aber seine Begleiter aus den Augen. Schnell war ihm klargeworden, dass die Suche nach den Gefährten nur aus der Luft erfolgreich sein konnte. Die Verwandlung in einen Adler hatte er schon lange nicht mehr vollzogen, aber die Umformung gelang auf Anhieb. Gelernt war eben gelernt. Der Zauberer grinste unsichtbar. Mit echten Adleraugen ließen sich Fußspuren im Schnee auch aus großer Höhe im Schneetreiben erkennen. Atos hatte die Suche auf die Zwillinge konzentriert. Meister Dost und Knirk waren mit allen Wassern gewaschen und kamen allein zurecht.

Die Dangholter Brauerei war fast so alt wie die Stadt selbst. Auch den Ahnen und Urahnen schmeckte Bier in den Tavernen genau so gut wie den heutigen Bewohnern der Würfelwelt. Seit Jahrhunderten galt das Dangholter Reinheitsgebot. Nur Wasser aus dem Fluss Klo durfte verwendet werden, kein Brunnenwasser oder Meerwasser. Dazu kamen noch Getreide, Hopfen und einige geheime Kräuter. Die Überlieferungen besagten, dass der Mönch Lapacho das Bierbrauen erfunden habe. Andere Erzählungen gingen davon aus, dass Bier bei einem missglückten Experiment eines unbekannten Alchimisten entstanden sei. Niemand kannte die Wahrheit, außer Lapacho. Mit der Zeit wurde die Herstellungsweise verbessert und magisch verfeinert. Die Dangholter Brauerei gehörte dem Klub der Brauhexen. Anna und Max staunten über große Kupferkessel, Sudpfannen und Holzfässer. Überall auf dem Fußboden lagen Kräuterbündel verteilt, um böse Braugeister fernzuhalten. Es war wohlig warm und roch nach Alkohol, Malz und Magie. Atos entdeckte weit und breit keine der Bierhexen. Der gesamte Brauvorgang verlief wie von guter Geisterhand gesteuert. Malzherstellung, Darren, Schroten, Maischen, Läutern, Ausschlagen und selbst die Abfüllung in Holzfässer erledigten magische Kräfte. Die Brauhexen verdienten ein Vermögen mit ihrer Kunst.

»Vorsicht, tretet nicht in das Braupech«, mahnte Atos. Die Zwillinge schlugen einen Bogen um die große Harzpfütze vor ihnen auf dem Fußboden. Atos gelangte als erster zu einer steinernen Treppe, die hinab in die kühlen Lagerkeller führten. Die endlosen Fassreihen dösten bei matter Kerzenbeleuchtung vor sich hin. So weit das Auge reichte, folgte ein mannshoher Holzbehälter auf den nächsten. Hier wurden später die kleinen Fässer befüllt und mit Pferdefuhrwerken zu den Tavernen in der gesamten Würfelwelt transportiert. Auch hier entdeckte Atos keine Brauhexe. ›Glücklicherweise ist der Tag noch jung‹, dachte der Zauberer. Die Hexen waren Langschläferinnen und schauten meist erst um die Mittagszeit nach dem Rechten. Das Loch in der Außenmauer würde ihnen sicher nicht gefallen. Wortlos steuerte Atos auf ein bestimmtes Fass zu, das genau wie alle anderen Holzgefäße aussah. Max und Anne konnten jedenfalls keinen Unterschied erkennen. Ohne nachdenken zu müssen, drückte Atos nacheinander auf verschiedene Fassdauben. Lautlos glitten einige der Bretter zur Seite und gaben einen kleinen Durchschlupf frei. Die Zwillinge staunten Bauklötze und bewunderten die Ortskenntnisse ihres Lehrmeisters. Aus dem leeren Fass führte eine steinerne Treppe hinab in die Finsternis.

»Wo sind wir?«, fragte Max.

»Erst mal in Sicherheit«, erklärt Atos zufrieden.

»Und wohin gehen wir?«, wollte Anna wissen.

»Wir verlassen Dangholt durch die Unterwelt.« Atos verschloss die Geheimtür im Fass wieder und entzündete eine magische Leuchte, die an einem Haken baumelte. Mit einem geübten Griff zog der Zauberer Wenzels Pergament aus seinem Umhang. Dabei fielen auch einige Adlerfedern zu Boden. Niemand bemerkte die Reste der Vogelbekleidung. Atos strich das zerknitterte Blatt mit einem Unterarm glatt.

»Hier ist hoffentlich unsere erste heiße Spur«, brummte der Zauberer. »Die Legende von der magischen Eisharfe.«

Anna und Max blickten ihren Lehrmeister erwartungsvoll an. Schon während ihrer Jahre im Waisenhaus hatte Atos die beiden täglich unterrichtet. Anders als andere Waisen konnten die Zwillinge daher lesen und schreiben. Auch auf den Gebieten der Mathematik, Sternenkunde, Kräuterlehre und in vielen anderen Bereichen hatte Atos den beiden Unterricht erteilt. Der Zauberer überflog das Pergament und wurde mit jeder Zeile bleicher im Gesicht. Max und Anna platzten nun beinahe vor Neugierde, wagten aber nicht, den besorgten Atos zu unterbrechen. Hin und wieder murmelte er für die Zwillinge zusammenhanglose Worte oder Satzteile »… wenn die Pauke schlägt …«, »… Kälte … «, »… magische Eisharfe …«, »… wird die Würfelwelt untergehen …«, »… spiele die Harfe …«

»Ich hoffe nicht, dass die Legende von der magischen Eisharfe in allen Einzelheiten zutrifft«, seufzte der Zauberer. »Andererseits erklärt das Pergament viele Dinge, die in Dangholt und Umgebung bereits geschehen sind.«

Erst jetzt bemerkte Atos, dass Max und Anna unruhig auf der Stelle traten und ein wenig vorwurfsvoll in seine Richtung schauten. »Entschuldigt«, bat der Zauberer. »Ich fasse den Inhalt schnell zusammen, wenn ihr wollt, könnt ihr später den Text Zeile für Zeile selbst lesen. Die Sprache und Wortwahl ist hier und dort etwas knifflig, wie in Legenden üblich, wird viel um den heißen Brei herumgeredet.«

»So wie beim Lesen aus dem Kaffeesatz?«, fragte Anna.

»Oder wenn eine Rummelplatz-Wahrsagerin aus den Linien in der Handfläche liest?«, meinte Max.

»So in etwas, das ist vergleichbar«, nickte Atos. »Der Leser muss viele Dinge selbst deuten. Also hier steht, es wird eine Zeit über die Würfelwelt kommen, in der ein kalter Schatten die Macht ergreifen wird. Er kommt aus einer anderen Welt und wird Dangholt in seinen Grundfesten erschüttern. Der Schatten bringt das Böse auf die Würfelwelt, ergreift Besitz von den Seelen. Mit jedem Schlag auf der Pauke des Todes wird es kälter. Schnee wird ohne Unterlass fallen, wie ein großes Tuch die Würfelwelt begraben. Die Kälte kommt aus der Tiefe der Würfelwelt, die Kraft der Sonne wird auch im Sommer keine Macht besitzen. Kein Magier wird den kalten Schatten und seine Mannen stoppen können. Hüte dich vor dem Atem aus der eisigen Tiefe. Das

Ende der Würfelwelt wird kalt und grausam sein.«

Anna und Max schluckten.

»Gibt es keine Hoffnung?«, flüsterte Anna.

»Es ist doch nur eine Legende«, hoffte Max.

»In jeder Legende, in jeder Geschichte, selbst in jedem Märchen steckt neben ein bisschen Wahrheit immer auch der Wunsch, das Böse besiegen zu wollen. Es gibt immer einen Ausweg. Denkt an euer letztes Abenteuer. Also, das Pergament nennt eine *einzige* Chance, das Böse zu besiegen und die Pauke des Todes zum Schweigen zu bringen. Finde die Welt des magischen Wassers im Kelch der Selbsterkenntnis, überquere das Meer der Tränen, passiere die reißende Schlucht, die von Regenelfen gut bewacht ist, bestehe die Abenteuer. Hütet euch vor dem schwarzen Wasserfall, der nicht fällt. Am Ende des Weges findet ihr die magische Eisharfe. Spiele die richtige Weise, die fehlerlose Melodie. Sie ist der Schlüssel. Spiele die falsche Weise, und die Harfe wird für immer verstummen.«

»Davon, dass die Zwerge verschwinden werden, steht aber nichts im Pergament«, bemerkte Max scharfsinnig.

»Das stimmt, aber dafür sind viele andere Hinweise korrekt«, gab Atos zu bedenken. »Die Kälte, die Pauke, die bebende Erde und auch das Erlebnis des Vampirs Baron von Herzblut passen sehr genau. Ein Schatten lief in der Nacht durch die Stadt, mit eisigem Atem. Erinnert euch auch an die Spur aus schwarzen Eiskügelchen, die Graf Krommels Männer in den Straßen verfolgten. Die Legende ist wahr! Eure Tante Amalia ist nicht ohne Grund Hals über Kopf verschwunden. Sie wollte bestimmt ohne Zeit zu verlieren die Gefahr abwenden.«

»Pssst«, flüsterte Anna mit gespitzten Ohren.

»Schritte«, stöhnte Max.

»Licht aus«, befahl Atos den Glühwürmchen in der magischen Leuchte. Kurze Zeit später hockten zwei zitternde Geschwister und ein angriffslustiger Zauberer nebeneinander in einem dunklen, hohlen Bierfass. Tatsächlich hallten aus der undurchdringlichen Finsternis ferne Schritte. Schnelle Schritte. Sie schienen nun am unteren Ende der Treppe angekommen zu sein. Der

Treppe, an deren oberen Ende Anna, Max und Atos im Holzbehälter ausharrten. Die Schritte begannen, die Treppe zu erklimmen, kamen langsam näher.

Plötzlich zerriss ein brüllender Laut die unerträgliche Stille. Anna und Max erschraken fast zu Tode.

Der ehrenwerte Daribert schnarchte im Dangholter Schloss unter der Schallschluckhaube des Grafen Krommel. Von der Hektik, dem Schneetreiben und der Suche nach Atos, Amalia und den Zwillingen Anna und Max bekam er nichts mit. Der Zauberer schlief den Schlaf der Gerechten. Denn wer schläft, der sündigt nicht. In einem herrlichen Traum servierte Elfen am Sandstrand des großen Meeres ein Menü mit acht Gängen. Was für eine Schwelgerei in Braten, fetten Soßen, Klößen, Pudding und Kremtörtchen mit viel Sahne oben drauf. Als Nachspeise träumte der ehrenwerte Daribert von einem riesigen Eisbecher mit achtundsiebzig Kugeln. Und von einem kleinen Schirmchen aus magischem Pfefferminz als Verzierung.

Wumm, wumm.
In Dangholt wackelten die Wände. Einige ärmliche Holzlauben in schlecht gepflegten Kleingärten brachen dabei unter der Last des Schnees zusammen. Ängstlich eilten viele Bewohner aus ihren Stadthäusern auf die Straße hinaus. Dort stellten sie fest, dass die Spucke gefror und machten auf dem Absatz kehrt. Beim nächsten *wumm* begann das Spiel von Neuem. Ganz Dangholt glich einem aufgescheuchten Hühnerhaufen. Nur das Pendel auf dem Marktplatz zog unbeirrt seine Bahnen, als ginge es die ganze Aufregung nicht das Geringste an. Die Soldaten der Stadtwache waren bis auf die persönliche Leibgarde des Bürgermeisters und Major Bockelwitz in den Gassen der Hauptstadt unterwegs. Die Gefängnisinsassen schwitzten bei jedem *wumm, wumm* Blut und Wasser. Was, wenn der ganze Bau über ihren Köpfen zusammenbrach? Nur Garmander saß ruhig und gelassen gegen die Wand gelehnt auf seiner harten Holzpritsche.

›Wie kann der Zauberer nur so unbeeindruckt von den Erschütterungen sein?‹, dachte der junge Bote in der Zelle gegenüber.

Garmander hätte die Frage beantworten können. Er kannte die Legende von der magischen Eisharfe. Tief in seinem Innern wünschte er Dangholt zum Teufel. Sein kaltes Herz hatte einen Plan geschmiedet. Das Böse würde von der Würfelwelt Besitz ergreifen, dessen war der Magier sich sicher. Die Schläge der Pauke ertönten in immer kürzeren Abständen. Durch die vergitterten Fensterschlitze waberte eiskalte Luft in die Gefängniszellen hinunter. Kein normaler Winter, sondern der Vorbote eines neuen Zeitalters aus Eis und Schnee. ›Muss man das Böse unbedingt bekämpfen?‹, überlegte der Zauberer in seiner magisch geschützten Zelle weiter. ›Warum nicht dem Bösen einen Gefallen tun? Warum nicht gemeinsame Sache machen? Der Dank der schwarzen Schatten und Paukenschläger wäre ihm gewiss. Er würde neue Macht erhalten, stärker sein als je zuvor.‹

»Haaaaaaaahhh, haaaaaahaaaaaaaaaaah, hahaaaaaahhh, haaaaaahaaaaaaaaaaah, hahaaaaaaaaah!«

Garmanders Gegenüber erschrak durch das plötzliche irre Gelächter.

Wumm, wumm, wumm.

Der gefangene Zauberer verließ seinen Platz auf der Holzpritsche und wanderte mit auf dem Rücken verschränkten Händen auf und ab. Die gesamte Zelle steckte in einer unsichtbaren magischen Blase. Innerhalb dieses Gebildes besaß Garmander keinerlei Zauberkräfte, keine Fähigkeit zum Gedankenlesen, keine Macht, die über die eines gewöhnlichen Menschen hinausging. Aber ansonsten unterschied die Zelle sich nicht von jeder anderen ungastlichen Stube im Kerker. Garmander bemerkte, dass etwas mit seinem Gewahrsam nicht stimmte. Die Erschütterungen nach jedem *wumm* verursachten langsam aber sicher einen Riss in der magischen Blase. Energie strömte durch den unsichtbaren Spalt in die Gefängniszelle. Garmanders Körper saugte die Kraft auf wie ein vertrockneter Schwamm das Wasser. Er wurde stärker und stärker. ›Noch etwas Geduld, noch ein paar Schläge der Pauke, dann bin ich wieder zurück im Spiel‹, dachte der gefangene Zauberer. ›Die Zeit der Rache naht.‹ Die übrigen Gefangenen kauerten verängstigt in einer Zellenecke. Soldaten der Stadtwache konnte der Zauberer weit und breit nicht entdecken.

Wumm, wumm.

Neue Energie füllte die magische Blase. Reine, frische Energie. Garmander fühlte sich stark.

Der brüllende Laut, der Anna und Max in ihrem Versteck zu Tode erschreckte, hatte eine besondere Ursache.

»Haaatschi«, brüllte Meister Dost ein zweites Niesen heraus.

Anna wusste nicht, ob sie dem Kobold den Hals umdrehen oder ihn umarmen sollte. Max hatte seine Entscheidung bereits getroffen. »Wirf den Schnupftabak weg. Oder hast du den Brief von Tante Amalia schon vergessen?«

»Sehr witzig«, schmollte Meister Dost. Er fühlte sich missverstanden. »Ich bin erkältet. Das ist bei diesem Wetter doch wohl kein Wunder, oder?«

Atos entfachte das Licht der Glühwürmchen in der magischen Leuchte.

»Wie hast du uns so schnell gefunden?«, wollte Anna vom Diener ihrer Tante wissen.

Knirk trat aus dem Schatten hervor und gab die Antwort. »Im Tumult haben wir euch aus den Augen verloren. Zu viele Beine, zu viele tief fliegende Fische, zu viele Gefahren für kleine Ratten und Kobolde.«

»Wenn ich nur an die mächtigen Räder der Fuhrwerke und die Pferdehufen denke, schüttelt es mich jetzt noch«, stöhnte Meister Dost.

»Dann bemerkte ich am Himmel den Adler«, erklärte Knirk. »Wir Ratten haben da so einen siebten Sinn, wenn es um mögliche Angriffe aus der Luft geht. Wir konnten deinen Landepunkt nur ungefähr abschätzen und als wir dort ankamen, standen wir vor einem Loch in der Mauer zur Brauerei.«

»Das aber leider magisch verschlossen war«, ergänzte der grüne Kobold. »Aber zum Glück kennt Knirk genügend

Schleichwege, und hier sind wir nun.«

Atos erklärte den beiden Nachzüglern kurz und knapp die Legende von der magischen Eisharfe. Der Rattenspion hatte zweimal das Pergament auf seinem Rücken transportiert, aber erst jetzt erfuhr Knirk vom Inhalt.

»Im Schloss des Grafen Krommel hatte ich schon mein Missgeschick erwähnt«, begann der Nager zerknirscht. »Garmander weiß, was wir wissen. Zumindest was den Inhalt der Legende angeht.« Schnell und ehrlich erzählte der Spion vom Fehlversuch mit dem ›Pack-O-Mat‹. »Ausgerechnet vor der Zelle Garmanders ist mir der gepackte Text auf dem Rücken explodiert. Ärgerlich, sehr ärgerlich.« Obwohl Knirk keine Schuld traf, schien er sich selbst Vorwürfe zu machen. »Dafür konnte ich aber das Gespräch zwischen Garmander und dem eingesperrten Boten aus dem Zwergenreich belauschen. In einem Bergwerk, im tiefsten Stollen, endet ein Gang nicht im Fels, sondern vor einer bläulich schimmernden Eiswand! Und es soll dort besonders kalt sein, kälter als in den Stollen weiter oberhalb.«

Atos lächelte zufrieden. »Dann weiß Garmander zwar, was im Pergament steht und er wird sich seine Gedanken machen. Aber wir wissen dafür ebenfalls von der Eiswand im Bergwerk. Dort, so nehme ich an, liegt der Eingang zu einer anderen Welt. Unser Vorteil ist, dass wir frei sind. Garmander aber sitzt in seiner Zelle.«

»Aber was ist mit den Zwergen geschehen?«, überlegte Anna.

»Ich denke, sie haben versehentlich zu tief gegraben«, überlegte Atos.

Knirk führte die Gefährten vom Bierfass aus die steinerne Treppe herunter. Im magischen Gewimmel einer Glühwürmchenlampe verlief der Weg durch feuchte, mannshohe Gänge. Der Rattenspion schien die gesamte Stadt im Kopf zu haben. Anna bewunderte die Leistung insgeheim, da es hier in der Unterwelt keine Straßenbezeichnungen gab. Auch Sonne oder Mond standen zur Orientierung nicht zur Verfügung. Knirk selbst arbeitete mit einem Geruchskompass und nutzte sein perfektes Gehör. Jeder Keller roch für ihn anders, jede Gasse lieferte unterschiedliche Geräusche. Der Schall von der Oberfläche drang tief in den Untergrund ein. Knirk unterschied mühelos Hufgeklapper, Rollgeräusche von Holzrädern auf Kopfsteinpflaster, spitze Absätze von Stiefeln, breite Absätze von Arbeitsschuhen, stampfende Schritte von Trollen, Trippelschritte von Kobolden und tausend andere Geräusche, die eine große Stadt wie Dangholt täglich produzierte. Max hatte das Gefühlt, planlos im Zickzackkurs durch die Unterwelt zu irren. Doch plötzlich endete die Wanderung hinter einer Wegbiegung vor einer schweren knallrot gestrichenen Eisentür.

»Sackgasse«, bemerkte Meister Dost bissig.

»Falsch«, erklärte Knirk gelassen. »Das hier ist nur eine Feuerschutztür. Dahinter geht es weiter!«

»Eine was?« Dem grünen Kobold blieb die Spucke weg. »Wie in aller Würfelwelt soll es denn hier unten brennen? Ich sehe nur Felsen, Felsen und noch mal Felsen!«

»Du wirst sehen«, grinste Knirk listig.

Anna und Max platzten vor Neugierde.

Auch Atos konnte seine Freude trotz des Ernstes der allgemeinen Lage nicht verbergen. »Geht hinein, aber achtet auf eure Haare und die Kleidung«, riet der weise Lehrmeister den Zwillingen.

Mutig öffnete Max die Tür einen Spalt breit. Ein Schwall unerträglicher Hitze schwappte über seinen Körper hinweg. Anna drängelte bereits und schob ihren Bruder vor sich her in eine grell erleuchtete unterirdische Halle. Die Zwillinge staunten, welche Geheimnisse unterhalb der Hauptstadt verborgen lagen.

»Tür zu!«, zischte eine unsichtbare Fistelstimme. Knirk, Meister Dost und Atos schlüpften hinter den Geschwistern in den großen Raum. Sofort darauf wurde die Tür von einer unsichtbaren Kraft geschlossen. Im Mittelpunkt der Halle loderte ein wahres Höllenfeuer. Hoch, breit, laut und heiß züngelten die Flammen bis an die steinerne Decke der Halle empor. Anna erkannte, dass das Feuer magisch sein musste. Jedenfalls entdeckte sie keinen Brennstoff unterhalb des Flammenmeers.

»Haltet euch abseits auf«, brüllte Atos gegen das Getöse an.

Einen Augenblick später rollte vom anderen Ende der unterirdischen Halle eine von Gnomen gezogene Karre heran. Max erkannte, dass alle Teile aus Metall bestanden. Selbst die Räder des Wagens schienen nicht aus Holz gefertigt zu sein. Oben auf dem Gefährt thronte ein großer Kupferkessel, aus dem an der einen Seite ein Hebel herausragte. In Windeseile hüpften vier Gnomen auf den Karren, während zwei weitere Helfer auf der dem Hebel gegenüberliegenden Seite des Kessels einen Schlauch anschlossen. Mit voller Kraft und hoher Geschwindigkeit bewegten die kleinen Wesen nun den Hebel im Takt auf und ab. Wasser spritzte mit hohem Druck aus dem Schlauch und erstickte das Feuer in einem gurgelnden Laut.

»Halt, nein. So geht das nicht, das hat viel zu lange gedauert.« Ein Gnom mit wichtiger Miene und in schicker Uniform hüpfte ungeduldig von einem Bein auf das andere. »Das machen wir gleich noch einmal. Bitte alles zurück in die Ausgangspositionen.«

»Wer ist das?«, frage Anna neugierig.

»Was ist das?«, rätselte Max.

»Woher kommt das Feuer?«, rief Meister Dost entsetzt.

»Zur ersten Frage, der Gildenmeister der Feuerwehrgnomen«, grinste Knirk.

»Und zu Nummer zwei, ihr konntet gerade eben eine Löschübung der Dangholter Feuerwehr beobachten.«

Plötzlich erschraken die Zwillinge, Meister Dost landete sogar vor Schreck auf seinem Hosenboden. Aus einer Grube, mitten in der großen Halle, wuchs ein riesiger Drache empor. Kein winziger Feuerdrache, sondern ein ausgewachsenes Exemplar. Missmutig schlug der Lindwurm mit beiden Flügeln, um das verhasste Wasser abzuschütteln. Gleichzeitig spie er Wasserdampf durch die Halle. »Pfui Deibel«, fluchte der Drache. Es roch nach Pech und Schwefel.

»Das wäre die Antwort auf deine Frage, Meister Dost«, lachte Atos.

Die Gilde der Feuerwehrgnomen genoss hohes Ansehen in der Hauptstadt. Nachdem ein großer Brand vor langer Zeit die halbe Hauptstadt in Schutt und Asche gelegt hatte, erfand ein heute unbekannter Hilfsbeamter die Feuerwehr. Auch die Ereignisse im fernen Loppelwuh hatten die Bürger Dangholts damals beunruhigt. Was, wenn die Feuerhexen die Stadt angriffen?

Als Löschtrupp kamen von Anfang an nur die Gnomen in Frage. Als erfolgreiche Drachenzüchter wussten sie mit Feuer umzugehen. Um nicht aus der Übung zu kommen, hatten sie die unterirdische Halle eingerichtet. Auch der gefährlich aussehende Drache beruhigte sich langsam wieder. Artig duckte er seinen massigen Körper zurück in die Grube und wartete geduldig auf seinen nächsten Einsatzbefehl. Atos trieb seine Begleiter zur Eile. Bevor die nächste Übung begann, erreichten alle Abenteurer sicher die gegenüberliegende Seite der Halle. Unbeeindruckt von den Geschehnissen an der Oberfläche ließ der Gildenmeister die nächste Trainingseinheit ausführen. Atos verließ als letzter den Raum und zog eine zweite knallrote Eisentür zu.

»Warum benutzen die Löschgnomen ein so gefährliches Tier wie einen Drachen zum Üben?« Meister Dost wirkte fassungslos. »Warum kein Holz oder Stroh oder Petroleum?«

»Zuviel Qualm«, erklärte Atos kurz und bündig. »Und Drachenfeuer ist heißer und preiswerter als jeder andere Brennstoff.«

Auf das grelle Licht der Löschhalle folgte das schwächliche Glimmen der Glühwürmchen in der magischen Leuchte. Die Augen der Zwillinge gewöhnten sich nur langsam an die Dunkelheit der feuchten Gänge. Auch der Temperaturunterschied zwischen der heißen Drachenhalle und der normalen Dangholter Unterwelt nagte an den Geschwistern. Am Ende eines langen Tunnels tauchte nun endlich hinter einem Gitter das Tageslicht auf. Eisiger Wind wirbelte Schneeflocken umher, dass die Hand vor Augen nicht mehr erkennbar war. Anna und Max zogen es vor, mit Fellen und Lederriemen aus ihrem Reisegepäck die Füße und Waden vor der grimmigen Kälte zu schützen. Atos löste mit einigen Tropfen Universaltinktur zwei Gitterstäbe und schlüpfte zusammen mit Max und Anna gebeugt hindurch. Meister Dost passte aufrecht durch jedes der Quadratfelder im Gitter. Der Rattenspion blieb zurück.

»Viel Glück. Meine Reise endet wie immer an den Grenzen der Stadt. Die Stadtmauer liegt hinter uns. Seid vorsichtig beim Verlassen des Gangs. Der geheime Ausgang ist noch in Sichtweite der Wachtürme.«

Knirk wartete geduldig, bis die vier Abenteurer warm gekleidet ihre weitere Reise antraten. Der Spion versprach, Augen und Ohren weiter offenzuhalten. Eine kurze Rast in der Bibliothek, ein Stück Schinken und eine Plauderei mit Wenzel waren seine nächsten Ziele. Sicher und schnell verlief der Weg zurück zu den Löschgnomen. Auch auf dem ersten Teilstück in Richtung Brauerei störte, von einem neugierigen Artgenossen abgesehen, niemand die unterirdische Reise.

Doch vor der Treppe, die hinauf zu der Geheimtür im Bierfass führte, stutzte Knirk. Sei eigener Weg führte geradeaus den Gang entlang, da er sowohl das Fass als auch den magischen Verschluss in der Brauereimauer nicht hätte öffnen können. Aber von dort oben drang ein leises Geräusch nach unten. Stimmengemurmel? Ein lauter Explosionsknall folgte. Knirk blieb in Deckung und lauschte weiter. Die Stimmen wurden lauter, zwei streitende Stimmen. Dann herrschte wieder Ruhe. Ein Befehl folgte. ›Hörte sich an wie *weiter*, dachte Knirk. Schritte folgten. Jemand kam die Treppe herunter. Ein magisches Licht kam näher. Knirks Alarmglocken im Kopf schrillten. Eilig schmiegte er seinen Körper noch enger an eine felsige Wand. ›Sicherlich eine der Bierhexen‹, dachte der Nager. Doch was er dann sah, verschlug selbst dem erfahrenen Spion den Atem. Mit weit aufgerissenen Augen starrte er auf zwei Personen direkt vor sich. »Das gibt's doch gar nicht. Das ist vollkommen unmöglich«, flüsterte Knirk lautlos.

Wumm. Wumm.
Die unsichtbare Pauke schlug mit Macht von allen Seiten auf Dangholt ein. Bürgermeister Fuddelhaar stand unter riesigem Druck. Wütend und hilflos musste der Stadtregent mitansehen, wie seine Stadt im Chaos versank. Wohin er auch blickte, so sehr er auch hoffte. Niemand brachte eine Erfolgsmeldung zu ihm. Die Gold- und Diamantenlieferung was ausgeblieben, Atos blieb unauffindbar und auch die ausgesetzte Belohnung hatte noch nicht zum gewünschten Ergebnis geführt. Einer seiner Berater, der ehrenwerte Daribert, hatte sich scheinbar verlaufen oder saß

mit der zehnten Häppchenplatte im Schloss. ›Verdammte Zaubererbande‹, fluchte der Bürgermeister.

Major Bockelwitz besaß ein außergewöhnlich dickes Fell. Nur so konnte er den Bürgermeister und seine eigene Ehefrau jahrein jahraus ertragen. Jetzt stand der Zwischenbericht beim Stadtregenten an. Schweren Herzens schleppte der Major seinen Körper und die Last der Verantwortung aus der Wachstube in Richtung Sitzungssaal. Fuddelhaar schleuderte gerade einen Krug Rotwein quer durch den Raum. Das randvolle Gefäß zerschellte auf dem harten Fußboden in tausend Stücke. Die rote Köstlichkeit bespritzte einige Vorhänge und die Kleidung der Berater.

»Bericht, Major«, kreischte Fuddelhaar, während ein Diener eilig die Scherben zusammenkehrte.

»Herr Bürgermeister, ich melde, dass Herr Atos und die Zwillinge erkannt wurden«, begann Bockelwitz.

»Aber warum hast du das nicht gleich gesagt?«, flötete der Bürgermeister versöhnlich. »Endlich ein Lichtblick. Dann kann die Expedition sofort starten. Bringt sie alle herein zu mir!«

»Verzeih mir, Herr Bürgermeister. Wen soll ich hereinbringen lassen?«

Fuddelhaar rastete aus. »Bin ich denn von Idioten umgeben?«

Bockelwitz sah sich um. »Ich kann niemanden entdecken, Herr Bürgermeister!«

»Von wem sprechen wir die ganze Zeit?«

»Von Herrn Atos und von Zwillingen.«

»Und?«

»Sie wurden gesehen, aber ihre Spur ging im Getümmel wieder verloren. Niemand weiß, wo die drei sich aufhalten.« Genüsslich goss der Offizier noch mehr Öl ins offene Feuer, streute Salz in Fuddelhaars Wunden. »Auch die Zauberin Amalia wurde bisher nicht gefunden.«

»Raus, sofort raus hier!«, herrschte Fuddelhaar mit zornesrotem Kopf. Seine Halsschlagader pochte wie ein Schmiedehammer auf dem Amboss. »Und komm beim nächsten Mal mit besseren Nachrichten zu mir!«

Major Bockelwitz trollte sich. Er kam gerade zur rechten Zeit, um das nächste Drama noch persönlich mitzuerleben. Unter den

Gefangenen im Kerker herrschte Unruhe. Aus dem Stimmgewirr wurde der Major zunächst nicht schlau. ›Was für ein Tollhaus. Ich hätte damals doch auf meine Mutter hören und etwas Vernünftiges lernen sollen.‹ Bockelwitz baute sich breitbeinig und mit in die Hüften gestemmten Händen neben seiner Wachstube auf. »Ruhe, zum Donnerwetter«, brüllte er den Gang vor den Zellen entlang. »Ruhe, oder ich lasse einen Troll holen, der für Ordnung sorgt.« Mit hinter dem Rücken verschränkten Händen marschierte der Offizier langsam durch den langen Gang, an dem auf beiden Seiten die Kerkerzellen lagen. Abwechselnd schaute er nach links und rechts. In jeder Zelle hockte ein verängstigter Bewohner auf Zeit. Sowohl die Kälte als auch die ständigen Erschütterungen der Mauern zerrten an ihren Nerven. Je näher der Major dem Ende des Gangs kam, desto panischer wurden die Blicke der Gefangenen. Sie mussten etwas Ungewöhnliches mitangesehen haben. Und dann schlug des Majors Kinnlade vor Schreck auf den kalten Steinfußboden des Gefängnisses von Dangholt. Garmander war verschwunden, die Gittertüren seiner Zelle unversehrt. Genau gegenüber ragten verbogene Eisenstäbe in den Gang hinein. Auch vom Boten aus dem Zwergenreich fehlte jede Spur.

»Alarm! Gefangenenausbruch!«, brüllte Bockelwitz, doch keiner seiner Männer hörte ihn. Die gesamte Stadtwache suchte draußen nach Atos oder sorgte für Ordnung im Chaos der Gassen und Plätze. Die persönliche Leibgarde Fuddelhaars vor der Tür des großen Sitzungssaals war ebenfalls außer Hörweite.

»Was ist geschehen?«, herrschte der Major die Gefangenen in der Nähe von Garmanders Zelle an. Eine zerlumpte Gestalt, von Beruf Strauchdieb, gab verschüchtert eine Antwort.

»Ich dachte, dass Garmanders Zauber in der Zelle keine Macht besitzt. Doch plötzlich kroch eine Schlange durch die Gitterstäbe, wurde im Gang wieder zum Zauberer. Dann sah ich einen Blitz, ein grelles Licht. Es folgte ein Knall. Und dann waren Garmander und der Bote verschwunden. Das irre Lachen des Zauberers wurde immer schlimmer. Ich glaube, er ist verrückt geworden! Warum hat er mich nicht auch befreit, sondern nur diesen Boten?« Bekümmert nahm der Dieb auf seiner kalten Pritsche Platz.

Major Bockelwitz wusste, was nun geschehen würde. Er musste Meldung machen.

»Raus, alle raus. Verschwindet. Ihr seid alle gefeuert. Die Wache, verstärkt die Leibwache. Haltet mir Garmander vom Hals. Sucht den ehrenwerten Daribert, ich benötige Schutz durch einen Zauberer. Berater, ihr bleibt alle hier. Keiner verlässt den Raum!« Fuddelhaar wirkte verwirrt. Seine Anweisungen klangen widersprüchlich. In Gedanken zerrann sein Lebenswerk wie Pulversand zwischen den Fingern. Kein Gold, keine Diamanten, kein Atos, keine Expedition, keine Macht. Ein Alptraum. Bürgermeister Fuddelhaar kniff sich in den Arm, hoffte aus diesem bösen Traum aufzuwachen.

»Autsch«, rief er und stellte fest, dass er nicht träumte. »Das kann doch nicht wahr sein!«

Garmander marschierte mit irrem Lachen aus dem Gefängnis. Der Ausbruch war ein Kinderspiel gewesen. Keine Wachen weit und breit, nur verängstigte Mitgefangene. Durch die Paukenschläge hatte die magische Blase rund um seine Zelle immer mehr Risse bekommen und war dann endgültig geplatzt. Gierig sog der Zauberer die einströmende magische Energie auf. Seine Kräfte kehrten schlagartig zurück. Er war nur ein wenig aus der Übung, die Verwandlung in die Schlange hatte schrecklich wehgetan. Im Gang zwischen den Zellen nahm er wieder seine gewohnte Gestalt an. Ohne zu Zögern zerstörte Garmander mit irrem Lachen die Gitterstäbe der Botenzelle, unsanft zerrte er den jungen Burschen heraus. Jeder Widerstand war zwecklos.

»Hee, nimm mich auch mit«, riefen die anderen Gefangenen wie aus einem Mund. Den Zauberer kümmerte es nicht. Er hatte bereits alles, was er brauchte. Alles, um sich mit dem Bösen zu verbünden. In der Tasche steckte die Legende von der magischen Eisharfe. Der Bote aus dem Zwergenreich würde ihm den direkten Weg zum Bergwerk weisen. Hinter einer bläulich schimmernden Eiswand lag sein Ziel. Durch seinen Begleiter würde er langsamer vorankommen als alleine. Eine Verwandlung in einen Vogel schied aus, da er keinen Nichtzauberer in ein anderes Wesen umwandeln konnte. Garmander hatte Geduld. Hatte Zeit. Er war sicher, dass niemand außer dem Boten und ihm selbst von dem Geheimnis im Bergwerk wusste. Anfangs leistete der Jüngling noch Widerstand, bemerkte aber bald, dass er gegen Garmander keine Chance hatte. Er hoffte, dass sein Pferd in Dangholt gut versorgt würde, fürchtete aber das Schlimmste. Pferdewurst galt nicht ohne Grund als Delikatesse.

Mit großen Schritten stapfte Garmander durch den Schnee. Der Bote aus dem Zwergenreich konnte kaum folgen, klebte aber wie an einem unsichtbaren Band am Zauberer fest. Mit tief ins Gesicht gezogener Kapuze forschte Garmander hier und dort, las verwischte Spuren im Schnee, und gelangte schließlich in die Nähe der Brauerei. Entschlossen bog der Zauberer mit seinem Anhang in eine Nebengasse ein.

»Was wollen wir hier, Herr Garmander?«, fragte der Bote vorsichtig. Er konnte im Schneegestöber gerade noch erkennen, dass der Zauberer mit ihm in einen Sackgasse lief.

»Halt die Klappe!«

Kurze Zeit später untersuchte der gerissene Zauberer das Loch in der Ziegelmauer. Den magischen Verschluss hatte jemand in großer Eile errichtet. Ebenso schnell brach Garmander das magische Siegel und zerrte den Boten durch die Öffnung.

»Loch zu, es zieht! Das Bier wird sauer!«

Die zeternden Bierhexen kümmerten den Zauberer wenig. Entsetzt musste sein junger Begleiter feststellen, dass der Magier seinen Kopf veränderte. Es schien, als ragte plötzlich der Rüssel eines Ameisenbären unter der Kapuze hervor. Schnuppernd folgte Garmander einer unsichtbaren Fährte.

»Was suchst du denn hier, Garmander?«, keifte eine andere Brauhexe erzürnt, als der Zauberer schnüffelnd an ihr vorbeieilte. Für einen kurzen Augenblick fehlten dem Magier die Worte. In seiner menschlichen Gestalt mit Ameisenbärkopf hatte er nicht damit gerechnet, erkannt zu werden.

»Wieso weißt du …«, begann er, biss sich aber dabei auf seine zu lang geratene Zunge. »Autsch.«

»Woher ich das weiß? So einen hässlichen Zinken kann sich nur einer ins Gesicht zaubern«, lachte die Hexe böse. »Solltest du nicht in deiner gemütlichen Zelle sitzen?«

»Ich wurde begnadigt«, log der Zauberer frech.

»Nun gut, Garmander. Und wer ist der Jüngling, der dir nur widerwillig folgt?«

»Ich bin …«, begann der Bote. »Kannst du mir nicht helfen, ich will eigentlich nicht mitgehen …«

»Haltet die Klappe!«, herrschte Garmander.

»Verschwinde aus unserer Brauerei«, keifte die Brauhexe mutig zurück.

Garmander nahm die Fährte wieder auf, bog nach rechts ab und ging Stufe für Stufe die Treppe in den Kühlkeller hinab. Der modrige Holzgeruch lenkte seine lange Rüsselnase kurz ab, mühselig musste der Zauberer jedes einzelne Fass beschnuppern.

»Was suchst du, Herr Garmander? Die Fässer gleichen sich wie ein Ei dem anderen«, bemerkte sein Begleiter vorsichtig.

»Noch ein Wort, und du bekommst einen Maulkorb verpasst«, drohte der Magier mit spöttischer Miene. Leider benötigte er die Dienste des Jungen als Führer. Noch. Danach würde er ohne mit der Wimper zu zucken den Zeugen um die Ecke bringen. Tief unten im Bergwerk gab es keine neugierigen Zuschauer. Und es gab genügend Schaufeln und verlassene Gänge, um das Opfer zu verstecken. Dann eine kleine Explosion, ein einstürzender Schacht, und die Sache sähe wie ein Unfall aus. Der Zauberer sammelte nach der unerwünschten Störung neue Energie. Schon bald darauf fand er das hohle Fass mit Geheimtür. Garmander verschwendete keine Zeit damit, den Öffnungsmechanismus zu erkunden. Eiskalt sprengte er ein Loch in das Fass. Holz splitterte.

Die Lagerhexe raste im Tiefflug auf ihrem Besen herbei. »Das ist unser Personaleingang«, fluchte sie. »Was zum Tonaluga fällt dir eigentlich ein?«

»Ach halt die Klappe«, fauchte Garmander.

»Am liebsten würde ich einen Knoten in deinen Rüssel hexen,

und eine schöne Warze mit Borstenhaaren noch dazu.«

Der namenlose Bote hinter Garmander musste grinsen. Zum Glück bemerkte keiner der Streithähne den kleinen Freudenausbruch.

Hexen und Zauberer verband seit ewigen Zeiten eine Hassliebe. Während Hexen die Zauberer oft für unfähige Rummelplatzkünstler hielten, stuften viele Zauberer die Hexen als Kräuteromas ein, bei denen die Götter die Flügel vergessen hatten und die deshalb auf Besen umherfliegen mussten. Die Gemeinschaft der Hexen verabscheute jeden Hokuspokus. Auch die Gefräßigkeit der Zauberer war ihnen ein Dorn im Auge. Seitens der Zauberer galten die Hexen wiederum als Brandstifterinnen und Kinderschreck. Über die Jahrhunderte waren diese und andere Vorurteile gewachsen. Dennoch begegneten sich Hexen und Zauberer stets mit Respekt. Man konnte nie wissen, ob sein Gegenüber nicht doch mächtiger war als man selbst. Die Lagerhexe flog fluchend davon. Auch Garmander zog es vor, im halb zerstörten Bierfass zu verschwinden. Schließlich würde bald die Stadtwache hinter ihm her sein. Mit Major Bockelwitz war nicht zu spaßen. Im Bergwerk lauerte hinter einer Wand aus schimmerndem Eis eine andere Welt. Eine wahrscheinlich unvorstellbare Macht, mit der es sich zu verbünden galt. Garmander verharrte kurz im Bierfass und ging in die Hocke. Lächelnd hob er einige Adlerfedern auf und wusste, dass er auf der richtigen Spur war.

»Weiter«, herrschte er seinen Begleiter an, der aus der ganzen Geschichte nicht schlau wurde. Langsam stieg das ungleiche Paar die glitschige Treppe hinab. Weder Garmander noch der Bote aus dem Zwergenreich bemerkten im Schein einer magischen Leuchtkugel die zusammengekauerte Ratte.

Knirk atmete tief durch, als die Schritte in der Ferne verhallt waren. Es hatte keinen Zweck, den Männern zu folgen. ›Ich kann sie nicht aufhalten‹, dachte der Spion. ›Aber ich muss dafür sorgen, dass Atos, Meister Dost und die Zwillinge gewarnt werden. Garmander hält alle Trumpfkarten in der Hand. Er kennt die Legende, hat einen Führer zum Bergwerk und kann jederzeit einen Überraschungsangriff auf die Zwillinge starten.‹

Im Bergwerk der Zwerge verlief die Grenze zwischen Gut und Böse. Der Wettlauf war eröffnet. Atos gegen Garmander, Pauke gegen Harfe, Ordnung gegen Chaos, Leben gegen Tod.

Wumm, wumm, wumm.

Knirk rannte los.

Atos stapfte mit seinen Begleitern durch einen heftigen Schneesturm. Trotz der weißen Massen kamen alle vier Abenteurer gut voran. In der klirrenden Kälte gefror der Atem zu feinsten Kristallen, die wie Sternenstaub zu Boden sanken. Atos achtete peinlich genau darauf, dass sein Vollbart nicht mit Schnee- oder Eisklumpen verklebte, sondern locker und geschmeidig blieb. Eine kleine Eitelkeit des ansonsten sehr uneingebildeten Zauberers.

»Ist der Weg ins Zwergenreich weit«, fragte Anna neugierig. Das Mädchen hatte in Atos' Unterricht etwas über Leben und Arbeit der Zwerge erfahren und sogar schon persönlich in Dangholt einige der vollbärtigen, kleinwüchsigen Kraftprotze gesehen. Meister Dost hatte früher in Tavernen oft gegen die schlechten Spieler und guten Verlierer beim Würfelspiel sein Glück gesucht. Zwerge zahlten immer bar, und fast immer mit Gold oder Diamanten.

»Das Zwergenreich liegt nicht am Ende der Welt«, erklärte der Lehrmeister. »Du bist in deinem Leben schon weiter gereist.«

»Und wie gefährlich ist der Weg?«, wollte Max wissen.

»Es gibt kaum Hindernisse«, beruhigte Atos.

»Keine Trollgebiete, keine Sümpfe, keine angorianischen Drachenwälder?« Max klang fast ein wenig enttäuscht.

»Nein, die Gefahren beginnen bis auf eine kleine Ausnahme erst dort, wo der Legende nach das Böse in unsere Welt herüber schwappt.«

»In einem Bergwerk im Zwergenreich«, rief Anna.

»Wissen wir, welches Bergwerk gemeint ist?«, fragte Max.

Atos schüttelte den Kopf.

Meister Dost hielt trotz geringer Körpergröße erstaunlich gut mit seinen Begleitern Schritt. Unter beiden Stiefeln trug er breite

Schneeschuhe. Als Leichtgewicht sackte er so kaum merklich in den Schnee ein.

»Du sagtest gerade ›bis auf eine kleine Ausnahme‹, Herr Atos«, forschte der Kobold misstrauisch nach.

»Stimmt. Ich will die Brücke von Zapontia nicht verschweigen«, nickte Atos.

»Ich wusste doch, dass wieder ein Haken an der Sache ist«, brummte Meister Dost leise.

»Keine große Sache. Wie ihr wisst, verläuft eine viele Meilen lange magische Schlucht entlang der Grenze des Zwergenreichs. Die Schlucht ist sehr tief, an ihrem Grund hausen gefräßige Wesen, die jedes Durchklettern des Abgrunds verhindern. Eine unüberwindbare Magie verhindert, dass ein Vogel oder Drache die Schlucht überfliegt. Jeder, der das Zwergenreich besuchen oder wieder verlassen will, muss die Brücke benutzen.«

Anna und Max erinnerten sich an eine Landkarte, die ihr Lehrmeister vor Jahren von der Würfelwelt angefertigt hatte. Genau in der Mitte des Quadrats lag Dangholt mit seinen hohen Mauern und wieder genau in der Mitte der Hauptstadt hing aus einer Wolke das goldene Pendel. Ganz außen, an allen vier Seiten, bildete ein unüberwindbares Gebirge die Grenze der bekannten Welt. Um die Gebirge erreichen zu können, musste das große Meer überquert werden. Die Landmasse zwischen Dangholt und dem Meer war mit vielen anderen Planeten vergleichbar. Viele Völker, viele Probleme, Ackerflächen, Sümpfe, Drachenwälder, Feenstaaten, Trollgebiete, das Niemandsland und natürlich das Zwergenreich. Der Fluss Klo durchquerte die Würfelwelt, sein Wasserlauf mündete im großen Meer. Betrachtete man nun das Zwergenreich genauer, fielen einige Besonderheiten daran auf, die auf Pannen der Baugötter zurückzuführen waren. Das Zwergenreich hatte eine fast kreisrunde Form. Die unüberwindliche Schlucht verlief ebenfalls kreisförmig. Anfang und Ende trafen sich und bildeten einen natürlichen Verteidigungsring. Im Zwergenreich ruhten unter der Erde die meisten Bodenschätze. Insbesondere mit Gold und Diamanten hatten die Baugötter den Landstrich mehr als gesegnet. Eisenerze und andere nichtedle Metalle, vielleicht auch die eine oder andere Silberader, lagen gleichmäßig über die Würfelwelt verteilt im Boden versteckt. Mit der Zeit hatten die Zwerge immer bessere Abbaumethoden entwickelt und waren so zu erheblichen Reichtümern gelangt. Der an Dangholt abzutretende zehnte Teil der Ausbeute störte die Zwerge nicht wirklich. Ihnen blieb mehr als genug für ein sorgenfreies Leben, für verlustreiche Würfelspiele und hin und wieder für ein Fässchen Bier. Um das Zwergenreich überhaupt verlassen und wieder betreten zu können, hatten die Ahnen vier Brücken erbaut.

Von Dangholt aus gesehen am schnellsten erreichbar war die Brücke von Zapontia. Der Namen Zapontia war mehrdeutig. In der Zwergenwelt unterschied man ›die‹, ›das‹ und ›der‹ Zapontia. Ganz nach Wunsch. Sagte man ›die‹, war die Brücke als Bauwerk gemeint. ›Das‹ Zapontia meinte das kleine Dorf direkt vor der Brücke. Es war der letzte Ort vor der Brücke, die letzte Chance, Proviant zu erwerben und seine Pferde oder Esel zu versorgen. Am interessantesten aber war ›der‹ Zapontia, der Wächter der Brücke ins Zwergenreich. Ein wirrer Zausel, den die Zwerge beschäftigten und sehr gut bezahlten, um Probleme fernzuhalten. Er hauste direkt in einer Hütte vor der Brücke und war der Herr über die Schranke. Jeder Fremde, der das Zwergenreich besuchen wollte, musste wohl oder übel am Schrankenwärter vorbei. Und das klang einfacher als es war. Nur Zwerge durften ungehindert passieren. Wenn sie denn Zwerge waren. Der Zapontia besaß das dritte Auge, das einen als Zwerg getarnten Zauberer ebenso entlarvte wie einen als Zwerg verkleideten Gnom. Und er erkannte böse Absichten.

Niemand auf der Würfelwelt konnte den Reichtum an Bodenschätzen im Zwergenreich logisch erklären. Auch die Schlucht blieb ein Rätsel. Kreisrund, unendlich tief und weder zu durchklettern noch zu überfliegen. Astronomen deuteten den Abgrund als Einschlagkrater eines Ringes, der von einem anderen Planeten stammen sollte.

›Blödsinn‹, riefen die Astrologen. Sie vertraten den Standpunkt, dass hier das Sternzeichen des Ringes vergraben lag. Stur ignorierten sie freundliche Hinweise, dass Sternzeichen normalerweise nicht am Erdboden herumlagen, sondern am Himmel zu finden waren.

›So ein Schwachsinn‹, mischten sich die Zauberer ein. Die meisten Magier meinten, die Wahrheit zu kennen, erzählten sie aber niemandem. Aber auch die Zauberer waren schief gewickelt.

›Habt ihr soviel Mist auf einem Haufen schon einmal gehört?‹, hätten die Baugötter gerufen. Die kreisrunde Schlucht um das Zwergenreich beruhte auf einem Konstruktionsfehler. Beim Bau eines neuen Planeten arbeiteten die Fachleute der göttlichen Bauabteilung im Normalfall Hand in Hand. Ein innerer Kern aus flüssigem Eisen, ein Mantel darüber und ganz außen eine Kruste. Schön kross im göttlichen Ofen gebacken. Vor dem Backvorgang streute ein Spezialist unter den Göttern einen Hauch Gold, Diamanten und andere Schätze mit einem feinen Sieb wie Puderzucker über die neue Welt. Dabei musste er während des Streuvorgangs heftig niesen und verschüttete fast den gesamten Vorrat an Gold und Diamanten auf einer kleinen kreisrunden Stelle. Zum Glück hatte er für das nächste Jahrtausend Urlaub eingereicht und überließ seinem Nachfolger die Korrektur. Bevor der Baugott Feierabend machte, zog er mit der Spitze seines Essstäbchens einen Kreis um die Unfallstelle, tippte oben, unten, rechts und links mit einem Zahnstocher hinein um die Baustelle zu markieren, und ging pfeifend nach Hause. Seine Ablösung am kommenden Tag hielt die tiefe Furche für ein Kunstwerk. Er bedeckte schnell die Würfelwelt mit Erde, ließ aber die Schlucht unverändert bestehen. Danach wurden noch schnell einige Berge als Rand modelliert und ein Glas Meerwasser in die vorbereiteten Kuhlen gekippt. Der Fehler mit den Bodenschätzen wurde niemals korrigiert. Durch den gezogenen Kreis entstand aber nicht nur eine Schlucht, sondern auch ein magischer, unsichtbarer Schutzmantel rund um das Zwergenreich. Nur an den vier Einstichstellen des Zahnstochers entstand jeweils eine kleine Lücke im Schutzschild. Und genau hier erbauten später todesmutige Abenteurer die Brücken über die Schlucht.

Atos, Meister Dost, Anna und Max hockten in einer geschützten Höhle. Das prasselnde Holzfeuer verbreitete wohlige Wärme und erhitzte nebenbei in einem Reisekessel einen leckeren Kräutertrunk.

»Wenn wir weiterhin so gut vorankommen, sind wir in zwei Tagesmärschen in Zapontia«, erklärte der Lehrmeister. »Dann noch ein weiterer Tag, und wir erreichen die ersten Bergwerke des Zwergenreichs.«

»Warst du schon oft im Zwergenreich, Herr Atos?«, wollte Max wissen.

Der Zauberer nickte gedankenversunken. »Damals, als junger Zauberer in der Ausbildung. Ich marschierte mit meinem Lehrmeister durch alle Gebiete der damals bekannten Würfelwelt.«

»Wie lange ist das *damals* vergangen?«, fragte Anna. Sie und auch ihr Bruder rätselten seit sie Atos kannten über das wahre Alter ihres Lehrmeisters. Weder ihm selbst noch ihrer Tante Amalia konnten die Zwillinge eine befriedigende Antwort entlocken. So auch heute.

Atos seufzte. »Die Zeit ist ein seltsamer Gefährte. Manchmal vergessen, doch trotzdem immer bei dir. Auch wenn du auf deinem Weg zurückgehst, schreitet sie voran. Sie ist dehnbar und doch unerbittlich. Mein letzter Besuch im Zwergenreich ist wirklich schon eine ganze Weile her.«

Max und Anna stellten keine weiteren Fragen. Sie wussten, dass Zauberer sehr speziell sein konnten, wenn es um die Beantwortung von speziellen Fragen ging. Nach kurzer Rast drängte der Lehrmeister zum Aufbruch. Anna meinte sogar, eine gewisse Unruhe beim Zauberer zu bemerken.

Meister Dost hüpfte auf seinen Schneeschuhen unbekümmert aus der schützenden Höhle heraus.

Wumm.

Der Schlag der Pauke schüttelte einen schneebedeckten Baum direkt vor dem Höhleneingang kräftig durch. Der grüne Kobold verschwand unter einem Haufen Pulverschnee und sah aus wie ein Schneemann. Prustend und schimpfend versuchte er, sich zu befreien. Max zog den Diener seiner Tante am Schopf aus der weißen Pracht.

»Das hätte ich auch alleine geschafft«, bemerkte der Kobold beleidigt. »Nur weil ich klein bin …«

»In Ordnung«, lachte Max und steckte Meister Dost mit Schwung zurück in den Schnee. Nur der Kopf ragte noch heraus. Meckernd wie eine loppelwuhische Bergziege befreite der Kobold seinen Körper im zweiten Versuch selbst aus dem Schnee.

»Unverschämtheit!«

Max lachte entwaffnend. »Tschuldigung!«

Atos führte die Gruppe zielsicher weiter in Richtung des Zwergenreichs. Anna glaubte, ihr Lehrmeister müsse einen inneren Kompass besitzen. In diesem Schneegestöber hätte sie nicht den Weg von einer Haustür zur nächsten gefunden. Man konnte die Hand vor Augen nicht sehen. Plötzlich blieb der Zauberer wie angewurzelt stehen. Er schien angestrengt zu lauschen. Anna und Max hörten weiterhin nur das Pfeifen des Windes. Tatsächlich versuchte aber jemand, einen Kontakt zwecks Gedankenübertragung zum Zauberer aufzubauen. Doch die dichten Schneeflocken zerstreuten die Sätze zu Worten, die Worte zu Buchstaben. Atos konnte die Botschaft nicht verstehen, sie zerbrach wie ein Lichtstrahl im Nebel.

Zu einer erfolgreichen Gedankenübertragung gehörten gewöhnlich drei Dinge. Wichtige Dinge. Der Absender musste genau zielen, um das richtige Hirn zu treffen. Der Empfänger musste mit der Technik der Gedankenübermittlung vertraut sein. Ansonsten konnte es vorkommen, dass er die empfangenen Worte als innere Stimme deutete und verrückt wurde oder verrückte Sachen tat. Für eine einfache Gedankenübertragung musste die Strecke zwischen Sender und Empfänger frei von Hindernissen sein. Es gab eine zweite, komplizierte Art des Gedankenkontakts, aber nur wenige Zauberer und Kobolde beherrschten diese Technik. Meister Dost wurde von dem Buchstabensalat, der in diesem Augenblick in seinem Hirn landete, fast übel. ›Was zum Tonaluga ist ein Grmpfoluimosinanotresigrmpsdkr?‹, dachte er verwirrt. ›Wahrscheinlich eine fremde Sprache. Nicht für mich gedacht!‹ Mit leichten Kopfschmerzen stapfte er weiter hinter den drei größeren Begleitern her. Noch einmal geisterten fremde Gedanken durch sein Hirn. Meister Dost blieb stehen und blickte über die Schulter. In diesem Augenblick raste ein riesiger Schatten auf ihn zu. Auf den Schatten folgten der Umriss und schließlich der echte Körper eines riesigen Uhus. Die messerscharfen Krallen an starken Beinen wurden geöffnet. Der Jagdvogel setzte zur gezielten Landung an, bereit, seine Bestimmung zu erfüllen. Meister Dost schloss die Augen und wartete auf den Zugriff. Für eine Flucht, selbst für einen Sprung zur Seite, fehlte die Zeit.

✦

Nachdem Knirk im Gang unterhalb der Brauerei Garmander und seinem unfreiwilligen Begleiter begegnet war, stand sein nächster Auftrag fest. Atos musste gewarnt werden. Der Rattenspion selbst konnte diese Aufgabe nicht persönlich erledigen. Sein Revier lag innerhalb der Stadtmauern. Die Welt außerhalb war fremd und lebensfeindlich. Raubvögel oder streunende Katzen hätten leichtes Spiel mit der Ratte. Hier in der Stadt aber gab es tausende Verstecke, Gänge, Keller, Nischen, Schleichwege und Abwasserkanäle. Knirk wusste, dass ihm nur ein Wesen helfen konnte. Ohne die Oberfläche Dangholts zu betreten, raste er zu seinem Zielort. Knirk schaffte die Strecke in neuer Rekordzeit. Das lag auch daran, dass der unterirdische Schlafsaal des Dangholter Obdachlosenheim für heruntergekommene Vampire verwaist war. Obwohl tagsüber eigentlich Schlafenszeit herrschte, hielten sich alle Vampire im Dangholter Schloss bei Graf Krommel auf. Bei den ständigen Paukenschlägen war an Bettruhe überhaupt nicht zu denken. Knirk huschte durch den unheimlichen Raum mit langen Sargreihen ungestört hindurch. Langsam wurde das Gewirr aus Gängen, Stufen und steinernen Treppen übersichtlicher. Auch der Geruch wurde von Schritt zu Schritt besser, die Luft sauberer. Schließlich blieb nur noch ein einziger langer Gang übrig, der vor einer massiven Holztür endete. Knirk scharrte mit beiden Vorderpfoten am Holz.

»Wer ist dort?«, krächzte eine raue Stimme auf der anderen Seite.

»Knirk!«

»Wie lautet die Parole?«

»Grindelholmwegedarisches Moosbeereneis«, antwortete der Rattenspion ohne zu zögern.

147

»Tritt ein. Willkommen in der magischen Eichenhöhle.«

Langsam öffnete sich die Holztür. Grelles Licht floss über Knirk hinweg, als er die Höhle betrat. Hier, unterhalb eines uralten Eichenbaums, lag die Geldquelle der Zauberer verborgen. Ein magischer Brunnen. Warf man ein Geldstück in die Tiefe, spritzte kein Wasser zurück, sondern eine Handvoll Geld. War man schnell genug, und wenn es um Geld ging waren die Zauberer schnell, fing man einige der Spritzer auf. Jeder Zauberer besaß ein Schließfach in der Höhle, in dem Geld, Gold und manch geheimes Pergament mit Zaubersprüchen verwahrt wurden. Bewacht und verwaltet wurde die Höhle von Buho, einem riesigen, chrwürdigen Eulenvogel.

»Was führt dich zu mir, Knirk?«, fragte der mächtige Uhu. Der Rattenspion berichtete kurz und knapp über die aktuellen Geschehnisse in Dangholt.

»Dass die Legende von der magischen Eisharfe irgendwann einmal zur Wahrheit werden könnte, hätte ich nicht vermutet«, brummte die stolze Eule. »Bedauerlich ist auch, dass Garmander etwas Böses im Schilde führt.«

»Hat er nach seinem Ausbruch die magische Eichenhöhle aufgesucht?«, fragte Knirk.

»Nein, er war noch nicht hier, um Geld oder Proviant zu besorgen!«

»Dann ist die Lage sehr ernst. Garmander will keine Zeit verlieren, er will das Zwergenreich und die Eiswand im Bergwerk zuerst erreichen«, erklärte Knirk.

»Wir müssen Atos und die Zwillinge warnen«, rief Buho.

»Genau aus diesem Grund bin ich zu dir gekommen«, nickte Knirk.

Buho war sofort bereit, das Risiko eines Tagfluges einzugehen. Im ungemütlichen Schneegestöber würden kaum Jäger mit der Armbrust oder anderen Waffen unterwegs sein, die dem Uhu gefährlich werden konnten. Andere Raubvögel hatten keine Chance gegen die mächtige Eule und würden keinen Angriff wagen. Auch Drachenattacken schienen unwahrscheinlich. Die Feuerspucker hassten Kälte und Nässe wie die Pest.

»Ich breche sofort auf«, versprach Buho. »Eine Gedankenübertragung dürfte schwierig werden. Zuviel Schneeflocken und
ein zu ungenaues Ziel.«

»Viel Erfolg bei der Suche«, wünschte Knirk dem Wächter der
magischen Eichenhöhle. Er beschloss, auf die Rückkehr des U-
hus zu warten. Schnell verlor er die startende Rieseneule aus den
Augen. Bekümmert und besorgt knabberte der Rattenspion lustlos an einem Kanten Brot. Noch immer machte er sich Vorwürfe
wegen des Missgeschicks vor Garmander Zelle.

Währenddessen kämpfte Buho tapfer gegen Wind und Wetter.
Mit messerscharfen Augen und gespitzten Ohren nahm er Kurs
auf die unsichtbare Linie, die Dangholt mit der Brücke von Zapontia verband. Buho vermied jede Gedankenübertragung. Was,
wenn Garmander die Warnungen empfangen würde? Der Uhu
gönnte sich keine Verschnaufpause und suchte die Gegend sorgfältig ab. Plötzlich entdeckte er zwei Gestalten, die auf Schneeschuhen eilig durch die weiße Landschaft stapften. Lautlos glitt
Buho näher an die Wanderer heran, bis er Garmander und einen
ihm unbekannten Jüngling entdeckte. ›Das muss der Bote aus
dem Zwergenreich sein‹, überlegte die Eule. ›Zum Glück können
keine Pferde einsetzt werden, der Schnee ist viel zu tief.‹ Vorsichtig und absolut lautlos gewann Buho wieder an Flughöhe und
musste feststellen, dass die Gruppe um Atos nur wenige Stunden
Vorsprung vor Garmander hatte. Deutlich erkannte er Atos, dahinter Anna und Max und ganz am Ende einen trödelnden Meister Dost. Das Schneetreiben verhinderte weiterhin jede saubere
Gedankenübertragung zu Atos. Der Uhu setzte daher zur Landung an. Lautlos. Mit ausgestreckten Beinen und geöffneten
Klauen fiel er der Schneedecke entgegen. Buho bemerkte, dass
Meister Dost seine Augen schloss und auf den Zugriff des Jägers
wartete. Sanft landete die Eule einen halben Schritt vor dem
Körper des Kobolds. Vorsichtig neigte er seinen gefiederten
Kopf nach unten und stieß Meister Dost mit dem Schnabel
freundschaftlich an.

»Jemand zu Hause, Meister Dost?«, fragte die Eule und schüttelte Schnee und Eis aus dem Gefieder. Erst jetzt bemerkten
auch die übrigen Abenteurer die gelandete Eule.

»Herr Buho?«, fragte Anna ungläubig.

»Ja«, nickte der Uhu.

»Dann habe ich mich doch nicht verhört«, grinste Atos. »Du hast eine Gedankenübertragung versucht …«

»… die aber missglückt ist«, bestätigte Buho.

»Wieso?«, ätzte Meister Dost mit bis zum Hals schlagendem Herzen. »Ich konnte deutlich ›Grmpfoluimosinanotresigrmpsdkr‹ verstehen. Das war doch eindeutig, oder?« Mit zitternden Händen nahm der Kobold einen kräftigen Schluck Tee mit Rum und Kräutern aus einer winzigen magischen Warmhaltekanne.

Buho berichtete vom Ausbruch Garmanders und der vom Zauberer erzwungenen Begleitung durch den Boten aus dem Zwergenreich. Anna und Max wurden schreckensbleich. Der Rivale ihrer Tante und des Lehrmeisters Atos war auf freiem Fuß und suchte zu allem Übel auch noch nach demselben Ort im Zwergenreich. Nur aus genau entgegengesetzter Absicht.

»Garmander liegt nur wenige Stunden Fußmarsch hinter euch zurück. Ich habe auch das Gefühl, er kommt schneller voran als ihr«, warnte Buho.

»Und er weiß genau, welches der zahlreichen Bergwerke er aufsuchen muss«, überlegte Atos. »Der Bote kennt den genauen Ort der Eiswand.«

»Eine Sache verstehe ich nicht«, überlegte Anna. »Wenn alle Zwerge verschwunden sind, ist dann nicht in jedem Bergwerk eine solche Eiswand vorhanden? Dann müssten wir doch nicht eine bestimmte Mine suchen?«

Atos überlegte, kam aber zu einem anderen Schluss. »Zwerge verhalten sich ein wenig wie Lemminge, Anna. Gibt es in einem Bergwerk ein Problem, lassen alle anderen Hacke und Schaufel sofort fallen und eilen zur Hilfe. Ich denke, alle Zwerge sind hinter dieser einen Eiswand in genau einem Bergwerk verschwunden. Auch die Legende spricht nur von *einer* solchen Erscheinung.«

»Ich habe eine Idee«, strahlte Max. »Warum lassen wir nicht Garmander und seinen Begleiter an uns vorbeiziehen und drehen den Spieß einfach um. Sie führen uns dann direkt zum richtigen Bergwerk.«

Atos nickte. »Für einen Moment habe ich auch daran gedacht. Da Garmander schneller als wir unterwegs ist, werden wir aber als große Gruppe den beiden nicht schnell genug folgen können. Wir wissen auch nicht was geschieht, wenn Garmander vor uns die Eiswand im Bergwerk erreicht. Vielleicht öffnet er dem Bösen das Tor in die Würfelwelt? Vielleicht wird er eure Tante Amalia, wo auch immer sie ist, vor uns finden und sie verletzen oder töten? Ich möchte kein Risiko eingehen.«

Der Zauberer verfolgte einen anderen Plan. Einen gewagten Plan, der viel Ärger mit dem Zwergenreich bedeutete, aber die Chance auf das rechtzeitige Erreichen des Bergwerkstollens erhöhen würde. Schließlich bedrohte das *wumm* der Pauke nicht nur Dangholt, sondern die gesamte Würfelwelt. Aber damit das Vorhaben überhaupt versucht werden konnte, musste Zapontia unbedingt vor Garmander erreicht werden. Eine verzwickte Lage. Damit der Plan funktionierte, musste Atos mit den Zwillingen zusammenbleiben. Um Garmander aufzuhalten, hätte er aber auf den Rivalen warten müssen. Ein Duell von Zauberer zu Zauberer war dem Lehrmeister zu riskant. Wichtiger schien die Aufgabe, Amalia und die magische Eisharfe zu finden. Atos beschloss daher, einem direkten Kampf momentan aus dem Wege zu gehen.

Buho schüttelte einen Berg Schnee aus dem Gefieder und versenkte Meister Dost unter einen Haufen Wasserkristallen. Noch bevor der grüne Kobold seinen Unmut äußern konnte, hob der mächtige Uhu ab und kreiste als Wächter hoch über den Köpfen der Abenteurer.

»Was nun?«, fragte Max. Der Junge spürte, dass der Vorsprung nicht ausreichen würde, um vor Garmander das gemeinsame Ziel zu erreichen.

Meister Dost brütete eine Idee aus. »Wenn wir nur einen Schlitten hätten«, murmelte er.

»Und Schlittenhunde«, rief Anna.

Atos seufzte. Ein hartes Stück Arbeit kam auf ihn zu. Nicht, dass er nicht selbst auf die Idee hätte kommen können, aber Zauberer hassten körperliche Anstrengungen und komplizierte Verwandlungen wie Pest und Cholera. Der Lehrmeister der Zwillinge bildete hierbei keine Ausnahme. »Folgt mit«, rief er. Anna, Max und Meister Dost stapften dem Zauberer hinterher.

»Das ist aber nicht mehr der Weg in Richtung Zwergenreich«, bemängelte Meister Dost. »Wir kommen vom Kurs ab.«

Atos marschierte unbeeindruckt weiter auf einen kleinen Fichtenhain zu, der tief verschneit unter einer schweren weißen Decke ruhte. Obwohl die meisten Zaubereien ohne Zauberstab funktionierten, zog er das magische Hilfsmittel aus seinem Umhang. Die gewaltige Energie würde sich so besser auf einen Punkt konzentrieren lassen als mit bloßen Händen.

»Der Baum hier ist perfekt. Bitte tretet einige Schritte zurück«, bat Atos. Ein Blitz schoss plötzlich aus der Spitze des Zauberstabs und trennte eine schlanke Fichte knapp oberhalb des Bodens mit einem sauberen Schnitt von der Wurzel.

»Baum fällt«, brüllte Meister Dost. Krachend schlug der schwere Stamm in den Schnee ein. Sofort setzte Atos sein Werk fort und schnitt ein knapp zwei Meter langes Stück des Stamms ab. Es roch nach verkohltem Holz. Mit gekonnten Handbewegungen fegte der Zauberstab kreuz und quer über das Werkstück, bis zwei längliche Bretter mit leicht nach oben gebogenen Enden vor den staunenden Zwillingen lagen. Max schulterte die beiden Planken. Seine Schwester bekam von Atos einige Zweige mit Fichtennadeln in die Hand gedrückt. Sorgfältig verscharrte der Zauberer alle Reste des gefällten Baums im Schnee.

Meister Dost hatte den Plan des Lehrmeisters durchschaut. »Anna, Max, wir benötigen aus eurem Reisegepäck einige Lederriemen.«

Glücklicherweise hatten die Zwillinge nicht alle Schnüre verbraucht, als sie die Felle um ihre Füße gewickelt hatten. Mit flinken Händen übergaben beide ihre letzten Reserveriemen an den Kobold. Meister Dost band zwei Schlaufen um jedes der Holzbretter. Atos bat die Geschwister, ihm eine Lederschnur zu reichen. Er träufelte etwas Universaltinktur darauf und murmelte einige unverständlichen Worte in seinen Rauschebart hinein. Langsam wurde der Schnürriemen länger und breiter. Als Atos zufrieden schien, stoppte er mit einer Handbewegung das seltsame Wachstum. Nun band Meister Dost je ein Ende der langen Schnur an eines der Bretter. Zum Schluss wurde noch je ein Ast mit Fichtennadeln hinten an die Bretter gebunden. Atos nickte zufrieden.

»Für den Bau eines ganzen Schlittens hat die Zeit leider nicht gereicht«, grinste der Zauberer. »Aber wir haben die Kufen, und die sind das Entscheidende. Der Rest eines Schlittens dient nur der Bequemlichkeit der Reisenden. Ihr versteht. Man kann sitzen, sich bequem anlehnen und vielleicht sogar eine warme Decke überlegen. Aber schneller reisen kann unser Kufengefährt allemal!«

Der Bau hatte zum Glück nur wenig Zeit in Anspruch genommen. Nun folgte der schwierige und für den Zauberer unangenehme Teil der Aufgabe. Jede körperliche Verwandlung verursachte ihm Schmerzen. Manchmal mussten Knochen, Muskeln und andere Körperteile geschrumpft werden, jetzt aber war Wachstum notwendig. Für den Zauberer war das aber kein bisschen angenehmer. Die kleine Rauchwolke, in der Atos wie ein Brummkreisel verschwand, gehörte zum Verwandlungszauber wie die Butter aufs Brot. Zuschauer sollte schließlich nicht bemerken, wie die Umwandlung tatsächlich funktionierte. Mit einem leisen *plopp* verschwand der künstliche Nebel. Ein schneeweißer Elch streckte ein Bein nach dem anderen aus, drehte den gewaltigen Kopf nach links und rechts. Der tierische Zauberer schien zu prüfen, ob alle Bauteile des Elchs am richtigen Platz saßen. Anna und Max erschraken kurz, als das beeindruckende Wildtier seine Anweisungen erteilte.

»Legt mir den Gurt um«, bat Atos.

Max erledigte den Auftrag. Anschließend schlüpften die Zwillinge mit ihren Füßen in die Brettschlaufen. Meister Dost kletterte auf den Rücken des Elchs und klammerte seine Hände im Fell fest. Erst vorsichtig, dann immer schneller und schneller trabte der vierbeinige Atos voran. Die gewaltigen Schneemassen schienen den Elch nicht zu beeindrucken. Die Zwillinge stellten staunend fest, dass die Hufen keinerlei Abdrücke hinterließen.

Atos berührte den Boden und schien gleichzeitig darüber hinwegzuschweben. Anna und Max gelang es erstaunlich schnell, das Gleichgewicht auf den schmalen Brettern zu halten. Auch der grüne Kobold fühlte sich auf dem Rücken des Elchs wohl.

»Schöne Aussicht«, brüllte er gegen den pfeifenden Wind an.

Buho nickte zufrieden, rief der Reisegruppe einen Gruß zu und verschwand in Richtung der magischen Eichenhöhle.

Anna, die direkt hinter ihrem Bruder auf den Holzkufen stand, blickte sich kurz um. Die hinter den Brettern schleifenden Äste verwischten die Spuren der Kufen vollständig. Es blieb nur eine gleichmäßige Oberfläche fast ohne Abdrücke zurück, Die restlichen Schleifspuren würden vom Wind und dem immer noch fallenden Schnee schnell verweht und überdeckt werden.

›Was man sich auf seine alten Tage noch alles antut, nur um die Würfelwelt zu retten‹, dachte Atos vergnügt. Die Chancen, ›der‹, ›die‹ und ›das‹ Zapontia vor Garmander zu erreichen, waren gestiegen.

Knirk kehrte erleichtert auf unterirdischen Pfaden nach Dangholt zurück. Der Rattenspion hatte unruhig in der magischen Eichenhöhle auf die Rückkehr Buhos gewartet. Nun, da er Atos und den Zwillingen nicht mehr direkt helfen konnte, galt seine Aufmerksamkeit wieder den Geschehnissen in Dangholt. Erschöpft aber zufrieden kam Knirk in der Bibliothek an, um Wenzel auf den aktuellen Wissensstand zu bringen. Der Bibliothekar brütete über dem Text der Legende von der magischen Eisharfe. Wieder und wieder las er das Pergament, das ihm ein fleißiger Gnom vom Original kopiert hatte. Mit seiner Schreibfeder unterstrich Wenzel einzelne Worte, schrieb Notizen auf eine magische Tafel, wischte kopfschüttelnd einige Vermerke wieder fort. Jeder Hinweis konnte hilfreich sein, das Rätsel zu lösen und die magische Eisharfe zum Erklingen zu bringen. Weder Garmander noch Atos hatte bislang genügend Zeit zur Verfügung gestanden, sich ausführlicher mit den einzelnen Worten des Textes zu beschäftigen. Für die Rivalen stand der Wettlauf zum Bergwerk im Zwergenreich im Vordergrund.

Knirk nahm einen kleinen Imbiss und verließ Wenzels Dachkammer. Durch die Kellergänge huschte der Rattenspion zurück ins Stadtgefängnis. Major Bockelwitz und ein Hilfszauberer suchten vergeblich nach Spuren an den Gitterstäben der Zellen. Die Soldaten der Stadtwache in den Straßen Dangholts waren nun völlig überfordert. Die Männer irrten von Gasse zu Gasse, von Haustür zu Haustür Alle Suchbefehle des Majors stellten eine zu große Last für die einfältigen Gehirne vieler Soldaten dar. ›Sucht Atos‹, ›sucht Amalia‹, ›sucht die Ziehkinder der Amalia‹, ›sucht den ehrenwerten Daribert‹, ›sucht Garmander‹, ›sucht den Boten aus dem Zwergenreich‹. Niemandem war die Reihenfolge klar, in der die abhanden gekommenen Personen gesucht und gefunden werden sollten. Knirk verließ den ratlosen Major und marschierte auf leisen Pfoten weiter in den Sitzungssaal des Rathauses. Entsetzt prallte die Ratte zurück. Fuddelhaar tobte, der sonst so gepflegte Saal glich einem Schlachtfeld. Heruntergerissene Vorhänge, zwei zerbrochene Fenster, umgekippte Stühle, verbogenes Silberbesteck, zerschellte Krüge, umgekippte Kerzenleuchter und zerplatzte Trinkgefäße zeigten den Ernst der Lage. Überall hingen klebrige Essensreste herum. Auf dem Fußboden schimmerten Lachen aus Rotwein, Likör und Kräutertrunk. Knirk nippte an einer Pfütze. Ein edler Tropfen.

›Fuddelhaar wird bald wahnsinnig‹, fürchtete der Spion. Erst jetzt bemerkte er grinsend die Berater, die alle unter dem großen schweren Tisch im Sitzungssaal hockten. Nur dort konnten die verängstigen Ratgeber den Wurfgeschossen des wütenden Bürgermeisters entgehen. Wie von Sinnen kickte Fuddelhaar seine Perücke durch den Raum. In hohem Bogen segelte das Haarteil dem Verderben entgegen und klatschte direkt in eine Rotweinpfütze. Gierig sog das verfilzte Gewebe die Flüssigkeit bis auf den letzten Tropfen auf. Ein todesmutiger Kammerdiener rannte um sein Leben und barg die Perücke. Eilig verschwand der Lakai. Nur um Haaresbreite entkam er einem Wurfgeschoss des Bürgermeisters. Eine kindskopfgroße Melone zerschellte am Türrahmen des Fluchtweges. Knirk putzte beleidigt sein Fell, da dicke Brocken des Fruchtfleisches bis zu ihm herübergespritzt waren.

»Berater, hört ihr mich? Wer leitet nun unsere Expedition, die ich den Menschen versprochen habe?«, kreischte der Bürgermeister. Niemand antwortete. »Habe ich euch eigentlich schon entlassen? Wenn nein, dann seid ihr jetzt gefeuert. Alle!«

Ein unbedeutender Juniorberater nahm sein Herz in beide Hände und meldete sich aus der sicheren Deckung heraus zu Wort. »Herr Bürgermeister, ich habe eine Idee!«

»Was?«, dröhnte Fuddelhaar irre lachend durch den Raum.

Erschrocken rückten alle übrigen Berater von dem todesmutigen Junior ab. Sie waren sicher, dass der Kollege sich soeben sein eigenes Grab geschaufelt hatte. Ein glatter Selbstmordversuch. Absolut wahnsinnig und nicht zu begreifen. ›Hat ihm denn niemand die Regeln erklärt?‹, dachte ein erfahrener Gildenmeister kopfschüttelnd. In Fuddelhaars Gegenwart herrschten eiserne Disziplin und ebenso eiserne Grundsätze. Je nach Laune des Stadtregenten konnte der regelkundige Berater anhand einer Tabelle genau ablesen, wie er sich zu verhalten hatte. Diese neue Einrichtung hieß ›Wut-O-Meter‹. Der Normalzustand der Laune des Bürgermeisters wurde vom Autor der Tabelle als ›Unmut‹ festgelegt. Begriffe wie ›Gute Laune‹ oder ›Brauchbare Stimmung‹ fehlten auf der Liste. Auf ›Unmut‹ folgten die Steigerungsstufen ›Erregung‹, ›Aufgebrachtheit‹, ›Ärger‹, ›Entrüstung‹, ›Empörung‹, ›Groll‹, ›Streitsucht‹, ›Wut‹, ›Zorn‹, ›Rage‹, ›Jähzorn‹, ›Wildheit‹, ›Raserei‹, ›Rachsucht‹ und ›Tollwut‹. Das Wort ›Wahnsinn‹ fehlte, da der Erfinder der Tabelle an seinem Job und seinem Leben gehangen hatte. Fuddelhaar pendelte in diesem Augenblick unentschlossen zwischen ›Raserei‹ und ›Rachsucht‹ hin und her.

Für diese Stufen galten, wie für alle anderen Arten der Launenhaftigkeit auch, genaue Verhaltensanweisungen. Sie mussten von jedem Berater befolgt werden und waren daher kurz und einprägsam formuliert. ›Raserei = in Deckung gehen, Klappe halten, keine Fragen stellen‹. ›Rachsucht = siehe Raserei, zusätzlich lautlos atmen, keinen Blickkontakt zum Bürgermeister‹. Scheinbar kannte der Juniorberater diese Regeln noch nicht. Der vorlaute Bursche bereute seine Bemerkung bereits, aber jetzt war es zu spät.

»Wer wagt es …«, knurrte Fuddelhaar und blickte böse unter den großen Tisch. Entsetzt senkten die erfahrenen Berater ihr Köpfe, um nicht von den funkelnden Blicken des Stadtregenten getroffen und durchbohrt zu werden. Nur der Junior blickte keck direkt ins Gesicht des Regenten. »Äh, ich dachte, ich hätte eine Idee, aber wenn ich darüber nachdenke …«

»Nur heraus damit«, blökte Fuddelhaar. »Auf einen schwachsinnigen Vorschlag mehr oder weniger kommt es nicht mehr an.«

›Der arme Kerl‹, dachte ein erfahrener Berater. ›Er stand noch ganz am Anfang seiner Laufbahn, und ist jetzt schon am Ende angekommen.‹

Immer noch unter dem Tisch hockend würgte der Junior mit heiserer Stimme seine Idee hervor. »Zur Expedition hätte ich folgenden Vorschlag, Herr Bürgermeister. Warum schickst du überhaupt noch Männer auf eine Forschungsreise?«

Noch bevor Fuddelhaar von ›Rachsucht‹ auf ›Tollwut‹ umschalten konnte, sprach der junge Bursche zum Entsetzen der übrigen Anwesenden munter weiter.

»Warum erzählst du nicht einfach den Bürgern, dass der Zauberer Atos von dir ausgesandt wurde?«

»Ganz einfach, weil ich allen Leuten erzählt habe, dass er gesucht wird. Außerdem habe ich eine Belohnung ausgesetzt«, tobte Fuddelhaar. »Denk nach, bevor du sprichst!«

Unbeeindruckt ritt der Berater sich und seine Kollegen noch tiefer in die Grütze. So dachten jedenfalls seine verängstigten Kollegen.

»Erlaube mir, meine Idee bis zum Ende vorzustellen, Herr Bürgermeister«, bat der Junior.

»Warum eigentlich nicht?«, stöhnte Fuddelhaar und blieb in der Hocke. »Die Pauke des Todes schlägt, die Erde bebt, es ist so kalt, dass der Vulkan Tonaluga zufriert, das Volk murrt, die ganze Würfelwelt versinkt im Chaos. Was hätte ich Besseres zu tun, als deinen Worten zu lauschen?«

Der Berater überhörte die Ironie des Bürgermeisters. »Vielen Dank. Erzähle dem Volk von Garmanders Schuld, und dass der Riese im Innern der Würfelwelt die Pauke schlägt. Du weißt natürlich, dass es den Riesen nicht gibt, aber dein Volk glaubt nur

einmal daran. Erzähle, dass Garmander das Böse zur Hilfe gerufen hat und von einer unbekannten Macht aus dem Gefängnis
befreit wurde. Es klingt besser als ein Ausbruch. Dann erzählst
du, dass die Stadtwache den Zauberer Atos gefunden hat. So
sparst du die Belohnung. Und schließlich erzähle den Bürgern,
dass der Zauberer Atos und die Zauberin Amalia sich freiwillig
auf den Weg gemacht haben, um Garmander aufzuhalten. Natürlich sucht die Stadtwache trotzdem weiter nach den beiden.
Wir wollen ja nicht, dass Garmander dich angreift, Herr Bürgermeister! Taucht der Zauberer Atos nicht wieder auf, hast du Zeit
gewonnen, erscheint er aber wieder in Dangholt und die Pauke
schlägt noch immer, ist er der Sündenbock. Und du kannst den
Gelehrten die notwendige Zeit verschaffen, die wahre Ursache
für das *wumm, wumm* zu finden. Du kannst nur gewinnen, Herr
Bürgermeister.«

Fuddelhaar schwieg.

›Ein schlechtes Zeichen‹, unkte ein erfahrener Berater in Gedanken.

Fuddelhaar brüllte los. »So eine dämliche, unlogische Geschichte habe ich ja noch nie gehört. Löchrig wie ein Stinkkäse,
faul wie ein seit Wochen vergrabenes Ei …«

Der Juniorberater ging entsetzt in Deckung.

›Habe ich es nicht genau so kommen sehen[1]?‹, dachte einer der
erfahrenen Berater betrübt.

»… so blödsinnig, dass selbst einem oberdämlichen Grotten-
olm die Zehennägel nach oben klappen würden, so bescheuert,
dass die Milch sauer wird …«

Ein Lächeln huschte über Fuddelhaars Gesicht. »… und damit
genau die richtige Geschichte, um sie den Bürgern von Dangholt
aufzutischen.«

Der Stadtregent schaltete einige Gänge zurück und war auf der
Skala des ›Wut-O-Meter‹ nun bei ›Streitsucht‹ einzustufen.
Ängstlich krochen die Berater nach und nach unter dem Tisch
hervor. Knirk schüttelte ungläubig den Kopf. Fuddelhaar war

---

[1] Es kann kommen was will. Es gibt immer jemanden, der es angeblich schon vorher
gewusst hat.

wieder einmal bereit, Atos als Sündenbock abzustempeln. Der Stadtobere ließ von einem Kammerdiener seine Kleidung richten.

»Meine Perücke bitte«, befahl der Bürgermeister. »Ich muss eine Ansprache halten.«

Wumm.

Wumm.

Anna und Max spürten, dass die Erschütterungen stärker wurden. Selbst durch die Schneedecke hindurch wirkten die Paukenschläge auf ihre Körper ein. Atos hatte scheinbar nicht nur die Gestalt eines Elches angenommen, sondern auch die Kraft und Ausdauer des Waldtieres geerbt. Meister Dost feuerte den Zauberer zusätzlich an. Die Zwillinge vergaßen Hunger, Durst und Müdigkeit. Ohne Rast trabte das seltsame Gespann durch die Landschaft. Atos vermied dabei den Kontakt zu Dörfern oder anderen bebauten Flecken so gut es ging. Beim Durchqueren von Wäldern war besondere Vorsicht geboten, um nicht versehentlich einem übereifrigen Jäger zum Opfer zu fallen, der vielleicht ohne Sinn und Verstand um sich schoss. Auch die Nacht hindurch ging die Reise weiter. Meister Dost setzte hierfür sein goldenes Laufrad ein, das nun an einer der beiden mächtigen Geweihschaufeln des Elches baumelte. Die Pauke unterschied nicht zwischen Tag und Nacht. Unerbittlich dröhnten die Schläge auch in die Dunkelheit hinein. Im Morgengrauen des nächsten Tages legte Atos eine Ruhepause ein, da Anna und Max ihre steif gefrorenen Finger nicht mehr bewegen konnten. Meister Dost entzündete mit seinem Feuerholz einige Holzscheite und setzte den Reisekessel auf die Flammen. Etwas geschmolzener Schnee, Universaltinktur und einige Kräuter brachten schnell die Lebensgeister zurück in die frostgeplagten Körper der Zwillinge. Atos war für die Dienste des Kobolds sehr dankbar, da er somit eine anstrengende Rückverwandlung in die Gestalt des Zauberers vermeiden konnte. Mit groben Elchshufen wäre die Zubereitung eines Trunks über offenem Feuer eine echte Herausforderung geworden.

»Das Zwergenreich ist nahe«, erklärte Atos. »Noch einige Meilen durch den Wald, dann könnt ihr Zapontia bereits am Horizont sehen.«

Anna atmete tief durch. »Hat Garmander uns wohl schon überholt?«, fragte das Mädchen.

»Ich hoffe nicht«, brummte der Elch. »Denkt an den Boten aus dem Zwergenreich. Auch Garmander hat einen Begleiter bei sich, den er nicht einfach in ein anderes Wesen verwandeln kann. Aber sicher wird auch er den einen oder anderen Trick anwenden, um seine Reisegeschwindigkeit zu erhöhen.«

»Dann schnell weiter«, rief Meister Dost. Der grüne Kobold löschte das Feuer, wusch und kühlte den Reisekessel mit Schnee und hüpfte auf den Rücken des Elchzauberers. Übermütig rammte er die Hacken seiner Stiefel in die Flanken des mächtigen Tieres. »Hüüüüh, hüaaaaah«, brüllte Meister Dost. Atos rührte sich keinen Millimeter, zuckte kurz mit der Rückenmuskulatur und katapultierte den Kobold in hohem Bogen in den Schnee.

»Sehrrrrr witzig!«, maulte der Diener Amalias. »Wirrrklich sehrrrr witzig!« Mühsam erklomm ein als Schneemann verkleideter Kobold erneut den Elchrücken.

»Ich bin doch kein Reitesel!« Atos zuckte mit den Schultern und beförderte Meister Dost ein zweites Mal zurück auf den Boden. Anna und Max lachten herzlich.

Tatsächlich tauchte nach kurzer Zeit eine Lichtung auf, von der aus in der Ferne eine kleine Siedlung sichtbar wurde. Der Elch trabte munter voran. Er schien das Gewicht der Zwillinge und der Bretter unter ihren Füßen überhaupt nicht zu spüren. Ohne Zwischenfälle erreichte die kleine Gruppe ihr Ziel. In einem immergrünen Gebüsch unweit des ersten Hauses nahm Atos die Rückverwandlung in seine gewöhnliche Gestalt vor.

»Ich hatte mich gerade an den Elchkörper gewöhnt«, scherzte der Zauberer. Max versteckte die Bretter und die Lederriemen unter Schnee und Blattwerk. Anna zog zum Schluss die beiden Äste der Fichte unter einen Busch. Mit eiligen Schritten betraten die vier Abenteurer das Dorf Zapontia. Zapontia galt als einer der reichsten Orte auf der Würfelwelt. Dabei bestand die Ansiedlung im Wesentlichen aus einer langen Straße, an der zu beiden Seiten dicht gedrängt die Häuser der Kaufleute standen. Jede Gilde unterhielt direkt am Straßenrand eigene Marktstände, an denen allerlei Waren und Dienste angeboten wurden, die von Zwergen, Trollen, Gnomen, Menschen, Zauberern und andere Wesen benötigt wurden. Der Grund für den Reichtum lag auf der Hand. Jeder, der das Zwergenreich in Richtung Dangholt verlassen wollte oder den umgekehrten Weg einschlug, musste die Brücke von Zapontia passieren. Jedenfalls, wenn es der kürzest mögliche Weg sein sollte. Vor oder nach dem beschwerlichen Marsch zur Hauptstadt rasteten die Reisenden in Zapontia, versorgten die Tiere und nahmen neuen Proviant auf. Anna und Max staunten über das vielfältige Angebot. Trotz grimmiger Kälte, trotz des *wumm* der Pauke, wimmelte der Ort vor Lebewesen aller Arten. Nur die Zwerge fehlten. Schmiedehämmer klangen im Takt. Dutzende Gerüche krochen in die Nasen der Zwillinge. Es roch nach allem gleichzeitig. Nach einer wilden Mixtur aus Kohlsuppe, Pferdedung, Fisch, Kräuterbonbons, Leder, ungewaschenen Füßen, essbarem Käse, Backwaren, Spanferkel und Minzsoße. Jeder Händler versuchte nach Kräften, seine Waren an die Durchreisenden zu bringen. Dabei entstanden Duelle mit Worten, die kreuz und quer über die einzige Straße hinweg ausgetragen wurden.

»Fische, frische Fische!«

»Bleib mir mit deinen Fischen vom Leib! Spanferkel, leckeres Spanferkel!«

»Totes Schwein kann jeder, aber frische Fische sind eine Kunst!«

»Esst mehr Möhren, Fleisch ist ungesund!«

»Unsinn, vergesst das Karnickelfutter!«

Anna lachte und hätte stundenlang den Lästereien der Kaufleute und Marktschreier zuhören können. Am Ende kam doch jeder Händler auf seine Kosten und konnte gut von den Reisenden leben. Atos kaufte frischen Proviant und verteilte Brot, Käse, Wurst und etwas Schmalz an die hungrigen Gefährten. Der Lehrmeister drängte zur Eile, da er nicht wusste, wie groß der Vorsprung auf Garmander noch sein mochte. Am Ende der langen Einkaufsstraße entdeckte Max ein abseits stehendes altes Haus. Das Bauwerk besaß nichts von dem Prunk der großen Kaufmannshäuser, strahlte aber eine große Gemütlichkeit aus. Aus einem bröckelnden Schornstein stieg weißer Kaminrauch in den Himmel. Das windschiefe Dach ächzte unter einer ungeheuren Schneelast. Auch die Fenster und Türen sahen aus, als könne der Wind ungehindert durch alle Ritzen pfeifen. Direkt neben dem Haus verlief über die gesamte Breite der Straße ein schwerer Schlagbaum. Kein Reisender durfte diese Schranke passieren, ohne es vorher mit dem Wächter zu tun zu bekommen. ›Der‹ Zapontia. Aus dem Schrankenwärter wurde niemand wirklich schlau, doch jeder Reisende achtete ihn. Der Zapontia galt als ein lebendiger Widerspruch. Nichts passte zusammen. Er musste unendlich alt sein, war aber kein Zauberer. Er musste unendlich reich sein, wohnte aber in einem alten Haus. Jeder musste an ihm vorbei, doch kaum eine halbe Stunde später konnte sich der Reisende nicht mehr an das Gesicht des Zapontia erinnern. Direkt jenseits der Schranke begann die Brücke von Zapontia, die direkt über die unendlich tiefe Schlucht hinweg ins Zwergenreich führte. Im Schneegestöber konnten die Zwillinge die andere Seite der Schlucht oder das Ende der Brücke nicht erkennen. Ehrfürchtig kamen Anna und Max näher an den Schlagbaum heran. Vom Wächter fehlte immer noch jede Spur.

»Wahrscheinlich hat er bei der lausigen Kälte keine Lust, draußen an der Schranke auf Kundschaft zu warten«, vermutete Meister Dost.

»Wartet hier am Schlagbaum«, schlug Atos vor. »Ich klopfe und sehe nach, wo mein alter Freund Zapontia steckt.«

Anna und Max krochen vorsichtig unter der Schranke hindurch, um links und rechts der Brücke eine Blick in die Schlucht werfen zu können. Soweit das Auge reichte, gab es nur eine Richtung. Abwärts. Was am Grund der Schlucht genau zu finden sein mochte, wusste niemand außer den Göttern. Jedes Lebewesen ohne Flügel konnte sich die Antwort auch gleich an den Hut stecken. Ganz gleich, ob dort unten Fels, Sand, Wasser, Erdreich, Büsche, Wälder, Drachen oder sonst etwas sein mochten. Nach einem freien Fall von mehreren Meilen spielte der Untergrund bei der Landung keine wirkliche Rolle mehr. Doch auch des Fliegens mächtige Absturzopfer bekamen ihre liebe Mühe mit der Schlucht. Ein unsichtbarer Schutzschild der Götter stellte seit dem Bau der Würfelwelt sicher, dass nur an vier Punkten der Eintritt in das Zwergenreich möglich war. Geriet ein Vogel über die Schlucht, versagten die Flügel ihren Dienst und es ging ebenfalls abwärts. Viele Zauberer, Hexen und Hobbymagier hatten seit jeder Zeit immer wieder versucht, den Schutzschild zu durchdringen. Gegen die Kraft des göttlichen Essstäbchens schien jedoch kein Kraut gewachsen zu sein.

Atos klopfte vorsichtig an. Niemand antwortete.

»Scheint niemand im Haus zu sein«, vermutete Meister Dost und lenkte die Aufmerksamkeit der Geschwister wieder auf das Haus des Zapontia.

Atos klopfte erneut an die morsche Tür. »Zapontia, alter Freund. Wir möchten auf die andere Seite.«

»Warum dieses Theater«, fluchte Meister Dost. »Warum marschieren wir nicht einfach auf die Brücke? Ihr seid eben schließlich auch unter dem Schlagbaum hindurch gekrabbelt und konntet in die Schlucht schauen!«

»Aber die beiden haben dabei keinen Fuß *auf* die Brücke gesetzt«, rief Atos mahnend.

»Pööh!« Meister Dost marschierte aufrecht unter der geschlossenen Schranke hindurch, setzte eine Fuß auf die Brücke und wurde vom Blitz getroffen.

»Autsch!«

»Wer nicht hören will …«, grinste Anna.

»… muss fühlen«, schmunzelte Max.

Atos war in der Zwischenzeit einmal rund um das verschneite Haus des Wächters gegangen. Durch die vereisten Fenster konnte er keine Feinheiten in den Innenräumen des Gebäudes erkennen. Der Zauberer klopfte erneut an. Etwas lauter als zuvor.

»Hier ist Atos.«

Plötzlich geschahen nahezu zeitgleich zwei Dinge. Der schwere Schlagbaum schwang würdevoll nach oben und gab den Weg über die Brücke ins Zwergenreich frei. Atos machte auf dem Absatz kehrt und wollte zu seinen Gefährten aufbrechen, die an der Schranke warteten. Wenige Augenblicke später sprang die Haustür des Zapontia auf.

Annas Augen wurden vor Entsetzen handtellergroß. »In Deckung, Herr Atos«, schrie das Mädchen voller Panik.

Mit erstaunlicher Beweglichkeit vollführte der Zauberer einen Hechtsprung nach vorne. Um Haaresbreite zischte ein Kugelblitz über seinen Kopf hinweg.

»Lauft!«, schrie Atos. »Sofort!«

Meister Dost, Max und Anna standen starr vor Schreck und blickten fassungslos zum Haus des Zapontia. Im Türrahmen stand ein irrsinnig lachender Garmander und schoss einen weiteren Kugelblitz auf Atos ab.

»Damit hast du nicht gerechnet, nicht wahr?«, schrie der Ausbrecher wie von Sinnen. Das Böse ergriff immer weiter Besitz von ihm, das Bergwerk im Zwergenreich schien den Ausbrecher mit Macht anzuziehen wie eine Leimrolle die Fliege. Ein neuer Blitz schlug ganz knapp neben Atos im Schnee ein. Eine riesige Dampfwolke umhüllte für einen Augenblick den am Boden liegenden Zauberer und versperrte Garmander die Sicht zum Schlagbaum. Meister Dost erkannte die Gelegenheit und rannte durch die geöffnete Schranke hindurch auf die Brücke. Anna und Max folgten, stolperten, rappelten sich wieder auf und folgten dem grünen Kobold. Vor dem Haus des Zapontia tobte ein erbitterter Kampf. In einiger Entfernung standen Kaufleute, Reisende und andere Schaulustige einträchtig beieinander, während mehrere Strauchdiebe die Marktstände plünderten. Über die Gefahren dachte keiner der Gaffer nach. Wie leicht konnte ein verirrter Kugelblitz schwerste Verletzungen verursachen. Auch die Zwillinge und Meister Dost verharrten kurz auf der Brücke und blickten zurück. Atos verspürte Ärger in sich aufsteigen. Darüber, dass Garmander ihn und seine Gefährten beim Wettrennen zur Grenze des Zwergenreichs unbemerkt überholt hatte. Alle eigenen Bemühungen, selbst die Verwandlung in einen Elch, hatten nicht ausgereicht. Wütend wurde Atos auch bei dem Gedanken, dass Garmander als ehemaliger Kollege und Gildenzauberer einen Kugelblitz auf seinen Rücken abgefeuert hatte. Ein Duell

Magier gegen Magier, von Angesicht zu Angesicht, das wäre eines Zauberers würdig gewesen. Mit Mühe und Not wehrte der Lehrmeister die Angriffe Garmanders ab.

Anna und Max blickten hilflos zu Meister Dost.

»Wir können nichts tun. Herr Atos ist ein vorzüglicher Zauberer.«

Doch Garmander schien kräftiger und mächtiger als jemals zuvor zu sein. Unter normalen Umständen hatte er kaum eine Chance gegen Atos. Aber sein Körper schien die Erschütterungen der unheimlichen Paukenschläge aufzusaugen wie ein Schwamm. Jeder Erdstoß spülte neue, böse Energie in die Würfelwelt. Garmander wirkte entschlossen und überlegen. Er drängte den mit seiner Verteidigung beschäftigten Atos immer weiter in Richtung des Schlagbaums ab. Kurze Zeit später stand Atos einige Meter weit auf der Brücke und lenkte die Blitze Garmanders ab. Sein Rivale verharrte in der Nähe des Schlagbaums und zögerte. Jeder seiner Kugelblitze konnte die Brücke zerstören. Doch genau das musste Garmander verhindert. Das Bergwerk rief, und nur der in Zapontias Haus gefesselt liegende Bote kannte den kürzesten Weg dorthin. Die Reise zu einer der anderen drei Brücken würde zudem ein oder zwei Tage dauern. Garmander änderte die Form seiner Blitze in feine Speere.

»Lauft!«, schrie Atos. Anna und Max begriffen nun den Ernst der Lage und rannten in Richtung des Zwergenreichs weiter. Meister Dost folgte auf wieselflinken Beinen. Ein Blitzstrahl streifte Atos' Gewand. Qualm stieg in die kalte Winterluft auf. Nur noch wenige Schritte trennten die Zwillinge vom Zwergenreich. Plötzlich schien die Brücke förmlich zu explodieren. Anna blickte über die Schulter und sah, wie Atos in einem Feuerball verschwand. Bruchteile einer Sekunde später gab die Hängebrücke nach. Anna, Max und Meister Dost verloren das Gleichgewicht, klammerten sich verzweifelt an eines der Spannseile. Hilflos mussten die Zwillinge mit ansehen, wie ihr Lehrmeister zusammen mit der Brücke in die unendlichen Tiefen der Schlucht stürzte. Garmander stand verdutzt an der Kante zum Abgrund. Im dichten Schneetreiben konnte er die andere Seite der Schlucht nicht erkennen. Dort kämpften die Zwillinge und der grüne Kobold um ihre Leben. In den eiskalten Fingern schwand die Kraft, doch zur rettenden Kante fehlten noch mehrere Meter. Anna Füße baumelten frei in der Luft. Immer und immer wieder griff das Mädchen eine Handbreit höher nach einem Tragseil der Brücke, glitt aber wieder kraftlos ein Stück abwärts. Mutlos und unendlich traurig warte auch Max auf den Absturz. Der unendliche Abgrund der Schlucht gähnte wie ein riesiger Schlund. Gierig, und jederzeit bereit, nach dem Zauberer Atos auch Anna, Max und Meister Dost zu verschlingen.

Wenzel blickte vom Fenster seiner Dachkammer aus auf den Dangholter Marktplatz herab. Nachdem zwischenzeitlich etwas Ruhe eingekehrt war, wuchs die versammelte Menge rund um das goldene Pendel wieder schlagartig an. Fuddelhaar hing an seiner Macht wie eine Klette am Wollgewand und bereitete sich auf seinen nächsten großen Auftritt vor.

»Wo ist meine Perücke?«, drängelte der Stadtregent mit entnervter Miene.

Ein einfallsreicher Kammerdiener hatte ein altes Hausrezept versucht, und die Rotweinflecken mit Salz und Weißwein behandelt. Bürgermeister Fuddelhaar stank nun wie ein mittelalterlicher Weinkeller und spürte eine juckende Salzkruste zwischen Eigenhaar und Haarteil. Am Rotweinfleck allerdings änderte sich nichts. Der ehrenwerte Daribert hätte das Problem mit wenigen Handgriffen erledigen können, hielt aber immer noch in Graf Krommels Schloss seinen Schönheitsschlaf. Fuddelhaar war die Sache einerlei. Vom Marktplatz würde aus der Ferne niemand die veränderte Haarfarbe auffallen. Entschlossen betrat der Bürgermeister den Rathausbalkon. Ein Turmfalke bekam einen Lachanfall, als er mit scharfen Augen den roten Schopf des Bürgermeisters entdeckte.

Mit Abscheu verdrehte Wenzel seine Augen, als er den Worten des Bürgermeisters lauschte. Auch Knirk im großen Saal wurde übel, als die Ansprache begann. Fuddelhaar log, dass sich die Balken bogen. Ohne mit der Wimper zu zucken band er dem versammelten Volk einen riesigen Bären auf, verdrehte Tatsachen, fälschte Angaben, erdichtete eine Expedition, die es so nicht gab und niemals geben würde. Er täuschte, vertuschte, machte Ausflüchte, erfand Dinge neu und vertuschte Tatsachen.

›Das glaubt mir kein Bürger‹, dachte er besorgt, doch das Gegenteil schien der Fall zu sein. Einige Gelehrte unter den Zuhörern wurden von der Menge verprügelt und vom Marktplatz gejagt, als sie Fuddelhaars Worte leise bezweifelten. Das Volk bekam in mundgerechten Häppchen genau die Geschichte aufgetischt, die leicht verdaulich war und die es hören wollte. Niemand fragte nach der Wahrheit, nach Logik oder Sinn. Gierig schluckte die Masse jedes Vorurteil. Hauptsache, das eigene Bild von der Würfelwelt wurde durch die Lügen Fuddelhaars bestätigt. Am Ende blieb eine zufriedene Menge auf dem eiskalten Marktplatz zurück. An den Problemen hatte sich nichts geändert, noch immer schlug in unregelmäßigen Abständen die Pauke mit einem kräftigen *wumm* zu. Aber der Bürgermeister, so dachte die Mehrheit, hatte Wort gehalten und eine Expedition ausgesandt. Und auf einen irren Zauberer mehr oder weniger kam es den Dangholtern gar nicht an. Irgendwie würde irgendwer irgendwann dem Paukenspieler schon den Hals umdrehen. Und auf jeden Winter folgte schließlich auch ein Sommer. So war es bisher noch immer gewesen.

Befriedigt kehrte der Bürgermeister vom Balkon zurück. Eilig schloss ein Diener die Türen. Er jetzt bemerkte Fuddelhaar, dass sein Magen knurrte wie ein hungriger Löwe.

»Ochsenbraten wäre nun genau das Richtige«, wies er an.

›Dann lass dich selbst über offenem Feuer rösten‹, dachte Knirk missvergnügt und marschierte unbemerkt aus dem Saal. Hier gab es in den nächsten Stunden nichts mehr für ihn zu tun.

Wumm.

Anna rutschte erneut eine Unterarmlänge abwärts. Sie stand vor der Wahl, sofort die Kraft zu verlieren oder langsam aber sicher das untere Ende des Spannseils zu erreichen. Beide Möglichkeiten führten zum selben Ziel. Abwärts in die Schlucht. Bibbernd vor Kälte und Angst wussten die Zwillinge keinen Ausweg mehr. Im eisigen Wind schaukelten ihre Körper gefährlich hin und her, schrammten immer wieder am senkrechten Abhang entlang. Die Füße fanden nirgends festen Halt. Anna schloss beide Augen. Plötzlich hörte sie eine Stimme in ihrem Kopf. Klare, helle Worte erfüllten die Gedanken des Mädchens.

»Tante Amalia?«, rief Anna laut, erhielt aber keine Antwort.

»Nur denken, nicht sprechen«, keuchte Meister Dost. »Schließ die Augen wieder, und konzentriere dich auf die Herkunft der Stimme.«

Anna schloss die Augen. Eine helle Lichterscheinung durchwehte die Gedanken des Mädchens, alles fühlte sich plötzlich so warm und leicht an. ›Bin ich noch am Leben?‹, fragte sie.

›Ja‹, hauchte die ferne Stimme ihrer Tante.

›Was soll ich tun?‹, dachte Anna.

›Wecke die verborgenen Kräfte, die in dir schlummern. Stell dir nun vor, du bist leicht wie eine Feder, du schwebst wie eine Daune. Du bist jetzt gewichtslos wie ein Sommernebel, unbeschwert wie ein Blatt im Atemhauch der Götter. Lass die Augen geschlossen, deine Hände sind warm und geschmeidig wie ein Sonnenstrahl, sind beweglich aber standhaft wie das Netz einer Spinne. Setze nun eine Hand über die andere, einen Fuß über den anderen und klettere spinnengleich aufwärts. Deine Augen bleiben geschlossen!‹

Trotz schmerzender Arme unternahm Anna hoffnungsvoll einen neuen Versuch, am vereisten Seil aufwärts zu klettern. Mühelos gelang plötzlich der Aufstieg. Ohne spürbaren Kraftaufwand gelangte Anna an die Kante der Schlucht und zog ihren Körper mit beiden Händen auf den sicheren Erdboden zurück. Noch niemals hatte sich die Schwerkraft der Würfelwelt so schön angefühlt, wie in diesem Augenblick. Meister Dost folgte nur Augenblicke später. Auch der Kobold hatte die ermutigenden Gedanken seiner Herrin Amalia empfangen. Max erging es viel schlechter. Anders als Anna und Meister Dost wollte ihm kein Gedankenempfang gelingen. Die Konzentration des Jungen reichte nicht mehr aus. Anna und Meister Dost zogen gemeinsam am Spannseil. Mit Hilfe einer weiteren Gedankenübertragung stellten sich die beiden vor, stark wie Bären zu sein, kräftig wie Ochsen. Mit allerletzter Mühe erreichte Max die Sicherheit des Zwergenreichs.

›Wie hast du das gemacht?‹, dachte Anna dankbar.

›Es ist dein Werk, es sind deine Kräfte, deine Fähigkeiten‹, hauchte die schwächer werdende Stimme. ›Alles, was du tust oder noch tun wirst, liegt in dir verborgen.‹

›Geh nicht weg, wo bist du?‹, flehte Anna.

›Ich bin in …‹

Mit diesen Worten verschwanden alle Gedanken Amalias wieder aus den Köpfen. Trotz größter Mühe gelang Anna und Meister Dost kein weiterer Empfang.

»Meine Herrin muss deinen Hilferuf gehört haben. Sie selbst klang aber sehr weit entfernt.«

»Ich kann Tante Amalia nicht mehr erreichen«, schluchzte Anna.

»Danke«, keuchte Max, der langsam wieder zu Kräften kam. Drei traurige Gestalten standen am Abgrund der Schlucht und blickten in ein unendliches Nichts.

Garmander stand verdutzt und verärgert auf der anderen Seite der Schlucht, konnte aber aufgrund des dichten Schneegestöbers den Überlebenskampf der Zwillinge auf der anderen Seite nicht verfolgen. Die Aufholjagd war perfekt verlaufen, Garmander dachte noch einmal über seine geniale Idee nach. Mit dem Boten aus dem Zwergenreich im Schlepptau hatte er zwar keine Wunder vollbringen können, war aber dennoch schneller als der schreckliche Atos, die vorlauten Zwillinge und der aufsässige Kobold gewesen. Die frischen Fußspuren im Schnee führten genau in dieselbe Richtung wie die Angaben des Boten es vorhergesagt hatten. Dann plötzlich war die Fährte zu einem Waldstück abgebogen. Garmander entdeckte sehr schnell die nur notdürftig getarnten Überreste einer gefällte Fichte. Was genau die vorauseilenden Abenteurer mit dem Holz angestellt hatten, konnte Garmander aus den verwischten Spuren nicht herauslesen. Der entflohene Zauberer wusste aber, dass er nicht glücklich mit seiner Entdeckung sein konnte.

Er verfügte aber über einen magischen Spruch, den kaum jemand auf der Würfelwelt beherrschte. Ein uraltes Erbstück, viel Jahrhunderte alt. Im Gefängnis hatte man ihm seine Zauberwerkzeuge genommen, auch die Energie hatte in der magischen Blase gefehlt. Aber sein Wissen konnte ihm kein Zauberer der Würfelwelt nehmen. Garmander benötigte zur Durchführung seines Plans nur eine durchsichtige Kugel. Da er selbst keine Kristallkugel zur Hand hatte, nahm er dem Boten aus dem Zwergenreich dessen magische Leuchtkugel ab. Ohne Gnade verscheuchte der Zauberer die Glühwürmchen aus der schützenden Hülle. Bibbernd suchten die kleinen Käfer das Weite. Garmander leitete magische Energie in den Glasball, murmelte für den Boten unverständliche, fremdartige Worte. Langsam wuchs die Kugel, wurde mannshoch. Außen wuchsen an mehreren Stellen kleine Schaufelblätter.

Garmander grinste, als er in Gedanken das gläserne Meisterwerk wachsen sah. Der Bote schaute ihm ungläubig zu. Aus dem Zwergenreich kannte der Junge scheinbar nur Rummelplatzzauber, aber diese Vorstellung hier schien ihn zu ängstigen. Da Garmander nur seine eigene Gestalt oder die eines anderen Zauberers verändern konnte, würde die weitere Reise für den Boten ziemlich ungemütlich werden. Den Zauberer kümmerte es nicht. Zum Entsetzen des jungen Begleiters stand plötzlich ein Schneepuma vor ihm, der eindeutige Befehle erteilte.

»Steig in die Kugel«, fauchte die Raubkatze.

In Todesangst folgte der Bursche der Anweisung, doch es kam noch viel schlimmer. Garmander sprang ebenfalls in den hohlen Glasglobus hinein. Die körperliche Nähe zum drahtigen Schneepuma wirkte bedrückend, die Enge war für den Boten kaum erträglich, als die Öffnung der Kugel sich schloss. Doch das Schlimmste wurde die Reise selbst. Garmander rannte los, die Kugel kam in Schwung. Mithilfe der Schaufeln auf der Außenhülle konnte der Zauberer seine Kraft perfekt in den Schnee übertragen, der im hohen Bogen nach hinten katapultiert wurde. Der Bote verlor das Gleichgewicht und purzelt wie in einer magischen Wäscheschleuder kreuz und quer um den Puma herum.

Garmanders Reisekugel kam schneller als das Elchgespann seines Rivalen voran. So schnell, dass er den direkten Weg nach Zapontia in einem weiten Bogen umging. Mühelos und von der Reisegruppe um Atos unbemerkt überholte Garmander die Vorausreisenden und erreichte das Dorf an der Grenze zum Zwergenreich in Rekordzeit. Im Handumdrehen löste der vom Bösen magnetisch angezogene Magier die Reisekugel in Luft auf. Der Bote taumelte wie betrunken durch den Schnee. Er fühlte sich hundeelend, die weiße Welt drehte sich wie ein Karussell. Nur langsam schwand die Übelkeit. Garmander fesselte und knebelte den jungen Burschen und zerrte den bewegungslosen Boten hinter ein Gebüsch.

Auch die weiteren Schritte verliefen für den Magier ganz nach Wunsch. Ohne das rege Treiben in den Straßen Zapontias zu beachten, marschierte Garmander mit eiligen Schritten direkt zum Wächter des Schlagbaums weiter. Der Zapontia lehnte entspannt an seiner Haustür und zog genüsslich an einer langen, gebogenen Pfeife. Anschließend blies der von Wind und Wetter gegerbte Schrankenwärter Ringe, Dreiecke, Quadrate, Herzchen und sogar einen Stern als Rauchbild in die eisige Luft hinein. Seltsamerweise konnte der Schneesturm den Gebilden aus Dunst nichts anhaben. Ungestört, von einer unsichtbaren Kraft getrieben, wurden die interessanten Formen größer und größer.

»Magischer Tabak. Schön, nicht wahr?«, rief der Zapontia fröhlich. Er war nur mit seinen Rauchfiguren beschäftigt und vergaß vor lauter Begeisterung, die Absichten seines Besuchers zu überprüfen.

»Wundervoll«, bemerkte Garmander bissig und schlug ohne Vorwarnung zu. Niemand sonst bemerkte den Angriff. Eilig zerrte der Zauberer den bewusstlosen Schlagbaumwächter in sein Haus. Gefesselt und geknebelt lag der Grenzposten kurze Zeit später in einer Abstellkammer. Auch der Bote teilte das Schicksal des Zapontia. Der Zauberer trieb den jungen Burschen hinter dem Gebüsch hervor ins Haus des Schrankenwärters. Nicht auszudenken, wenn der Plan in letzter Minute scheitern würde.

Zufrieden nahm Garmander am fremden Küchentisch Platz

und wartete.

Es klopfte. Garmander sprang wie von der loppelwuhischen Feuertarantel gestochen auf und lauschte wortlos auf der anderen Seite der Tür. Nach kurzer Zeit klopfte jemand erneut an die morsche Tür.

»Zapontia, alter Freund. Wir möchten auf die andere Seite.«

Garmander kam die Stimme bekannt vor, aber durch das Holz der Tür und die pfeifenden Windgeräusche konnte auch ein Irrtum möglich sein. Nach dem dritten Klopfen aber gab es nicht mehr den geringsten Zweifel.

»Hier ist Atos.«

Garmander lauerte noch einige Sekunden und riss die Tür auf. Seltsamerweise öffnete in diesem Augenblick eine unbekannte Kraft die Schranke vor der Brücke. Ansonsten verlief das Duell gegen den mehr als überraschten Atos ganz nach Plan. Garmander verfolgte das Ziel, Atos zu töten und anschließend ungestört das Zwergenreich aufzusuchen. Die Zwillinge und auch der Kobold konnten ihm nicht gefährlich werden. Wild entschlossen feuerte der Ausbrecher Kugelblitze und Blitzpfeile auf Atos. Doch nun begann das Schicksal, die Karten neu zu mischen.

Atos zog sich ausgerechnet auf die Brücke zurück, statt in einer anderen Richtung zu fliehen. Die plötzliche Explosion auf der Brücke überraschte Garmander. Soviel Kraft und Energie hatte er sich selbst und seinen Pfeilblitzen nicht zugetraut. Zu seinem Entsetzen versank nicht nur Atos in der unendlich tiefen Schlucht, sondern auch ein Teil der Brücke von Zapontia. Und er selbst stand auf der falschen Seite des Abgrunds. Nachdem er den erst Schreck überwunden hatte, marschierte Garmander zurück ins Haus des Zapontia. Die vielen Gaffer kümmerten ihn wenig. Grob zerrte der Zauberer den Boten des Zwergenreichs am Kragen auf die Beine. Unsanft löste er den Knebel.

»Du sagst mir jetzt sofort, welches Bergwerk im Zwergenreich ich aufsuchen muss«, brüllte Garmander. »Sonst bekommst du es mit mir zu tun.«

Mutig, sogar ein wenig trotzig, blickte der junge Bursche den Zauberer an. »Wenn ich dir den Weg erkläre, lässt du mich dann frei?«

Garmander nickte. Der Zapontia war längst wieder bei Bewusstsein und schüttelte heftig den Kopf. Seine Sprechversuche erstickte der Knebel. Mehr als ein »Mhhhh mhhh mhhmhhhhmmm« gelang dem Zapontia nicht. Der junge Bote ahnte, dass sein Leben keinen Pfifferling mehr Wert wäre, würde er Garmander die gewünschte Auskunft erteilen. Noch immer fehlte dem Burschen jede Idee, wie er vor dem Zauberer fliehen sollte. Er benötigte mehr Zeit, um eine passende Gelegenheit zu finden. Garmander würde ihn niemals freilassen. Dessen war der Bote sich sicher. Jeden Zeugen würde der Zauberer gnadenlos aus dem Weg räumen.

»Mhhhh mhhh mhhmhhhhmmm«, wiederholte der Schlagbaumwärter. Ein gezielter Schlag Garmanders beförderte ihn zurück ins Land der Träume.

Der junge Bote nahm allen Mut zusammen. »Ich glaube dir nicht, Herr Garmander. Ich weise dir persönlich den Weg und begleite dich in das Zwergenreich.«

Garmander blieb die Spucke weg. Für einen Augenblick überlegte der Zauberer, den Boten hier an Ort und Stelle in die Schlucht zu werfen. Anschließend würde er als Schneepuma ohne die lästige Kugel schneller im Viertelkreis um die Schlucht herumlaufen können, um die nächste intakte Brücke zu erreichen. Andererseits würde die Suche nach dem richtigen Bergwerk vielleicht sehr lange dauern. Garmander war sich sicher, dass Bürgermeister Fuddelhaar bereits die gesamte Stadtwache auf Verfolgungsjagd geschickt hatte. Auch der ehrenwerte Daribert kannte viele Tricks, schnell von einem Ort zum anderen zu reisen. Vielleicht kreisten schon fliegende Späher weit oben und beobachteten jeden seiner Schritte? Zum Glück für den Boten konnte der Ausbrecher nicht ahnen, dass außerhalb der Hauptstadt im Moment niemand nach ihm suchte.

Garmander seufzte und zog die einstmals magische Leuchte ohne Glühwürmchen aus seinem Gewand.

»Die Reise geht weiter«, brummte er mürrisch. Mit knackenden Knochen vollzog er die Verwandlung zurück in einen Schneepuma. Auch die durchsichtige Kugel wuchs wieder auf die gewünschte Höhe an. Zu dumm, dass er nicht einfach als Vogel über die Schlucht fliegen konnte, sondern einen weiten Umweg einschlagen musste.

»Einsteigen!«, brüllte Garmander in Richtung des Boten.

»Nicht schon wieder!« Der junge Bursche wurde grün im Gesicht und verdrehte die Augen. Vorbei an der verdutzten Gaffermenge rollte die Reisekugel ihrem nächsten Ziel entgegen.

Meister Dost unternahm den vorsichtigen Versuch, Max und Anna zum Weitergehen zu bewegen. Mit hängenden Köpfen saßen die Zwillinge am Rand der Schlucht in der Nähe eines großen Lagerschuppens. Anna dachte an die Zeit im Waisenhaus zurück, an ihre erste Begegnung mit dem Lehrmeister und Zauberer Atos. Er hatte der Heimleiterin, Madame Euphrosine unmissverständlich klargemacht, dass er nur die Zwillinge in seinen Diensten wünschte. Jahr für Jahr verrichteten die Kinder in seinem Haus einfache Tätigkeiten und lernten bei Atos Lesen, Schreiben und unendlich viele andere Dinge. Erst viel später verstanden Anna und Max die genaueren Zusammenhänge. Beide hingen sehr an ihrem Lehrmeister. Wieder und wieder rasten die Bilder des Brückeneinsturzes, des in der Schlucht verschwindenden Zauberers durch die Köpfe der Geschwister.

»Wir müssen aufbrechen«, mahnte Meister Dost. »Ihr werdet sonst hier erfrieren!«

»Es ist sinnlos«, stöhnte Max. »Garmander findet uns, und niemand wird uns helfen.«

Der grüne Kobold, sonst oft ein grober Geselle, suchte und fand die richtigen Worte. »Das Leben ist nicht sinnlos, Max. Du lebst niemals nur für dich alleine, du lebst auch für andere. Für deinen Schwester Anna, für deine Tante Amalia. Und andere Personen leben in dir weiter. Herr Atos lebt in deinen Erinnerungen, und sicher auch in deinem Herzen. Wenn du nicht für dich weitergehen magst, dann tu es für die Anderen.«

Der Junge wischte mit beiden Handrücken durch sein Gesicht und stand frierend auf. Seine Schwester folgte seinem Vorbild und marschierte lustlos hinter dem grünen Kobold her. Immer wieder blickten Max und Anna zurück, bis der Rand der Schlucht außer Sichtweite geriet.

»Lasst uns das Bergwerk finden«, rief Meister Dost.

Auch im Zwergenreich tobte das Schneegestöber pausenlos weiter. Glücklicherweise boten hohe Bäume links und rechts der Straße eine gute Orientierungshilfe für die weitere Reise. Das Zwergenreich war in jeder Hinsicht einzigartig auf der gesamten Würfelwelt. Oberhalb der Erdkruste fehlte den Bergleuten jegliche Fantasie. Jeweils eine schnurgerade Hauptstraße verband die beiden Brücken im Norden und Süden beziehungsweise im Westen und Osten miteinander. Genau am Kreuzungspunkt hatte die Ahnen einst das Hauptdorf erbaut. Niemand konnte heute mit Sicherheit sagen, ob die Straßen oder die Siedlungen zuerst entstanden waren. Die Zwerge interessierte die, wie sie es nannten, Oberwelt herzlich wenig. Ihr Leben fand unter Tage statt. An die Oberfläche kamen die genügsamen Dauerarbeiten nur, um Gold, Diamanten und andere Bodenschätze an Zwischenhändler zu verkaufen oder aber, um den zehnten Teil der Ausbeute an Dangholt abzutreten. Nur selten verließen sie ihr Reich, um in der Hauptstadt dringende Einkäufe zu erledigen oder als Spezialisten für den Brunnenbau überall auf der Würfelwelt viel Geld zu verdienen. In allen Tavernen waren die Zwerge als Gäste sehr begehrt. Immer bereit, ihr Geld und Gold zu verspielen und zu verzechen. Die Zwerge waren ihrerseits von der Welt außerhalb der Schlucht abhängig. Da die Kumpel keine Lust auf Ackerbau, Viehzucht oder andere feine Handwerkskunst verspürten, wurde in den Orten direkt hinter den vier Brücken ein schwunghafter Handel betrieben. Gold und Diamanten konnten gegen alle Waren und Dienstleistungen eingetauscht werden, die ein moderner Zwerg benötigte. Nur das Schmieden von Werkzeugen überließen die Bergleute keinem Fremden. Über das ganze Land verteilt boten darüber hinaus Werkstätten die Reparatur defekter Schaufeln, Spitzhacken oder Spaten an.

Eine richtige Armee zur Verteidigung ihres Reiches hatten die Zwerge noch niemals benötigt. Die einzig möglichen Angriffspunkte lagen bei den vier Brücken. Ein Flaschenhals, ein Nadelöhr, durch das kein Überraschungsangriff mit breit aufgestellten Armeen oder Reitertrupps gelingen konnte. Zusätzlich waren die

Brücken magisch geschützt. Nur durch die Gedankenübertragung des Schrankenwärters schwang der Schlagbaum nach oben und gab den Weg über die Brücke frei. Diese Besonderheit hatte Garmander in seinem Plan nicht berücksichtigt, als er den Zapontia nach dem Überfall an der Haustür in die Abstellkammer gesperrt hatte. Durch die Klopfgeräusche an seiner Tür kam der Wächter schneller als beabsichtigt wieder zu Bewusstsein. Mit voller Konzentration öffnete er den Schlagbaum, um Atos alle Möglichkeiten des Handelns offenzuhalten. Der Zapontia wusste, dass Atos lieber die Brücke zerstören würde, als Garmander ungehindert ins Zwergenreich ziehen zu lassen. Aber dazu musste Atos die Brücke betreten können. Auf dem Landweg war das Zwergenreich praktisch unangreifbar. Und auch aus der Luft scheiterte bislang jeder Drachenangriff bereits am undurchdringlichen göttlichen Schutzwall direkt an der Schlucht.

Unterhalb der Oberwelt galten die Zwerge als Könige des Bergbaus. Niemand grub schneller, sauberer und tiefer Löcher und Stollen in die Erde. Selbst die Tiergilde der Maulwürfe nahm regelmäßig Nachhilfeunterricht bei den Bergleuten. Würde ein Baugott die Erdkruste des Zwergenreichs für einen kurzen Augenblick wie einen Kochtopfdeckel anheben, sähe das Land wie ein löchriger Käse aus. Ein Käse, bei dem eine Made von Loch zu Loch feine Gänge geschaffen hatte. Bis tief in die Würfelwelt hinein durchpflügten tausende Gänge und Stollen den Untergrund wie ein ineinander verschlungenes Bündel Regenwürmer. Unter Tage wurde gearbeitet, gegessen, manchmal auch geschlafen. Geschuftet wurde in mehreren Schichten rund um die Uhr. Fast alle Bergwerke des Zwergenreichs waren durch Stollen miteinander verbunden, besaßen aber an der Grenze zur Oberwelt jeweils eigene Lüftungsanlagen[1]. Magische Pumpen sorgten für frische Atemluft bis in den letzten Winkel jedes unterirdischen Gangs.

Anna und Max marschierten nachdenklich und schweigend nebeneinander über die einsame, schnurgerade Straße.

---

[1] Als Erfinder galten der Überlieferung nach ein Zwerg namens Wetterich sowie ein heute unbekannter Zauberer. Zu Ehren des großen Erfinders nannte die Bergleute die Belüftungsanlagen daher ›Bewetterung‹.

»Wir sind viel zu langsam unterwegs, nicht wahr?«, fragte Max.

»Ja!« Anna nickte betrübt. »Mit Herrn Atos wären wir bestimmt schon beim ersten Bergwerk angekommen.«

Annas Bruder blieb plötzlich wie angewurzelt stehen. »Wisst ihr, was komisch am Zwergenreich ist?«

»Alles«, rief Meister Dost.

»Das meine ich nicht«, antwortete Max.

»Was meinst du mit komisch?«, forschte seine Schwester interessiert nach. Ein wenig Ablenkung tat gut.

»Herr Atos hat uns gelehrt, dass das ganze Zwergenreich ein einziges großes Bergwerk ist. Überall verlaufen Gänge unter der Erde, Schächte und Stollen«, erklärte Max.

»Worauf willst du hinaus?« Meister Dost schaute den Jungen fragend an.

»Man kann zwar durch den Schnee nicht meilenweit in die Gegend schauen, aber das Zwergenreich ist flach wie ein Blatt Pergament. Platt wie eine Flunder. Eben wie das große Meer bei Windstille.«

Anna schnippte mit den Fingern. »Ich weiß, was du meinst.«

»Ich verstehe immer noch nicht …«, maulte Meister Dost.

Max und Anna erklärten ihre Entdeckung.

»Wenn ein Maulwurf einen Gang gräbt, dann wirft er die Erde in Haufen an die Oberfläche …«, begann Anna.

»Genau, und wenn ein Zwerg einen Stollen in den Fels schlägt, müssen die Gesteinsbrocken doch auch zur Oberfläche transportiert werden«, ergänzte Anna.

»Vielleicht eine Art Magie?«, überlegte Meister Dost.

»Kennst du eine Magie, die Steine in Nichts auflöst?«, fragte Anna scharfsinnig. »Dann könnte ein böser Zauberer die Würfelwelt einfach verschwinden lassen.«

So schnell gab Meister Dost sich nicht geschlagen. »Wie wäre es mit dieser Erklärung? Die Zwerge haben den Abraum aus den Bergwerken gleichmäßig über die Oberfläche des Zwergenreichs verteilt. Was sagt ihr dazu?« Mit vor der Brust verschränkten Armen und erwartungsvollem Blick erwartete der Kobold die Antwort der Zwillinge.

»Das glaube ich nicht«, überlegte Max.

»Und warum nicht, junger Mann?«

»Nun, wir sind über die Brücke von Zapontia gelaufen und dabei nicht bergauf gegangen. Also ist das Zwergenreich nicht höher gelegen als die Ländereien auf der anderen Seite der Schlucht.«

Anna nickte. »Auch die Bäume würden dann komisch aussehen. Es würde nur noch die Krone aus der Erde schauen, oder vielleicht noch weniger.«

»Aber es muss doch eine Erklärung geben«, bohrte Meister Dost weiter. Plötzlich schnippte der Kobold mit Daumen und Zeigefinger. »Ich hab es. Die Zwerge essen die Steine einfach auf, oder sie tragen in ihren Taschen das Geröll heimlich über die Brücke …«

»Das ist es!«, rief Anna aufgeregt. »Das ist die Lösung!«

»Seit wann essen Zwerge denn Steine?« Max schüttelte verwundert seinen Kopf.

»Nein, die Brücke hat mich auf eine Idee gebracht«, rief Anna aufgeregt. »Seht her. Die Brücken führen über die Schlucht. Aber nicht die Brücken sind das Interessante …«

»… sondern die Schlucht«, brüllte Meister Dost begeistert. »Die Zwerge werfen einfach das Geröll in die unendlich tiefe Schlucht!«

»Jetzt verstehe ich etwas nicht«, warf Max ein. »Wie transportieren die Zwerge eigentlich das Geröll an die Kante des Abgrunds?«

Allgemeines Schweigen zeigte, dass die drei Abenteurer vergeblich nach einer Antwort suchten. Meister Dost marschierte gedankenversunken die Straße entlang, kam vom rechten Weg ab und schlug der Länge nach in den Schnee.

»Autsch!« Jammernd hüpfte der Kobold auf einem Bein hin und her. Mit beiden Händen umklammerte er den nicht benutzten Fuß. »Tut das weh! Mein großer Zeh, mein armer großer Zeh! Hätte ich doch nur meine Schneeschuhe wieder angezogen!«

Anna tröstete den Kobold, während Max die Ursache für dessen Sturz erkundete. Vorsichtig tastete der Junge mit einem Ast die Unfallstelle ab. Eine Falle? Ein Gesteinsbrocken, gegen den

der Kobold gelaufen war? Max nahm nun die Hände zur Hilfe
und schaufelte die Schneeschicht zu Seite. Ein glänzendes Stück
Metall kam zum Vorschein. Der Junge schippte neugierig zur linken Seite weiter, doch der blanke Strang nahm einfach kein
Ende. Auch zur rechten Seite verlief die Eisenspur ohne Unterbrechung immer weiter.

»Was ist das denn?«, fragte Anna.

»Ich weiß es nicht«, gab Max zu.

Meister Dost kam näher, hüpfte übermütig über das glänzende
Metall hinweg. Einige Koboldschritte weiter erlitt er den nächsten Zusammenstoß.

»Auuaaaaaah!«

Anna eilte zur Hilfe. »Was ist denn nun schon wieder?«, grinste
das Mädchen. Für einen Augenblick trat die Trauer um Atos und
die Sorge um ihre Tante in den Hintergrund.

»Hier verläuft ein weiterer Strang aus Metall«, rief Max. »Und
zwischen den glänzenden Eisenbändern verlaufen Holzbretter!«

Meister Dost suchte plötzlich nervös die Straße ab. »Mein Reisebündel, ich habe mein Reisebündel am Rand der Schlucht vergessen. Wir müssen umkehren. Mein goldenes Laufrad, ich benötige mein goldenes Laufrad!«

Tatsächlich hatten weder Max noch Anna in der Aufregung
bemerkt, dass Meister Dost ohne Schneeschuhe und ohne sein
Gepäck unterwegs war. Eilig marschierte der Kobold den Stra-
ßenverlauf in entgegen gesetzter Richtung zurück. Anna und
Max versuchten, dem parallel zur Straße verlaufenden verschneiten Metallstrang zu folgen.

»Jetzt verlieren wir noch mehr Zeit«, raunte Anna.

Max nickte betrübt, konnte aber dem Kobold nicht böse sein.
Glücklicherweise fand Meister Dost sein Reisebündel unversehrt
und vollständig unter einer dünnen Schneedecke. Die Zwillinge
fegten mit Ästen Meter für Meter die Eisenschlange frei. Verdutzt bemerkten die Geschwister, dass sie plötzlich vor einem
Lagerschuppen standen. Unter dem verschlossenen Holztor hindurch verschwanden die parallelen Stränge in der Hütte. Erfreut
stellte Anna fest, dass die Pforte nur durch einen einfachen Riegel gesichert war, den sie spielend leicht zur Seite schieben

konnte. Knarrend schwang die schwere Tür zur Seite. Zögernd betraten die Geschwister den Schuppen. Es fiel genügend Tageslicht in den karg eingerichteten Raum hinein. An den Wänden zur linken und rechten Seite hingen fein säuberlich angeordnet blitzblanke Schaufeln, Rechen, Spitzhacken, Spaten, Eimer, Seile, Haken und Reisigbesen. Mitten im Schuppen fiel ein auf den Eisensträngen ruhender Mechanismus ins Auge, der Max an eine kleine Kutsche oder einen großen Handwagen erinnerte. Der Junge trat vorsichtig näher an das Gefährt heran. Neugierig betrachtete er das Fahrzeug von allen Seiten. Alles war aus Eisen oder anderen Metallen gefertigt. Von anderen Wagen oder Fuhrwerken kannten die Zwillinge nur Holzräder, die manchmal von einem Eisenreif auf der Lauffläche verstärkt wurden. Die Räder passten genau auf die Eisenschienen und ragten innen ein Stück tiefer nach unten. Durch diesen Trick konnte das Gefährt nicht nach links oder rechts von den Metallsträngen springen und entgleisen. Oberhalb der vier Räder hatte der Erfinder eine Metallplatte montiert, aus der senkrecht eine etwa meterhohe Stange herausragte. Am oberen Ende war eine weitere Querstange mit Griffen an beiden Seiten befestigt. Der gesamte Aufbau sah aus wie eine Balkenwaage ohne Waagschalen. Anna und Max konnten sich noch keinen rechten Reim auf den seltsamen Apparat machen.

Auch Meister Dost, der viel von Magie verstand, hüpfte ratlos umher. »Versucht, ob ihr den Querbalken bewegen könnt. Ich bin zu klein dazu«, schlug er nach langer Bedenkzeit vor.

Max kletterte auf die Plattform. Mit aller Kraft stemmte er sein Körpergewicht auf einen der beiden Griffe. Nichts geschah. Anna versuchte, auf der Max gegenüberliegenden Seite ebenfalls ihr Glück. Das Gefährt kam keinen Millimeter von der Stelle. Enttäuscht wollten die Zwillinge gerade die Plattform verlassen, als Meister Dost die Ursache der Blockade herausfand. »Hier steckt ein Keil unter einem der Räder«, rief der Kobold aufgeregt. »Wahrscheinlich, damit die Kutsche des Eisenstrangs nicht versehentlich in Bewegung gerät.« Mit aller Kraft zerrte Meister Dost den schrägen Blockadebolzen von der Schienenstrecke. Anna und Max gelang nun die Bewegung der Querstange.

Drückte der Junge auf seiner Seite mit beiden Händen den Griff der Querstange nach unten, hüpfte Anna wie auf einer Wippe nach oben. Durch die abwechselnde Auf- und Abwärtsbewegung glitt das Gefährt langsam aus dem Lagerschuppen. Meister Dost warf alle Gepäckstücke auf die Plattform und sprang auf das rollende Fahrzeug auf. Die Zwillinge beschleunigen ihre Pumpbewegungen, immer schneller kippte die Wippe hin und her. Der Kraftaufwand war sehr gering, das Tempo hoch. Schneller als jeder Reiter oder Elch, flinker als ein Vogel am Himmel, pflügte das Gefährt sicher durch den Schnee. Der endlose Schienenstrang führte kerzengerade immer weiter zur Mitte des Zwergenreichs. Meister Dost hielt zu allen Seiten hin Ausschau nach dem ersten Bergwerk.

»Herr Atos hat uns nie von dem seltsamen Gefährt hier erzählt«, schrie Anna gegen den brausenden Fahrtwind an.

Ihr Bruder nickte. »Nirgends in Dangholt oder außerhalb der Stadtmauern habe ich so etwas jemals gesehen.«

Als vor vielen Jahrhunderten im Zwergenreich die ersten Bodenschätze ausgegraben worden waren und man den Wert von Gold und Diamanten erkannte hatte, standen die Bergleute vor einem Problem. Gestein, Geröll, Schutt und anderes Gebröckel aus den Schächten und Stollen mussten nicht nur ins Oberland gebracht, sondern dort auch gelagert werden. Alle Zwerge verabscheuten, solange sie denken konnten, aufgrund ihrer geringen Körpergröße jedoch die Berge. Jede Bodenerhebung, jede Anhöhe, jeder noch so kleine Hügel störte sie. Es kam daher nicht in Frage, dass der Abraum aus den Bergwerken einfach an der Oberfläche in Haufen herumlag. Sehr schnell erkannten die Bewohner, dass die Schlucht eine ideale Schutthalde darstellte. Tief, breit, wahrscheinlich unbewohnt und daher mit einem unendlichen Fassungsvermögen ausgestattet. Anfangs genügten Handkarren oder Ochsengespanne zum Transport. Mit der wachsenden Anzahl von Bergwerken, die parallel betrieben wurden, wuchs die Geröllmenge aber ins Unermessliche. Die bekannten Transportmittel waren viel zu langsam und konnten viel zu wenig Ladung aufnehmen. Außerdem fuhren Ochsengespanne nur tagsüber. In der Nacht kamen immer wieder Transporte von der befestigten Straße ab und fuhren die Räder im Morast fest. Ein erfinderischer Schmied bekam die rettende Idee, als er an einem verschneiten Wintertag Schlittenspuren im Schnee betrachtete. Kerzengerade und genau parallel entstand ein endloser Strang. Würde man einen Wagen mit Rädern in die Spur stellen und statt Schnee ein härteres Material verwenden, würde das Fahrzeug wie von Geisterhand immer der vorgegebenen Fährte folgen. Die Grundidee der Schiene war geboren, auch wenn das Endprodukt dann etwas anders funktionierte. Wochenlang hämmerte der Schmied in seiner Werkstatt herum, testete Metallmischungen verschiedener Härtegrade und überlegte, wie die einzelnen Eisenstränge genau parallel verlaufen konnten. Holzschwellen als Verbinder erwiesen sich als kostengünstige Möglichkeit. Genügend Schotter und kleine Geröllstücke aus den Bergwerken standen zur Verfügung, um das Material zwischen die Holzschwellen zu schütten. Dazu Gleisnägel aus Eisen, und die Sache funktionierte. Die ersten Schienenfahrzeuge waren damals noch umgebaute Ochsenkarren. Den Abstand zwischen den Rädern des Fuhrwerks wählte der Erfinder als Spurweite für seine Schienen. Anschließend wurde einfach ein etwas größerer Metallring auf die Innenseiten der Holzräder genagelt. Nun konnten die Karren nicht mehr von den Schienen springen. Außerdem rollten die Wagen viel leichter als auf den holprigen Straßen, sodass ein Ochse nun mehrere hintereinander gehängte Geröllmulden gleichzeitig ziehen konnte. Bei Tag und Nacht fuhren nun Transporte von den Bergwerken zu den Rändern der Schlucht, um den Abraum in die Tiefe zu schütten. Doch ein Problem blieb. Unter der Erde mussten die Zwerge weiterhin mühsam das Gestein mit Handkarren transportieren. Die Ochsen weigerten sich beharrlich, in die dunklen, engen Stollen zu gehen.

Viele Millionen Handkarren später bekam ein neuer Erfinder einen Geistesblitz und verstarb daran, noch bevor er seine Idee notieren konnte. In einer grauenvoll komplizierten Sitzung mit Geisterbeschwörern und Kristallkugelsehern gelang es schließlich, die Konstruktionspläne aus dem Totenreich zu beschaffen. Die Idee eines ochsenlosen Ochsenkarrens wurde geboren. Eine Zugmaschine, die von der Muskelkraft der Zwerge angetrieben werden konnte. Schneller, billiger und sowohl im Oberland als auch unter Tage einsetzbar.

Auf einer Weiterentwicklung dieser Zugmaschinen rasten Anna, Max und Meister Dost nun durch das Zwergenreich. Mit geringstem Kraftaufwand erreichten die Zwillinge eine atemberaubende Geschwindigkeit. Meister Dost hüpfte aufgeregt auf der Stelle umher. Der Kobold schien eine Entdeckung gemacht zu haben.

»Das erste Bergwerk ist in Sicht«, schrie der Kobold. Anna und Max blickten in die Richtung, in die der Kobold wies. Die Zwillinge sahen in einiger Entfernung auf der linken Seite der Schienen eine Ansammlung von weiteren Lagerschuppen. Davor standen mehrere Reihen von Zugmaschinen mit halb gefüllten Transportwaggons. Ein weiteres Gleis schien in den Lagerschuppen hineinzuführen.

Der Schienenstrang, auf dem Anna und Max entlang rasten, führte weiter geradeaus.

»Wir müssen anhalten«, rief Max. Der Junge stellte seine Arbeit am Antriebshebel ein. Auch Anna stoppte die Pumpbewegungen ihrer Arme. Das Gefährt raste unbeeindruckt weiter auf eine Weiche zu. Mit kreischenden Rädern bog die Zugmaschine nach links ab und verließ die Hauptstrecke.

»Breeeeeeemsen!«, kreischte Meister Dost. »Breeeeeemst doch endlich.«

Das Fahrzeug näherte sich wie ein Geschoss dem geschlossenen Tor des Lagerschuppens.

»Haaaalt! Zieht die Bremse, die Breeeeemse«, brüllte der Kobold.

Anna und Max suchten vergeblich nach einem Hebel, wie er bei Pferdegespannen oder Ochsenkarren vorhanden war.

»Alle in Deckung«, schrie Anna. Zum Abspringen in voller Fahrt war die Geschwindigkeit noch viel zu hoch. Die Zwillinge pressten ihre Körper flach auf die Plattform und klammerten sich verzweifelt am Fahrzeug fest. Krachend durchschlug die Zugmaschine die Holzpforte. Max rechnete jeden Augenblick mit einem heftigen Einschlag in die Rückwand des Schuppens oder mit dem Aufprall auf eine im Lagerhaus geparkte zweite

Zugmaschine. Doch es kam viel schlimmer. Kein Aufprall bremste die rasende Fahrt. Die Schienen führten direkt in den Untergrund. Es ging unaufhaltsam abwärts. Vorbei an hölzernen Stützbalken, achtlos herumliegenden Schaufeln und Spitzhacken.

Weit und breit konnte Anna keinen einzigen Zwerg entdecken. ›Wir sind im falschen Bergwerk‹, dachte das Mädchen bekümmert.

Die Fahrt verlief immer schneller und schneller. In einer leichten Rechtskurve hoben die beiden Räder auf der linken Seite ein Stück von den Schienen ab. Auf dem nächsten geraden Teilstück krachte das Fahrzeug zurück auf alle vier Rollen. Funken flogen. Noch etwas mehr Geschwindigkeit, nur eine winzige Unebenheit auf den Schienen, und die Zugmaschine würde entgleisen. Im schwachen Licht von an der Decke befestigten Grubenlampen blickte Max krampfhaft in Fahrtrichtung. Plötzlich weiteten die Augen des Jungen sich zu einem entsetzten Blick. Die nächste Kurve nahte. Eine steile, enge Kurve. Die Glühwürmchen in der magischen Grubenbeleuchtung schlossen die Augen und hielten ihre Ohren zu.

»Festhaaaaaaaaaaaaalten«, brüllte Meister Dost voller Panik. »Alle Mann feeeesthaaaaaa …«

Wumm.

Wenzel las zum wiederholten Male einen Teil der Legende laut vor. Knirk war aus dem Rathaus zurückgekehrt und unterstützte den Bibliothekar nach Kräften bei seinen Nachforschungen und Überlegungen.

» Finde die Welt des magischen Wassers im Kelch der Selbsterkenntnis, überquere das Meer der Tränen, passiere die reißende Schlucht, die von Regenelfen gut bewacht ist, bestehe die Abenteuer. Hütet euch vor dem schwarzen Wasserfall, der nicht fällt. Am Ende des Weges findet ihr die magische Eisharfe. Spiele die richtige Weise, die fehlerlose Melodie. Sie ist der Schlüssel. Spiele die falsche Weise, und die Harfe wird für immer verstummen.«

Wenzel runzelte die Stirn. Stunde um Stunde hatte er jedes

Wort auf die Goldwaage gelegt, ließ sich jede Silbe auf der Zunge zergehen. Die besten Vampire der Bibliothek suchten im Archiv nach weiteren Hinweisen.

»Wonach genau suchst du?«, fragte Knirk.

»Wenn ich das wüsste«, brummte Wenzel und schaute dabei aus dem Fenster seiner Kammer auf den Marktplatz. Zufällig bemerkte er einen kleinen, dicken Seemann mit Vollbart, Dreispitz und Pfeife, der durch die Menschenmenge hindurch in Richtung des Rathauses drängte. Der Seebär trug eine blaue Uniform mit weißem Kragen und hellen Manschetten. Prächtige silberfarbene Schnallen schmückten seine schwarzen Lederstiefel. ›Welch seltener Besuch‹, dachte der Bibliothekar.

Wenzel wandte seine Aufmerksamkeit schnell wieder der Legende zu. »Wenn wir einmal annehmen, dass die Geschichte wahr ist, dann fehlen wichtige Informationen zur Rettung der Würfelwelt.«

»Du meinst den letzten Teil der Erzählung?«, bemerkte Knirk mit messerscharfem Verstand.

Wenzel nickte beeindruckt. »Genau, es heißt hier, spiele die richtige Weise, die fehlerlose Melodie. Sie ist der Schlüssel. Spiele die falsche Weise, und die Harfe wird für immer verstummen.«

»Woher weiß ich, *welche* Melodie die Richtige ist?«, grübelte Knirk. »*Ein* falscher Ton, und die Sache ist ein für alle Mal erledigt. Das Böse hätte gesiegt. Ohne Harfe keine Rettung der Würfelwelt!«

»Meine Leute suchen pausenlos in alten Schriften nach weiteren Hinweisen zur magischen Eisharfe«, erklärte Wenzel. »Vielleicht hat einer der Ahnen vor langer Zeit das Instrument gesehen, kann es beschreiben oder weitere Hinweise geben? Eine Melodie kann man auch mit viel Magie nicht erraten. Es bleibt nur ein einziger Versuch.«

»Dann hat Garmander leichtes Spiel«, stöhnte Knirk bekümmert. »Er hat den Boten aus dem Gefängnis als unfreiwilligen Begleiter bei sich. Dadurch findet er auf Anhieb das richtige Bergwerk und kann direkt die magische Eiswand im tiefsten Stollen aufsuchen. Findet er die Harfe vor Atos, hat die Würfelwelt verloren. Kommt Atos ihm zuvor, muss er immer noch die richtige Melodie finden, um die Pauke zum Schweigen zu bringen.«

In Dangholt wusste zu diesem Zeitpunkt noch niemand etwas von den Geschehnissen an der Brücke von Zapontia. Ein würdevoller Büchervampir stakste herbei und überreichte Wenzel mit spitzen Fingern ein uraltes Buch. Der Einband war in einem erbärmlichen Zustand. Auch die Pergamentseiten rochen nach Moder, Schimmel und Feuchtigkeit.

»Die Gnomen hatten Erfolg, Herr«, verkündete der Blutsauger stolz.

»Ein Reisebericht?« Wenzel schien überrascht.

»Jawohl, Herr, der Reisebericht des kleinen Königs«, schnarrte der Vampir.

»Hatte der König keinen Namen?«, fragte Knirk grinsend.

»Nein, er hieß einfach nur ›der kleine König‹«, bemerkte der Vampir kühl. »Ein Minnesänger aus den Anfängen der Würfelwelt.«

»Ist der kleine König berühmt?«, hakte Knirk nach.

»Nicht wirklich!« Wenzel schüttelte den Kopf. »Sonst hätte ich sicher von ihm gehört oder gelesen.«

»Nun, Herr, das Buch war, nun ja, wie soll ich sagen, verschollen«, berichtete der Vampir. »Die Gnomen fanden es unter einem Haufen Lederresten hinter einem Archivregal, das hinter einer seit Jahrhunderten klemmenden Kellertür aus Stein stand.«

»Die verdammte Tür der Steinbeißer?«, fragte Wenzel verwundert.

»Ja, Herr!«

Beim Bau der Dangholter Bibliothek hatten die Baumeister damals auf die Dienste von Steinbeißern zurückgegriffen. Die in fernen Berghöhlen lebenden Vögel aßen keine Steine, sondern bauten ihre Nisthöhlen in Granit oder anderes Felsgestein. Die Steinbeißer gehörten zu den entfernten Verwandten der Spechte. Sie hielte sich aber für vornehmer, da ihre spitzen Schnäbel mühelos in Stein drangen, so wie ein Drachenfeuer in Butter schneidet. Mit Holz wollten die hochnäsigen Vögel nichts zu tun haben. Mit Vergnügen und für einen guten Lohn tackerte ein Heer

Steinbeißer viele der Kellerräume in das felsige Gestein unterhalb der heutigen Bibliothek hinein. Damals entstand ein besonderer Raum mit sehr dicken Wänden, um besonders wertvolle Bücher der Ahnen sicher aufbewahren zu können. Damals bestanden alle Regale einer Bibliothek noch aus Holz, und die Angst vor Feuer ging schon seinerzeit um. Als Pforte diente ein großer Felsblock, der millimetergenau in den Türrahmen aus Stein eingepasst wurde. Unglücklicherweise war nach wenigen Jahren die Bibliothek einige Zentimeter abgesackt und der Türstein klemmte seither unbeweglich fest. Niemand vermochte seither, die verdammte Tür der Steinbeißer zu öffnen. Auch nicht die Steinbeißer selbst. Bei einem Grillfest der Bergtrolle wurde der gesamte Bestand der Vögel ausgerottet. Weder Magie, noch Hammer und Meißel halfen. Ein übereifriger Hilfszauberer machte die Sache dann noch etwas schlimmer, da er mit einem verirrten Kugelblitz die halbe Bibliothek abfackelte. Nach und nach geriet die Tür in Vergessenheit. Als Wenzel eines Tages Bibliothekar wurde, wusste niemand mehr, was hinter der Tür verborgen sein mochte. Sie war einfach da, sie war geschlossen und Basta!

»Wie kommt es, dass die Tür plötzlich wieder funktioniert?«, rätselte Knirk.

»Durch die Erschütterung des letzten *wumm* sprang sie einfach auf. Hat beinahe einen Gnom erschlagen«, erklärte der Vampir.

Wenzel schlug die Reiseberichte des kleinen Königs auf und überflog die erste Seite des Textes. Schnell wurde klar, dass der kleine König gar kein König gewesen war, sondern nur dachte, er wäre ein solcher. Jedenfalls erzählte er jedem, der es nicht wissen wollte, dass er in einem fernen Land König aller Minnesänger sei.

»Wie kann uns das Buch weiterhelfen?«, fragte Wenzel.

»Schau hier, Herr.« Der Vampir blätterte vorsichtig in die Mitte des Buches und schlug eine bestimmte Seite mit Abbildungen auf.

Wenzel grinste. »Das ist die Lösung! Gute Arbeit! Sehr gute Arbeit!«

»Alle Mann feeeesthaaaaaa …« Das Echo von Meister Dosts panischem Schrei hallte dutzendfach in den engen Stollen des Bergwerks wider. Wie befürchtet überstand das Gefährt die nächste enge Kurve nicht. Anna und Max versuchten noch voller Verzweiflung, ihre Körper auf die Innenseite der Kurve zu verlagern. Das Gewicht reichte jedoch nicht aus, die Geschwindigkeit war einfach zu hoch. Krachend sprang die Zugmaschine aus den Gleisen, Funken flogen, als Metall auf Metall schabte. Die Zwillinge sprangen in letzter Sekunde nach hinten von der Plattform, um nicht von dem zentnerschweren Gefährt erschlagen zu werden. Die Landung im Stollen verlief unsanft und schmerzhaft. Krachend überschlug sich das Schienenfahrzeug mehrfach und blieb in einer Staubwolke auf der Seite liegen.

»Ist jemand verletzte?«, hustete Anna. Mühsam kam das Mädchen auf die Beine. Alle Knochen schmerzten. Eine dicke Schramme auf der Stirn und Schürfwunden an beiden Händen waren sichtbare Zeichen für den Unfall.

»Es geht«, keuchte Max. Blutige Kratzer auf einer Wange, zerschundene Hände und ein schmerzendes Knie machten dem Jungen zu schaffen.

»Allesch in Ordnung. Isch bin nischt verletzscht«, beruhigte Meister Dost.

»Und was ischt, äh ist mit deiner Aussprache?«, forschte Anna besorgt nach.

»Dasch geht gleisch wieder. Isch habe mir auf die Schunge gebischen«, erklärte der Kobold.

Glücklicherweise konnte Anna das Fläschchen Universaltinktur unversehrt aus ihrem Reisebündel ziehen. Mit etwas Wasser verdünnt versorgte jeder der Abenteurer mit Atos' Wundermittel seine kleinen Verletzungen. Nur Max zog sein Bein anfangs noch etwas nach und rieb häufiger das lädierte Knie. Meister Dost prüfte misstrauisch die Funktion seines goldenen Laufrads. Grelles Licht zeigte, dass das Wunderwerk trotz einiger Beulen einwandfrei funktionierte. Mit vereinten Kräften zerrten Anna und Max die Zugmaschine zurück auf die Schienen. Sie stellten sich dabei mit geschlossenen Augen vor, drahtige Muskeln wie ein

Troll zu besitzen. Kurze Zeit später stand das Fahrzeug wieder auf den Gleisen, als wäre niemals ein Unfall passiert. Max hielt nach einer Bremse Ausschau und wurde nach längerer Suche fündig.

»Ich habe vorhin nach einem Hebel gesucht, der mit der Hand bedient wird. So wie bei einer Pferdekutsche«, entschuldigte sich der Junge, als sei der Unfall im Bergwerk seine Schuld. »Hier ist ein Fußhebel auf der Plattform.« Max trat auf den Mechanismus, während Anna und Meister Dost auf eines der Räder schauten. Tatsächlich drückte von beiden Seiten ein gebogenes Metallstück auf die Lauffläche des Rades. Sobald Max den Fuß anhob, gaben die Bremsbacken das Rad wieder frei.

»Wir sind im falschen Bergwerk«, erklärte Anna.

»Warum?«, fragte Meister Dost.

»Herr Atos hat uns erklärt, worauf wir achten müssen. Er sagte, Zwerge verhielten sich wie Lemminge. Gibt es in einem Bergwerk ein Problem, lassen alle anderen Hacke und Schaufel sofort fallen und eilen zur Hilfe.«

»Und hier liegen Hacken und Schaufeln achtlos herum«, brummte Meister Dost. »Wir müssen zurück an die Oberfläche und auf dem Hauptstrang weiterfahren«, schlug der Kobold vor.

Anna schüttelte den Kopf. »Ich spüre, dass tief unten im Zwergenreich unsere Tante Amalia wartet.«

»Und warum spüre ich als ihr langjähriger Diener nichts davon?«, lästerte der Kobold. »Wir gehen zur Oberfläche!«

»Nein, wir fahren weiter. Wahrscheinlich sind die Bergwerke unter der Erde miteinander durch Gänge verbunden«, widersprach Anna.

»Vielleicht, vielleicht auch nicht. Hier ist Erfahrung gefragt und nicht das Gefühl eines Mädchens. Wir müssen hoch!«

Anna blieb ebenso wie der Kobold stur. Max wollte gerade das bekannte Spiel ›Brunnen, Stein, Pergament‹ vorschlagen, als ein mächtiges *wumm* das Bergwerk erzittern ließ. Von der Decke bröselten Erdreich und feine Steine auf die Abenteurer herab. Hier unten klang die Pauke des Todes nah und bedrohlich. Für einen Augenblick meine Max, irgendwo ein bläuliches Licht gesehen zu haben. Die Erschütterungen des Paukenschlags wurden langsam geringer. Meister Dost blieb trotzdem sehr unruhig, da plötzlich ein seltsames Rauschen erklang. Besorgt legte der Kobold sein Ohr auf einen der Schienenstränge. Im ersten Augenblick fürchtete er, ein herrenloser Waggon käme die Strecke herunter gerast. Doch das Geräusch klang anders. Meister Dost überlegte weiter.

»Es klingt wie …«

»Wasser …«, schrie Anna entsetzt.

Das Rauschen kam schnell näher, wurde zu einem zischenden, gurgelnden Geräusch. Irgendwo weiter oben im Bergwerk musste es einen Wassereinbruch in den Stollen gegeben haben. Die Flutwelle riss Schaufeln, Spitzhacken und Stützbalken mit sich und folgte der Schwerkraft. Das Geräusch wurde zum Getöse.

»Abwärts«, kommandierte Meister Dost und hüpfte auf die Plattform der Zugmaschine.

»Habe ich doch gleich gesagt!«, schimpfte Anna. ›Wenn auch aus einem ganz anderen Grund‹, fügte sie in Gedanken hinzu.

Ein wilder Wettlauf zwischen dem weiter in die Tiefe rasenden Wasser und der rollenden Zugmaschine begann. Die Zwillinge gaben Vollgas. Max betätigte die Bremse nur vor engen Kurven oder auf sehr steilen Abfahrten. Auf keinen Fall durfte der Wagen erneut entgleisen. Die Wassermassen schienen förmlich nach dem rasenden Gefährt zu greifen und kamen unaufhaltsam näher. Plötzlich führte der Schienenstrang aufwärts, die Geschwindigkeit nahm immer weiter ab. Die Kräfte der Zwillinge reichten kaum aus, um den Antriebshebel auf und ab zu bewegen.

»Wir dürfen nicht zurückrollen«, keuchte Max.

Mit letzter Kraft pumpten die Geschwister ihr Gefährt über den höchsten Punkt des Anstiegs hinweg. Das Wasser kam an der Steigung zum Stillstand und hatte das Rennen verloren. Für die drei Abenteurer gab es nur noch eine Richtung. Vorwärts. Der Rückweg hätte nur noch von einem Fisch genutzt werden können. In rasender Berg- und Talfahrt donnerte der Wagen durch den Untergrund. Anna und Max kamen immer besser mit ihrem Reisewerkzeug zurecht. Hin und wieder zeigten achtlos liegen gelassene Werkzeuge, dass die Zwerge diesen Teil der Bergwerke ebenfalls in größter Eile verlassen haben mussten. Sei es, um Hilfe für die spurlos verschwundenen Kumpel zu bieten, oder aus Panik vor dem *wumm* der Pauke. Im matten Licht der Bergwerksleuchten ging jedes Zeitgefühl verloren. Je tiefer die Abenteurer in den Untergrund drangen, desto wärmer wurde es. Anna und Max verstauten ihre Winterkleidung im Reisebündel. Durch die lange Reisedauer auf den Schienen wurde den Zwillingen klar, dass es tatsächlich unterhalb des Zwergenreichs nicht mehrere Bergwerke gab, sondern *ein* riesiges Netz aus Stollen und Gängen. Hin und wieder führten Abzweigungen der Schienen aufwärts zu anderen Lagerschuppen, aber bisher standen alle Weichen auf abwärts. Anna hatte das Gefühl, sehr tief im Bauch der Würfelwelt zu stecken. So weit unterhalb der Oberfläche, dass sie fürchten musste, auf der anderen Seite des Quaders wieder herauszufallen. Nach weiteren endlosen Meilen entdeckte Meister Dost zwei knallrot leuchtende Punkte, die mitten auf dem Gleis zu stehen schienen. Genau darüber endete auch die Deckenbeleuchtung des Stollens. Hinter den roten Leuchtmarken lauerte eine undurchdringliche Dunkelheit.

»Drachenaugen«, schrie der grüne Kobold entsetzt. »Wir fahren direkt in das geöffnete Maul eines Drachen.«

Entsetzt trat Max mit voller Wucht auf die Bremse. Mit kreischenden Rädern, die bis Dangholt zu hören sein mussten, schlitterte das Fahrzeug auf den Schienen weiter. Wenige Zentimeter vor den roten Leuchtpunkten kam die Zugmaschine zum Stillstand. Meister Dost ging in Deckung, fürchtete er doch jede Sekunde einen tödlichen Feuerstoß aus dem Drachenmaul.

Anna musste trotz aller Traurigkeit und Sorge um ihre Tante Amalia laut lachen. »Du kannst die Augen wieder öffnen, Meister Dost. Dein ›Drache‹ hat uns das Leben gerettet.«

Der Kobold kroch ungläubig hinter der eisernen Zugmaschine hervor und fasste misstrauisch die rot funkelnden Leuchtkugeln ins Auge. Beide Lampen waren auf gleicher Höhe an einem Brett befestigt. Das Brett wiederum hing direkt an einer Felswand. Die

Schienen und der gesamte Stollen endeten hier. Ohne Warnlampen wären die drei Abenteurer zusammen mit der Zugmaschine ungebremst gegen die Wand gerast und im Bergwerk zerschellt.

»Das war knapp«, stöhnte Meister Dost.

Max blickte sich um. Hinter ihm glitzerte der Schienenstrang, direkt vor dem Jungen hingen die beiden Warnleuchten. Auf der linken Seite erkannte er eine Felswand voller funkelnder Sterne aus tausenden Diamantsplittern. Rechts vom parkenden Schienenfahrzeug gähnte eine pechschwarze mannshohe Öffnung im Fels. Die untere Hälfte war durch ein Eisengitter gesichert. Aus dem Durchbruch strömte eiskalte Luft heraus. Das matte Licht der Deckenbeleuchtung im Stollen reichte nicht aus, um in die Wandöffnung tiefer hineinschauen zu können.

»Wir brauchen mehr Licht«, stellte Anna fest.

Meister Dost hüpfte flink in sein etwas verbeultes goldenes Laufrad. Kurze Zeit später hielt er stolz eine grell leuchtende magische Lichtquelle in der Hand. Die pechschwarze Öffnung entpuppte sich als Schacht, der sowohl nach oben als auch nach unten zu verlaufen schien. Das Schutzgitter verhinderte, dass die normalerweise im Bergwerk arbeitenden Zwerge nicht versehentlich in die Tiefe stürzten. Max beugte seinen Oberkörper weit über das Gitter und versuchte, das untere Ende des Schachtes zu erkennen. In der eisigen Zugluft wirbelten die Haare des Jungen umher.

»Kannst du etwas erkennen?«, fragte Anna neugierig.

»Pssst, ich habe etwas gehört«, zischte Max. »Licht aus, Meister Dost! Dort unten ist irgendjemand.«

Anna standen die Haare zu Berge. »Garmander?« Der vom Bösen angezogene Zauber entwickelte sich langsam aber sicher zu einem Alptraum des Mädchens.

»Ich weiß es nicht«, gestand Max flüsternd. »Ganz tief unten sehe ich ein schwaches bläuliches Licht. Und ich höre Schritte!«

»Die Zwerge?«, vermutete Meister Dost. »Oder vielleicht ein Berggeist?«

»Ich fürchte, wir werden nachsehen müssen«, schlug Anna mutig vor.

»Bist du übergeschnappt?«, kreischte Meister Dost.

»Leise!«, schimpfte Anna. »Wir *müssen* nach unten. Schließlich suchen wir eine bläulich schimmernde Eiswand. Dort unten leuchtet es blau, und es steigt eiskalte Luft den Schacht herauf.«

Max blickte erneut in den Schacht hinein und gab Entwarnung. Die Schritte und das Licht waren verschwunden.

»Wir müssen schnell weiter«, drängte Anna.

»Sollen wir in den Schacht hinunterspringen?«, meckerte Meister Dost.

Die Zwillinge untersuchten das Absperrgitter genauer, konnten aber keine Besonderheiten erkennen. Doch rechts neben dem Durchbruch entdeckten sie an der Felswand zufällig zwei graue Hebel. Die schmutzige Farbe unterschied sich kaum vom Gestein. Anna entdeckte eine Pfeilmarkierung auf jedem der Hebel.

»Der hier zeigt nach unten«, rief sie selbstbewusst. Noch bevor Meister Dost protestieren konnte, zog sie kräftig an dem schmuddeligen Griff. Irgendwo weit oben im Bergwerk erklang ein feines Glöckchen, es folgte ein schabendes Geräusch. Ein leises Summen kam näher. Wenige Augenblicke später zog Max seinen Kopf gerade noch rechtzeitig zurück, um nicht von der nahenden Aufzugkabine getroffen zu werden. Das Glöckchen erklang erneut, wie von Geisterhand gesteuert glitt das Schutzgitter schabend nach oben und gab den Weg frei. Ohne Furcht traten Anna und Max in eine Kabine, bei der die Vorder- und Rückseite fehlte. An einer Seitenwand entdeckten die Zwillinge weitere Hebel, die von eins bis sieben durchnummeriert waren. Meister Dost folgte störrisch in den wackeligen Aufzug. Anna zog Hebel Nummer sieben. Das Glöckchen erklang, das Schutzgitter sicherte die Öffnung und das Gefährt summte leise abwärts. Kurze Zeit später erreichten die Abenteurer den tiefsten Punkt des Bergwerks.

»Ping«, läutete der Aufzug freundlich. Der magische Transporteur schien erfreut, ruhige und leichte Gäste befördern zu dürfen. Normalerweise ächzte er tagaus tagein unter der Last von lärmenden Zwergen, Werkzeugen, Gesteinskarren und anderen schmutzigen Dingen. Hier unten herrschte absolute Finsternis.

Meister Dost entzündete sein Laufrad, wählte aber nur ein sanftes unauffälliges Licht. Grimmige Kälte verschlug Anna und Max den Atem. Jeder Atemzug dampfte als große Wolke aus den Mündern hervor und fiel als klirrender Kristallnebel zu Boden. Eilig legten die drei Abenteurer wieder ihre schützende Winterbekleidung an.

Wumm.

Die Erschütterung schien näher als jemals zuvor zu sein und riss Meister Dost von den Beinen. Schimpfend sammelte der Kobold sein Laufrad vom Boden. Der Stollen schien neu angelegt worden zu sein. Der Gang war nur grob aus dem Fels herausgeschlagen und nur notdürftig mit Balken abgestützt worden. Es gab weder eine Deckenbeleuchtung noch Transportfahrzeuge oder Schienen. Anna schluckte. Sie sah keine einzige Spitzhacke, keine Schaufeln.

»Wir sind im richtigen Bergwerk«, flüsterte sie.

Auch Max hatte eine Entdeckung gemacht. Einige Meter neben der Aufzugöffnung lehnte ein Gegenstand an der Wand, der den Jungen vor Entsetzen erstarren ließ. Vorsichtig schlichen sechs Beine näher an das böse blitzende Objekt heran.

»Die Doppelaxt eines Polarriesen«, raunte Anna.

Ihr Bruder nickte. »Ja! Frigador, der Eisritter lebt. *Er* ist Teil der Legende!«

Meister Dost erzeugte mithilfe seines Laufrades etwas helleres Licht. Die Zwillinge untersuchten die höllisch scharfe Waffe näher und erschraken erneut. An einer der beiden Klingen fehlte ein Stückchen Metall.

Meister Dost schnippte mit seinen Fingern. »Das Fundstück der Vampire!«

»Genau«, nickte Anna. »Graf Krommels Suchtrupp fand ein Metallstück.«

»Dann war diese Doppelaxt zusammen mit ihrem Besitzer in der Nacht in Dangholt. Baron von Herzblut wurde von einem Polarriesen überfallen«, folgerte Max.

»Und der Vampir erstarrte im eisigen Atem des Riesen und hat den Überfall nur überlebt, weil die Turmwache auf den Eindringling geschossen hat!« Meister Dost hüpfte an einer Stelle auf und ab. »Brrr, ist das kalt hier unten!«

»Lasst uns weitergehen«, schlug Anna vor.

»Nach links oder nach rechts?«, fragte Max.

»Links!«, rief seine Schwester.

»Rechts«, schlug Meister Dost vor.

»Geht das schon wieder los?«, seufzte Max mit einem gequälten Lächeln. »Oben oder unten, links oder rechts. Das Leben ist
manchmal kompliziert. Hauptsache wir gehen nicht dorthin, wo
der Besitzer der Doppelaxt sich aufhält. Auf eine Begegnung mit
einem Polarriesen kann ich verzichten.«

Wumm.

Ein kalter Luftschwall pfiff durch den Stollen, als hätte jemand
kurz bei Sturm die Haustür geöffnet. Die an der Wand lehnende
Waffe leuchtete für einen kurzen Augenblick bläulich auf, doch
niemand bemerkte es.

»Links!«

»Rechts!«

»Links!«

Ein Geräusch beendete den Streit zwischen Anna und Meister
Dost. Ein bekanntes Geräusch, und doch ein entsetzlich erschre-
ckender Laut. Mit einem lauten ›Ping‹ schloss der magische Aufzug das Schutzgitter und begann seine Reise ins Oberland.

»Jemand hat den Aufzug gerufen«, wisperte Anna entsetzt.

Wenzel und Knirk blickten gespannt in das Buch des kleinen
Königs. Der Minnesänger war weit in der Würfelwelt herumge-
kommen und hatte alle Erlebnisse fein säuberlich in dem lange
verschollenen Buch notiert. Der Text interessierte den Bibliothekar momentan nur wenig, aber die bebilderte Seite in der Buch-
mitte nahm seine gesamte Aufmerksamkeit in Anspruch.

Der kleine König mochte ein lausig schlechter Minnesänger
und Schriftsteller gewesen sein, als Maler aber besaß er Talent.
Zwei bezaubernde Abbildungen einer Harfe füllten eine Dop-
pelseite des uralten Buches.

»Scheint zweimal dasselbe Instrument zu sein, dort auf den
Bildern«, stellte der Rattenspion fest.

»Einmal die Vorderseite, und einmal die Rückseite«, nickte Wenzel. »Eine Seite ist schneeweiß, die andere pechschwarz. Gut und Böse sind in der magischen Harfe vereint. «

»Wie eine Balkenwaage, die wahlweise nach links oder nach rechts ausschlagen kann«, ergänzte Knirk.

Wenzel nickte. »Es hängt nur von der Melodie ab, die der Spieler auf den Saiten zum Leben erweckt.«

»Aber es gibt ein Hindernis. Die Melodie muss fehlerfrei gespielt werden. Ein falscher Ton, und die schwarze Seite wird gewinnen«, gab der Rattenspion zu bedenken.

»Aber wir kennen jetzt die Melodie«, brummte Wenzel zufrieden.

Unterhalb des Bildes der weißen Harfe hatte der kleine König fünf parallele Linien gezeichnet und einen Notenschlüssel sowie einige Akkorde hinzugefügt. Wenzel beschloss, schnell zu handeln. Zuerst wies der den Bibliothekarsvampir an, durch die Gnomen Kopien der Seiten anfertigen zu lassen. Mit dem Buch in der Hand stakste der Blutsauger in den Keller in die Kopierabteilung. Der Schnellschreibdienst im Lesesaal war beim Vervielfältigen von Bildern die falsche Adresse. Hier war Liebe zum Detail in Schönschrift gefragt.

»Trotzdem ist Garmander immer noch im Vorteil. Er ist an der richtigen Melodie nicht interessiert, sondern muss nur die Harfe *vor* Atos erreichen und eine falsche Tonfolge spielen. Dann ist alles aus und vorbei!«, warnte Knirk.

»Wie wahr, wie wahr«, nickte Wenzel. »Deshalb benötigen wir einen Boten, der schnell und mutig genug ist, und sich im Zwergenland zurechtfindet. Außerdem muss er geschickt sein, um Atos, die Zwillinge und den Kobold schnell zu finden.«

Der Rattenspion überlegte. »An wen denkst du?«

»An Sticks!«, rief Wenzel.

Knirk rieb verwundert seine Augen. »Aber Sticks ist Fährmann auf dem großen Meer, das zu den Gebirgen am Ende der Würfelwelt führt«, bemerkte Knirk. »Und er ist geldgierig, gerissen und mit allen Wassern gewaschen.«

Wenzel erklärte seinen Plan. »Sticks dürfe mächtig sauer auf die eisige Kälte sein, sie verdirbt das Geschäft. Das Meer friert über kurz oder lang zu und niemand benötigt mehr ein Segelschiff, um auf die andere Seite zu gelangen. Ich denke, der Fährmann wird für seinen Dienst als Bote keine Belohnung verlangen, wenn wir ihm den Ernst der Lage erklären.«

»Wir sollen ihm vertrauen?«, fragte Knirk.

»Wir müssen«, nickte Wenzel. »Was hat Sticks von seinem Reichtum, wenn er zusammen mit der Würfelwelt untergeht?«

»Wie bringen wir die Botschaft zum weit entfernten Meer?«

»Ich dachte dabei an dich und den ›Pack-O-Mat‹ …«, scherzte Wenzel. Natürlich wusste der Bibliothekar, dass Knirk niemals die Hauptstadt verließ und um den Automaten im Keller der Bibliothek zukünftig einen großen Bogen schlagen würde. »… Sticks ist bei Bürgermeister Fuddelhaar zu Besuch. Ich habe ihn vorhin zufällig am Fenster gesehen. Sei so lieb und hole ihn zu mir.«

Knirk grinste und rannte los. Er kam gerade noch rechtzeitig im großen Sitzungssaal an, um den Rauswurf des Seemanns mit anzusehen. Zwei kräftige Wachsoldaten setzten den Fährmann unsanft vor die Tür.

»Ich kann nichts dafür, dass Winter ist …«, fauchte Fuddelhaar. »Verschwinde!«

»Aber ich bin einer der größten Steuerzahler«, protestierte Sticks lauthals. »Ein vereistes Meer bedeutet meinen Ruin!«

»Mach dich vom Acker …«, kreischte der Bürgermeister entnervt.

»Aber …«

»Zieh Leine, du jämmerlicher Leichtmatrose. Ich habe andere Sorgen. Ist mir doch Schnuppe, wenn dein Tümpel zufriert!« Fuddelhaar spuckte Gift und Galle. »Oder magst du ein gemütliches Plätzchen im Stadtgefängnis einnehmen?« Fuddelhaar zerrte wütend an seiner kratzenden, rotweingefärbten Perücke.

Zutiefst gekränkt verließ Sticks mit zwei geballten Fäusten in den Taschen das obere Stockwerk des Rathauses. Mitten auf der Treppe hörte er ein »Pssst!«, und erblickte kurz darauf den Rattenspion.

»Knirk?«

»Pssst! Hallo Sticks. Wenzel möchte dich sprechen.«

Sticks nickte und marschierte wenige Augenblicke später am verdutzten Wachzombie vorbei durch die geschlossene Tür der Bibliothek. In Wenzels Dachkammer macht der Seemann seinem Ärger Luft und hörte sich anschließend den Plan des Bibliothekars an.

»Und was springt für mich dabei heraus, wenn ich die Botschaft ins Zwergenland transportiere?«, fragte er listig.

»Wasser unter dem Bug deines Schiffes statt einer Eisschicht!« Wenzel hatte den wunden Punkt des Fährmannes getroffen.

»In Ordnung!«

»Wo liegt dein Schiff?«, fragte der Bibliothekar.

»Im Fluss Klo, jenseits der steinernen Brücke«, brummte der Seemann.

Wenzel erklärte Sticks die Situation, während die Kopiergnomen die Harfen und Noten fehlerfrei abzeichneten. Sie benutzten hierfür ausnahmsweise auf Wunsch des Bibliothekars teure wasserfeste Tinte, da Sticks im Umgang mit Feuchtigkeit nicht gerade zimperlich war. Meerwasser, feuchter Seetang, Rum und überall an Deck Muschelschleim hätten den liebevoll gezeichneten Bildern sofort den Garaus gemacht. Auch das Schneetreiben überall auf der Würfelwelt täte gewöhnlicher Tinte nicht gut. »Übergib Atos das Pergament. Nur Atos!«, schärfte Wenzel dem Fährmann ein.

Sticks steckte das zweifach gefaltete Blatt in seine Uniform und verschwand mit einer gehörigen Portion Wut im Bauch aus der Bibliothek.

»Ist er der Richtige für diesen Auftrag?«, zweifelte Knirk.

»Er ist perfekt!«, lächelte Wenzel und nahm einen großen Schluck Kräutertee. »Und er ist magisch!«

Garmander hatte Zapontia in aller Eile verlassen. Während die Gaffermenge die Münder langsam aber sicher wieder schloss und den gefesselten Schrankenwärter befreite, rollte die gläserne Reisekugel ihrem nächsten Ziel entgegen. Neben Zapontia gab es drei weitere Dörfer und Brücken, die jeweils im Abstand eines Vierteilkreises um das Zwergenreich herum verteilt lagen. Die

Erbauer hatten erstaunlich wenig Fantasie und nannten die Orte, die Schrankenwärter und die Brücken selbst Wapontia, Xapontia, Ypspontia und Zapontia. Der unglückliche Bote purzelte in der Kugel hilflos umher, während Garmander in Gestalt eines Schneepumas an der Kante zur Schlucht entlang hetzte. Das Böse rief, um ihm Macht zu geben. Kraft und Energie, um seine Feinde zu besiegen. Die Rache an Atos war bereits geglückt, doch auch mit Fuddelhaar, Amalia und den Zwillingen hatte Garmander noch eine alte Rechnung zu begleichen. Damals war es ihm nicht gelungen, in das legendäre Land aus Eis und Finsternis vorzudringen. Stattdessen war er wegen einer missglückten Arglist im Gefängnis gelandet. In einer magischen Blase, die jede Zauberei verhinderte. Doch nun standen alle Vorzeichen günstig wie nie zuvor. Die Kälte ergriff Besitz von der Würfelwelt, die Polarriesen und ihr Anführer, der Eisritter Frigador, befanden sich im Anmarsch. Nur die magische Eisharfe konnte sie noch aufhalten und musste daher unbedingt zerstört werden. Frigador würde es Garmander danken, dessen schien der Zauberer sich sicher zu sein.

Ohne Probleme erreichte Garmanders Reisekugel die Stadtgrenze von Ypspontia. Den Schlagbaumwächter traf ebenfalls der Schlag des Zauberers. Wenig später fand der verdutzte Schrankenwärter sich gefesselt und geknebelt in einer Besenkammer wieder. Unter Androhung ernsthafter körperlicher Schäden öffnete er per Gedankenübertragung den Schlagbaum. Ohne Zeit zu verlieren, marschierte Garmander mit einem wankenden Boten ins Zwergenreich ein. Anders als Max und Anna wusste der Zauberer von den eisernen Strängen. Um noch schneller als mit einer Zugmaschine unterwegs sein zu können, setzte er die gläserne Reisekugel kurzerhand zwischen die beiden Schienenstränge und lief los. Der Bote wusste, dass sein Leben bald keinen Pfifferling mehr wert sein würde. Würde er Garmander den Weg zum richtigen Bergwerkseingang im Oberland weisen, wäre er spätestens im tiefsten Stollen ein toter Mann. Weigerte er sich, würde der irre Zauberer ebenfalls kurzen Prozess machen und sich vielleicht weitere Opfer suchen. In der ständig drehenden Reisekugel konnte der Bote keinen klaren Gedanken fassen.

Ohne Rast und mit atemberaubender Geschwindigkeit trieb Garmander sein Fortbewegungsmittel voran.

»Ist es noch weit?«, fauchte der Schneepuma in der bedrücken-den Enge der Glaskugel den jungen Burschen an.

»Nein Herr, das dritte Bergwerk ist unser Ziel!«

»Du lügst doch nicht, oder?«, zischte die Raubkatze.

»Nein, Herr«, versicherte der eingeschüchterte Bote.

Garmander sah das Ziel nahen. Zwei Lagerschuppen hatte er in der Reisekugel bereits passiert, nun tauchte im Schneegestöber Nummer drei am Horizont auf. Garmander ließ seine Reisekugel achtlos auf den Schienen liegen. Entschlossen stapfte der Zau-berer mit dem unglücklichen Boten im Schlepptau durch den Schnee.

»Wohin jetzt?«, brüllte er.

»Im Schuppen befindet sich der magische Aufzug, mit dem wir direkt in die Tiefe reisen können«, erklärte der Bursche mit wild klopfendem Herzen.

»Und das ist kein Trick?«

»Nein Herr, ich bin dein Gefangener und sage die Wahrheit!« Der Bote zog am einzigen Hebel rechts neben der halbhohen Gittertür. Das Glöckchen ertönte. »Ping!«

Wumm.

Ein gewaltiger Schlag erschütterte den Untergrund.

»Warum dauert das so lange? Wo bleibt der Aufzug?«, schrie Garmander. »Du willst doch nur Zeit schinden!«

»Nein Herr, sicher ist die Kabine weit unten im Bergwerk. Es dauert eine Weile, bis der gewaltige Schacht durchquert ist. Hab Geduld!«

Garmander kam die Wartezeit wie eine Ewigkeit vor. Schließ-lich erschien die an Vorder- und Rückseite offene Kabine mit einem weiteren ›Ping‹ an der Oberfläche. Garmander stieß den Boten unsanft in den Aufzug und folgte in die Kabine. Der junge Bursche zog am Hebel Nummer sieben. Das Sperrgitter fuhr in Position und die Reise in die Tiefe begann. Nach einer Zeit in absoluter Dunkelheit schimmerte dem ungleichen Paar ein mat-tes Licht entgegen. Das erste Untergeschoss nahte. Als die Unterkante des Aufzugs mit der Oberkante des Sperrgitters eine Linie bildete, nutzte der Bote den Bruchteil einer Sekunde zur Flucht. Mit einem gewagten Hechtsprung schlüpfte er durch die Lücke oberhalb des Schutzgitters und rollte auf dem harten Untergrund ab. Garmander blieb keine Chance. Er konnte den engen Aufzug weder stoppen noch eine Verwandlung wagen, sondern würde bis ins siebente Untergeschoss durchfahren müssen. Erst danach konnte er dem Aufzug neue Weisungen erteilen. Vergeblich zog er an allen in der Kabine befindlichen Hebeln und schickte dabei wilde Flüche durch den Aufzugschacht. Der junge Bote kannte die Bergwerke wie seine Westentasche. Ohne eine Sekunde Zeit zu verlieren sprang er auf eine Zugmaschine und pumpte das Fahrzeug mit ganzer Kraft voran. Er fuhr um sein Leben. Und in Dangholt wartete sein Pferd auf ihn.

Anna, Max und Meister Dost blickten entsetzt dem abfahrenden magischen Aufzug hinterher.

Wumm.

Ein weiterer kalter Luftschwall pfiff durch den Stollen.

»Es ist unheimlich hier«, stellte Max schaudernd fest. »Fast so, als würde das Bergwerk durch den Gang hier ein- und ausatmen.«

Anna bekam eine Gänsehaut. Teils aufgrund der Kälte, teils vor Angst. »Hüte dich vor dem Atem aus der eisigen Tiefe«, flüsterte sie.

»Was meinst du damit?«, fragte Meister Dost.

»Die Legende, dieser Satz steht in der Legende. Hüte dich vor dem Atem aus der eisigen Tiefe!«

»Weg hier!«, riefen die Zwillinge wie aus einem Mund und rannten zusammen mit Meister Dost wie zufällig in dieselbe Richtung. Nach links, immer dem eisigen Luftstrom entgegen. So schnell die Füße trugen, stürmten die Abenteurer im Licht des goldenen Laufrades den unebenen Gang entlang.

›Hoffentlich geraten wir nicht in eine Sackgasse‹, dachte Meister Dost. Kaum waren die drei um die nächste Kurve gebogen, prallten sie erschrocken zurück. An der tiefsten Stelle des Stollens versperrte eine bläulich leuchtende Eiswand den Weg.

»Hier endet nun die Reise«, jammerte Meister Dost. »Wir sitzen in der Falle. Vor uns die Eiswand, und hinter uns kommt Garmander oder ein Polarriese.«

»Das Ende der einen Reise ist der Beginn einer neuen Reise«, bemerkte Anna etwas altklug. Das Mädchen ahnte, dass hinter der Eiswand eine fantastische Welt wartete, voller Gefahren, aber auch voller Entdeckungen.

»Wie kommen wir durch die Eiswand hindurch?«, rätselte Max und überlegte mit krauser Stirn. Auch die Zwerge und Tanta Amalia mussten diesen Weg genommen haben. Ob freiwillig oder unfreiwillig, konnte der Junge nicht einschätzen.

»Ihr habt die Ruhe weg«, schimpfte Meister Dost. »Jeden Augenblick ist der Aufzug wieder auf unserer Ebene und wir sind erledigt.« Der Kobold löschte sein magisches Laufrad, um nicht schon aus der Ferne entdeckt zu werden. Die blaue Eiswand strahlte genügend Helligkeit ab.

»Herr Atos wüsste Rat!« Anna hing sehr an ihrem Lehrmeister. Den Sturz in die Schlucht mit ansehen zu müssen, tat ihr immer noch in der Seele weh. Plötzlich und ohne Vorwarnung entstand ein Spalt im blauen Eisvorhang und Stimmen drangen von der anderen Seite herüber.

»Geh wieder auf deinen Posten«, mahnte ein Polarriese seinen Kameraden. »Und hol vorher deine Doppelaxt!« Bei jedem Schritt stießen die Hünen mit ihren Helmen an die Decke des Stollens. Einer der beiden blieb noch eine Weile im geöffneten Eisspalt stehen, während der andere direkt auf die Zwillinge und Meister Dost zukam. Leise zogen die drei sich in die dunkle Kurve des Stollens zurück und hofften, dass der Polarriese keine Fackel anzünden würde. Atemlos kauerten die zitternden Gestalten regungslos am Boden. Glücklicherweise schien der Polarriese an die Dunkelheit gewöhnt zu sein und stiefelte nur wenige Zentimeter neben Anna entlang. Jetzt wurde die Lage brenzlig. Im geöffneten Eisspalt wartete ein Gegner, und von der anderen Seite kam in wenigen Minuten ein zweiter hinzu. Plötzlich erschien ein dritter Polarriese in der Eispforte. »Frigador wünscht dich zu sprechen!« Eilig machten die beiden sich auf den Weg.

»Jetzt!«, rief Max und rannte der sich langsam schließenden Eiswand entgegen. Mit jeder Sekunde schrumpfte der Spalt. Der Junge kam zuerst am Ziel an und quetschte seinen Körper seitlich durch die Lücke. Anna stolperte, geriet ins Straucheln, kam wieder auf die Beine und quälte ihren Körper in den Eisspalt hinein. Doch der Platz reichte nicht mehr aus.

»Ich stecke fest«, keuchte sie. Meister Dost schlüpfte auf die andere Seite und zog zusammen mit Max an einem Arm und einem Bein des Mädchens. Der Druck zwischen den beiden Eisstücken drohte Anna zu zerquetschen.

Wumm.

Ein gewaltiger Schlag der Pauke lockerte für eine Sekunde den Würgegriff der Eismassen. Anna glitt erschöpft auf die andere Seite, bevor der Spalte endgültig verschwand. Doch auch hier gab es keine Verschnaufpause. Kaum, dass die drei Abenteurer auf den Beinen waren, bog ein Polarriese um die Ecke.

»Hier hinein!« Meister Dost zog Anna und Max an den Beinkleidern in einen stockfinsteren Raum rechts des Hauptstollens hinein. Der Untergrund fühlte sich seltsam schwammig an, es knirschte wie kleine Kieselsteine. Anna und Max sanken knöcheltief in die unbekannte Masse ein. Vom Boden ging eine ungeheure Kälte aus. Zum Glück machte der Polarriese auf dem Absatz kehrt. Meister Dost atmete tief durch und entzündete vorsichtig das Licht seines Laufrades. Anna blickte entgeistert nach unten. Sie stand wie ihre Begleiter inmitten von Millionen Eiskügelchen, jedes etwas so groß wie eine Perle.

»Noch ein Fundstück, das die Vampire von Graf Krommel in Dangholt entdeckt haben«, bemerkte Meister Dost. »Erinnert ihr euch an die böse schwarze Tunke in der Flasche auf dem goldenen Tablett?«

Die Zwillinge nickten. »Ja, der Graf erzählte, dass viele schwarze Eiskugeln auf den Straßen und Gassen lagen und die Spur irgendwo in einem Kanal endete«, erinnerte sich Anna.

»Genau, und im Schloss ist das schwarze Eis dann geschmolzen«, nickte Meister Dost. Weder der Kobold noch die Zwillinge konnten sich jedoch einen Reim auf die kleinen Kügelchen machen. Wozu wurden sie gebraucht? Fest stand nur, dass ein Polarriese in Dangholt herumspioniert hatte und dabei in der Nacht Baron von Herzblut über den Weg gelaufen war. Danach hette ein Armbrustbolzen die Doppelaxt getroffen und ein Stück Metall aus der Schneide gesprengt.

Max spazierte wie auf Eiern unsicher durch den bedrohlich schwarzen Raum und machte eine weitere Entdeckung. In einer Ecke lag eine achtlos weggeworfene Rüstung eines Polarriesen. Der Junge hob einen mächtigen Brustpanzer hoch, in dem ein größeres Loch gähnte. Max schüttelte am Harnisch. Kleine schwarze Kügelchen rieselten aus der Öffnung. Die Lösung war gefunden. Um ihre an große Kälte gewöhnten Körper an der Oberfläche der Würfelwelt zu kühlen, wurden alle Rüstungsteile vom Helm bis zum Stiefel mit den Eiskugeln gefüllt. Das schwarze Eis war im Gegensatz zu normalem Wassereis viel kälter. Ungefähr zehn Mal kälter.

»Jetzt gibt es kein Zurück mehr, nicht wahr?«, fragte Meister Dost und gab selbst die Antwort. »Nein, kein Zurück. Die Legende lebt!« Auch Anna und Max waren bereit, das Meer der Tränen, die reißende Schlucht der Regenelfen und den schwarzen Wasserfall zu bezwingen. Am Ende wartete die magische Eisharfe, und auf dem Weg dorthin mussten die Zwerge und Tante Amalia zu finden sein.

Für einen kurzen Moment glaubte Anna, dass draußen im Stollen eine kleine, dicke Gestalt entlang schwebte.

Wumm.

Sticks stapfte missmutig über den Marktplatz. Er würdigte das Rathaus keines Blickes. Sein über alles geliebtes Meer fror langsam zu. Er war der einzige Lotse, der alle Riffs, Klippen, Sandbänke und Untiefen kannte. Entweder man fuhr mit Sticks, oder man ging mit fliegenden Fahnen im Meer unter. Ein einträgliches Geschäft. Doch wer brauchte noch einen Fährmann und Lotsen, wenn er auf einem Pferd oder per Schlittenhund auf die andere Seite gelangen konnte? Er verfluchte die Kälte, er verfluchte

Fuddelhaar. ›Dieser aufgeblasene Bürokrat‹, dachte der Seemann und marschierte durch das geschlossene Stadttor hindurch direkt zu seinem Segelschiff. Der Dreimaster sah völlig heruntergekommen aus, war aber das Schiff mit der meisten Magie auf der gesamten Würfelwelt. Alle Segel hingen in Fetzen von den Masten herunter. Auch der Rumpf sah kaum besser aus. Die Bretter wurden nur noch von Spucke und Magie zusammengehalten. Sticks konnte den mächtigen Schoner alleine segeln. Er war Kapitän, Navigator, Steuermann, Matrose, Koch, Decksjunge und Ausguck in einer Person. Überall und nirgends zugleich. Das Steuerrad folgte seinem Kurs von alleine. Der Fährmann hatte einen Plan. Mit einer gehörigen Portion Wut im Bauch hievte er das Schiff aus dem Fluss Klo an Land und setzte jedes verfügbare Segel, jeden Fetzen Stoff den er auftreiben konnte. Er würde dieses Pergament zustellen, ganz gleich, ob es am Ende der Welt, auf dem Mond oder in einem Bergwerk im Zwergenreich sein musste. Das Meer gehörte ihm, und zwar in flüssiger Form! Mit Wogen, Wellen, Stürmen und ohne Eis. Im Schneesturm schwebte der magische Dreimaster eine Handbreit über dem weißen Niederschlag. Der Zapontia litt durch Garmanders Niederschlag noch unter heftigen Kopfschmerzen und traute seinen Augen nicht. Ein abgetakelter Dreimaster raste unter vollen Segeln direkt auf seinen Schlagbaum zu. In letzter Sekunde rissen die Gedanken des Wächters die Schranke nach oben. Sticks donnerte wort- und grußlos durch die geöffnete Absperrung, dann über die brückenlose Schlucht und direkt in das Zwergenreich hinein. Dort ging der heiße Ritt ohne Pause weiter. Da die Schienen vor nicht allzu langer Zeit benutzt worden waren, folgte der Fährmann der Spur bis zu einem Lagerschuppen. Dort musste das Schienenfahrzeug nach links abgebogen sein. Sticks schleuderte seinen Anker über Bord und parkte den Dreimaster. Mit einem kleinen Beiboot fuhr er in das Bergwerk ein, ruderte bergauf und bergab. Auf einer Teilstrecke hatte ein Wassereinbruch das Stollensystem bis zur Decke überflutet. Sticks störte dieses Hindernis überhaupt nicht. Er konnte unter Wasser genauso atmen und leben wie an Land. Kurze Zeit später erreichte er zwei knallrote Leuchtpunkte und stoppte das Beiboot.

Von hier aus würde er zu Fuß weitersuchen müssen. Die Fährte stimmte. Sticks klingelte nach dem Aufzug.

❋

Garmander erreichte die tiefste Ebene des Bergwerks. Für einen kurzen Augenblick überlegte er, wieder aufwärts zu fahren und dem Boten den Garaus zu machen. Doch die magische Kraft der Pauke zog den Zauberer immer mehr in ihren Bann. Er wusste, dass der Ort, an dem das Böse lauerte, nahe war. Der junge Bursche stellte keine Gefahr für ihn dar. Schließlich galt auch der Bote als Ausbrecher aus dem Stadtgefängnis. Fuddelhaar würde seinen Aussagen wenig Glauben schenken. Selbst wenn die Stadtwache dann irgendwann in Richtung des Zwergenreichs ausrücken sollte, würden die Soldaten Garmander nicht mehr aufhalten können. Jetzt galt es nur noch, die in der Legende beschriebene magische Eisharfe zu finden und zu zerstören. Erst jetzt stellte der Zauberer fest, dass er keine magische Leuchte besaß. Die Reisekugel an der Oberfläche war nutzlos, seit er die Glühwürmchen daraus vertrieben hatte. Glücklicherweise flackerte auf der rechten Seite ein feines bläuliches Licht. Garmander wählte daher den Weg dorthin. Mit eiligen Schritten marschierte der Zauberer durch den unebenen Stollen. Hinter einer Biegung fand er die Ursache des Lichtscheins. Ein Hexenbesen lehnte an der Wand und brannte. Feine bläuliche Flammen züngelten aus dem Reisig.

»Was zum Tonaluga ist das denn?«, brummte Garmander. ›Was haben Hexen hier unten zu suchen?‹, überlegte er fieberhaft. Irgendjemand musste den Besen hier abgestellt und angezündet haben. Der Zauberer marschierte alarmiert weiter, jederzeit bereit, einen Angriff abzuwehren. Schimmerte dort hinten nicht ein weiteres Licht? Garmander erreichte nach einiger Zeit den nächsten brennenden Besen, ohne die dazugehörige Hexe zu entdecken. Es folgte in großen Abständen ein Feger dem anderen. An manchen Abzweigungen ging es rechts herum weiter, an anderen Gabelungen des Stollengangs wählte Garmander die linke Seite. Die Besen bildeten eine lange Kette, eine Fährte. Gar-

206

mander hatte auf Markierungen seines im Zickzackkurs verlaufenden unterirdischen Marsches verzichtet, da der Rückweg zum Aufzug durch die brennenden Besen leicht finden konnte. Nach vielen Meilen entdeckte der Zauberer erleichtert sein Ziel. Der Stollen endete mit einer bläulich schimmernden Wand. Ohne zu zögern schoss Garmander einen Kugelblitz ab, der jede noch so dicke Eisschicht durchschlagen oder zumindest schwer beschädigen würde. Doch das Gegenteil war der Fall. Die grelle Energiekugel prallte von der Wand zurück und traf um ein Haar den verdutzten Garmander. In letzter Sekunde warf der Zauberer seinen Körper zu Boden. Wütend feuerte er den nächsten Blitz hinterher, dann folgte noch ein weiterer vergeblicher Versuch.

›Das ist unmöglich‹, überlegte der Zauberer und trat näher an die Wand heran. Erst jetzt bemerkte er den Schwindel. Aus drei Einschlagstellen grinste der blanke Fels hervor. Die blaue Farbe lag abgeplatzt am Boden. Jemand hatte die Steinwand eingefärbt und angepinselt, sodass bei flüchtiger Betrachtung der Eindruck einer Eisfläche entstehen musste. Garmander kochte vor Wut. Jemand wagte es, ihm einen Streich zu spielen und einen Bären aufzubinden. Mochte dieser jemand sein Werk für Schabernack halten, hatte der Zauberer hierfür nicht das geringste Verständnis. Doch es kam noch schlimmer. Plötzlich erloschen alle Flammen an den Hexenbesen und die Feger flogen zurück zu einer Sammelstelle.

»Gut gemacht«, flüsterte eine Stimme. »Sehr gute Arbeit. Wir haben etwas Zeit für Anna und Max gewonnen.«

Garmander tappte im Dunkeln umher. Seine wütend ausgesandten Blitzpfeile erhellten den Stollengang immer nur sehr kurz und blendeten mehr als dass sie nutzten. Der Zauberer fand erst nach mehreren Stunden den Weg zurück zum Aufzug. Garmander prallte erschrocken zurück. Dieses Mal stand eine Reihe brennender Besen in bedrohlicher Haltung vor ihm und versperrte den Weg zur linken Seite. Wieder entdeckte Garmander keine Hexe. Ohne Vorwarnung griffen die Besen an, schwirrten um den Kopf des Zauberers, stießen gegen seinen Körper. Doch Garmander wusste sich zu wehren. Als ehemaliger Gildenmeister beherrschte er viele Tricks. Sicher, er war längst nicht so gut wie andere Magier, aber seine ärgsten Konkurrenten konnten ihm nicht gefährlich werden, auch wenn Garmander dies nur teilweise wissen konnte. Atos war beim Einsturz der Brücke von Zapontia in die Schlucht gestürzt, Amalia saß irgendwo in der Unterwelt fest und der ehrenwerte Daribert schnarchte unter einer Schallschluckhaube in Graf Krommels Schloss.

Die ersten Besen ergriffen die Flucht, andere hatten nicht soviel Glück und zersplitterten in Garmanders Feuerwerk aus Blitzen. Nach hartem Kampf stapfte der Zauberer siegreich davon und ließ vor dem Aufzug ein qualmendes Lagerfeuer aus Reisig zurück.

»Er ist stärker geworden«, flüsterte eine Stimme in ihrem Versteck. Zwei geflohene Besen nickten besorgt. »Aber wieder ist etwas Zeit gewonnen.«

Garmander entdeckte die nächste bläulich schimmernde Wand. Vorsichtige prüfte er die Beschaffenheit der Absperrung und stellte erleichtert fest, dass es sich dieses Mal um die gesuchte magische Eiswand handeln musste. Der Zauberer dachte kurz nach und änderte seine Taktik. Er hielt es nun für klüger, nicht mit der Tür ins Haus zu fallen und ließ seine Blitzpfeile im Köcher. Aus einem Versteck in der Dunkelheit beobachtete er den sich öffnenden Spalt in der Eispforte.

Ein Polarriese mit geschulterter Doppelaxt trat in den Stollengang. Helm und Waffe schabten an der Decke entlang und schlugen Funken. Verdutzt und verärgert machte der Hüne auf dem Absatz kehrt, da sein Kamerad seinen Posten vor der Eispforte schon wieder verlassen hatte. »Jetzt habe ich endgültig genug! Ich beschwere mich.«

Garmander schlüpfte ungesehen durch den Eisspalt. Eine zweite Person folgte unerkannt, bevor die Pforte sich endgültig schloss.

Anna blickte vorsichtig nach links und rechts in den Hauptgang hinein. »Die Luft ist rein!«, flüsterte sie.

Eilig verließen die drei Abenteurer den unheimlichen Lagerraum für pechschwarze Eiskügelchen. Sie waren sicher, auf dem richtigen Weg zu sein. Aber wo genau begann die in der Legende beschriebene Welt des magischen Wassers? Anna wirkte besorgt. Sie wusste, dass Tante Amalia in der Nähe sein musste, konnte aber trotz größter Anstrengung und Konzentration keine Gedankenübertragung aufbauen. Eine fremde Macht blockierte jeden Versuch der Kontaktaufnahme. Wo steckten die Zwerge? Die Zwillinge versuchten, den Text der Legende in ihre Gedächtnisse zurückzurufen. Da Atos das Pergament beim Einsturz der Brücke des Zapontia in seinem Gewand getragen hatte, war der Text verloren gegangen.

Anna runzelte die Stirn. »Wonach müssen wir zuerst suchen? Was ist mit der Welt des magischen Wassers gemeint?«

Ihr Bruder überlegte ebenfalls. »Die Legende spricht vom Kelch der Selbsterkenntnis oder so ähnlich.«

»Klingt alles sehr kompliziert«, schimpfte Meister Dost. »Aber es ist wohl auch kompliziert, die Würfelwelt zu retten.«

Der Stollen wurde von magischen Fackeln bläulich beleuchtet. Der Eisritter Frigador und seine Polarriesen hassten jede Wärmequelle. Daher strahlte auch das blaue Licht eiskalt aus den Fackeln. Max versuchte vergeblich, seine unerträglich kalten Finger etwas zu wärmen. Vom Hauptgang aus gab es keine Abzweigungen mehr, Meister Dost lugte vorsichtig in Kammern oder Räume, die rechts und links des Gangs in den Fels gehauen waren. Entsetzt stellte der Kobold fest, dass hier unten massenweise Doppeläxte, Rüstungen, Schilde und andere grauenhafte Waffen aufgetürmt lagen. Offenbar plante der Eisritter einen Großangriff auf die Würfelwelt.

Meister Dosts Gedanken kamen der Wahrheit schon sehr nahe, aber die ganze Wahrheit war wie immer viel komplizierter. Und magischer. Frigador hatte bereits einmal versucht, die Würfelwelt zu erobern. Damals hatte er mit einem riesigen Eispendel die Drehbewegung des quadratischen Planeten verlangsamt. Dangholt entkam nur knapp einer Katastrophe, weil Anna, Max und Meister Dost in letzter Sekunde das Eispendel zerstört und ihre Tante aus der schwarzen Festung befreit hatten. Dabei war auch die stolze Burg Frigadors auseinandergebrochen und in einer Schlucht versunken. Nur knapp entkam der Eisritter mit den meisten seiner Polarriesen dem Einsturz und sann seitdem auf Rache. Als unsterbliches Wesen hatte er genügend Zeit dazu. Auch im Land aus Eis und Finsternis kreisten viele Legenden von unbekannten Ländern jenseits der großen Gebirge. Da alle Randgebirge unendlich hoch und steil in die Wolken ragten, konnten weder die Frostgeier zur anderen Seite fliegen noch die Polarriesen herübersteigen. Frigador ersann einen anderen Plan. Wenn er nicht *über* das Gebirge hinweg auf die andere Seite kommen konnte, würde er sich eben darunter hindurchgraben. An Arbeitskräften herrschte kein Mangel, da tausende von Bewohnern des Landes aus Eis und Finsternis zur Zwangsarbeit herangezogen worden waren und einen Stollen gruben. In Rekordzeit wuchs der Gang Meile um Meile. Da der Eisritter die Abmessungen seines eigenen Landes kannte und wusste, dass die Welt ein Würfel ist, konnte er sehr genau die notwendige Länge des Stollens und den Grabungswinkel errechnen. Er wollte die andere Seite ins Mark treffen, direkt in der Mitte des fremden Quadrats auftauchen und alles im Handstreich erobern. Der Plan besaß zwei Schönheitsfehler. Nummer eins ging auf die Kappe des Eisritters. Er hatte nicht berücksichtigt, dass es tief in der Würfelwelt immer wärmer wurde. Seine Männer vertrugen die Temperaturen nicht und mussten die Grabungen einstellen. Ein kluger Berater ersann darauf hin Rüstungen mit Hohlräumen, in denen schwarze Eiskügelchen für Abkühlung sorgten. Der Stollenbau konnte fortgesetzt werden. Schönheitsfehler Nummer zwei machte dem Eisritter größere Sorgen. Auf den vier abwechselnd der Sonne zugewandten Seiten der Würfelwelt war es ebenfalls zu warm. Keine Eiskühlung der Welt reichte aus, um auf der heißen Seite auch nur einen Tag zu überleben. Hier kamen Zufall und böse Magie dem Eisritter zur Hilfe. Auch im Land aus Eis und Finsternis glaubten die Bewohner an Legenden. Insofern unterschieden Polarriesen sich nicht von den Bürgern Dangholts oder anderer Orte. Die Sage vom Eistrommler erzählte, dass tief unten in der Würfelwelt ein Riese eingesperrt sei, der beim Bau des Planeten versehentlich dort vergessen worden war. Alle tausend Jahre erwachte der Riese schweißgebadet und rief mit einer großen Pauke um Hilfe. Mit jedem Schlag sollte die Temperatur ein Stückchen sinken, bis eine neue Eiszeit erreicht wurde. Dann schlief der Eisriese wieder ein. Frigador wusste, dass die Legende so nicht stimmen konnte. Schließlich lebte er schon seit Jahrtausenden, hatte aber noch niemals die Paukenschläge gehört. Aber durch irgendeinen dummen Zufall stimmte die Legende aus Sicht des Eisritters sogar teilweise.

»Alles Unsinn«, hätten die Baugötter gerufen. Sie kannten den wahren Grund. Bei der Erschaffung von neuen Welten trauten manche der Konstrukteure ihren eigenen Schöpfungen nicht besonders weit. Genauer gesagt, die eine Hälfte der Bauabteilung. Im Bauch jedes Planeten schlummerte daher ein Selbstzerstörungsmechanismus. Gefiel den Göttern bei einem Kontrollbesuch die Welt nicht mehr, wurde die Pauke des Todes aktiviert. Anstatt aber den Planeten sofort mit einem riesigen Knall explodieren zu lassen, gab es eine Art Countdown. Nur so aus Spaß, ohne praktischen Grund. Ohne Sinn und Verstand. Der Countdown dauerte nur zehn göttliche Sekunden und sollte von einem wilden Trommelwirbel begleitet werden. Innerhalb dieser kurzen Zeitspanne sollte die Temperatur auf den absoluten Nullpunkt sinken, dann folgte die Explosion des Planeten. Hierfür gab es sogar einen nachvollziehbaren Grund. Die Götter hassten Flecken auf ihrem himmlischen Tischtuch. Explodierte ein gewöhnlicher Planet, spritzten flüssiges Eisen aus dem Kern, Wasser, Erde und anderer Matsch in jeden Winkel des Alls. So, als wenn eine Sahnetorte platzte. Von innen nach außen schockgefroren bildeten sich beim großen Knall gleichmäßige Eissplitter, die als Kometen hübsch anzusehen waren und sich in die Umlaufbahnen anderer Planeten als Weltraumschrott einreihte. Die göttlichen zehn Sekunden dauerten aus Sicht der Bewohner eines Planeten mehrere Tage. Hierdurch wurde auch der Trommelwirbel zu einem *wumm, wumm* in ungleichmäßigen, größeren Abständen. Legenden hin oder her, so sah die Wahrheit aus.

Den Göttern war die Würfelwelt völlig schnuppe. Niemand hegte einen Plan, den unwichtigen Quader in die Luft zu jagen. Frigadors Polarriesen hatten bei ihrer Buddelei durch den halben Planeten versehentlich durch zu große Erschütterungen die Selbstzerstörung ausgelöst.

»Stopp, so geht das nicht«, protestierte damals die andere Hälfte der Bauabteilung. Die Götter hatten genau diesen Fall vorhergesehen. Neugierige Buddler könnten zu tief graben und versehentlich ihre Welt als Eiskonfekt ins All verstreuen. Für den Fall, dass die Selbstzerstörung durch die Bewohner des Planeten versehentlich selbst ausgelöst wurde, gab es daher einen Stopp-schalter. Ein Kindgott komponierte eine einfache Harfenmelo-die und verbuddelte sie zusammen mit etwas Wasser, Eis und einigen anderer netten Einfällen tief unten in der Würfelwelt. Auf wundersame Weise gelangte die Melodie eines Tages im Traum in den Kopf eines Minnesängers, der daraufhin die Harfe und den Eierschneider an einem Tag erfand. Der kleine König schrieb ein Buch und somit ist bewiesen, dass in jeder Legende auch immer ein Körnchen Wahrheit steckt. Auf welchem Weg es dorthin gelangt ist, ist völlig egal.

Wumm.

Der Countdown lief, und die gesamte Würfelwelt stand am Abgrund. Doch Garmander, Frigador und Fuddelhaar wussten wie alle anderen Bewohner nichts von ihrem Unglück. Sie sahen nur ihre eigenen Interessen und dachten nur an Rache, Macht und an Gold. Kein Atos, keine Amalia und niemand sonst hätten ahnen können, dass der Wettlauf zur magischen Harfe viel mehr bedeutete, als Frigador in sein dunkles Reich zurückzudrängen. Das Schicksal der Würfelwelt stand auf dem Spiel und die Götter hielten schon ihre Ohren zu und warteten auf den großen Knall mit Feuerwerk.

Der lange mit bläulichen Fackeln beleuchtete Stollen führte nach einige Kurven zu einem großen unterirdischen Saal, aus dem lauter werdendes Stimmengewirr drang. Vorsichtig schlich Meister Dost voran und prüfte die Lage. Eilig kehrte der Kobold zu den wartenden Zwillingen zurück.

»Kommt weiter«, wisperte er.

Anna und Max folgten dem Diener Amalias durch das stei-nerne Portal hindurch und blickten auf eine gespenstische Szene. Eine breite steinerne Treppe führte nach unten in einen riesigen Raum. Dort unten, etwas zehn Meter tiefer, standen hunderte Polarriesen. Auch ohne ihre grauenvollen Doppeläxte jagte der bloße Anblick den Zwillingen einen gehörigen Schrecken ein. Ihr tödlicher, eiskalter Atem machte den Raum gemütlich wie eine Gruft. Am anderen Ende der unterirdischen Halle stand Frigador auf einem Stapel schwarzer Eisblöcke. Links und rechts vom Eingangsportal führte ein schmaler steinerner Grat entlang. Es gab also eine Möglichkeit, den Raum unbemerkt zu durchqueren. Das war die gute Nachricht. Die Schlechte folgte auf dem Fuße. Der Eisritter hob einen Arm, die Menge verstummte. Nun genügte ein Fehltritt, ein winziges Geräusch, und die Reise wäre hier zu Ende. Meister Dost schluckte. Anna schob den Kobold unsanft voran, während Frigador seine Ansprache hielt. Seine Streitaxt ruhte auf der linken Schulter und blitzte Böse im bläulichen Dämmerlicht. Auf der rechten Schulter hockte ein missmutiger Frostgeier.

»Die Zeit naht, in der die Macht über die Würfelwelt uns gehören wird!«

Unbeschreiblicher Jubel brandete durch die Versammlung und hallte tausendfach als Echo durch die Unterwelt. Anna und Max zitterten, als sie hintereinander auf allen Vieren den schmalen Grat oberhalb der Halle entlang krochen. Sobald Frigador sprach, verharrten die Abenteurer regungslos, um anschließend im nächsten Begeisterungssturm der Polarriesen ein gutes Stück voranzukrabbeln. Meister Dost spazierte aufrecht den Grat entlang, immer mit einem Auge auf dem Weg und dem anderen bei der Versammlung. Die rettende andere Seite des steinernen Saales war fast erreicht, als ausgerechnet dem Kobold ein Missgeschick passierte. In einem kurzen Moment der Unachtsamkeit stolperte Meister Dost und schlug der Länge nach auf den Grat. Das an seinem geschulterten Reisebündel befestigte goldene Laufrad löste sich, hüpfte einige Male auf dem Grat herum und fiel dann abwärts.

»Volle Deckung«, zischte Max und presste seinen Körper flach auf den eisigen Untergrund.

Klimpernd landete das goldene Laufrad zehn Meter tiefer, hüpfte auf und ab und kam trudelnd zum Stillstand. Von einer Sekunde auf die andere herrschte Totenstille im Saal. Nur das leise Knistern der schwarzen Eisblöcke unter den Füßen Frigadors war zu hören.

»Was war das?«, fragte der Eisritter.

Anna, Max und Meister Dost wagten nicht zu atmen und blieben wie die Flundern flach und regungslos am Boden liegen.

Ein Polarriese hob den glitzernden goldenen Gegenstand auf und überreichte das Laufrad seinem Anführer. »Ich muss wohl versehentlich gegen das Schmuckstück hier getreten sein«, vermutete der Hüne.

Frigador betrachtete lustlos den Gegenstand von allen Seiten. »Zwergenschmuck«, rief er verächtlich. Ohne mit der Wimper zu zucken warf er das goldene Laufrad vor seine Füße und zertrat den magischen Gegenstand. Achtlos kickte er die Goldscheibe zur Seite und setzte seine Rede fort.

Meister Dost hatte die Vernichtung seines Laufrades fassungslos mit angesehen. Der Kobold war den Tränen nah, folgte aber Anna und Max tapfer das letzte Stück auf der schmalen Galerie entlang. Eilig schlüpften drei frierende Körper durch eine Pforte und standen in einem weiteren Gang.

»Mein Laufraaaaaad«, klagte Meister Dost. »Mein schönes Laufraaaad!«

»Leise«, zischte Anna.

Beleidigt schlenderte der Kobold hinter den Zwillingen her und erschrak wenige Augenblicke später fast zu Tode. Fassungs- und sprachlos wies er mit einem Arm in einen Nebengang des beleuchteten Stollens. Wie in einer Ausstellung stand eine Armee erstarrter Zwerge in Reih und Glied nebeneinander aufgereiht. Ein Teil der unglücklichen Wesen trug noch Spitzhacke und Schaufel, die meisten Zwerge aber verharrten ohne Werkzeuge in eisiger Regungslosigkeit.

»Sind sie alle tot?«, fragte Max schaudernd.

»Ich weiß es nicht!« Meister Dost rüttelte vergeblich an einem der Zwergenkörper. »Ohne einen Zauberer können wir nichts tun. Erinnert ihr euch an die Wolke, die Herr Atos im Schloss von Graf Krommel zusammengemischt hatte?«

»Ja, aber uns fehlen die Kräuter aus dem Garten des Lapacho und das Rezept«, stelle Anna entsetzt und traurig fest.

»Unsere Tante ist aber nicht hier«, rief Max erleichtert und enttäuscht zugleich.

Den drei Abenteurer blieb nichts anderes übrig, als die erstarrten Zwerge zunächst ihrem Schicksal zu überlassen. Bibbernd folgten sie weiter dem vorgegebenen Weg im steinernen Stollensystem. Plötzlich endete der Pfad in einer Sackgasse. Eine seltsam geformte Öffnung führte in einen kleinen Raum. Enttäuscht mussten die Zwillinge feststellen, dass sie in einer völlig leeren, düsteren Höhle standen. Es gab keine weiteren Abzweigungen mehr.

»Wir sitzen in der Falle, hier ist eine Sackgasse«, rief Max.

»Haben wir etwas übersehen?«, grübelte Anna.

Meister Dost schüttelte den Kopf. »Nein, wir haben in jedem Raum links und rechts des Gangs nachgesehen.« Der Kobold spazierte enttäuscht durch die Höhle, rutschte aus und fiel auf seinen Steiß. »Autsch!«

Anna wollte Meister Dost aufhelfen, trat näher und rutschte ebenfalls aus. »Was zum Tonaluga …?«

Max stürmte durch die seltsame Öffnung zurück in den Stollen und zog eine der blauen Fackeln aus der Halterung. Im Schein der kalten Lichtquelle erkannten die drei Abenteurer die Ursache für den rutschigen Untergrund. Anna und Meister Dost saßen auf einer kreisrunden schwarzen Eisfläche mit einem Durchmesser von etwa einem Menschenschritt. Die blank polierte Fläche reflektierte das Licht der Fackel als tanzende Schatten an die Höhlenwände. Max beugte sein Gesicht über den schwarzen Kreis und musste lächeln. Er sah seinen blonden zerzausten Schopf als Spiegelbild.

»Ich erkenne mich selbst«, grinste der Junge.

»Stimmt«, nickte Anna. »Aber was meint die Legende mit dem Kelch der Selbsterkenntnis?«

»Klar wie Kloßbrühe«, rief Meister Dost und blickte aus der Höhle zurück in den Stollen. Anna und Max ging ein Licht auf. Der Umriss des Eingangs sah aus wie ein Kelch. Unten ein breiter Fuß, zur Mitte schlanker und oben wieder breiter werdend.

»Wir haben den Kelch der Selbsterkenntnis gefunden«, frohlockte Anna.

»Und was fangen wir damit an?«, grübelte Max.

»Ist die Würfelwelt eine Kugel?«, fragte Meister Dost.

Anna schüttelte ungläubig den Kopf. »Nein, das sagt doch schon der Name!«

»Ist gefrorenes Eis auf unserer Seite der Würfelwelt schwarz?«, bohrte der Kobold geduldig weiter.

»Nein, weiß«, rief Max. Weder er noch seine Schwester wusste, worauf Meister Dost hinauswollte.

»Eine letzte Frage. Ist es tief in der Erde in einem Bergwerk normalerweise warm oder kalt?« Der Kobold blickte erwartungsvoll in die Runde.

»Warm?«, riet Max.

»Genau. Hier wäre normalerweise klares Wasser im Loch und kein schwarzes Eis«, erklärte Meister Dost stolz.

Max schnippte mit den Fingern. Er stürmte aus der Höhle und kehrte kurze Zeit später mit einer Zwergenspitzhacke zurück. Der Junge schlug zu. Das auf Gestein spezialisierte Arbeitsgerät konnte es mit dem magischen Eis der Polarriesen aufnehmen. Knackend brach die schwarze Schicht auseinander. Anna hob mit spitzen Fingern die Eisschollen aus dem Loch, bis nur noch klares helles Wasser sichtbar war. Die Zwillinge und Meister Dost knieten vor der spiegelglatten Flüssigkeit. Plötzlich geschahen zwei Dinge fast zeitgleich. Irgendwo weiter vorne im Stollen oder der großen Halle gab es ein großes Getöse. Es klang wie eine Explosion.

Wumm.

Das Wasser im Loch geriet in Bewegung, drehte sich schneller und schneller. Das Zentrum des Flüssigkeitskreises sank nach unten ab, wurde zu einem reißenden Strudel. Plötzlich zog einen mächtige Kraft an den Körpern der drei Abenteurer. Max und Anna gelang es nicht, vom Rand des Loches abzurücken oder aufzustehen. Meister Dost landete zuerst in der Öffnung, wenige Sekunden später musste sich auch die Zwillinge dem unglaublichen Sog geschlagen geben. Im Strudel ging jedes Gefühl für Zeit und Raum verloren. Immer schneller und schneller ging die Reise voran. Grelles Licht blendete von allen Seiten. Anna wusste nicht, ob sie in die Tiefe stürzte oder aufwärts flog, ob sie lachte oder weinte, ob der Weg zur magischen Eisharfe führte oder in eine Hölle aus Finsternis und Eis. Dem Mädchen wurde schwarz vor Augen.

»Ping.«

Sticks erledigte seine Aufträge stets auf eine spezielle Art. Mühelos hätte der körperlose Klabauterkapitän durch den Aufzugschacht nach unten schweben können, aber ein wenig Spaß musste sein. In der Transportkabine lag ein gefesselter und geknebelter Polarriese regungslos auf dem Boden. Sticks störte es nicht weiter. Lässig zog er den Hebel Nummer sieben und glitt mit einem fröhlichen Lied auf den Lippen abwärts. Ohne Wegweiser spürte der Fährmann des großen Meeres sein Ziel auf, schwebte durch eine bläuliche Eiswand und durch einen schwarzen Eiskreis im Boden hindurch. Dies geschah genau zu dem Zeitpunkt, als Anna, Max und Meister Dost den Raum mit den schwarzen Eiskügelchen untersuchten und Garmander den brennenden Hexenbesen auf dem Leim ging. Sticks befolgte stur die Anweisungen des Bibliothekars Wenzel. ›Übergib Atos das Pergament. Nur Atos!‹

Es gab nur ein Problem. Atos war nicht dort, wo er hätte sein sollen. Sticks schwebte am Lagerraum mit den schwarzen Eiskügelchen vorbei. Für einen kurzen Augenblick bemerkte er, dass Anna seine Anwesenheit spürte. Da Atos nicht mit im Raum war, setzte er seine Suche fort. Den Strudel passierte er, ohne die Eisschicht darüber zu zerstören. Im wahnsinnigen Wirbel fühlte er sich wohl wie ein Fisch im Wasser. Es war vergleichbar mit einem Ritt auf mächtigen Wellen. Bei Windstärke zwanzig[1] in einer kleinen Nussschale, also bei besten Segelbedingungen. Am Ziel machte Sticks eine für ihn langweilige Entdeckung und verlor bald die Lust an seinem Auftrag.

›Atos wird schon früher oder später hier vorbeikommen‹, dachte er. Der Fährmann zog das Pergament aus seiner Uniform, faltete einen Augenblick daran herum und ließ es achtlos fallen.

---

[1] Die Maßeinheit für die Windstärke reichte auf der Würfelwelt von eins bis dreiundzwanzigeinhalb.

Eilig verließ er den seiner Meinung nach stinklangweiligen unterirdischen Ort und stapfte unbemerkt zurück zu seinem Beiboot im Bergwerk. Wenig später zerrte er die Schaluppe zurück auf den Dreimaster und setzte alle Segel. Sticks beschloss, die nahende Eiszeit auszusitzen und nahm Kurs auf eine kleine Taverne, in der es vorzüglichen Rum gab. Einen guten Grog hatte er sich nun wahrlich verdient. Unter prallen Segeln schwebte das magische Schiff zurück nach Zapontia.

Der reißende Strudel wirbelte die Zwillinge und Meister Dost wild umher. Max bekam kaum noch Luft, das zischende, gurgelnde Geräusch des reißenden Wassers dröhnte in seinen Ohren. Wie in einer unsichtbaren Röhre schoss der Körper des Jungen einem unbekannten Ziel entgegen, wurde in engen Kurven nach links und rechts geschleudert. Obwohl die Rutschpartie tief unterhalb des Zwergenreichs stattfand, leuchtete stets ein helles Licht, das vor überall und nirgends zugleich zu kommen schien. In hohem Bogen schossen drei durchnässte Körper aus einer Felswand hervor und landeten einige Meter tiefer in einem großen Gewässer. Anna und Max gerieten in Panik und ruderten wild mit den Armen umher.

Wie fast alle Bewohner Dangholts konnten die Geschwister nicht schwimmen. Dies hing damit zusammen, dass der Fluss Klo ein gutes Stück von der Hauptstadt entfernt verlief. Die Hauptstadt selbst wurde nur von flachen Kanälen durchzogen, um Waren zu transportieren. Mittlerweile stanken die langsam fließenden Gräben zum Himmel, da Nachttopfinhalte, Mordopfer, Essensreste, Bauschutt, defekte Karren, alte Fässer und tausend andere Dinge nach und nach die Kanalisation verstopften. Im Sommer war der Geruch besonders schlimm, hinzu kam noch eine gewaltige Mückenplage. Schwimmen ging in diesen Kanälen niemand freiwillig. Im Waisenhaus mussten die Kinder für Madame Euphrosine von Sonnenaufgang bis Sonnenuntergang schuften. So blieb keine Zeit zum Lernen von unwichtigen Dingen. Auch unter der Obhut ihres Lehrmeisters Atos stand Schwimmen nicht auf dem Lehrplan. Zauberer verabscheuten unnötige Anstrengungen. Wozu schwimmen, wenn man einfach seine Schuhe vergrößern und trockenen Fußes über eine Wasserfläche gehen konnte? Die Zauberer empfanden die Fortbewegung im Wasser als Zeitverschwendung. Man musste seine Kleidung ablegen, wurde anschließend nass, strengte sich an, benötigte dann ein Handtuch, fror, musste die Kleidung wieder anlegen und bekam zwei Tage später Muskelkater und einen Schnupfen. Nein! Schwimmen war nur etwas für Fische.

Hektisch schlugen die Zwillinge um sich, bis Anna feststellte, dass ihre Füße den Grund berührten. Das Mädchen konnte mühelos stehen und ragte vom Bauchnabel an aus dem Gewässer. Max streckte nun ebenfalls seine Beine nach unten und ertastete festen Boden unter den Füßen. Meister Dost kletterte auf die Schultern des Jungen.

»Es ist herrlich warm hier unten«, rief Anna.

Erst jetzt fiel auch ihrem Bruder auf, dass nicht nur das Wasser, sondern auch die Luft fast Körpertemperatur besaß. Die Öffnung im Fels, aus der die drei Abenteurer zusammen mit einem Schwall Wasser herauskatapultiert wurden, war verschwunden. Die Zwillinge blickten sich um. Sie standen mitten in einem zauberhaften See, den eine riesige Grotte umgab. Alle Wände glitzerten in verschiedenen Farben. Rot, blau, grün und weiß. Ein herrliches Funkeln betörte die Augen.

»Es regnet«, meckerte Meister Dost und blickte mit säuerlicher Miene zur Decke der majestätischen Höhle. Dort oben hingen tausende und abertausende Stalaktiten, von denen langsam und gleichmäßig kleine Tröpfchen fast über den gesamten See verteilt nach unten fielen. Anna betrachtete die Jahrtausende alte Tropfsteinhöhle genauer. Die Stalaktiten bildeten zusammen betrachtet eine ovale Form, wobei die linke und rechte Seite etwas in die Länge gezogen wirkten. Ganz in der Mitte der Anordnung waren die Kalkgebilde schwarz, es folgten ein strahlende blauer Ring und danach die Farbe weiß.

»Es sieht wie ein Auge aus, das uns beobachtet«, raunte das Mädchen.

»Stimmt, jetzt wo du es sagst«, nickte Max. »Und das Auge weint Tropfen für Tropfen …«

»… in das Meer der Tränen«, strahlte Anna. »Wir haben das Meer der Tränen aus der Legende gefunden.«

»Ein tolles Meer«, lästerte Meister Dost. »Soll wohl eher ein Meerchen sein?«

»Legenden übertreiben manchmal«, ermahnte Anna den Kobold. »Wir sollte froh sein …«

Doch Meister Dost war in seinem Element und meckerte munter weiter. »Und dann ist das dort sicher das Boot, äh will sagen Bötchen, mit dem wir das Meerchen der Tränchen überqueren werden?«

Die Zwillinge suchten vergeblich das felsige Ufer zu allen Seiten des Sees ab, ohne ein Wasserfahrzeug entdecken zu können.

»Willst du uns auf den Arm nehmen?«, fragte Max.

»Nein, ich will mich nicht verheben. Aber schaut doch einmal direkt neben euch«, beruhigte der grüne Kobold seine Gefährten.

Anna blickte ungläubig nach unten. Auf der ruhigen Oberfläche des Sees dümpelte ein liebevoll gefaltetes Pergamentschiffchen entlang. Kein einfaches Boot, das mit dreizehn Handgriffen von jedem Kind zusammengeknickt werden konnte, sondern ein kompletter Dreimaster. Sticks hatte zwischen seinen Einsätzen als Fährmann viel Zeit und konnte aus einem Blatt Pergament mit Geschick und etwas Klabautermagie so gut wie jedes Objekt falten. Die Kunst dabei bestand darin, das Blatt nicht einzureißen. Faltete man das Werk wieder auseinander und strich mit dem Ärmel darüber, lag ein unversehrter Bogen Pergament vor einem. Verwirrt stellte Anna fest, dass auf dem Schiffchen Schriftzeichen und sogar Bilder zu sehen waren. Vorsichtig entfaltete das Mädchen ihren Fund und staunte zusammen mit Max und Meister Dost Bauklötze.

»Eine Botschaft aus der Bibliothek für Herrn Atos!« Max spürte einen Kloß im Hals. Die Erinnerungen an die Schlucht bei Zapontia kehrten schlagartig zurück.

»Wie kommt denn das Pergament an diesen geheimen Ort?«, fragte Anna.

Meister Dost durchschaute die Zusammenhänge. Als erfahrener Diener einer mächtigen Zauberin hatte er viele Dinge erlebt, gesehen oder gehört. Dreimaster gab es auf dem großen Meer auf den Weg zu den noch größeren Gebirgen eine Handvoll. »Das Pergamentschiffchen kann nur von Sticks dem Fährmann geknickt worden sein. Es sah seinem Seelenverkäufer zum Verwechseln ähnlich.«

»Aber wieso ist das Boot hier unten?«, überlegte Anna.

»Und wo ist Sticks?«

Meister Dost überlegte angestrengt. »Ich kann eure Fragen nicht genau beantworten, ich weiß nur was es bedeutet, dass das Pergamentschiffchen hier unten schwimmt.«

Anna und Max blickten den Kobold erwartungsvoll an.

»Es bedeutet, dass in Dangholt noch niemand weiß, dass Herr Atos nicht mehr bei uns ist. Niemand weiß, dass wir auf uns allein gestellt sind. Sticks hat Herrn Atos nicht gefunden und hatte auch keine Lust, auf uns zu warten.«

Anna und Max betrachteten aufgeregt das farbenfrohe Pergament aus der Bibliothek. Trotz aller Eile hatten die Kopiergnomen sehr genau gearbeitet. Sofort erkannten die Zwillinge die Bedeutung der Nachricht an ihren Lehrmeister.

»Die Melodie für die magische Eisharfe«, flüsterte Anna geheimnisvoll.

»Und wir wissen nun auch, wie die Harfe aussieht«, ergänzte Max. »Eine Seite weiß, die andere schwarz!«

»Nicht auszudenken, wenn Garmander das Pergament vor uns gefunden und vernichtet hätte. Gut und Böse, Rettung und Untergang. Beides liegt sehr nah zusammen«, seufzte Meister Dost. »Kann jemand von euch eine Harfe spielen?«

Die Zwillinge schüttelten den Kopf. »Wir können nicht einmal Noten lesen!«, erklärte Anna.

»Wir sollten weitergehen«, drängte Max und steckte das wertvolle Pergament in eine Tasche seiner Kleidung. Niemand wusste, wie eng Garmander den Abenteurern auf den Fersen war. Hilflos suchten die Zwillinge einen Hinweis darauf, in welche Richtung die unterirdische Reise weitergehen sollte. Sie standen genau in der Mitte des Meeres der Tränen, beobachtet vom weinenden Auge an der Decke. Es gab kein Ufer, sondern nur steile Felswände zu allen Seiten des großen Sees. Nirgends in den

Seitenwänden entdeckten die Suchenden Öffnungen, Spalten oder andere Ausgänge.

»Wir sind gefangen«, jammerte Meister Dost. Der Kobold fühlte sich unter dem riesigen tränenden Tropfsteinauge sichtlich unwohl. Er hatte das Gefühl, dass die Pupille jeder Bewegung auf dem See argwöhnisch folgte. Anna und Max wateten hilflos im Meer der Tränen hin und her. Der Legende nach folgte auf das Meer der Tränen die reißende Schlucht. In der unterirdischen Höhle aber hallten nur die Stimmen der Abenteurer von den Wänden wider. Von reißenden Fluten keine Spur. Plötzlich blieb Max wie angewurzelt stehen.

»Etwas hat meine Beine berührt«, raunt der Junge mit entsetztem Blick. »Etwas, das lebt und sich bewegt.« Obwohl der See nicht sehr tief war, konnten die Zwillinge nicht bis auf den Grund sehen. Vorsichtig marschierte Anna in kleinen Trippelschritten vorwärts. Auch das Mädchen verharrte kurze Zeit später regungslos.

»Jetzt spüre ich es auch«, flüsterte sie.

»Vielleicht ist es nur eine Strömung?«, versuchte Meister Dost zu beruhigen. Der Kobold hockte hoch oben auf der Schulter von Max. Noch bevor die Zwillinge weiter über die unheimlichen Bewegungen unter der Wasseroberfläche nachdenken konnten, geriet der See in Bewegung. Direkt vor Max schoss spritzend eine Seeschlange hervor. Das mächtige Wesen ragte senkrecht aus dem Gewässer heraus und berührte mit seinem Kopf beinahe die Höhlendecke. Mit bösem Blick schaute das Reptil züngelnd auf die verängstigten Abenteurer herab. Entsetzt stellte Max fest, dass dolchartige, blitzende Giftzähne aus dem weit aufgerissenen Maul herausragten. Langsam senkte die Schlange ihr Haupt, bis sie auf Augenhöhe des Jungen angelangte. Der kräftige Körper des Wassermonsters sah nun aus wie ein gespannter Bogen. Jederzeit bereit, nach vorne zu schnellen und seine Opfer zu treffen. Die Zwillinge wagten keine Bewegung. In ihrer Angst und Panik bemerkten die Geschwister nicht, dass das Auge an der Decke nicht mehr weinte. Meister Dost blickte nach oben und musste feststellen, dass die Höhle ihr Auge geschlossen hatte.

›Wahrscheinlich kann das Auge kein Blut sehen‹, dachte der Kobold verbittert. Die Schlange nahm genau Maß. Ihr leerer Magen knurrte furchterregend. Drei Leckerbissen auf einmal, der Tisch war reich gedeckt. Das Mädchen als Vorspeise, dann den Jungen als Hauptmahlzeit und den Kobold zum Dessert. Die Speisefolge stand fest. Aus beiden Giftzähnen triefte eine klebrige Masse heraus, die zischend in den See tropfte und verdampfte.

Anna öffnete ihre Augen mutig ein winziges Stückchen und sah die angriffslustige Seeschlange an. Die Riesenviper blickte böse auf ihre Mahlzeit. Das Mädchen entdeckte eine Verletzung am Kopf der Angreiferin und stutzte. Mutig fasste Anna einen Entschluss.

»Du solltest deinen Angriff genau überlegen«, rief sie laut.

Max und Meister Dost trauten ihren Ohren nicht. Mit grimmigem Blick kam die Schlange noch näher an Annas Gesicht heran.

»Was meint das junge Fräulein damit?«, zischte das Reptil mit übel riechendem Atem.

Anna wurde schlecht, sie hielt aber tapfer dem Blick stand. »Du möchtest doch nicht noch eine zweite Verletzung erleiden?«

Die Schlange wuchs schlagartig bis zur Decke der Höhle. »Was weißt du darüber?«

»Alles!«, bluffte Anna.

»Du weißt gar nichts«, donnerte die Schlange laut, aber etwas verunsichert.

Anna setzte alles auf eine Karte. »Die Wunde an deinem Kopf stammt von einer Zauberin, die das Meer der Tränen vor nicht allzu langer Zeit durchwandert hat!«

Böse Erinnerungen durchzuckten das kleine Reptilienhirn. Schmerzhafte Bilder, eine entgangene Mahlzeit, eine mächtige Zauberin, zischende Blitze. Die Schlange musterte Anna mit scharfem Blick. Hunger kämpfte gegen Verunsicherung. Gier gegen Vorsicht.

»Was hat das alles mit euch drei halben Portionen zu tun?«, lästerte das Kriechtier.

»Beurteile die Wesen nicht nach ihrer Größe«, warnte Anna.

»Warum nicht?«

»Wir sind auch Zauberer«, behauptete das Mädchen.

Ein zischendes Lachen hallte durch die Höhle. »Das glaube ich dir nicht! Du trägst kein Gewand eines Zauberers, du Naseweis!«

Anna hob die Hände und murmelte einig unverständliche Sätze. Die Schlange ging auf Distanz.

»Was tust du, mach keinen Unsinn«, keifte das Seeungeheuer giftig.

»Buh«, schrie Anna.

Entsetzt wich die Schlange zurück und tauchte kurz unter, um direkt hinter dem Rücken der Abenteurer wieder hervorzuschießen.

»Das machst du nicht noch einmal«, tobte das Reptil außer sich vor Wut.

»Beim nächsten Mal zaubere ich wirklich«, drohte Anna lächelnd. Max und Meister Dost sahen das böse Ende bereits nahen, doch in der Schlange tobte ein Kampf. Für einen kurzen Augenblick schien die Angst zu überwiegen, doch die Fressgier siegte. Mit weit aufgerissenem Maul zuckte das Reptil nach vorne, um Anne den Garaus zu machen. Doch dann geschah etwas, womit niemand gerechnet hatte. Aus Annas ausgestreckten Händen zischte ein greller Kugelblitz und schrammte am Kopf der verdutzten Schlange entlang. Heulend tauchte das Ungeheuer ab und versuchte einen weiteren Angriff. Doch der ausgesandte Blitz raste noch unkontrolliert zwischen den Höhlenwänden hin und her. Ein Querschläger traf die Schlange wie ein Dampfhammer. Ein letztes Aufbäumen bis zur Höhlendecke folgte, dann sank das mächtige Reptil wie ein Kartenhaus in sich zusammen. Max sprang geschickt im letzten Moment zur Seite, um nicht vom massigen Körper des Ungeheuers erdrückt zu werden. Zeternd suchte das Ungeheuer ein sicheres Eckchen am anderen Ende des Sees.

»Huch«, rief Anna erstaunt und hielt erschrocken beide Hände vor den Mund.

Max starrte seine Schwester an, als hätte er ein Gespenst oder Schlimmeres gesehen. »Wie zum Tonaluga hast du das gemacht?«

Anna hob die Schultern. »Ich weiß es nicht. Ich musste an

Tante Amalia denken und dann ist es einfach geschehen.« Das Mädchen streckte erneut beide Hände aus. Max und Meister Dost gingen in Deckung, doch Anna wollte nur ihren Bruder umarmen.

»Warum …?«, stammelte Max verwirrt.

»Weil Tante Amalia hier vorbeigekommen sein muss. Sie hat das Meer der Tränen aufgesucht und der Schlange die erste Verletzung zugefügt.«

»Aber, du hast doch behauptet, dass wir Zauberer sind«, fluchte Meister Dost. »Das war leichtsinnig und lebensmüde!«

»Es war unsere *einzige* Chance«, konterte das Mädchen kühl.

»Nein, du hättest uns um ein Haar in die Grütze geritten. Es war nur Glück, sonst nichts«, meckerte der Kobold.

»Mit einem großen Schuss Magie darin«, korrigierte Max den grünen Wicht auf seiner Schulter.

»Seht dort oben«, rief Anna aufgeregt Das Auge schaute weit geöffnet von der Decke auf die mutigen Abenteurer herab. Alle Tropfsteine weinten wieder in das Meer der Tränen hinab. Und doch war etwas anders. Aus der schwarzen Pupille des steinernen Auges drang ein Lichtstrahl hervor und blieb als kleiner Kreis an einer Höhlenwand direkt an der Grenze zur Wasseroberfläche stehen.

»Ein Wegweiser«, rief Max.

»Wahrscheinlich den direkten Weg in die Hölle oder in Frigadors kaltes Reich«, maulte der Kobold.

Nass bis auf die Haut, aber trotzdem glücklich, wateten Max und Anna auf den Lichtkreis zu.

»Das ist kein Wegweiser«, korrigierte Max. »Es ist der Weg!«

Ohne zu zögern krabbelte er mit dem Kopf voran in einen engen Tunnel hinein. Meister Dost sprang vom Rücken des Jungen und folgte im aufrechten Gang. Anna bildete kriechend den Schluss. In der vom Lichtstrahl grell erleuchteten Röhre wehte eine angenehm warme Zugluft, in der die nassen Kleider im Handumdrehen trockneten. Je weiter die Fortbewegung auf allen Vieren dauerte, desto lauter wurde ein beunruhigendes Geräusch. Aus einem leisen Rauschen, Plätschern und Sprudeln wurde bald ein bedrohliches Zischen und Tosen. Kurze Zeit später endete der schnurgerade Tunnel auf einem kleinen Felsvorsprung, kaum größer als ein Tischtuch. Anna, Max und Meister Dost standen mit dem Rücken zur Wand und blickten in eine wütende Wasserhölle hinab. Vor ihnen fiel die Felswand senkrecht in die Tiefe. Dutzende Meter tiefer raste ein Wildwasserbach durch die Schlucht. Die reißenden Fluten ließen keinen Zweifel daran, dass sie alles und jeden verschlingen würden, der ihnen zu nahe kam.

»Was jetzt?« Anna blickte zur anderen Seite der Kluft. Nur ein Vogel hätte die Strecke überwinden können.

»Kannst du uns keine Brücke zaubern?«, schlug Meister Dost vor.

»Witzbold«, lachte Anna, wurde aber sofort darauf wieder ernst.

»Wir sind an der reißenden Schlucht«, stellte Max nüchtern fest. »Fehlen nur …«

»… die Regenelfen!«, ergänzte eine zarte Stimme. Die Zwillinge mussten grinsen. Über ihren Köpfen schwebten drei feingliedrige Elfen mit zarten Flügeln. Jedes der drei Fabelwesen trug einen Regenschirm, der in allen Farben des Regenbogens schillerte.

»Weist ihr uns den Weg über die Schlucht?«, fragte Meister Dost. Alle Wesen, die kleiner als er selbst daherkamen, waren dem Kobold meist sofort sympathisch.

»Mag sein, oder auch nicht!«

»Ist unsere Tante Amalia hier gewesen?«, fragte Anna.

»Mag sein, oder auch nicht!«

»Seid ihr freundliche Elfen?«, wollte Max wissen.

»Mag sein, oder auch nicht!«

»Mag sein, mag nicht sein«, äffte Meister Dost die Regenelfen nach.

»Die Legende erzählt, dass die Schlucht von den Regelelfen bewacht wird«, überlegte Anna. »Wie kommen wir auf die andere Seite?«

»Drei Fremde, drei Regenelfen, drei Rätsel«, erklärte eines der drei schwebenden Wesen.

»Oh nein, nicht schon wieder«, jammerte Meister Dost. Mit Schaudern erinnerte er sich an die Fragen des Eiselfen Gülle, die ihn in einem anderen Abenteuer fast unter das Messer eines Metzgers gebracht hatten.

»Wer möchte beginnen?«, fragten die Regenelfen im Chor.

Die Begeisterung war gering, doch schließlich hob Max tapfer die Hand.

»Schön, Herr Max«, riefen die Regenelfen.

»Ihr kennt meinen Namen?«

»Natürlich, als Wächter der reißenden Schlucht sind wir allwissend!«

›Und warum sagt ihr dann immer mag sein, oder auch nicht‹, dachte Meister Dost verbittert.

»Das haben wir gehört«, tadelten die Elfen. Meister Dost erschrak und versuchte krampfhaft, an überhaupt nichts mehr zu denken.

»Nun zu deiner Frage, Herr Max«, begannen die Elfen erneut. »Nenne mir die Farben des magischen Regenbogens.«

Max strahlte, da er die Farben direkt von den Schirmen der Elfen ablesen konnte. »Rot, Orange, Gelb, Grün, Blau und Violett. Das war einfach!«

»Schön. Nun, dann kann die eigentliche Aufgabe folgen«, erklärten die Regenelfen. Plötzlich erschien aus dem Nichts eine Brücke über der reißenden Schlucht. Der Übergang schillerte wie ein Regenbogen. Max erkannte, dass die Konstruktion aus hunderten flacher Waben bestand, jede so groß, dass man bequem darauf stehen konnte. Die Regenbogenfarben waren willkürlich auf die sechseckigen Objekte verteilt. Immer fünf Waben lagen nebeneinander und bildeten die Breite der Brücke.

»Was muss ich tun?«, fragte Max neugierig.

»Es ist eigentlich sehr einfach«, erklärten die Regenelfen. »Gehe über die Brücke und tritt immer in der richtigen Reihenfolge auf die farbigen Waben.«

»Also erst auf eine Rote, dann auf eine Orange, dann auf eine Gelbe …«, überlegte Max.

»Genau!«

»Das ist wirklich einfach!«, strahlte der Junge.

»Es gibt da noch eine kleine, nun ja, wie sollen wir sagen? Eine Hürde. Du musst die Wabenfarben aus dem Gedächtnis finden. Und die anderen dürfen nicht vorsagen! Schau dir die Brücke jetzt eine Minute lang an.«

Max verstand den Sinn der Anweisung nicht, tat aber, wie ihm geheißen wurde. Plötzlich schnippten die Regenelfen mit zwei Fingern. Schlagartig wurde Max das Problem klar. Alle Waben sahen nun schwarz aus. Der Junge trat auf die erste sechseckig Platte, die sofort rot leuchtete. Anschließend hüpfte er einen Schritt diagonal nach vorne rechts. Orange. Weiter ging es mit einer gelben Wabe. Nachdem der Regenbogen einmal durchlaufen war, fing das Spiel wieder bei Rot an.

»Was geschieht bei einem Fehler?«, grübelte Anna voller Angst um ihren Bruder. Keine der Regenelfen antwortete.

»Geschafft, jubelte Max von der anderen Seite. Ich habe es geschafft.« Tatsächlich führten nun drei aneinander gelegte Regenbogenfarbreihen über die reißende Schlucht.

»Nun gut, nun zur Aufgabe zwei, Fräulein Anna.«

Nach einem Fingerschnips sah die Brücke wieder aus wie ein Harlekin. Alle Waben glänzten wild durcheinander in den Regenbogenfarben. Anna lernte so schnell sie konnte die Lage und Reihenfolge der korrekten Waben auswendig. Das Mädchen wollte gerade ihren Lauf zur anderen Seite starten, als eine der Regenelfen die neuen Regeln verkündete.

»Wir verbinden dir nun die Augen und du wirst über die Brücke marschieren und die Regenbogenfarben in der richtigen Reihenfolge betreten.«

Anna schluckte entsetzt und versuchte, sich die Schrittlänge zwischen zwei Waben einzuprägen.

»Warum tut ihr so etwas?«, schimpfte der grüne Kobold ungehalten. »Wir sind auf dem Weg, die Würfelwelt zu retten, und ihr spielt bunte Brückenspielchen mit uns.«

Die Regenelfen waren nicht aus der Ruhe zu bringen. »Wir sind die Wächter der reißenden Schlucht. Unsere Aufgabe ist es, die wahren Absichten der Reisenden zu ergründen. Wollt ihr wirklich von ganzem Herzen auf die andere Seite, oder seid ihr nur Glücksritter auf der Suche nach Macht und Reichtum? Wir kennen euch nicht, daher prüfen wir euren Willen und euren Mut!«

Anna stellte sich an den Rand der reißenden Schlucht und wartete, dass jemand ihre Augen verband. Doch es kam schlimmer. Plötzlich wurde es stockfinster. In früheren Zeiten hatten Reisende immer wieder versucht, die Regenelfen zu betrügen, zu mogeln und unter der Augenbinde hindurchzuschauen. Daher knipsten die kleinen aber mächtigen Wesen nun das magische Licht aus. Anna ertastete mit dem rechten Fuß vorsichtig die erste Brückenwabe und setzte dann ihr Körpergewicht mit beiden Beinen herüber. Der Untergrund hielt. Es war ein rotes Sechseck. Weiter ging es schräg nach vorne links. Orange. Dann geradeaus. Gelb. Anna bekam langsam ein Gefühl für die richtige Schrittlänge. Max konnte in absoluter Dunkelheit seine Schwester nicht erkennen, sondern nur die bereits leuchtenden Sechsecke. Zitternd und mit zwei gedrückten Daumen kniete er auf der anderen Seite der Schlucht. Anna hörte weder das beängstigende Tosen der Wassermassen noch die Anfeuerungsrufe des grünen Kobolds. Wie eine Schlafwandlerin schritt sie dreimal nacheinander über Rot, Orange, Gelb, Grün, Blau und Violett. Am anderen Ufer stolperte sie über Max. Die Regenelfen entzündeten das Licht und tauchten die Schlucht in gleißende Helligkeit. Geblendet blinzelten die Zwillinge zur anderen Seite. Die Bewältigung der Prüfungen beanspruchte viel Zeit. Anna fragte sich, ob Tante Amalia als Zauberin auch einer Prüfung unterzogen wurde. Wenn nicht, würde auch Garmander die Schlucht mühelos überqueren können und der Vorsprung wäre dahin. Auch Max überlegte, wo Garmander genau stecken mochte. Für den Moment aber galt die Aufmerksamkeit der Geschwister den drei Regenelfen und Meister Dost, der aufgeregt umher hüpfte und auf seine Prüfung wartete. Leider verstanden die Zwillinge nicht, was auf der anderen Seite der Schlucht gesprochen wurde.

»Meister Dost, hier ist deine Aufgabe, um auf die andere Seite der Schlucht zu gelangen. Da du als Kobold über *gewisse* magische Kräfte verfügst, ist deine Prüfung etwas schwieriger«, erklärte die Regenelfen im Chor. »Du wirst wie Fräulein Anna in der Dunkelheit gehen. Schau dir die Brücke genau an!« Meister Dost sah, dass die Waben ihre Farben änderten und ein neues Muster bildeten. Sorgfältig prägte der Kobold sich den Weg im Verlauf der Regenbogenfarben und die Schrittlängen von Wabe zu Wabe ein. Das Licht erlosch.

›Wo ist der Unterschied zu Annas Aufgabe?‹, grübelte der Kobold.

»Das will ich dir sagen, Meister Dost«, summte eine der gedankenlesenden Regenelfen. »Du wirst die Brücke nicht in der Reihenfolge der Regenbogenfarben überqueren, sondern immer eine Farbe überspringen. Als nicht Rot, Orange, Gelb, Grün, Blau und Violett, sondern Rot, Gelb, Blau, Orange, Grün und Violett!«

»Waaaas?«, kreischte Meister Dost. In seinem Koboldkopf rasten alle Farben wild durcheinander. Nichts passte mehr zu seinem gespeicherten Bild der Brücke. »Können wir nochmal das Licht anschalten«, fragte Meister Dost listig.

»Vergiss es!«

Trotzig und wütend marschierte Meister Dost auf die erste Wabe. Rot. ›Wo ist Gelb?‹, fluchte der Kobold, der auf Orange programmiert war. Er wusste es nicht. Meister Dost überlegte krampfhaft. Durch Glück und Zufall traf er beim nächsten Schritt eine gelbe Wabe und atmete tief durch. ›Soll ich umkehren?‹, dachte der Kobold und bekam prompt die Antwort der Regenelfen, die in der Dunkelheit über seinem Kopf umherschwirrten.

»Das hätten wir noch erwähnen müssen. Wer losgeht, kann nicht mehr zurück. Es gibt nur zwei Richtungen. Vorwärts oder abwärts!«

Meister Dost schluckte. So sehr in der Klemme hatte er schon lange nicht mehr gesessen. Er hockte in der Tinte, hatte ein Problem, das Wasser stand ihm bis zum Hals, er saß in der Patsche. Der Kobold rief das gespeicherte Farbbild der Brücke aus seinem Gedächtnis ab und überlegte, an welcher Position eine blaue Wabe lag. Mutig fühlte er mit einem Fuß vor, ertastete sein Ziel und sprang ...

... direkt ins Leere. Mit einem Schrei der Verzweiflung stürzte Meister Dost in die reißende Schlucht und wurde in völliger

Dunkelheit von den gierigen Wassermassen verschlungen und fortgerissen.

Garmander hatte unbemerkt durch den Eisspalt schlüpfen können, der den Stollen in zwei Welten trennte. Auf der einen Seite lag das Zwergenreich, auf der andere Seite Frigadors eiskaltes Revier. Eine zweite Person folgte dem Zauberer unerkannt, bevor die Pforte sich endgültig schloss. Alle Polarriesen standen zu diesem Zeitpunkt in der großen Halle und lauschten den Worten des Eisritters Frigador. Trotzdem fühlte Garmander sich beobachtet. Vorsichtig prüfte er links und rechts jeden Raum, der vom Stollengang aus abzweigte. In größeren Lagerstellen schaute er genauer nach, um nicht plötzlich doch von einem Polarriesen überrascht zu werden. Der Zauberer spürte, dass eine böse Macht versuchte, seinen Körper zu überschwemmen. Ein gutes Gefühl, das Kraft gab. Kraft, die magische Eisharfe zu finden und zu zerstören. Immer noch lagen fast alle Trümpfe in seiner Hand. Die Zwillinge waren ohne ihren Lehrmeister Atos völlig hilflos. Garmander grinste böse. Voller Zuversicht trat er aus einem Waffenmagazin zurück in den Hauptstollen und stutzte. ›Das Fass war doch eben noch nicht dort, oder täusche ich mich?‹ Vorsichtig schlich Garmander an das Gefäß heran. Irgendwo musste ein Polarriese stecken, der den Behälter hier platziert hatte. Der Zauberer hielt inne, lauschte gebannt. Alle Stimmen und Geräusche drangen von der weiter entfernt stattfindenden Versammlung herüber.

Ohne Vorwarnung explodierte das Fass, ohne dass auch nur ein einziger Holzsplitter durch die Luft flog. Stattdessen erschien eine wirbelnde Rauchwolke. Garmander ging in Deckung, da er nicht erkennen konnte, was sich in oder hinter der Wolke verbarg. Plötzlich zuckte ein Blitz aus der Wolke und versengte Garmanders Umhang. Der Zauberer schoss zurück. Blitz und Donner hallten durch den Stollen. Es war nur eine Frage der Zeit, bis Frigador mit seinen Polarriesen hier auftauchen würde. Mit einem Angriff hatte er nicht gerechnet, nicht hier, nicht jetzt und nicht durch eine Wolke. Für eine Verwandlung blieb Garmander keine Zeit, zu sehr musste er sich gegen die Attacken verteidigen. Ein weiterer mächtiger Blitz durchschlug die Eispforte, bläuliche Splitter flogen wie Geschosse durch die Gegend. Ein Trupp Polarriesen kam mit Doppeläxten in den Händen von der einen Seite, die seltsame Wolke feuerte von der anderen Seite. Plötzlich schwebte der künstliche Himmelskörper zurück in Richtung des magischen Aufzugs. Garmander nahm die Verfolgung auf. Wolke und Zauberer begannen direkt vor dem Fahrstuhl eine wüste Schlägerei.

»Ping.« Das Schutzgitter glitt nach oben und gab den Weg in die Kabine frei. Ohne vom dort liegenden gefesselten Polarriesen Notiz zu nehmen, ging das Gerangel munter weiter. Keiner der Streithähne kam dazu, einen Hebel zu ziehen. Die Fahrkabine schwankte gefährlich hin und her. Frigadors Polarriesen kamen immer näher, die Schneiden der Doppeläxte blitzten böse und angriffslustig. Dem magischen Aufzug platzte der Kragen, denn ein Polarriese und zwei prügelnde Rivalen waren selbst dem geduldigen Lift zu viel des Guten. Ohne Vorwarnung öffnete er eine Klappe im Boden. Kräftige Hände der Polarriesen konnten noch ihren Kameraden festhalten, Zauberer und Wolke aber fielen einige Meter tief in einen Bachlauf und wurden weggespült. Frigador tobte heran.

»Was für ein Tollhaus«, brüllte der Eisritter wütend und hieb seine Axt mit voller Wucht in eine Stollenwand. »Wo sind die Eindringlinge?«

»Durch eine Falltür des magischen Hubapparates verschwunden und abgestürzt, Herr«, meldete ein kleinlauter Polarriese.

»Zwerge?«, keifte der Eisritter böse.

»Ein Zauberer und eine Wolke, Herr!«

»Jemand will die Zwerge befreien«, stellte Frigador fest. Der Eisritter dachte nach. Die vom eisigen Atem seiner Männer eingefrorenen Zwerge stellten momentan keine Gefahr dar. Aber wie in aller Welt kamen ein Zauberer und eine Wolke hier tief unten in das Bergwerk hinein. Das konnte kein Zufall sein. Ein Suchtrupp? Frigador wusste es nicht. Aber er wusste, dass er hier unten noch eine Weile ausharren musste. An der Oberfläche sanken zwar die Temperaturen, aber für einen Polarriesen war es immer noch viel zu warm. So konnten seine Männer nicht kämpfen. Die schwarzen Eiskügelchen mochten in den Panzern einzelner Spione sinnvoll sein, aber sie taugten nicht, um eine ganze Armee zu kühlen. Noch einige Paukenschläge, vielleicht noch ein Tag, und die Sache sähe anders aus. Der große Angriff nahte, aber noch war es zu früh.

»Verschließt die Eispforte wieder und verdoppelt die Wachen. Durch diesen Stollen geht niemand mehr ein und aus!« Frigador wusste, dass er wachsam sein musste. Sehr wachsam. Währenddessen spülte der seichte Bach zwei Streithähne durch die Tiefen des Bergwerks und spuckte beide im hohen Bogen direkt in die stockdunkle, reißende Schlucht hinein.

Meister Dost fiel schreiend seinem Ende entgegen. In völliger Dunkelheit stürzte der Kobold abwärts in die reißende Schlucht. Gurgelnd schwappte das gierige Wasser über seinem Kopf zusammen. Der treue Diener Amalias wusste nicht mehr, wo oben und unten war, schnappte vergeblich nach Luft. Sein langes Koboldleben zog in wenigen Sekunden an seinem inneren Auge vorbei. Meister Dost sehnte sich nach seiner goldenen Wohntruhe, einer Portion Schnupftabak und einem schönen Buch. Doch all dies war unerreichbar weit weg in Dangholt, in Amalias Haus. Dem grünen Kobold drohten die Sinne zu schwinden, das eiskalte Wasser der wilden Schlucht raubte ihm den letzten Atem.

Plötzlich griffen kräftige Hände nach Meister Dost und zogen ihn an seiner Jacke aus der reißenden Flut. In völliger Dunkelheit konnte er seinen Retter nicht erkennen, aber er schien auf einem Floß oder irgendeinem anderen schwimmenden Gegenstand zu sitzen.

»Wer ist dort?«, fragte der Kobold bibbernd.

»Pssst!«, zischte eine leise Stimme.

›Bitte lass es nicht die Seeschlange sein, die mich nur gerettet hat, um mich zu fressen‹, dachte Meister Dost. Das tobende Wasser in der Schlucht schien sich zu beruhigen und wurde zu einem seichten Flusslauf. Eine feine bläuliche Beleuchtung erlaubte eine ungefähre Orientierung. Links und rechts gab es tatsächlich einige flache Uferstellen, auf die der fahrbare Untersatz nun zusteuerte. Erst jetzt bemerkte der Kobold, dass er auf einem zur Kugel aufgeblasenen Gewand hockte, das ihn und die unter ihm schwimmende Person an der Oberfläche hielt. Sobald das Ufer erreicht war, sprang der Kobold ab und beobachtete aus sicherer Entfernung argwöhnisch seinen seltsam geformten Retter. Aus der Kugel mit Armen und Beinen entstand eine Tarnwolke. Innerhalb der Wolke schaute sich ihr Besitzer um und stellte fest, dass von Garmander weit und breit keine Spur zu sehen war. Schlagartig verschwand die künstliche Wolke wieder und gab ihr Geheimnis preis.

Meister Dost fiel vor Schreck auf den Hosenboden. Mit weit aufgerissenen Augen starrte er sein Gegenüber an, als wäre er eine Mischung aus Gespenst, Spukgestalt und Phantom.

»Das gibt's doch gar nicht!«, keuchte der Kobold. »Zeig dein wahres Gesicht, Garmander!«

Jemand, der aussah wie Atos, stand lächelnd vor ihm.

»Wäre ich Garmander, wärst du in diesem Augenblick schon nicht mehr am Leben«, erklärte das Wesen.

»Du willst mich täuschen, damit ich dich zu den Zwillingen führe«, schimpfte der Kobold misstrauisch. »Aber lieber sterbe ich, als dass ich dir verrate, wo Anna und Max sich aufhalten!«

»Ich weiß, wo die beiden sind«, beruhigte die sanfte Stimme. »Meine Aufgabe ist es, Garmander von den Kindern fernzuhalten.«

»Aber du kannst nicht Herr Atos sein«, protestierte der Kobold, der seinen Augen nicht trauen wollte.

»Weil ich in die Schlucht gestürzt bin?«

»Das hat Garmander auch gesehen. Beweise, dass du Herr Atos bist!«

»Nun gut. Stell mit eine Frage«, bat der Zauberer.

Meister Dost überlegte angestrengt. Schließlich schnippte er mit den Fingern. Er hatte eine Frage gefunden, die über Echtheit oder Betrug der vor ihm stehenden Person Auskunft geben konnte.

»Was hassen Anna und Max am meisten?«, fragte der Kobold triumphierend. Er war sicher, die Täuschung beenden zu können. Gleich würde Garmander sein wahres Gesicht zeigen.

»Hast du keine schwierigere Frage? Die Antwort ist einfach. Anna und Max hassen Schuhe an ihren Füßen!«

Meister Dost fiel auf die Knie. »Verzeih, Herr Atos. Aber wir sahen dich in die Schlucht stürzen. Du bist zusammen mit der Brücke von Zapontia verschwunden. Was ist geschehen?«

»Ich erzähle dir die Geschichte auf dem Weg. Lass uns gehen. Und achte auf Garmander. Er ist irgendwo hier unten und wird versuchen, die Zwillinge aufzuhalten.«

Bevor Atos begann, berichtete Meister Dost vom Pergamentschiffchen, der wahren Melodie, dem Meer der Tränen und seinem Sturz in die reißende Schlucht. Atos schien beruhigt, dass die Zwillinge die Prüfungen der Regenelfen gemeistert hatten.

»Höre nun meine Geschichte«, begann der Zauberer. »Mein Plan war, die Brücke von Zapontia zusammen mit euch zu überqueren und das Bauwerk von der anderen Seite aus zu zerstören. Es hätte Ärger mit dem Zapontia und auch mit dem Zwergenreich bedeutet, aber zur Rettung der Würfelwelt ist mir jedes Mittel recht. Dass Garmander uns auf dem Weg von Dangholt zur Brücke überholte, hat auch mich überrascht. Auf den Kampf am Schrankenwärterhäuschen war ich nicht vorbereitet. Ich wusste, dass Garmander die Zerstörung der Brücke nicht grundlos riskieren würde, jedenfalls nicht, so lange er noch auf der falschen Seite der Schlucht stand.«

»Aber dann hat er die Brücke doch zur Explosion gebracht?«, fragte Meister Dost.

»Nein, du hättest sein verdutztes Gesicht sehen sollen, als es den riesigen Knall gab«, erwiderte Atos.

»Der Feuerball und all der andere Zauber war dein Werk, Herr Atos. Du wolltest dich für uns opfern?«, staunte der Kobold voller Bewunderung.

»Ja und nein«, lächelte Atos. »Es gab einen kleinen, nun ja, nennen wir es Unfall. Eine unglückliche Verkettung der Umstände, könnte man sagen.«

»Ich verstehe nicht, Herr Atos?«

»Also, ich wollte die Brücke sprengen, ein Stück in die Tiefe stürzen und dann mein Gewand als eine Art Bremsmechanismus[1] benutzen.«

»Aber die Schlucht ist endlos tief«, gab Meister Dost zu bedenken. »Wie wolltest du wieder nach oben gelangen?«

»Nun, ich wäre erst einmal unten gewesen, für alles andere hätte sich eine Lösung gefunden«, erklärte Atos optimistisch. »Doch dann verlief die Sache nicht mehr nach Plan. Ein Stück der einstürzenden Brücke traf meinen Kopf und mir wurde schwarz vor Augen!«

Meister Dost hielt sich selbst für ein pfiffiges Kerlchen, musste aber zugeben, dass er die Erklärungen des Zauberers noch immer nicht verstand. »Müsstest du dann nicht tot auf dem Grund der Schlucht liegen, Herr Atos?«

»Das Beste kommt wie immer zum Schluss«, erklärte Atos. Vorsichtig blickte er sich um. Vom Garmander fehlte weiterhin jede Spur. Meister Dost hüpfte aufgeregt auf einem Bein umher. Dies war ein sicheres Zeichen dafür, dass der Kobold in wenigen Sekunden vor Neugierde platzen würde.

»Schon gut«, lächelte Atos. »Ich hatte einfach Glück. Mich haben zwei Feuerhexen mit ihren Besen aufgefangen.« Bevor Meister Dost protestieren konnte, hob Atos einen Arm. »Ich weiß, was du jetzt sagen willst. Die Feuerhexen von Loppelwuh sind seit Jahrhunderten verschwunden. Doch ich weiß jetzt auch, wohin! Seit das Dorf Loppelwuh ein Raub der Flammen geworden ist, galten die Hexen als verschollen. Nun, sie leben unten in der Schlucht. Haben sich dort ganz nett eingerichtet und sich nie wieder an der Oberfläche der Würfelwelt blicken lassen. Zwei Hexen flogen gerade ihre Wachrunde, als ich ihnen auf die Besen stürzte. Nach einem Kräutertrunk und etwas Universaltinktur war ich schnell wieder auf den Beinen. Dann haben wir noch etwas geplaudert.«

---

[1] Der Fallschirm war auf der Würfelwelt unbekannt, was daran lag, dass es keine Fluggeräte gab. Außer Drachen, auf denen aber der durchschnittliche Würfelweltbewohner normalerweise nicht ritt. Das Prinzip, mit einem Regenschirm aus dem zweiten Stock eines Hauses zu springen, war aber durchaus bekannt. Adlige Vampire betrieben diesen Sport mit geringem Erfolg und schlugen regelmäßig ungebremst auf das Kopfsteinpflaster.

»Wie kann man am Grund der Schlucht leben?«, rätselte der Kobold. »Die Zwerge werfen das Geröll aus ihren Bergwerken in die Schlucht!«

»Das stimmt, aber Neu-Loppelwuh ist wie durch eine Käseglocke geschützt. Ein nettes Fleckchen. Es ist warm, es gibt Wasser und alle Häuser sind aus Stein errichtet. Nichts kann mehr brennen. Und den Abraum der Bergwerke tragen die Hexen zu großen Hügeln zusammen, von denen sie ihre Feuerräder ins Tal der Schlucht treiben. So wie in guten alten Zeiten. Aber genug der Plauderei. Wichtige Aufgaben warten auf uns.«

Das grelle Licht wurde eingeschaltet. Anna und Max waren für einige Momente fast blind. Nur langsam gewöhnten sich die Augen wieder an die weiße Beleuchtung. Die Zwillinge blickten sich erstaunt um. Ohne, dass sie sich bewegt hatten, standen sie in einer anderen Höhle vor einer weißen Eiswand. Anna konnte die reißende Schlucht nirgends entdecken oder hören. Auch von den Regenelfen fehlte jede Spur. Max wurde schlagartig klar, dass mit Meister Dost ein weiterer Verbündeter verloren gegangen war. Er fürchtete, den Rest der Strecke mit seiner Schwester alleine zurücklegen zu müssen. Traurig stellte der Junge fest, dass auch hier keine Spur von Tante Amalia vorhanden zu sein schien. Anna untersuchte neugierig die kalte Mauer.

»Hier ist ein Durchgang«, rief sie.

Max trabte lustlos heran und blickte in einen kleinen Raum ohne Decke, aus dem zwei weitere Öffnungen herausführten. Jeder Wanddurchbruch führte in einen weiteren Raum mit ein, zwei oder drei Pforten.

»Ein Labyrinth aus Eis«, rief Max. Er wusste aus einem früheren Abenteuer, dass er Markierungen auf den Boden oder an die Wände ritzen musste, um nicht den Überblick zu verlieren.

»Wird das Labyrinth in der Legende erwähnt?«, fragte Anna. »Ich kann mich nicht erinnern!«

»Ich auch nicht!« Max schüttelte den Kopf. »Gehen wir trotzdem weiter?«

Anna nickte. »Ja, immer der Nase nach! Aber wir bleiben zusammen.«

Max ritzte eifrig kleine Pfeile in die Wände. Die grelle Beleuchtung schmerzte in seinen Augen. Ohne den Weg zum Ausgang zu kennen, erkundeten die Zwillinge Raum für Raum, trafen hin und wieder auf ihre eigenen Pfeile und schlugen daraufhin eine andere Richtung ein. Plötzlich blieb Anna wie angewurzelt stehen. Ein Geräusch hatte ihre Aufmerksamkeit erregt.

»Hast du das eben auch gehört?«, flüsterte sie.

»Nein«, antwortete Max und lauschte gebannt.

»Da war es wieder«, raunte Anna.

»Bestimmt ein Knacken im Eis«, beruhigte ihr Bruder, änderte aber wenige Augenblicke später seine Meinung. »Schritte!«

Tatsächlich hallten langsame, klackende Geräusche durch das Labyrinth. Es klang wie Absätze von Stiefeln. Zauberer trugen Stiefel! Der Laut schien näher zu kommen, langsam, aber unerbittlich.

»Unsere Markierungen an den Wänden verraten unseren Aufenthaltsort«, flüsterte Anna. Max nickte und begann, Pfeile entgegen der Laufrichtung ins Eis zu ritzen. Vielleicht ließen sich die Schritte in die Irre führen? Aber wäre ein Zauberer so leicht zu täuschen? Anna fragte sich, ob die unheimlichen Schritte überhaupt zu Zaubererstiefeln passten? Oder handelte es sich um mehrere Personen, von denen die Zwillinge in die Ende getrieben wurde. Es begann ein nervenaufreibendes Katz- und Mausspiel. Die Geschwister versuchten, nach Gehör weiterzugehen und einen möglichst großen Abstand zwischen sich und das Geräusch der Schritte zu bringen. Max zeigte plötzlich mit ausgestrecktem Zeigefinger nach oben. An der Höhlendecke hing, ähnlich wie über dem Meer der Tränen, nun wieder ein Auge, das jede Bewegung zu beobachten schien. Statt Stalaktiten hingen schwarze, blaue und weiße Eiszapfen glitzernd an der Decke. Die dolchartigen Gebilde sahen gefährlich aus.

Wumm.

Die Pauke konnte nicht sehr weit vom Labyrinth entfernt sein. Die Erschütterung des Schlages riss die Zwillinge von den Füßen. Kleine Eissplitter fielen von der Höhlendecke herab in das

Labyrinth. Der ganze Irrgarten hing nun leicht schief. Anna und Max gingen in die Hocke und rutschen auf dem glatten Untergrund gegen eine Eiswand. Jetzt kippte das Labyrinth in die entgegengesetzte Richtung. Es fühlte sich an, als ruhte der Mittelpunkt des Irrgartens auf einer Kugel und kämpfte verzweifelt um sein Gleichgewicht. Anna und Max klammerten sich ängstlich am Rahmen einer Wandöffnung fest. Noch immer hörten die Zwillinge keine weiteren Schritte. Plötzlich dröhnte aus der Ferne ein rumpelndes Geräusch heran. Es klang, als donnerte ein Gegenstand durch das Labyrinth. Mit jedem Kippen des Irrgartens in eine andere Richtung kam das Gepolter näher. Aus Sicht des Auges an der Decke wäre die Bedrohung erkennbar gewesen, die auf die ahnungslosen Zwillinge zukam. Eine unsichtbare Macht bewegte geschickt eine riesige Eiskugel durch die Gänge immer näher an die Geschwister heran. Auch Garmander wurde von dem Geräusch überrascht und blieb regungslos im Gewirr der Eismauern stehen. Der Zauberer wusste, dass Anna und Max zum Greifen nah sein mussten. Mit einem Hechtsprung durch eine Wandöffnung entging der Magier in letzter Sekunde dem tonnenschweren Eisball, der ein bestimmtes Ziel zu verfolgen schien. Max wurde bewusst, dass ein größeres Unheil im Anmarsch sein musste. Immer lauter und lauter rumpelte die tödliche Kugel heran, die jeden Besucher im Labyrinth zermalmen konnte.

Der Junge hatte eine Idee. »Nicht mehr festhalten«, rief er seine Schwester zu. Anna löste ihren Klammergriff vom Rahmen und rutschte zusammen mit Max wie ein Spielball von Raum zu Raum und Wand zu Wand durch das Labyrinth. Die mächtige Eiskugel kam nun in Sichtweite.

»Zur Seite, hier hinein«, rief Anna.

»Nein, nicht festhalten«, widersprach ihr Bruder.

»Dann werden wir überrollt«, schrie Anna.

»Vertrau mir!«, bat Max.

Tatsächlich schien sein Plan zu funktionieren. Die Kugel rollte nicht aus eigener Kraft, sondern folgte den Kippbewegungen des Labyrinths. Wenige Meter vor dem Eisball schlitterten die Zwillinge entlang. Links, rechts, nach vorne nach hinten. Anna spürte, dass blaue Flecken ihren Körper übersäten. Trotzdem überließ sie tapfer den weiteren Reiseweg den Bewegungen des Irrgartens. Plötzlich tauchte mitten im Gang ein Loch im Boden auf, durch das die mächtige Kugel genau hindurch passen mochte. Anna und Max rutschen auf die Öffnung zu.

»Deine Jacke, schnell!«, rief Max und zog auch sein wärmendes Oberteil aus. Anna reichte ihm ohne Protest ihre Winterkleidung. Wenige Augenblicke später rutschte sie in das Loch hinein und schlitterte eine schräge Rampe hinunter. Max klammerte sich mit letzter Kraft am Rand des Loches fest, seine Beine baumelten nach unten frei im Raum. In letzter Sekunde legte er die dicke Winterkleidung zur Hälfte auf den rutschigen Boden des Labyrinths und ließ die untere Hälfte in das Loch hineinbaumeln. Die Kugel kam bedrohlich nahe, der Junge löste den Klammergriff und rutschte seiner Schwester auf der Rampe hinterher. Sei Plan schien zu funktionieren. Die massige Kugel verklemmte sich zwischen Lochrand und der hineinragenden Kleidung und blieb wie ein Verschluss über der Öffnung liegen. Ohne die Verkleinerung des Lochdurchmessers wäre die Kugel direkt hinabgestürzt und hätte die Zwillinge auf der steilen Rampe zermalmt. Garmander kam fluchend bei dem mächtigen Eisball an. Wütend wollte er beginnen, mit magischen Blitzen das Eis zu zerstören, als der nächste Schlag der Pauke seine Pläne zunichtemachte.

Wumm.

Die Wucht der Erschütterung löste weitere tonnenschwere Eiszapfen von der Decke der Höhle. Wie Spieße rasten die mächtigen Gebilde abwärts und drangen tief in den Boden des Irrgartens ein. Wie Stalagmiten ragten die nach oben dicker werdenden Eisspeere nun aufwärts. Garmander hatte alle Hände voll damit zu tun, die Geschosse abzuwehren und marschierte anschließend missgelaunt einige Räume rückwärts. Das Labyrinth ruhte nun wieder in einer waagerechten Position. Noch bevor der Zauberer Zeit fand, die Eismassen samt Kugel aus dem Weg zu schaffen und die Verfolgung der Zwillinge fortzusetzen, geschah etwas Unerwartetes. Eine kecke Stimme verpetzte den Standort Garmanders.

»Hier ist er, hierher«, brüllte Meister Dost aus Leibeskräften.

»Wer zum Tonaluga …«, fluchte Garmander und suchte vergeblich vor und hinter sich nach dem Ursprung der Stimme.

»Ich kann ihn genau sehen«, rief der Kobold.

Er jetzt schaute Garmander nach oben und sah einen Grimassen schneidenden Kobold von einem Bein auf das andere hüpfen. Meister Dost stand auf der Oberkante einer Eismauer. Garmander feuerte einen zuckenden Blitz in Richtung des Kobolds, verfehlte aber sein Ziel deutlich. Stattdessen sprengte er ein großes Stück Eis aus der Wand des Irrgartens. Und dann bemerkte er im Augenwinkel die seltsame Wolke, die ihn bereits im Stollen der Polarriesen angegriffen hatte. In letzter Sekunde konnte Garmander einem Kugelblitz ausweichen, der wie ein Irrwisch zwischen den kalten Mauern hin und her polterte.

»Wer bist du, zeig dich, Feigling«, schrie Garmander außer sich vor Wut. »Bist du der ehrenwerte Daribert? Wie viel bezahlt Fuddelhaar dir, damit du das hier tust?«

Weitere Blitze krachten. Ein Querschläger raste in die Höhlendecke und brach schwere Eiszapfen heraus. Ein besonders großes Exemplar spaltete die massige Eiskugel in zwei Hälften. Weitere Geschosse folgten nach, und mehrere Tonnen Brucheis stürzten in das Loch auf die Rampe. Die Kleidung der Zwillinge wurde von der Lawine mitgerissen. Atos hoffte, dass der Vorsprung seiner Schützlinge mittlerweile ausreichen würde, um nicht mehr von den Eismassen erdrückt oder erschlagen zu werden. Meister Dost nutzte die Gunst der Stunde und sprang unbemerkt in das Loch hinein. Atos trat aus der Wolke hervor und versetzte Garmander den Schock seines Lebens.

»Da …, da …, das gibt es do …, das kann nicht …«, stammelte der Ausbrecher entsetzt. Er ging insgeheim immer noch davon aus, dass ein anderer Magier die Frechheit besaß, in Atos' Figur hier herumzulaufen. »Zeig dein wahres Gesicht!« Voller Panik feuerte Garmander bis zur völligen Erschöpfung Blitze durch die Gegend. Atos ging hinter einer Eiswand in Deckung und beschäftigte den Rivalen weiter.

»Ich bin Atos, ich bin dein Alptraum«, rief er fröhlich.

Garmander versuchte, das Loch im Boden zu erreichen, wurde aber von einem Wirbelzauber daran gehindert. Eine Windhose erfasste ihn und hob ihn einige Meter in die Höhe. Krachend stürzte er zurück ins Labyrinth.

»Das wirst du mir büßen«, drohte Garmander mit geballter Faust. »Ihr habt keine Chance. Ich werde die Harfe vor euch finden und zerstören!«

Atos ließ Garmander toben und schlich an eine bestimmte Stelle im Labyrinth. Mit aller verfügbaren Kraft brachte er ein Stück der Mauer zum Einsturz. Der etwas zwei Schritt breite Bruchteil kippte krachend um und verdeckte genau das Loch, durch das Anna, Max und Meister Dost zuvor gesprungen waren.

»Das wird mich nicht aufhalten«, kreischte Garmander.

Atos wusste, dass die dunkle Macht Frigadors seinen Rivalen Garmander immer stärker magisch anzog, er schien förmlich die schwarze Energie in sich aufzusaugen. Garmander war stark, und Atos wusste es. Ihm war klar, dass er die Verteidigungsstellung nicht auf Dauer würde halten können, aber der Vorsprung der Zwillinge war wieder etwas angewachsen. Das Duell der Zauberer wurde härter, schneller und trickreicher.

Meister Dost knallte am Ende der Rutsche mit voller Wucht in einen Berg aus Eisstücken. Die Kugel und die Eiszapfen hatten die Talfahrt nicht heil überstanden und waren in handliche Bruchstücke zersplittert. Von Anna und Max fehlte jede Spur, wahrscheinlich waren die beiden sofort weitermarschiert. Unter größter Kraftanstrengung zerrte der Kobold die aus seiner Sicht riesige Winterkleidung aus dem Eisknäuel und folgte den eindeutigen Fußspuren der Zwillinge.

In Dangholt und Umgebung kam das öffentliche Leben langsam aber sicher zum Erliegen. Die grimmige Kälte vertrieb auch die letzten neugierigen Bürger von der Straße zurück in ihre Unterkünfte. Der Marktplatz lag wie leergefegt zu Füßen des Rathauses. Kaum ein Kaufmann hatte sein Geschäft geöffnet. Nicht einmal von den Taschendieben, sonst weder durch Wind noch Wetter von ihren Beutezügen abzuhalten, konnte man die geringste Spur entdecken. Alle Abwasserkanäle und selbst der Fluss

Klo lagen erstarrt in ihren künstlichen und natürlichen Betten. Die Häuser ächzten unter gewaltigen Schneemassen. Überall hingen Eiszapfen herab. Zu den wenigen gemütlichen Plätzen gehörten eine Backstube und die Schmiede in einer Nebengasse.

Bürgermeister Fuddelhaar ließ alle Stadttore fest verschließen und streng bewachen. Der Stadtregent selbst hockte missmutig im Sitzungssaal des Rathauses und blickte mürrisch zwischen Eisrosen hindurch aus dem Fenster. Die Lage war ernst, sehr ernst, denn Fuddelhaar verspürte keinerlei Appetit. Seine Berater aber labten sich an frischem Ochsenbraten mit viel fetter Soße. Auch der bürgermeisterliche Wein schien den Astronomen, Astrologen, Rechtsverdrehern und Gildenmeistern vorzüglich zu munden. Fuddelhaar fand, dass die Sache einen Schönheitsfehler hatte. Er bezahlte die Berater, er bezahlte das Essen und erhielt momentan erstaunlich wenig Gegenleistung. Gut, die Idee eines Juniorberaters, die Sache einfach auszusitzen und das Volk zu belügen, hatte ihm gefallen. Aber der Rest der hochbezahlten Truppe ging dem Regenten gehörig auf die Nerven. Das Fass zum Überlaufen brachten weitere Ärgernisse. Garmander trachtete ihm sehr wahrscheinlich nach dem Leben, vom ehrenwerten Daribert fehlte nach wie vor jede Spur und seine Perücke sah aus wie das Haarteil eines Harlekins. Selbst Major Bockelwitz hatte ihn enttäuscht. So gut wie jeder Auftrag endete im Chaos. Kein Atos, keine Amalia, keine Zwillinge. Es war zum Haare raufen.

Auch in der benachbarten Bibliothek verlief der Tag anders als üblich. Die grimmige Kälte sorgte dafür, dass kaum ein Bürger Spaß an einem Spaziergang zur Bücherei hatte. Wenzel traf einige Entscheidungen. Zunächst wies er die Zombies an, heute keine Hausbesuche abzustatten, um überfällige Leihgaben einzutreiben. Wirklich zu schaffen machten den Gnomen die ständigen Paukenschläge. Beim Kopieren rutschten die Federn bei der Schönschrift durch die Erschütterung ab oder spritzen Tintenkleckse auf das Pergament. Der Bibliothekar schloss die Kopierabteilung kurzerhand. Knirk hatte noch einmal im Rathaus und im Stadtgefängnis vorbeigeschaut, lag aber nun in Wenzels Kammer und döste ohne Auftrag vor sich hin.

Aus Sicht der Götter nahte das Ende des Countdowns für die

Würfelwelt. Leckerer Sekt perlte in teuren Kelchen. Pünktlich zum Ende des Trommelwirbels würde die Explosion erfolgen, und dieses Ereignis musste gefeiert werden. Schließlich bot jedes Ende eines Planeten eine tolle Möglichkeit, etwas Neues an dessen Stelle ins All zu bauen. Mit der Würfelwelt hatte die Bauabteilung von Beginn an auf Kriegsfuß gestanden. Halb fertig hing der Zankapfel im All herum und galt vielen Architekturgöttern als abschreckendes Beispiel. Dass die Bewohner mit ihrer Situation zufrieden waren, interessierte die Götter weniger. Sie sahen den großen Bauplan des Weltalls, und dort gab es eben auch Schandflecke, die getilgt werden mussten. Und wenn es, wie in diesem Fall, die Bewohner selbst erledigten, ihren Planten zu sprengen, lief alles nach Plan. Niemand musste sich die Hände schmutzig machen.

Meister Dost konnte trotz seiner kurzen Beine erstaunlich schnell laufen und sah bald darauf Anna und Max ratlos durch weitere steinerne Gänge und Stollen irren. Hier, tief unterhalb des Zwergenreichs, leuchteten magische Fackeln, die niemals erloschen. Der Weg sah eigentlich recht gemütlich aus. Ein plätschernder Bach säumte den Pfad, der ohne Steigungen oder Kurven schnurgeradeaus führte.

»Huhuuuh«, rief Meister Dost und erschreckte die Zwillinge fast zu Tode. Anna und Max konnten nicht fassen, dass der Kobold vor ihnen stand und ihnen die warmen Jacken überreichte, als wäre nichts geschehen. Anna hob den Diener ihrer Tante vorsichtig nach oben und betrachtete ihn von allen Seiten wie das zweite Weltwunder[1].

»Bis du es wirklich?«, staunte das Mädchen.

»Würdest du mich bitte herunterlassen«, schimpfte der Kobold. »Nur weil ich klein bin, ist das noch lange kein Grund ...«

»Er ist es«, unterbrach Max den meckernden Kobold. »Niemand flucht so schön wie Meister Dost.«

---

[1] Auf der Würfelwelt gab es nur ein Weltwunder. Das goldene Pendel auf dem Marktplatz der Hauptstadt Dangholt. Auch Bürgermeister Fuddelhaar hielt sich für ein Wunder, aber niemand kümmerte sich darum.

»Es gibt noch eine weitere Neuigkeit«, schnarrte der grüne Diener. »Haltet euch fest, schnallt euch an, setzt euch hin, seid bereit für einen Tusch …«

»Bitte!«, mahnte Anna.

»Schon gut, schon gut«, begann der Kobold und legte danach eine Kunstpause ein. Er schien aber zu spüren, dass Max ihm gerade in Gedanken den Hals umdrehte und erzählte zügig weiter. »Herr Atos lebt!«

»Wo ist er?«, rief Anna sofort. Sie konnte ihr Glück kaum fassen.

»Wie ist das möglich?«, wollt Max wissen.

»Zu Frage eins. Herr Atos kämpft oben im Labyrinth gegen Garmander, um uns einen Vorsprung zu verschaffen. Wir dürfen keine Zeit verlieren. Frage zwei beantworte ich auf dem weiteren Marsch.«

Meister Dost berichtete von den Erlebnissen des Zauberers in der Schlucht, von den Feuerhexen und all den anderen Dingen, die Atos ihm selbst erst vor Kurzem erzählt hatte. Max und Anna fassten neuen Mut und neue Hoffnung, ihre Tante hier unten irgendwo zu finden. Amalia musste dem Ziel, der magischen Eisharfe, schon sehr nahe gekommen sein. War ihr etwas zugestoßen, oder kannte sie nur die Melodie nicht und wartete auf die Abenteurer? Dagegen sprach, dass Anna und Meister Dost kein Gedankenkontakt zu Amalia gelingen wollte. Normalerweise funktionierte diese Art der Informationsübertragung über hunderte Meilen. Schirmte das Böse die Übertragung ab, oder war doch Schlimmeres geschehen?

Wumm.

Der mächtige Schlag der Pauke dröhnte und wurde von krachenden Explosionen aus dem Kampf der Zauberer überlagert. Annas Knie schlotterten wie Wackelpudding, auch Max rissen die Vibrationen beinahe von den Füßen. Müde schleppten die drei Abenteurer ihre bleischweren Körper weiter den Gang entlang. Plötzlich blieb Meister Dost vor dem nächsten Hindernis stehen. Der Stollen endete vor einem mehrere Meter breiten Abgrund. Auf der gegenüberliegenden Seite verlief der Weg geradeaus weiter. Der Bach rechts des Weges erregte die Aufmerksamkeit der Zwillinge.

»Das ist ja verrückt«, stellte Max begeisterte fest. »Der Bach fließt einfach weiter über die Schlucht und fällt nicht in die Tiefe.«

»Wie ist das möglich?«, staunte Anna. Ihr Bedarf an reißenden Schluchten und anderen magischen Spielereien war bereits mehr als gedeckt.

Meister Dost lenkte seine Aufmerksamkeit auf den unterbrochenen Weg. Was er sah, gefiel dem Kobold überhaupt nicht. Er trat nah an die Kante zum Abgrund, um seine Entdeckung zu überprüfen. »Ein Spinnennetz!«

Die Zwillinge schauten nun ebenfalls genauer nach. Ein feines Netz, an dessen Knotenpunkten winzige Nebeltröpfchen schimmerten, bildete eine fast unsichtbare Hängebrücke auf die andere Seite. Misstrauisch suchten Anna und Max die Felswände nach einem Krabbeltier ab, konnten aber nichts entdecken.

»Benutzen wir den Bach oder das Spinnennetz, oder gibt es noch eine andere Möglichkeit?«, fragte Max.

»Ich bin für den Bach«, schlug Meister Dost vor.

»Das Netz sieht aber sicherer aus«, protestierte Anna. »Der Bach fließt ohne Bett einfach über die Schlucht?«

»Wo das Wasser entlang fließt, kommt auch ein Kobold oder ein Mensch weiter, oder?«, stellte Meister Dost fest.

»Aber …«

»Ich weiß, was du sagen willst, Max«, unterbrach der Kobold. »Du kannst nicht schwimmen. Aber der Bach reicht dir etwas bis zu den Knien. Wenn überhaupt.«

»Wir sollten das genauer überprüfen«, grübelte Anna.

»Warum?« Meister Dost schien optimistisch zu sein, dass man einfach durch den Bach hindurch zur anderen Seite waten konnte.

»Ich würde trotzdem das Netz vorziehen. Sicher ist sicher!« Anna traute dem seltsamen Wasserlauf noch immer nicht.

Meister Dost verlor die Geduld. »Ich beweise dir, dass der Bach die richtige Entscheidung ist.« Der Kobold öffnete sein Reisebündel und zog den heißgeliebten Knobelbecher heraus. Er steckte die Würfel wieder zurück in sein Gepäck und kniete neben dem Bachlauf nieder. »Ich werde nun den Holzbecher auf unserer Seite in den Bach stellen und wir können dann gemeinsam beobachten, wie der auf der anderen Seite ankommt.«

Die Zwillinge nickten. Der Vorschlag klang vernünftig. Meister Dost legte vorsichtig den Würfelbehälter in den seicht fließenden Bach hinein. Der Becher tänzelte auf und ab, erreichte den Beginn der Schlucht und stürzte in hohem Bogen unten aus dem Bach heraus in die Tiefe.

»Soviel dazu«, seufzte Anna.

»Das ist unmöglich. Wie kann das Wasser geradeaus fließen und der Becher fällt einfach nach unten hindurch?« Meister Dost war fassungslos. »Mein schöner Knobelbecher.«

»Wir benutzen das Spinnennetz«, erklärte Max kurz und bündig. Vorsichtig setzte der Junge einen Fuß auf das Geflecht. Es gab unter dem Druck seines Körpergewichts etwas nach, schien aber stabil genug zu sein, ihn zu tragen. Max balancierte auf dem wackligen Trapez und vermied, mit den Händen in das Netz zu fassen. Schon die Füße konnte er nur mit Mühe wieder anheben. Eine klebrige Masse griff nach allem, was das Netz berührte und zog lange Kleisterfäden. Der Junge glaubte, durch eine Spur aus Honig oder schwarzem Sirup zu laufen. Max vermied es, abwärts in die Schlucht zu schauen. Hätte er es getan, wären ihm vier bernsteinfarbene Augenpaare aufgefallen, die aufmerksam jede Bewegung beobachteten. Seltsame klappernde Geräusche wurden vom Plätschern des Baches übertönt. Max erreichte auf dem wackeligen Untergrund mit rudernden Armen die andere Seite des Abgrunds. Sofort nahm Meister Dost die Herausforderung an und tastete sich ins Netz vor. Acht funkelnde Augen kamen näher, doch auch der Kobold bemerkte die lauernde Gefahr nicht. Auch das gierige Klackern der messerscharfen Beißwerkzeuge hörte er nicht. Schnell und geschickt erreicht er die andere Seite. Die kleinen Koboldschuhe hatten dem klebrigen Leim des Spinnennetzes keine große Angriffsfläche geboten.

»Puuh, das lief besser als an der reißenden Schlucht«, stöhnte Meister Dost.

Max nickte, und drückte seiner Schwester die Daumen. Das

Mädchen versetzte das Netz mit einem Fuß in Schwingungen. Der Alarmfaden, der in die Tiefe führte, reizte die zu den acht Augen gehörende Spinne zusätzlich. Das haarige Wesen besaß eine Spannweite von etwa zwei Metern. Aufgeregt klickten die Kieferklauen, an deren Spitzen zähe Gifttropfen entstanden. Vorsichtig kroch das Wesen weiter aufwärts. Anna hatte fast die Mitte des Netzes erreicht, als sie ins Straucheln geriet und ein Fuß sich im Gewirr der Seidenseile verfing. Sie verlor das Gleichgewicht und stürzte mit dem Gesicht nach unten in die klebrige Falle. Vergeblich versuchte Anna, wieder aufzustehen. Der Leim an Händen, Oberkörper, Bauch, Oberschenkeln und Unterschenkeln ließ keine großen Bewegungen mehr zu. Das war der Augenblick, auf den der in der Schlucht lauernde Jäger geduldig gewartet hatte. Für ihre Körpergröße war die Spinne erstaunlich wendig. Sie wusste, dass ihre Beute nicht dumm war. Viele andere unglückliche Opfer hatten dem Bach vertraut und waren in den Abgrund gestürzt. Dort unten fiel die Mahlzeit dann direkt auf den Tisch der Spinne. Aber heute hatte es als Vorspeise nur einen hölzernen Knobelbecher gegeben. Doch nun hing eine nette Beute zappelnd im Netz. Jede Bewegung steigerte die Gier der Spinne. Anna schrie laut auf, als plötzlich das achtbeinige Monster an der Unterseite des Netzes hing und ihr auf der Oberseite klebendes Opfer genau betrachtete. In der Nähe von Anna Gesicht triefte das blitzende Beißwerkzeug voller Gift. Ein Biss würde das Mädchen lähmen, dann würde die Verpackung in einem Seidenbündel folgen. Die Spinne stellte zufrieden fest, dass ihr Opfer nicht entkommen konnte. Sie beschloss, auf die Oberseite des Netzes zu klettern und den Rest der Angelegenheit schnell und elegant zu erledigen. Anna schrie entsetzt auf.

Wumm.

Frigador lief ungeduldig in seiner Kühlkammer tief unterhalb des Zwergenreichs auf und ab. Der Eisritter hatte einen weiteren Spion ausgesandt, um die Oberfläche zu erkunden und vielleicht Spuren der Eindringlinge zu finden. Mehrere Wachen hüteten die Eisbarriere, die wie ein Pfropfen im Stollengang steckte. Die

Zeit der Eroberung nahte. Bald würde sich die Legende von der Pauke des Todes erfüllen, bald schon würden die Polarriesen in Scharen ausströmen, um das Land mit Mann und Maus zu unterwerfen. Frigador spürte, dass die Macht in ihm von Paukenschlag zu Paukenschlag wuchs. In einer nicht allzu fernen Zukunft wäre er alleiniger Herrscher über die gesamte Würfelwelt. Sein böses Lachen hallte durch die Unterwelt wie Donnerhall.

Der Frostgeier auf seiner Schulter gab einen kichernden Laut von sich. Der Tisch würde bald reich gedeckt sein. Dangholt würde sich nicht kampflos ergeben und alle Abfälle der Schlachtfelder würden ihm alleine gehören.

Graf Krommel versuchte, trotz heftiger *wumms* und einer Schallschluckhaube mitten im Spiegelsaal, den Tagesablauf so normal wie möglich zu gestalten. Als Untoter mit über fünfhundert Jahren Lebenserfahrung ließ er sich so schnell durch nichts und niemanden aus der Ruhe bringen. Das Dangholter Schloss hatte in seiner langen Geschichte schon andere Unruhen, Naturkatastrophen und Besonderheiten überstanden. Bürgermeister waren gekommen und gegangen, doch das Schloss und der Graf bildeten eine Konstante im sonst so hektischen Verlauf des Stadtlebens. Tradition wurde groß geschrieben, und zur Tradition gehörte die Teestunde. Was machten da schon ein schnarchender Zauberer, ein durchgeknallter Stadtregent und eine unterirdische Pauke aus?

Die Spinne lauerte noch unterhalb des Netzes. Meister Dost starrte entsetzt auf die Szene. Musste es denn an jeder Schlucht, an jedem Abgrund Ärger geben? Konnte man nicht einmal in Ruhe die Welt retten?

Max handelte. Er wusste, dass er auf dem Netz Anna keine Hilfestellung geben konnte. Dort war die Spinne jedem Gegner überlegen und hätte es mit allen drei Abenteurern auf einmal aufnehmen können.

»Dein Feuerholz, Meister Dost. Schnell!«

Der Kobold kramte hektisch in seinem Reisebündel und überreichte Max das Feuerholz. Der Junge drückte so stark er konnte auf den Auslöser. Der Drache im Innern des Wunderwerkzeugs spie eine Stichflamme auf das Netz. Einige Seidenfäden schmolzen, das Netz hing nun etwas tiefer nach unten durch. In der Spinne erwachten Urängste. Sie hasste Feuer. Eine weitere Stichflamme sorgte dafür, dass der Achtbeiner sich an einem Faden ein Stück in die Schlucht abseilte. Max erkannte die Chance. Es gab nur einen Versuch, der über das Leben seiner Schwester entschied.

»Fang!«, rief er Anna zu. Seine Schwester kämpfte mit aller Kraft einen Arm aus der klebrigen Masse frei. Max zielte genau. Das Feuerholz flog im hohen Bogen auf Anna zu. Sie versuchte, den Gegenstand mit einer Hand zu fassen, verfehlte aber den genauen Zeitpunkt. Das Feuerholz segelte knapp an der Fanghand vorbei, blieb aber zum Glück im Netz kleben. Die Spinne erkannte die Gefahr und begann, am senkrecht hängenden Faden wieder in Richtung des Netzes zu klettern. Hektisch griff Anna nach dem Feuerholz, zog und zerrte an der Hülle. Mit acht bösen Blicken eilte die Spinne aufwärts und hatte fast das rettende Netz erreicht. In diesem Augenblick bekam Anna das Feuerholz zu fassen und richtete die Flamme auf den einen Faden, der das Netz mit der Spinne verband. Das Verbindungsseil riss in der Hitze des Feuerstoßes. Die Spinne stürzte abwärts. Gleichzeitig schnellte das Netz, vom Gewicht der Spinne befreit, wie eine Bogensehne aufwärts. Anna versuchte, mit gezielten kleinen Flammen einige Fäden zu durchtrennen, die ihren Körper gefangen hielten. Weder Max noch Meister Dost wagten den Weg zurück auf das Netz. Einige tragende Seile fehlten in der Konstruktion bereits. Jedes zusätzliche Gewicht hätte das Webwerk zerstört und das Netz samt Inhalt in die Tiefe gerissen. Die Spinne kletterte wütend an einer Seitenwand des steinernen Abgrunds wieder aufwärts.

»Beeilung!«, kreischte Meister Dost.

Anna musste schnell handeln aber trotzdem vorsichtig sein, um nicht zu viele Fäden zu zerschmelzen. Sie sägte im Moment an dem Ast, auf dem sie saß. Es fehlten noch zwei klebrige Seile.

Anna drückte auf das Feuerholz, doch nichts geschah. Die Spinne kam unaufhaltsam näher. Zornig, hungrig, giftig, angriffslustig und tödlich. Das Mädchen schüttelte am Feuerholz, aus dem ein keuchendes Geräusch drang.

»Ich kann nicht mehr«, stöhnte der Minidrache.

»Du musst«, bat Anna. »Es ist ein Notfall!«

»Ich nutze die Reserve«, seufzte der Drache. Mühsam hustete er zwei weitere Feuerstöße heraus. Mit dem letzten Röcheln des Feuerholzes durchtrennte Anna einen Faden an ihrem linken Fuß. Wie an einer Liane schwang das Mädchen vorwärts und schlug hart gegen die steinerne Seite des Abgrunds. Sie baumelte nun einige Meter unterhalb der Kante, an der Max und Meister Dost standen. Die beiden zogen nach Kräften am Seil, Anna kletterte gleichzeitig nach oben. Von unten raste die Spinne herbei, nicht bereit, auf ihre leckere Mahlzeit zu verzichten. Schon berührten zwei haarige Vorderbeine die baumelnden Füße des Mädchens. Anna trat und strampelte, ihre Hände erreichten die Kante. Max zog im letzte Augenblick seine Schwester nach oben und ein Stück vom Rand des Abgrunds fort. Heulend vor Wut hockte die Spinne auf dem beschädigten Netz.

»Warum folgt sie uns nicht?«, fragte Max.

»Sie ist magisch an den Abgrund gebunden«, vermutete Meister Dost. »Als eine Art Wächter, nehme ich an.«

Weder Anna noch Max wollten sich auf diese Annahme verlassen. Eilig befreite Anna ihre Kleidung notdürftig von der Klebemasse. Meister Dost steckte das Feuerholz zurück in sein Reisebündel, während eine wütende Spinne ihr Netz reparierte. Die Abenteurer folgten dem weiteren Verlauf des Stollens. Der parallel verlaufende Bach wurde nun von immer neuen Seitenarmen gespeist. Das Fließgewässer wuchs, wurde breiter, tiefer und wilder. Annas rasender Puls kam nur langsam zur Ruhe. Wie lange würde die Reise noch dauern? Niemand dachte an Schlaf, niemand forderte eine Pause. Die Anspannung war spürbar, fast greifbar. Mit jedem Schritt im unterirdischen Gang kamen die Abenteuer einem grollenden Geräusch näher.

›Nicht schon wieder eine Schlucht‹, hoffte Meister Dost.

»Ich wünsche mir, dass wir nicht schon wieder einen Abgrund

überwinden müssen«, murmelte Max unhörbar.

»Mein Bedarf an Felsspalten ist auch gedeckt«, grinste Anna, die die Gedanken ihrer Begleiter gelesen hatte.

Nach kurzer Zeit erkannten die drei den Grund für das Getöse. Ein Getöse, das eigentlich keines sein durfte. Der Bach lief gurgelnd in einen kleinen See hinein, der die Wassermassen sammelte. Bis hierhin gab es keine Besonderheiten. Am Ende des Sammelbeckens führte eine Öffnung im Gang auf einen steinernen Balkon hinaus. Von der Aussichtsplattform aus fiel der Blick in eine paradiesisch wirkende Höhle. Tief unten lag ein bläulich schimmernder See, in dessen Mitte eine Fontaine sprudelte. Das Ufer bestand aus herrlich weißem Sand. In der hell beleuchteten Grotte war es angenehm warm. Auf den breiten Sandstrand folgte ein Grünstreifen mit einer saftigen Wiese. Büsche, Bäume und Sträucher säumten den Rand der Höhle. Das Getöse war das Geräusch eines Wasserfalls. Soweit das Auge reichte ein echtes Paradies. Für einen Augenblick vergaßen die Zwillinge, dass jederzeit Garmander erscheinen konnte. Die Herrlichkeit des Anblicks ließ sogar die Gefahren vergessen, in denen die Würfelwelt schwebte. Der Ort lud zum Verweilen ein.

»Wie kommen wir nach unten?«, fragte Max.

Meister Dost wies mit ausgestrecktem Arm an den Rand des Sammelbeckens. Von hier aus führte eine kleine steinerne Treppe abwärts ins Tal. Anna verspürte plötzlich rasende Kopfschmerzen, alles schien sich zu drehen, je näher das Mädchen an den Rand des Balkons trat. Vorsichtig stiegen die Zwillinge die Treppe hinunter. Meister Dost behielt den Stollen im Auge, um nicht von Angreifern überrascht zu werden. Auch der achtäugigen Spinne in ihrem magischen Abgrund traute der Kobold nicht über den Weg. Die Zwillinge entdeckten nun etwas, das den perfekten Eindruck der Höhle störte. Der Wasserfall bestand aus schwarzem Eis. Obwohl oben aus dem Sammelbecken Wasser ablief, war die Fallstecke völlig erstarrt. Von der Treppe aus sahen die Geschwister nur die Seite des Wasserfalls und beschlossen daher, das seltsame Gebilde von unten zu betrachten.

Max vermutete, dass vielleicht das schwarze Eis nur eine Hülle darstellte und das Wasser darin wie in einer Röhre nach unten fiel.

»Ich verstehe aber nicht, wieso das Eis nicht schmilzt«, gab der Junge zu. »In der Höhle ist es sehr warm, und auch das Wasser ist wärmer als Eis.«

»Magie?«, vermutete Anna.

»Schwarze Magie«, raunte Max.

Vorsichtig schlichen die Zwillinge weiter abwärts. Meister Dost schaute abwechselnd mit besorgter Miene zu seinen Begleitern hinunter und in den Stollengang hinein.

»Weißt du, was ich denke?«, fragte Max.

»Ja«, grinste Anna. »Du hast gerade an die Legende gedacht!«

»Stimmt! Aber woher …«

»… ich habe im Unterricht von Herrn Atos immer gut aufgepasst«, scherzte Anna. Sie bemerkte, dass ihr immer häufiger unbewusst Dinge gelangen, die nur mit Magie erklärbar sein konnten.

»Die Legende spricht doch von einem magischen Wasserfall, oder?«

Anna nickte. »Hütet euch vor dem schwarzen Wasserfall, der nicht fällt. Klingt wie eine Warnung. Vielleicht ist mir auch deshalb so schwindelig?«

Als sie am Ende der steinernen Treppe angelangten, beschlossen die Zwillinge, ein Stück über den Sandstrand zu laufen und den gesamten erstarrten Wasserfall in seiner ganzen Breite zu betrachten. Anschließend würden sie, wenn möglich, durch den See waten und das seltsame Material genauer untersuchen. Warum aber die Warnung in der Legende?

›Hütet euch vor dem schwarzen Wasserfall, der nicht fällt‹, grübelte Max. Der Junge verstand den Sinn der Botschaft nicht. Sicher, das Wasser selbst schien nicht zu fallen, aber trotzdem *fiel* der Wasserfall doch von oben nach unten. Die Zwillinge ließen ihre Fellschuhe und die Winterjacken am unteren Rand der Treppe liegen und liefen barfuß durch den Sand. Auf halber Strecke hielten sie an und drehten sich um. In diesem Augenblick machten die beiden eine grauenvolle Entdeckung. Anna rannen Tränen über das Gesicht und auch Max konnte sein Entsetzen nicht verbergen. Meister Dost spürte, dass die beiden etwas

Schreckliches sahen.

Garmander und Atos kämpften ein Zaubererduell mit Haken und Ösen. Noch immer zischten Kugelblitze, Bogenblitze und andere mörderische Lichterscheinungen kreuz und quer durch die Höhle. Das halbe Eislabyrinth lag in Schutt und Asche, viele der Mauern waren eingestürzt und dienten den Zauberern nun als Deckung. Beide Magier waren erschöpft, doch niemand konnte und wollte aufgeben. Atos nicht, da mit jeder Minute der Vorsprung der Zwillinge weiter anwuchs. Garmander nicht, da er unter allen Umständen die Eisharfe zerstören wollte.

»Gib auf, Atos. Du hast keine Chance. Es ist nur eine Frage der Zeit, bis zu verloren hast«, brüllte Garmander.

»Wer nie verliert, hat den Sieg nicht verdient«, rief Atos zurück und brachte seinen Gegner damit noch mehr in Rage. Hätte es hier im Labyrinth Palmen gegeben, säße Garmander nun auf der höchsten Spitze. Listig versuchte der vom Bösen besessene Zauberer, unbemerkt seinen Standort zu wechseln. Vielleicht konnte er Atos heimlich umgehen und ihn von hinten attackieren? Kein feiner Zug, aber der Zweck heiligte in diesem Fall die Mittel. Ohne Wenn und Aber! Tatsächlich schien der Lehrmeister der Zwillinge nicht zu bemerken, dass Garmander am Boden entlang robbte. Von Zeit zu Zeit beobachtete er die Wolke, die Atos als Tarnung benutzte. ›Der Trick ist doch nun uralt‹, dachte Garmander. ›Damit lockst du keinen Hund mehr hinter dem Ofen hervor!‹ Der Magier war im Halbkreis um die Wolke herumgekrochen und feuerte ohne Vorwarnung mit aller Kraft einen Blitz in den künstlichen Himmelskörper hinein. Atos konnte nicht mit dem hinterhältigen Angriff gerechnet haben. Mit einem riesigen Knall schlug der heiße Lichtstrahl im Ziel ein. Die Rauchwolke sah aus wie ein Pilz, es roch plötzlich verkohlt, verbrannt und verschmort. Garmander wartete, bis der meiste Rauch verflogen war und näherte sich vorsichtig der Einschlagstelle. Zufrieden stellte er fest, dass bis auf zwei qualmende Zaubererschuhe und einige Fetzen des Umhangs nichts mehr von Atos übrig geblieben war.

»Das hat dich aus den Pantinen gehauen«, lachte Garmander böse. »Eine saubere Vollsprengung. Atos ist aus den Latschen gekippt.«

Eilig begann der besessene Magier, unter Tonnen von Eis das Loch zu suchen, in dem Anna, Max und der Kobold vor einiger Zeit verschwunden waren. Sicher, er war in Rückstand geraten, aber noch war nichts verloren.

›Wer nie verliert, hat den Sieg nicht verdient? Was für ein jämmerlicher Spruch‹, dachte Garmander verächtlich und krempelte die Ärmel hoch.

Anna und Max starrten noch immer fassungslos und entsetzt auf den schwarzen Wasserfall. Einige Meter über der Oberfläche des Sees erkannten sie das Gesicht und Teile des Körpers ihrer Tante Amalia. Die Zauberin hing reglos mit geschlossenen Augen im schwarzen Eis des Wasserfalls gefangen. Anna gelang kein Gedankenkontakt zu ihrer Tante. Mit einem Tränenschleier vor den Augen versuchte das Mädchen, in den See hineinzuwaten, um näher an den Wasserfall heranzukommen. Max blieb am Ufer mit einem riesigen Kloß im Hals zurück. Seine Schwester stand nun etwas hüfttief im Wasser und konnte noch immer nicht begreifen, was sie sah. Viele Fragen schwirrten in ihrem Kopf umher wie angorianische Glühwürmchen in einer Kristallkugel. Wie um alles in der Würfelwelt war Tante Amalia in diese Situation geraten? Lebte die Zauberin überhaupt noch? Wie konnte sie aus dem schwarzen Eis befreit werden? Und wie zum Tonaluga funktionierte der Wasserfall, der nur aus schwarzem Eis zu bestehen schien? Hatte Anna sich die Stimme ihrer Tante in der Schlucht von Zapontia nur eingebildet? Meister Dost hatte seinen Wachposten am oberen Ende des Wasserfalls aufgegeben und gesellte sich zu Max.

»Was …?«, begann der Kobold und sah seine im Eis gefangene Herrin. Vor Entsetzen fiel er auf die Knie.

Etwas später hockte er auf der Schulter von Max und gelangte so näher an den Wasserfall heran. Amalia war ohne Seile, Eispickel, Magie oder andere Hilfsmittel nicht erreichbar.

»Wir müssen zurück und Herrn Atos holen«, rief Anna aufgebracht.

»Ich fürchte, das ist keine gute Idee«, stellte Meister Dost mit messerscharfem Verstand fest.

»Aber sie ist unsere Tante …«, protestierte Anna.

»… und ich bin seit Jahrzehnten ihr Diener. Es schmerzt mich sehr, meine Herrin so zu sehen. Wir können trotzdem nicht umkehren. Die Spinne wartet nur darauf, sich an uns zu rächen. Außerdem laufen wir Garmander entgegen, sollte Herr Atos ihn nicht aufgehalten haben.«

Traurig musste Anna einsehen, dass der grüne Kobold Recht hatte. Bereit, zu kämpfen, trommelte sie mit den Fäusten gegen das untere Ende des starren, eiskalten Wasserfalls. Max bemerkte aus dem Augenwinkel, dass hinter seinem Rücken eine schnelle Bewegung ablief.

»Volle Deckung«, rief er und rannte in Richtung Ufer.

Die Fontaine in der Mitte des Sees wuchs in die Höhe und zuckte plötzlich wie eine Peitsche in Richtung des Wasserfalls. Krachend klatschte der Wasserstrahl dicht neben Anna spritzend auf die Oberfläche des Sees. Sofort schoss ein neuer Strahl senkrecht nach oben und führte den nächsten Peitschenhieb aus. Wie ein wild gewordener Krake teilte die Fontaine ihren Wasserstrahl in mehrere Arme und schlug blind vor Wut um sich. Es sah aus, als verteidige sie den schwarzen Wasserfall vor Berührungen oder Angriffen. Nur mit großer Mühe erreichten Anna und Max das rettende Ufer. Sofort beruhigte sich der angriffslustige Wasserstrahl und plätscherte unschuldig weiter vor sich hin. So sehr die Zwillinge und Meister Dost auch hofften. Eine Gedankenübertragung zur Zauberin wollte trotz unmittelbarer Nähe nicht gelingen. Amalia sandte nicht das geringste Lebenszeichen aus sondern verharrte bewegungslos im schwarzen Eis. Pudelnass schleppten drei deprimierte Gestalten ihre müden Körper die Treppe neben dem Wasserfall empor. Auch von der Seite aus blieb Amalia unerreichbar.

Auf dem Balkon mit dem wunderschönen Ausblick berieten die drei Abenteurer ihr weiteres Vorgehen.

»Die Legende muss einen Hinweis enthalten, den wir übersehen haben«, vermutete Meister Dost. Der Kobold wirkte gefasst und konzentriert. »Das Pergament befindet sich unglücklicherweise im Gewand von Herrn Atos. Könnt ihr euch wirklich an den genauen Wortlaut erinnern?«

Anna nickte. »Ja, es war nur ein einziger Satz. Hütet euch vor dem schwarzen Wasserfall, der nicht fällt.«

»Darüber musste ich vorhin schon nachdenken«, erklärte Max mit gerunzelter Stirn. »Der Wasserfall, der nicht fällt. Das Becken hier oben wird vom Bach aus dem Stollen gespeist. Das Wasser läuft hier oben aber nicht über und fällt auch nicht in die Tiefe. Trotzdem hören wir das Geräusch eines Wasserfalls.«

»Ich habe eine Idee«, rief Meister Dost. »Ihr könnt mich für verrückt halten und tut dies vielleicht sowieso jetzt schon? Aber nehmen wir die Legende einmal wörtlich.«

»Der Wasserfall, der nicht fällt«, wiederholte Max. »Mir fällt dazu nichts ein.«

Anna schüttelte ebenfalls den Kopf.

»Wir dürfen nicht nur glauben, was wir sehen sondern müssen auch das in Betracht ziehen, was wir *nicht* sehen. Vielleicht ist die Legende anders zu verstehen. Nehmen wir einmal an, dass der schwarze Eiswasserfall kein Wasser aus dem Bach nach unten transportiert. Dass es also auch keine geheimen Röhren innerhalb des Eises nach unten gibt. Das Sammelbecken hier oben läuft aber trotzdem nicht über. Das bedeutet doch...«

»... dass hier oben irgendwo am Grund des Sammelbeckens ein Abfluss vorhanden sein muss«, schlug Max vor.

»Ich habe eine andere Theorie«, erklärte der Kobold. »Erinnert euch an den Abgrund mit dem Spinnennetz? Der Bach ist einfach über die Felsspalte geflossen, ohne eine Rinne drumherum ...«

»... denn sonst wäre dein Knobelbecher nicht nach unten aus dem Wasserlauf gefallen«, bemerkte Anna.

»Genau. Das Wasser ist magisch. Und ein Wasserfall, der nicht fällt, fließt einfach geradeaus weiter«, vermutete der Kobold.

»Du meinst, das Wasser wird unsichtbar?«, hakte Max nach.

»Ja, es bleibt eigentlich keine andere Möglichkeit übrig, aber eine weitere Frage ist da noch zu klären.«

»Fließt der Bach über eine unsichtbare Brücke oder nicht?«, warf Anna stolz ein.

»Wir müssen also herausfinden, ob die Reise hier vom Balkon aus weitergeht«, folgerte Max. »Dazu benötigen wir einen schwimmenden Gegenstand.« Der Junge blickte den Kobold erwartungsvoll an.

»Warum schaust du mich dabei an?«, zeterte Meister Dost. Der Kobold wusste, dass er im Gepäck noch schwimmfähige Gegenstände mitführte. »Nicht meine geliebten Würfel! Auf *keinen* Fall. Seine Glücksbringer wirft man nicht einfach weg! Niemals!«

»Ich dachte auch nicht an deinen Würfel, sondern an deine Schnupftabakdose«, entgegnete Max.

Widerwillig nahm der Kobold eine letzte Prise. Mit störrischem Blick setzte er vorsichtig den Hohlkörper am Ende des Bachs ins Wasser und schickte ein heftiges Niesen hinterher. Langsam erfasste die Strömung den Gegenstand und trug ihn zum oberen Rand des Wasserfalls. Wenige Augenblicke später war die Tabakdose verschwunden.

»Sie ist den Wasserfall hinuntergefallen«, vermutete Meister Dost. Eilig rannte er die Steintreppe hinunter, konnte aber auf der spiegelblanken Wasseroberfläche des Sees keinen Fremdkörper entdecken. Mürrisch erschien der Kobold einige Minuten später wieder auf dem Balkon bei Anna und Max.

»Die Dose ist weg. Spurlos verschwunden!«, meckerte Meister Dost. »Der Inhalt ist wertvoll!«

»Das ist wundervoll!«, rief Anna.

»Warum zum Tonaluga ist das wundervoll?«

»Weil deine Vermutung stimmen könnte«, erklärte Max trocken. »Ich wage es!«

»Bist du von allen guten Geistern verlassen?«, tobte der Kobold. »Das ist Selbstmord! Du landest entweder im schwarzen Eis neben deiner Tante oder brichst dir viele Meter weiter unten im See die Beine. Das Wasser ist nicht besonders tief!«

»Es ist eine Chance«, erklärte Max, der noch immer nicht den Anblick von Tante Amalia vergessen konnte. Mutig stieg der

Junge in das kalte Wasser des Bachs, watete durch das Sammelbecken und stand am Rande zum Abgrund. Vorsichtig setzte er ein Bein nach vorne und spürte tatsächlich einen unsichtbaren Widerstand unter seinem Fuß. Er belastete die Position mit seinem vollen Körpergewicht und zog das zweite Bein nach. Schlagartig verschwand Max aus den Augen seiner Schwester. Er hatte soeben einen unsichtbaren Vorhang durchschritten und sah nun seinerseits weder das Paradies unter sich, noch seine Schwester oder Meister Dost hinter sich. Max erkannte nur sich selbst und einen schmale Rinne, in der der Bach weiterfloss. Vorsichtig setzte er einen Fuß vor den anderen. Die schwächliche Konstruktion ächzte bereits unter seinem geringen Körpergewicht. Mehrere Personen oder eine einzelne schwerere Person stellten mit Sicherheit ein Problem dar. Max vollzog eine Drehung und kehrte zu Anna und Meister Dost zurück. Wie von Geisterhand tauchte er aus Sicht der Wartenden wie aus einem Riss im Nichts auf. Eilig berichtete Max von seinem Erlebnis. Die Abenteurer beschlossen, im Abstand von mehreren Minuten nacheinander den Weg ins Unbekannte zu wagen. Max ging erneut voraus, balancierte über die schmale Rinne und gelangte über einen weiteren Felsvorsprung auf die gegenüberliegende Seite der Höhle. Anna und Meister Dost folgten ohne Probleme und gesellten sich staunend zu Max. Der Kobold zog seine Schnupftabakdose unversehrt aus einem schlammigen Tümpel heraus. Misstrauisch prüfte er den Inhalt und stellte erfreut fest, dass der wertvolle Tabak trocken geblieben war.

Anna fragte sich, warum Tante Amalia diesen Weg nicht gefunden oder nicht gewählt hatte? Es würde zunächst ein Geheimnis bleiben. Mit einem wehmütigen Blick zurück auf den nun unsichtbaren schwarzen Wasserfall setzte Anna ihren Weg fort. Sie spürte, dass die Entscheidung nahte. Im nächsten unterirdischen Gang war alles anders. Schlagartig wurde es wieder eiskalt, sodass die Zwillinge eilig ihre Fußfelle und Winterkleidung anlegten. Alle vier Seiten des Stollens bestanden aus purem Eis. Erschöpft und hungrig lehnten Anna und Max an einer Eiswand, um einige Minuten auszuruhen.

Wumm.

Frigadors Spion kehrte aus dem Oberland des Zwergenreichs mit den neuesten Informationen zurück. Stolz entleerte der Polarriese im Lagerraum die Hohlräume seiner Rüstung. Nahezu alle schwarzen Eiskügelchen besaßen noch ihre ursprüngliche Größe. Für Frigador ein Zeichen, dass die Außentemperatur nun tief genug gefallen war, um seine Armee auch ohne schwarze Eiskühlung in Marsch setzen zu können. Hier im Bergwerk der Zwerge befand sich nur die Vorhut aus einigen hundert Polarriesen. Tausende standen bereit und würden schon bald nachfolgen. Eine andere Entdeckung des Spions erfreute Frigador weit weniger. Die Brücke auf dem kürzesten Weg zur Hauptstadt war zerstört worden. Der Marsch auf Dangholt würde hierdurch länger dauern als geplant, war aber nicht mehr aufzuhalten, sobald die Truppen das Zwergenreich über eine der drei verbleibenden Brücken verlassen hatten. Eine seltsame mannshohe Glaskugel war dem Spion ebenfalls an der Oberfläche aufgefallen, störte Frigador aber nicht weiter. Von den Eindringlingen fehlte im Stollensystem jede Spur. Zufrieden schickte der Eisritter einige Dutzend Polarriesen in voller Bewaffnung an die Oberfläche. Hier unten im Bergwerk fehlte der Platz, um Axtwürfe zu üben und die Frostgeier in Bewegung zu halten. Aus dem Tunnel, den Frigadors Männer vom Land aus Eis und Finsternis bis ins Zwergenreich gegraben hatten, quollen ohne Unterbrechung bis an die Zähne bewaffnete Polarriesen hervor. In endlosen Reihen standen die mächtigen Gestalten im Schneetreiben der eisigen Würfelwelt und warteten auf ihre Befehle. Die grauenvollen Doppeläxte ruhten jeweils auf der rechten Schulter, bereit, für Frigador jeden Gegner in tausend Stücke zu zerlegen. Unter Anführung des Eisritters setzte die Armee sich im Gleichschritt in Bewegung. Nur einige wenige Wachposten blieben zurück, um das Bergwerk und den Gang in das Land aus Eis und Finsternis zu sichern. Der Feldzug hatte begonnen. Frigador handelte aus einem anderen Grund als alle Feldherren vor ihm. Normalerweise galt das Streben nach Macht als höchstes Ziel einer Eroberung. Andere Ländereien zu besitzen war schick, erhöhte das Ansehen und bot die Möglichkeit, kostenlos Urlaub in eroberten Palästen zu machen. Manchmal strebten Eroberer auch nach Gold, Diamanten oder anderen Bodenschätzen. Auch Hass gegen Andersdenkende galt als beliebtes Motiv für einen Feldzug. Auf Frigador, den Eisritter, trafen all diese Gründe nicht zu. Als ewig lebendes böses Wesen plagte ihn eine fürchterliche Langeweile. Und ein paar kleinliche Rachegelüste, da Bewohner der Dangholter Seite seine schwarze Festung in Schutt und Asche gelegt hatten. Frigador wollte erst dann ruhen, wenn er alle sechs Seiten des Würfels erobert hatte. Anschließend würde er überlegen, andere Planeten zu überfallen. Der Eisritter verfügte über Zeit im Überfluss. Solange die Würfelwelt sich drehte, lebte auch Frigador.

»Na dann Prost«, riefen die Götter und stießen mit perlenden Sektgläsern auf das große Finale an.

Garmander wühlte grimmig in den Eisscherben des Labyrinths herum. Hier irgendwo musste das verschüttete Loch zu finden sein, in dem die Zwillinge und der Kobold verschwunden waren. Der Zauberer hatte im Duell mit Atos viel Kraft verloren, den Rivalen aber schließlich aus den Stiefeln geschossen. Dieses Mal schien Garmander seiner Sache sicher zu sein, denn ein Zauberer hing an seinen Stiefeln wie die Klette an einer Wollkutte. Die meist Jahrhunderte alten Schuhe stellten einen beträchtlichen Wertgegenstand dar. Aus feinstem Leder maßgefertigt liebten die meisten Zauberer ihre Fußbekleidung über Alles. Gerüchte[1] besagten, dass manche Jungzauberer sogar mit ihren Schuhen ins Bett gingen. Mit weiteren heißen Blitzen gelang es Garmander, den Durchlass im Boden des Labyrinths freizulegen. Die Suche nach der verfluchten Harfe verlief zäh wie Rübensirup auf einer Scheibe Brot. Der Zauberer spürte, dass die böse Macht in seiner

---

[1] Der Satz hätte auch anders beginnen können: Gerüche besagten …!

Nähe schwächer wurde. Dies lag daran, dass Frigador seine Polarriesen im Oberland des Zwergenreichs versammelte und der Abstand zu Garmander daher größer geworden war. Trotzdem sog er die verbleibende Kraft und Energie aus der Luft gierig ein. Der Zauberer zog das leicht verkohlte Pergament mit seiner Kopie der Legende aus dem Umhang und suchte den nächsten Anhaltspunkt. ›Es wird eine Zeit über die Würfelwelt kommen … aus einer anderen Welt und wird Dangholt in seinen Grundfesten erschüttern … bringt das Böse auf die Würfelwelt, ergreift Besitz von den Seelen. Mit jedem Schlag auf der Pauke des Todes wird es kälter. Schnee wird ohne Unterlass fallen … die Kälte kommt aus der Tiefe der Würfelwelt … kein Magier wird den kalten Schatten und seine Mannen stoppen können. Hüte dich vor dem Atem aus der eisigen Tiefe.‹

Der Zauberer hatte die richtige Stelle auf dem Pergament gefunden. ›Hier steht es ja. Das Ende der Würfelwelt wird kalt und grausam sein. Finde die Welt des magischen Wassers im Kelch der Selbsterkenntnis, überquere das Meer der Tränen, passiere die reißende Schlucht, die von Regenelfen gut bewacht ist, bestehe die Abenteuer. Hütet euch vor dem schwarzen Wasserfall, der nicht fällt. Am Ende des Weges findet ihr die magische Eisharfe. Spiele die richtige Weise, die fehlerlose Melodie. Sie ist der Schlüssel. Spiele die falsche Weise, und die Harfe wird für immer verstummen.‹

»Auf zum schwarzen Wasserfall«, rief Garmander und sprang auf die Rampe aus Eis, die in einen langen Stollen führte. Bald lag ein Abgrund vor ihm, nicht zu vergleichen mit der reißenden Schlucht, durch die er hindurch gespült worden war. Eine überschaubare Felsspalte, über die ein schmaler Holzsteg führte. Rechts neben dem Holzsteg erkannte Garmander einen magischen Bach, der ohne Rinne einfach geradeaus zur anderen Seite floss. Ohne zu zögern balancierte der Zauberer den Steg entlang, der unter seinem Gewicht zu Stöhnen schien. Als Garmander etwa die Mitte der Behelfsbrücke erreichte, gab der Steg knackend nach. Völlig überrascht stürzte der Zauberer einige Meter tief und wurde sanft aufgefangen. ›Na ein Glück‹, dachte Garmander, dem keine Zeit für einen Verwandlungszauber geblieben war. Zu plötzlich war der Einbruch des Stegs geschehen, zu kurz war der Fallweg, als dass die Verwandlung in ein Kissen hätte gelingen können. Der Zauberer lag mit ausgestreckten Armen und Beinen auf dem Rücken und wippte leicht auf und ab. Erst jetzt bemerkte er, dass seine Landung an dieser Stelle alles andere als Glück war. Drei Dinge überzeugten Garmander von seiner Theorie. Trotz größter Bemühungen konnte er Arme und Beine nicht bewegen, sie klebten wie auch der Kopf und der Rest des Körpers auf dem wippenden Untergrund fest. Dann bemerkte Garmander, dass aus dem Steg eine Person geworden war, die mit den Händen am Rand der Schlucht hing und sich mühsam nach oben zog. Das Wesen trug blaue Socken mit gelben Sternen darauf. Garmander musste einsehen, dass Atos ihn in eine Falle gelockt hatte. Das Stöhnen des Steges gehörte zu seinem Rivalen, der nun am Rande des Abgrunds stand und mit schmerzverzerrtem Gesicht seinen Rücken einrenkte. Der dritte Grund, nicht von Glück sprechen zu können, nahte von unten aus der Felsspalte. Acht bernsteinfarbene Augen kamen näher, ebenso viele haarige Beine enterten das Netz und wickelten Garmander zu einem handlichen Seidenkokon zusammen. Mit knurrendem Magen starrte die Spinne grimmig auf das Bündel und hängte den verpackten Zauberer an einen Faden unter ihr Fangnetz. Zu schade, dass sie nicht ihrem Instinkt folgen und zubeißen durfte. Aber ein Handel war ein Handel. Atos nickte zufrieden und verließ winkend und lächelnd den Abgrund. Die Spinne krabbelte an den Rand der Felsspalte und versuchte vorsichtig, eines der haarigen Beine in den Gang zu setzen. Es gelang. Atos hatte Wort gehalten. Zufrieden zog sie ihren gesamten Körper nach oben. Sie war frei. Nach endloser Gefangenschaft in der kalten, langweiligen Felsspalte, konnte nun das Leben weitergehen. Das Leben als Bergelfe. Ein letztes Mal krabbelte die Spinne zurück zu ihrem Netz, wickelte Garmander noch etwas fester zusammen und eilte danach zum zerstörten Eislabyrinth.

Dank Atos wurde aus der Spinne dort plötzlich ein zartes, zauberhaftes Wesen, das sein Glück kaum fassen konnte. Vorbei die verwunschene Zeit, die sie einem griesgrämigen Berggeist zu verdanken hatte. Der missgelaunte Herrscher über die Bodenschätze tief unter der Erde hatte die Bergelfe verflucht, nur weil sie ihn zum falschen Zeitpunkt gestört hatte. Der Berggeist machte damals gerade Inventur und verzählte sich ausgerechnet beim siebenhundertdreiundachtzigtausendvierhundertelften Diamanten und musste von Neuem beginnen. Erzürnt beschloss er, zur Strafe die unglückliche Elfe für ebenso viele Jahre als Spinne im Berg einzusperren.

Atos hielt sich als Zauberer an die Regeln der Gilde, nach denen man keinen anderen Magier töten durfte. So etwas gehörte sich einfach nicht unter Kollegen. Auch wenn Garmander eine andere Meinung vertrat, wollte Atos den Rivalen nur außer Gefecht setzen, um endlich die Kinder und Meister Dost einzuholen. Auch von seiner geschätzten Kollegin Amalia fehlte jede Spur. Atos betrat die paradiesisch wirkende Höhle, schritt die steinerne Treppe links des Balkons herunter und bekam rasende Kopfschmerzen. Er hatte Amalia gefunden.

✦

»Aufwachen!« Meister Dost brüllte aus Leibeskräften. Der Kobold hüpfte ungehalten von einem Bein auf das andere und zupfte erfolglos an Annas Hosenbein. Auch Max reagierte nicht auf die Weckversuche des grünen Winzlings. Die Zwillinge schliefen stehend an der kalten Felswand des Stollens. Die letzten Tage forderten ihren Tribut. Hunger, Kälte, Hektik und körperliche Anstrengungen hatten Spuren hinterlassen. Nur Meister Dost schlief so gut wie niemals. Außerhalb seiner goldenen Wohntruhe misstraute er jedem. Ein Auge und ein Ohr richtete der Kobold stets in sein Umfeld, um unliebsamen Überraschungen vorzubeugen. Noch einige vergebliche Weckversuche, dann gab Meister Dost auf. Er konnte nur hoffen, dass Garmander noch eine Weile von Herrn Atos beschäftigt werden würde. Mürrisch und unruhig zog der Kobold sein Tagebuch aus dem Reisebündel und notierte die Erlebnisse der letzten Stunden. Er fragte sich insgeheim, wie man in dieser Kälte schlafen konnte. Meister Dost hielt eine solche Pause bei Frost für sehr gefährlich.

Schon man ein Abenteurer war bei Minusgraden eingeschlafen und nie wieder erwacht. Aus Langeweile zeichnete der Kobold aus dem Gedächtnis ein Bild der bisher besuchten Orte. In Windeseile entstanden Zeichnungen vom Kelch der Selbsterkenntnis, vom Meer der Tränen, der reißenden Schlucht, den Regenelfen, dem Spinnennetz am Abgrund und schließlich vom schwarzen Wasserfall, der seine Herrin und Meisterin Amalia gefangen hielt. Zum Abschluss landete noch ein Abbild der schlafenden Zwillinge im Tagebuch. Die volle Magie des Augenblicks wurde in dem Moment deutlich, in dem das Tagebuch ein Selbstbild des Kobolds erstellte. Meister Dost sah interessiert zu und fand, dass er gut getroffen war. Schließlich wurde ihm die Warterei zu bunt. Er griff zu seiner Geheimwaffe im Reisebündel. Kurze Zeit später zerriss ein Niesen beinahe seine Lungenflügel und die Trommelfelle der Zwillinge. Anna und Max schreckten hoch. Beiden fehlte die nötige Orientierung.

»Wer, wie …?«, murmelte Anna.

»Wo, warum …?«, stammelte Max.

Meister Dost beantwortete alle Fragen in einem Satz. »Ich habe euch durch mein Niesen geweckt, ihr befindet euch in einem eiskalten Stollen, weil wir nach der magischen Eisharfe suchen! Beeilung!«

Schlaftrunken taumelten die Zwillinge hinter dem Kobold her und hofften, das Abenteuer würde bald ein Ende finden. Zum Glück knickte der Eisgang schon bald etwas schräg nach unten ab. Anna und Max nahmen auf ihren Reisebündeln Platz und rutschten im Eiskanal vorsichtig abwärts. Meister Dost schlitterte auf den Sohlen seiner Stiefel mutig hinterher. Niemand konnte vorhersehen, dass der Weg hinter einer weiteren Kurve plötzlich immer steiler bergab verlief. Da alle Seiten der Rutsche aus Eis bestanden, gab es bald kein Halten mehr. Nahezu ungebremst purzelten die drei Abenteurer abwärts. Anna hielt ihr Reisebündel fest umklammert, um nicht noch mehr Schrammen und blaue Flecken abzubekommen. Der grüne Kobold rutschte auf dem Hosenboden abwärts und stemmte vergeblich die Absätze seiner Stiefel ins Eis. Der Untergrund war einfach zu hart und viel zu glatt. Max staunte, dass auch hier an der Eisdecke kleine magische Fackeln brannten. Fast das gesamte Höhlenreich seit dem Kelch der Selbsterkenntnis war beleuchtet. Hing dies mit der Gefahr für die Würfelwelt durch die Pauke des Todes zusammen? Wer hatte diesen Teil der unterirdischen Welt erschaffen? Der Junge wusste es nicht. Er bemerkte nur, dass die Rutschpartie schnecken- oder spiralförmig zu verlaufen schien. Dann nahte ein schnurgerades Stück.

»Voooooorsicht!«, kreischte Meister Dost plötzlich. Mit seinen messerscharfen Augen hatte der Kobold am Ende der Rutschbahn ein ebenso messerscharfes Problem entdeckt. In Abständen von nur wenigen Zentimetern verliefen böse blitzende dünne Metalldrähte senkrecht durch den Eiskanal. Die stabilen Fäden schienen zwischen Decke und Boden stramm gespannt zu sein und verliefen zueinander genau parallel. Anna, Max und Meister Dost rutschen mit hoher Geschwindigkeit auf das tödliche Hindernis zu. Die Wucht des Aufpralls würde ausreichen, jeden der Abenteurer in handliche Scheiben zu zerschneiden. Die einzige Wahl schien noch darin zu bestehen, ob das Zerlegen der Körper in Längsrichtung oder Querrichtung erfolgen sollte. Der Eisgang wurde schmaler und flacher. Wie ein Trichter verengte sich der Stollen immer weiter. Die Decke kam in Reichweite.

»Die Fackeln!«, rief Max.

»Was sollen wir mit den Fackeln?«, kreischte Meister Dost. »Ich muss nicht auch noch sehen, wie ich zersäbelt werde!«

Anna verstand und griff nach einer Deckenleuchte, verfehlte aber knapp ihr Ziel. Bei der nächsten Lampe funktionierte der Zugriff. Wuchtig zerrte der vorbeirutschende Körper am Fackelstiel. Anna glaubte für einen kurzen Augenblick, ihre Arme würden ausgerissen. Knackend brach die Fackel aus der Halterung. Die Zwillinge mussten schnell handeln, da die blitzenden Drähte bedrohlich näher kamen. Mit voller Kraft rammten Anna und Max die spitzen Unterseiten der Fackelhalterungen ins Eis. Das Geräusch erinnerte an das Kratzen von Kreide an einer Schiefertafel. Kreischend und gänsehauterregend. Die Körper der Zwillinge wurden etwas langsamer, ihre Reisebündel rutschten ungebremst voraus. Meister Dost klammerte sich mit beiden

Händen an Max. ›Bloß nicht loslassen‹, dachte er mit geschlossenen Augen. ›Auf keinen Fall loslassen!‹

Das Gepäck der Abenteurer erreichte die Drähte und raste ungebremst hinein. Etwa ein Viertel wurde zerschnitten, dann blieben die Reisebündel beschädigt stecken. Mehrere Töne schwebten durch den Eiskanal, als hätte jemand die Saite eines Instruments angeschlagen oder angezupft. Zusammen mit dem kreischenden Bremsgeräusch der Fackelhalter entstand eine Komposition, die in den Ohren schmerzte. Doch dieser Schmerz war das geringste Problem. Mit voran gestreckten Beinen versuchten Max und Anna, genau die Reisebündel zu treffen. Krachend landeten die beiden punktgenau und drückten ihre Habseligkeiten bis auf wenige Millimeter komplett durch die Schneiden hindurch. Schwer atmend stellten die Zwillinge fest, dass der Ritt durch den Eiskanal zu Ende ging. Meister Dost öffnete die Augen und prüfte, ob noch alle Körperteile an der richtigen Stelle saßen.

»Das schöne Gepäck«, schimpfte er. »Es ist alles zerstückelt!«

»Aber wir leben«, seufzte Anna. Das Mädchen stellte fest, dass plötzlich Rauch oder Nebel unterhalb ihrer Füße aufstieg. Geistesgegenwärtig erkannte Anna den Grund und zog die Füße an den Körper. »Haltet die Luft an«, rief sie. »Und schließt die Augen!«

Ohne weitere Fragen zu stellen folgte Max dem Beispiel seiner Schwester. Auch Meister Dost wusste, was gerade geschehen war. Das Gewicht des Aufpralls hatte das Gepäck durch die messerscharfen Metalldrähte katapultiert. Dabei war in Annas Bündel das Fläschchen mit Universaltinktur in tausend Stücke zersprungen. Normalerweise genügten schon wenige Tropfen, um Eisen oder andere metallene Gegenstände komplett aufzulösen. Der gesamte Inhalt des Behälters hätte ausgereicht, alle Gitterstäbe im Dangholter Gefängnis verschwinden zu lassen. Beißender Qualm und ätzender Nebel griffen die Schneiden an und zerfraßen in Windeseile das Metall. Da die Drähte stramm zwischen Boden und Decke gespannt waren, rissen diese mit einem lauten Knall. Wie Peitschenhiebe zischten die Metallfäden durch die Luft. Nach kurzer Zeit verschwanden Qualm und Nebel, die

Tinktur hatte ihr Werk vollendet. Vom Gepäck der Zwillinge war nichts übrig geblieben als ein qualmendes Häuflein Brei. Fast alle Saiten der gefährlichen Drahtkonstruktion fehlten jetzt. Anna und Max standen mühsam auf und gingen gebückt durch die entstandene Öffnung. Meister Dost folgte. Der Kobold besaß noch sein Reisebündel, das er während der Rutschpartie wie einen Rucksack auf seinen Schultern getragen hatte. Zufrieden nahm er eine Portion Schnupftabak. Anna marschierte einige Schritte in die Höhle hinein, die wie ein riesiger Iglu aussah. Die Kuppel über ihrem Kopf glich einer perfekten Halbkugel. Als Eingang diente der Stollen, der bis vor wenigen Augenblicken noch durch die gespannten Drähte geschützt worden war. Plötzlich weiteten die Augen des Mädchens sich, schienen handtellergroß zu werden. Entsetzt hielt Anna beide Hände vor ihren Mund und starrte auf den Eingang. Meister Dost und Max blickten ihre Begleiterin fragend an. Es drohte keine Gefahr, niemand war in Sicht. Kein Garmander, kein Frigador, kein Polarriese und auch kein Frostgeier. Soweit schien alles in Ordnung.

»Was siehst du?«, fragte Max.

»Wir haben die magische Eisharfe zerstört«, wisperte Anna kopfschüttelnd. »Wir waren am Ziel und haben die Harfe mit der Universaltinktur in Luft aufgelöst!«

»Wie kommst du ...«, begann Max. Dann sah er das Unglück, das seine Schwester schon vor ihm erkannte hatte. Vom Iglu aus gesehen hatte der Eingang des Eisbaus den Umriss einer Harfe. Nur die Saiten fehlten nun, um die rettende Melodie zu spielen.

»Oh nein«, stöhnte Meister Dost.

Garmander fühlte sich in etwa wie die Wurst in einer zu eng geratenen Pelle, wie ein werdender Schmetterling im Kokon. Die Spinne hatte ganze Arbeit geleistet, schien aber nicht mehr in ihrem Netz zu lauern. Der Zauberer beschloss, den Ausbruch zu wagen. Schließlich hatte er keine Zeit zu verlieren. Die Harfe musste zerstört werden, danach würde er sofort in Richtung Dangholt aufbrechen und sich Frigador anschließen. Und dann galt es noch, eine offene Rechnung mit Bürgermeister Fuddelhaar zu begleichen. Sein Rivale Atos ging Garmander gehörig auf die Nerven, er reizte ihn wie ein Zwiebackkrümel unter der Bettdecke. Er konnte ihm nicht gefährlich werden, störte aber die Reise zur Harfe immer wieder empfindlich. Garmander wusste, dass der Gildenzauberer und Ehrenmann Atos ihn nicht töten, sondern nur für eine gewisse Zeit außer Gefecht setzen würde. Und hatte er sich erst einmal mit dem Eisritter verbündet, konnte ihn kein anderer Magier der Würfelwelt mehr aufhalten. Dessen war sich Garmander sicher. Vorsichtig ritzte er mit einem schwachen Blitz die Seidenhülle auf. Der Zauberer wollte vermeiden, unkontrolliert aus dem Kokon zu fallen oder zusammen mit seiner unfreiwilligen zweiten Haut in die Tief zu stürzen. Mühsam gelangte er ins Freie und kletterte ins klebrige Fangnetz zurück. Von dort aus gelangte Garmander weiter an den Rand des Abgrunds. Geschickt zog er seinen Körper nach oben in den Gang und marschiert im Eilschritt weiter. Die Spinne blieb spurlos verschwunden. Garmander war wieder im Spiel. Mit seiner schnellen Befreiung würde sein Rivale Atos sicherlich nicht rechnen. Trotzdem achtete der vom Bösen besessene Zauberer darauf, nicht erneut in einen Hinterhalt zu geraten. Während des Marsches zupfte er unentwegt klebrige Spinnfäden von seinem Gewand und formte eine mittelgroße Kugel daraus. Kurze Zeit später kam der Zauberer in der Höhle des schwarzen Wasserfalls an. Den Ball aus Seide kickte er in den Bach neben seinem Pfad. Hüpfend schwamm die Kugel langsam in das Sammelbecken vor dem Wasserfall. Garmander hasste schmerzhafte Verwandlungen, zog es aber vor, nicht in seiner natürlichen Gestalt zu verbleiben. Dort unten gab es zu viele Büsche und Sträucher, hinter denen Atos lauern und einen Überraschungsangriff starten konnte. Außerdem wusste Garmander nicht, in welcher Körperform sein Gegner unterwegs war. Er zog sich ein Stück in den Gang zurück, um bei der Verwandlung nicht unnötig aufzufallen. Mit knackenden Knochen und einer sehr kleinen magischen Wolke wurde Garmander zu einem schwarzen Kater. Auf leisen Pfoten schlich er zum Rand des steinernen Balkons und bemerkte zwei Dinge. Atos lief aufgeregt am Strand hin und her und schickte alle möglichen Blitze und Zaubersprüche in Richtung des schwarzen Wasserfalls. Scheinbar erfolglos, denn der Rivale murmelte immer neue Zaubersprüche und Verwünschungen. Garmander konnte von der Oberkante des Wasserfalls nicht erkennen, dass Amalia darin gefangen war. Dennoch fühlte er sich unbehaglich.

›Seit wann bekommen Kater denn Kopfschmerzen?‹, wunderte er sich, da sein Schädel zu platzen drohte. ›Habe ich vielleicht ein Kater? Oder eine Katzenhaarallergie?‹ Aus dem Augenwinkel fiel Garmander eine zweite Besonderheit auf. Zufällig bemerkte er, dass die schwimmende Seidenkugel aus dem Sammelbecken auf den Rand des Wasserfalls zutrieb, aber nicht nach unten stürzte. Vielmehr verschwand der Ball hinter einem unsichtbaren Vorhang oder in einem Luftspalt. Vorsichtig tastete der Kater sich vorwärts. ›Jetzt bloß keine Fehler machen!‹, dachte er. Zum Glück hielt die Konstruktion seinem Katzengewicht stand. Die paradiesische Höhle war verschwunden, stattdessen erstreckte sich eine schmale Rinne zur anderen Seite. Achtsam balancierte Garmander auf einer schmalen Kante entlang. Er hasste Wasser, besonders als Kater. Sein Verstand arbeitete schnell und scharf. Dort unten am See hatte er nur Atos entdeckt, nicht aber die naseweisen Kinder oder den aufsässigen Kobold. Die Schlussfolgerung Garmanders kam schnell und präzise. Magie war hierfür nicht erforderlich. Atos stand nun nicht mehr zwischen ihm und den Zwillingen, sondern hatte sich selbst ans Ende der Kette katapultiert. Der Zauberer grinste böse. Er nahm die unangenehme Rückverwandlung vom Kater in seine natürliche Gestalt vor. Anschließend formte er aus seinem Umhang ein aufgeblasenes Sitzkissen und schlitterte mit Höchstgeschwindigkeit den Eiskanal hinunter. Nach einiger Zeit stieg ein beißender Geruch in seine Nase. Hier unten musste vor nicht allzu langer Zeit Metall, Stoff oder anderes Material von Säure verätzt worden sein. Wahrscheinlich hatten die Zwillinge oder der Kobold mit Dingen experimentiert, von denen sie nichts verstanden. Garmander bremste mühelos seine rasende Schussfahrt mit ein wenig Magie ab und glitt fast lautlos durch eine seltsam geformte Öffnung hindurch.

»Guten Tag, guten Morgen und guten Abend«, rief er mit gespielter Fröhlichkeit. Hier unten ging jedes Gefühl für die korrekte Tageszeit verloren. Drei überraschte Gestalten plumpsten auf ihre Hosenböden und rutschten verängstigt mit dem Rücken an die Wand des Iglus.

»Gar …, Gar …, Gar …«, stammelte Meister Dost fassungslos.

»… mander«, ergänzte der Zauberer mit einem bösen Lachen. »Ihr und euer Atos habt mich nun lange genug an der Nase herumgeführt. Jetzt ist Schluss, Ende im Gelände, der Bart ist ab, aus und vorbei! Wo ist denn euer toller Lehrmeister jetzt, wo steckt denn eure Tante Amalia? Ist denn niemand in der Nähe, um euch zu beschützen? Ich werde euch jetzt erledigen und dann in aller Ruhe die magische Harfe finden und zerstören. Seid ihr bereit für euer Ende? Euer letztes Stündlein hat geschlagen. Hahaa, haaaaaha, ahhhaaaaaaaahhh, haaaaaa, haaaaaaaaaaah, haaaaaaaah, hhhaaaaaahaaaaaaaaaaah, hahaaaaaaaaah!«

Das irre Lachen des Magiers verängstigte die Zwillinge noch mehr als die mächtige Gestalt des Zauberers. Mit schlotternden Knien warteten die Geschwister auf den tödlichen Angriff.

»Harfe, ich komme und zerstöre dich«, rief Garmander, »und niemand hindert mich daran!«

Anna durchzuckte ein Geistesblitz. Gierig griff sie nach dem Einfall. Vielleicht keine gute Idee, vielleicht auch kein rettender Strohhalm, aber besser als Nichtstun.

»Entschuldigung, Herr Garmander …«, bat das Mädchen.

»Halt die Klappe«, brüllte der Zauberer unwirsch und ungehalten.

»Aber …«

»Hörst du schlecht? Hast du Bohnen in den Ohren? Bist du taub oder dumm? Oder beides zusammen? Klappe halten!«

Anna setzte zu einem neuen Versuch an. »Aber die Harfe ist zerstört, Herr Garmander!«

»Blödsinn!«

»Wir haben das Instrument zerstört!«, rief Max.

»Fängst du auch noch an? Ich bin doch nicht dämlich«, tobte

der Zauberer. »Ihr wollt die Melodie spielen, nicht die Harfe zerstören.«

»Es ist versehentlich geschehen«, flüsterte Anna kleinlaut. »Schau direkt hinter dich, Herr Garmander. Der Eingang zum Iglu war die Harfe.«

»Wir konnten nicht rechtzeitig bremsen«, gestand Max zerknirscht.

Garmander geriet kurz in die Versuchung, den Kindern den Rücken zuzudrehen und das wirre Gefasel seiner Gefangenen zu überprüfen. Stattdessen tastete er sich in kleinen Schritten im Rückwärtsgang zurück zum Einlass und musste schallend lachen. Deutlich erkannte er den Umriss einer Harfe, an deren Außenkanten nur noch einige wenige intakte Saiten gespannt waren. Die meisten der Tondrähte aber schwammen als matschiger Säurefleck am Boden umher. Garmander zupfte vergnügt an einer der noch vorhandenen Saiten.

»Gratuliere! Da habt ihr euch ja einen Bärendienst erwiesen. Ihr seid zu blöd zum Milch holen, zu dämlich, euch die Schuhe zu schnüren! Da unternehmt ihr eine Reise ans Ende der Welt und zerstört *versehentlich* die magische Harfe im Eis! Eine Meisterleistung, nicht wahr, Meister Dost!«

Der Kobold biss sich auf die Zunge und schwieg ganz gegen seine Gewohnheit. Er wusste, dass sein Leben auf dem Spiel stand.

Garmanders Laune schien wie ausgewechselt. Fröhlich pfeifend musterte er die zitternden Gefangenen. Eine grausame Idee durchzuckte sein Hirn.

»Ihr seid es nicht Wert, dass der Blitz eines Zauberers euch tötet. Ihr besitzt bis auf den Kobold nicht einmal ein Reisebündel, keinen Proviant und ich sehe auch kein Lagerfeuer, das euch wärmen könnte. Lebt wohl, ihr drei halben Portionen. Ein Kobold und zwei Kinder wollten die Würfelwelt retten. Dass ich nicht lache!«

Garmander machte auf dem Absatz kehrt und marschierte lachend aus dem Iglu. Auf einer Länge von dutzenden Metern brachte er den Eisstollen mit zischenden Kugelblitzen zum Einsturz. Der einzige Ein- und Ausgang war nun versperrt. Mit bloßen Händen gab es kein Entrinnen mehr für die im Iglu eingeschlossenen Abenteurer. Die drei Gefangenen verfügten über keine nennenswerten magischen Kräfte. Garmander spürte die Schwäche seiner Gegner deutlich. Er beschloss, auf dem kürzesten Weg nach Dangholt zurückzukehren. Auf dem Rückweg zur paradiesischen Höhle verzichtete er auf eine Verwandlung in den Kater. Mit eiligen Schritten trat Garmander aus dem Eisstollen heraus auf die schwebende Rinne, die zur Seite des schwarzen Wasserfalls zurückführte. Krachend brach die morsche Konstruktion unter dem Gewicht des Zauberers zusammen. Wenige Augenblicke später klatschte Garmander in den See und wurde sofort von einer wild gewordenen Fontaine angegriffen. Aus dem von Garmander verursachten Riss mitten in der Luft plätscherte Wasser in den See hinunter. Der Zauberer verfluchte seine Unachtsamkeit. Ein Zauberer in der Gestalt eines Zauberers wog auch so viel wie ein Zauberer, als Kater sah die Sache anders aus. Ein Kater wog nur sowie wie ein Kater. Das war Teil der Magie. In einem wilden Kampf bändigte er den Wasserwerfer und watete wütend ans Ufer. Zum Glück gab es von Atos nicht die geringste Spur. Garmander warf einen flüchtigen Blick auf den schwarzen Wasserfall und stiefelte die steinerne Treppe nach oben. Für einen Augenblick dachte Garmander, der Wasserfall zeigte ein zur wütenden Fratze verzogenes schwarzes Eisgesicht. Ihm fiel auf, dass seinen Kopfschmerzen wie weggeblasen waren. Ein zweites Detail konnte ihm nicht auffallen, da er es nicht kannte. Amalia steckte nicht mehr im schwarzen Wasserfall fest. Pudelnass wanderte Garmander zurück zum Spinnenabgrund und dann weiter ins Eislabyrinth. Niemand hielt ihn auf. Jetzt, da die magische Harfe zerstört war, würde das Böse siegen. Garmander hoffte, seine gläserne Reisekugel an der Oberfläche unversehrt wiederzufinden und setzte seinen Rückweg durch die Unterwelt des Zwergenreichs fort. Er fühlte sich mächtiger als jemals zuvor.

»Wir hatten keine andere Wahl«, tröstete Meister Dost die verzweifelten Zwillinge. »Wir mussten den Weg gehen und versuchen, die magische Harfe zu finden! Wie hätten wir die Zerstörung verhindern sollen?«

Anna schien anderer Meinung und machte sich heftige Vorwürfe. »Wir haben etwas übersehen. Bestimmt hätten wir auf anderem Wege in das Iglu gelangen und dann von der Innenseite aus die Harfe spielen können!« Das Mädchen schien untröstlich.

»Die Universaltinktur hat uns das Leben gerettet. Die Harfe hätte uns in feine Scheibchen zerlegt«, gab Meister Dost zu bedenken. Natürlich war auch dem Kobold die missliche Lage bewusst, in der er steckte. Das Iglu besaß keinen zweiten Ausgang, der einzige Zugang lag unter Tonnen von Eis begraben. Nur ein kräftiger Troll oder ein Zauberer konnten jetzt noch helfen, der Angelegenheit zu einem guten Ende zu verhelfen. Beides war allerdings nicht in Sicht.

Max untersuchte tapfer den verbliebenen Rest des Zupfinstruments und versuchte, den Wortlaut der Legende genau zu überprüfen. Aber die Konzentration fehlte. Schließlich saß man nicht alle Tage in einem Eisgefängnis und würde entweder verhungern oder vorher erfrieren. Vorsichtig zog der Junge das Pergament aus seiner Tasche. Es schien unversehrt. Weder Nässe, noch Kälte noch der Ritt durch den Eiskanal hatten dem Blatt geschadet.

›Ein Glück, dass das Pergament nicht im Reisebündel gelegen hat‹, dachte Max erleichtert. Nicht alles, was schiefgehen konnte, war auch schiefgegangen. Sorgfältig verglich er die Farbzeichnung der Bibliotheksgnomen mit dem Eingang zum Iglu. Voller Freude brachte er seiner Schwester die erlösende Nachricht.

»Anna, das hier ist *nicht* die magische Eisharfe!«

Fragend blickte das Mädchen ihren Bruder an. »Aber …«

»Sieh hier. Die Form des Eingangs stimmt nicht mit dem Bild von Herrn Wenzel überein. Auch die Vorder- und Rückseite des Rahmens ist nicht weiß und schwarz, so wie auf der Zeichnung.«

Anna stellte erfreut fest, dass – sofern man der Legende glaubte und die Aufzeichnungen aus den Reiseberichten des kleinen Königs stimmten – die soeben zerstörte Harfe nicht die magische Eisharfe sein konnte. »Dann was das eben …«

»… eine tödliche Falle!«, ergänzte Meister Dost grimmig. »Nicht mehr!«

»Aber auch nicht weniger«, rief Max.

Die überschwängliche Freude wich kurze Zeit später einer großen Ratlosigkeit. Das Iglu war vor Garmanders Erscheinen eine Sackgasse, nun aber ein kaltes Grab. Es gab zusätzlich zum verschütteten Eingang in Harfenform keine weiteren Öffnungen in der Halbkugel.

»Was nun?«, fragte Max zitternd.

»Weder der Text der Legende noch die Anleitung für die magische Eisharfe helfen uns hier weiter«, ergänzte Anna betrübt.

Meister Dost ritzte mit dem unteren Ende einer herausgerissenen Fackel eine Skizze in die gewölbte Mauer des riesigen Iglus. Gespannt beobachteten die Zwillinge ihren Begleiter. Meister Dost war sicher manchmal ein schwieriger Zeitgenossen, übellaunig und ungeduldig. Aber als Diener einer mächtigen Zauberin besaß er manch nützliche Fähigkeit und eine Menge Wissen. Dass ihm so gut wie nichts peinlich zu sein schien, erwies sich in manchen Situationen als Problem, in misslichen Lagen aber als Glücksfall. Der Kobold dachte kreuz und quer um Ecken und Kanten. Dabei ließ er auch die verrücktesten Gedankenspiele zu, kombinierte Mögliches mit Unmöglichem, schüttelte das Ganze einmal kräftig durch und lieferte dann eine Lösung.

»Fertig!«, rief Meister Dost und trat einige Schritte zurück, um das Gesamtbild zu überprüfen. Anna und Max sahen schweigen und staunend, dass die Skizze den letzten Teil ihres abenteuerlichen Marsches zeigte. Sie sahen den schneckenförmigen Eisgang, das Iglu und Teile des Labyrinths. Nur die Anordnung ihres Standortes verwirrte ein wenig. Der Kobold hatte das Iglu als Halbkreis skizziert. Allerdings verlief die gerade Seite von oben nach unten und nicht von links nach rechts. Schnecke und Labyrinth folgten an der gebogenen Seite der Zeichnung.

»Was ist das?«, fragte Anna. »Warum steht das Iglu wie ein senkrecht durchgeschnittener Schnellball?« Auch Max erkannte den Sinn der Skizze noch nicht.

»Ich helfe euch«, erklärte Meister Dost und ritzte einen Kreis in die Wand, der einem Kopf ähnelte.

»Jetzt sieht das Iglu aus wie ein Ohr«, lächelte Anna müde.

»Genau«, bestätigte Meister Dost. »Irgendein Scherzbold hat den Weg teilweise wie ein Ohr aufgebaut. Zwar stimmt die Reihenfolge nicht genau, aber die meisten Ideen sind aus einem Kopf geklaut!«

Die Mienen der Zwillinge wurden für einen kurzen Moment heller.

»Herr Atos hat uns viele Dinge gelehrt«, nickte Anna. »Es gibt ein Labyrinth im Ohr!«

»Und auch einen Gang der aussieht wie eine Schnecke«, strahlte Max.

Ein Geräusch ließ die drei Abenteurer innehalten. Es klang wie ein Ächzen, schien aber nicht aus dem Eisgang in die runde Schneehütte zu dringen.

»Das Geräusch kommt von unten«, stellte Anna überrascht fest.

»Und wisst ihr, was das bedeutet?«, rief der Kobold, dem schlagartig die Bedeutung seines aktuellen Standortes klar wurde. »Ohren zuhalten und in Deckung! Keine Fragen!«

Wumm.

Das Geräusch der Pauke drang durch Mark und Bein, das Iglu erbebte und übertrug den mächtigen Schlag weiter in das Bergwerk und die gesamte Würfelwelt. Drei Körper hüpften auf dem Untergrund des Iglus wie auf einem Trampolin auf und ab. Langsam nahmen die Vibrationen ab, der Boden kam zur Ruhe. Heftig durchgeschüttelt und halb taub vom mächtigen Schlag lagen drei benommene Gestalten auf dem Boden der Eishalbkugel.

»Willkommen in der Paukenhöhle«, grinste Meister Dost. »Bis zum nächsten Schlag wird eine Weile vergehen.« Eilig zeichnete er seine Skizze zu Ende. »Wir befinden uns hier. Wir stehen direkt auf dem Trommelfell.«

»Und von der anderen Seite aus schlägt etwas dagegen und lässt die ganze Würfelwelt wie eine Qualle am Strand wackeln?«, fragte Anna.

»Ihr seid gute Schüler«, nickte der Kobold.

»Meister Dost ist ein guter Lehrmeister«, erklärte Max bescheiden.

»Wie gelangen wir auf die andere Seite?«, fragte Anna. Sie wusste nun, dass die magische Eisharfe nicht zerstört sein konnte. Um die Pauke und das Ohr zu beruhigen, musste das Instrument auf der anderen Seite des Trommelfells stehen. Zusätzlich zum falschen Standort passten auch die Farbgebung und die Form nicht zur Zeichnung aus der Bibliothek. Die Suche war noch nicht zu Ende.

»Der Boden des Iglus scheint sehr dünn zu sein«, stellte Meister Dost fest. »Vielleicht können wir in die riesige Fläche ein kleines Loch mit dem Feuerholz brennen oder mit den spitzen Fackelstielen hineinschlagen.«

»Aber wir müssen uns beeilen, bevor der nächste Schlag zu hören ist«, gab Max zu bedenken.

Meister Dost nickte und zog das Feuerholz aus seinem Reisebündel. Mit größter Mühe gelang dem winzigen Drachen ein etwa faustgroßes Loch. Keuchend klappte er die Luke am Feuerholz zu und schlief entkräftet ein. Mit vereinten Kräften hackten Anna und Max mit zwei Fackelstielen das Loch tiefer und breiter. Nach endlos erscheinenden Anstrengungen gelang der Durchbruch. Angenehm warme Luft strömte in das Iglu und ermutigte die Zwillinge zum Weitermachen. Anna spürte ihre Arme nicht mehr. Meister Dost wagte einen Blick auf die andere Seite. Max hielt den Kobold an den Beinen fest und ließ ihn durch die schmale Öffnung herabsinken.

»Was siehst du?«, fragte Anna ungeduldig.

»Hier steht ein unvorstellbar großer Amboss und ein Hammer wird langsam von einem Mechanismus in die Höhe gezogen«, rief Meister Dost. »Vom Amboss aus führt eine gebogene Stange direkt bis zum Boden, auf dem ihr steht. Sieht aus wie ein Steigbügel vom Sattel. Wir sollten besser schnell verschwinden!«

Eifrig arbeiteten Anna und Max mit ihren Eispickeln an der Vergrößerung der Öffnung, bis das Loch etwa hüftbreit im Boden des Iglus gähnte. Anna schlüpfte auf die andere Seite, Max und Meister Dost folgten. Die drei Abenteurer rutschten an der Verbindung zwischen Trommelfell und Amboss abwärts. Die

Beschreibung des Kobolds fand das Mädchen noch untertrieben. Der Hammerkopf war groß wie ein Haus und wurde immer weiter nach oben gezogen. In der Nähe der Höhlendecke würde dann der Hammer ausklinken und mit unvorstellbarer Wucht auf den Amboss schlagen. Zum Glück fehlten noch einige Meter bis zum nächsten *wumm*. Eilig verließen die Zwillinge zusammen mit dem Kobold die Höhle und liefen in einem langen Gang einem freundlichen, hellen Licht entgegen.

»Das muss der Ausgang sein«, frohlockte Anna. Mit jedem Meter wurde es wärmer und wärmer, grelles Licht blendete die Abenteurer. Am Ende des Tunnels folgte eine Überraschung. Die Zwillinge blickten auf eine saftige Wiese, auf Tongefäße mit Kräutern, auf blühende Apfelbäume und magische Himbeerpflanzen. Mutig marschierten beide aus dem Gang hinaus in den Garten. Meister Dost rieb ungläubig seine Augen. Zu allen vier Seiten säumte eine hohe Mauer das Grundstück. Und mitten auf der grünen Wiese stand ein Ohr, aus dem heraus die drei gerade eingetreten waren.

»Das sieht aus wie eine Kopie des vergessenen Gartens …«

»… des Lapacho«, ergänzte Max.

»Und an Stelle der Tür steht hier ein Ohr auf der Wiese herum«, lachte Anna.

»Es ist schön warm hier«, stellte Meister Dost fest. Auf der Suche nach etwas Essbarem trat der Kobold auf einen verkehrt herum liegenden Rechen. Das Gartenwerkzeug schnellte hoch und traf den Kopf genau zwischen den Augen.

»Das war nicht nett«, nuschelte der Kobold und kippte rückwärts aus den Pantinen. Seltsamerweise blieb der Rechen senkrecht stehen. Anna und Max wollten dem bewusstlosen Opfer zur Hilfe eilen, wurden aber von einer weiteren Überraschung abgelenkt. Langsam glitt die dem Ohr gegenüberliegende Mauer zur Seite und gab eine kleine Bühne frei, auf der eine wunderschöne Harfe ruhte. Vorsichtig rückten die Zwillinge näher an das Instrument heran und verglichen Form und Farbgebung mit der Zeichnung aus dem Buch des kleinen Königs. Es gab nicht den geringsten Zweifel.

»Die magische Eisharfe«, flüsterte Anna voller Respekt und

Ehrfurcht.

Das Instrument schien völlig aus Eis gebaut zu sein. Der Rahmen, die Saiten, einfach alles. Die Vorderseite aus weißem Eis, die Rückseite aus schwarzem Material. Trotz angenehmer Wärme im Garten tropfte kein Tauwasser vom Instrument herunter. Die Harfe strahlte eine besondere Kälte aus, die sie wie ein Schutzmantel umgab. Max berührte vorsichtig den Rahmen des Wunderwerks.

»Fühlt sich gar nicht so besonders kalt an«, staunte der Junge. Er achtete peinlich genau darauf, dass nicht versehentlich eine Saite in Schwingung geriet und einen Ton von sich geben konnte. Die Legende verstand hier keinen Spaß. Immer und immer wieder schossen dieselben Gedanken durch den Kopf des Jungen.

›Spiele die richtige Weise, die fehlerlose Melodie. Sie ist der Schlüssel. Spiele die falsche Weise, und die Harfe wird für immer verstummen.‹

Anna schaute auf Wenzels Pergament. Unterhalb des Bildes der weißen Harfe hatte der kleine König fünf parallele Linien gezeichnet und einen Notenschlüssel sowie einige Akkorde hinzugefügt. »Die Harfe muss von der weißen Seite aus gespielt werden«, stellte das Mädchen fest.

»Ich dachte, man spielt eine Harfe von beiden Seiten, die eine Hand auf der rechten Seite, die andere auf der Linken«, grübelte Max zu Recht.

»Es gibt da noch ein anderes Problem«, erinnerte der wieder zu sich gekommene Meister Dost. »Ganz gleich, ob die Harfe von einer Seite oder von beiden zu spielen ist; niemand von uns weiß, *wie* Harfe gespielt wird, nicht wahr?«

Anna und Max nickten betrübt.

Atos erreichte das Ende der steinernen Treppe in der paradiesisch wirkenden Höhle des schwarzen Wasserfalls. Die Legende enthielt eine ausdrückliche Warnung. ›Hütet euch vor dem schwarzen Wasserfall‹, grübelte Atos. Der erfahrene Zauberer wusste, dass seine Kopfschmerzen ein Alarmsignal darstellten. Weder der helle Sandstrand noch der malerische See mit der

Fontaine in der Mitte konnten ihn daher beeindrucken. Vom seichten Ufer aus untersuchte Atos den Wasserfall und entdeckte seine Kollegin Amalia in ihren Eisfesseln. Das schwarze Gefängnis ließ keine Gedankenübertragung zu. Dennoch glaubte Atos fest daran, dass Amalia noch am Leben war. Sie hatte die Gefahren für die Würfelwelt vor allen anderen erkannt und sofort gehandelt. Atos konnte ihr den Alleingang nicht einmal übel nehmen. Die Zauberin liebte das Abenteuer, seit die beiden Kollegen sich kannten. Eine sehr lange Zeit. Sicherlich führen die sehr spontanen Entscheidungen manchmal zu Problemen, aber Amalia tat viel Gutes und besaß Mut. Manchmal wünschte Atos sich etwas mehr Zusammenarbeit und Gedankenaustausch, aber alle Zauberer hatten ihre Marotten und galten nicht umsonst als seltsame Einzelgänger. Anna und Max zuliebe hatten Atos und Amalia in der Vergangenheit viele typische Zauberereigenarten abgelegt. Nur manchmal meldete sich die angeborene Bequemlichkeit – Beobachter würden Faulheit dazu sagen – und die Leidenschaft für gutes Essen – Beobachter würfen Völlerei rufen – tief im Innern zu Wort.

Zunächst watete Atos zum schwarzen Wasserfall, konnte aber von dort aus nicht ungestört an der Befreiung Amalias arbeiten. Die Fontaine schlug wild um sich und zwang den Zauberer immer wieder zu Ausweichmanövern. Er konnte sich nicht konzentrieren. Außerdem würde das Getöse vielleicht die Aufmerksamkeit anderer Gegner wecken. Atos ging davon aus, dass Garmander noch eine Weile mit seinem Kokon beschäftige sein würde. Vom Ufer des Sees aus nahm er den Kampf gegen den eisigen Griff des schwarzen Wasserfalls auf. Der Zauberer probierte, mit Kugelblitzen oder heißen Pfeilblitzen das Eis zu schmelzen oder zu zerstören. Nacheinander testete er viele mächtige Zaubersprüche aus und lenkte immer wieder seine ganze Kraft in die Hände. Den oben auf dem steinernen Balkon lautlos herum streifenden schwarzen Kater bemerkte Atos nicht. Zu sehr beanspruchte die Befreiung Amalias seine Aufmerksamkeit. Kurze Zeit später bemerkte der Zauberer, dass seine Taktik nicht funktionierte. Mit roher Gewalt konnte er hier nichts ausrichten. Im Gegenteil. Atos musste feststellen, dass mit jedem

Blitz die schwarze Eisschicht auf dem Wasserfall dicker und dicker wurde. Das schwarze Ungetüm wehrte sich nach Kräften. Amalias Gesichtszüge verschwanden immer weiter hinter undurchsichtigen Eisschichten. Atos fürchtete, Amalia könnte erfrieren. Außerdem stellte der Lehrmeister fest, dass mit jedem Angriff die Miene des Wasserfalls grimmiger wurde. Mit etwas Fantasie konnte er zwei Augen, Augenbrauen, Nase und Mund entdecken, die dem schwarzen Eisband lebendige Züge verliehen. Atos durchzuckte ein Geistesblitz.

»Kannst du mich verstehen, Berggeist?«, rief Atos.

Die Augen im Eis schienen den Zauberer zu mustern. Eine hochgezogene Augenbraue des Wasserfalls signalisierte echte Überraschung. Mit tiefer, dröhnender Stimme kam der Eismund in Bewegung.

»Woher weißt du, wer ich bin?«, donnerte der Wasserfall.

»Ich kenne nur ein Wesen, das unschuldige Bergelfen in Spinnen verwandelt …«, begann Atos.

»Die Strafe war gerecht«, schrie der Wasserfall und spuckte schwarze Eisklumpen in den See. »Woher …?«

»Der Bann ist aufgehoben«, erklärte Atos. »Die Bergelfe ist frei!«

»Wie kannst du es wagen?«, dröhnte der Wasserfall. Vergeblich versuchte die Fontaine, Atos zu erreichen. Doch ihre Macht endete am Ufer des Sees.

»Warum hältst du die Zauberin Amalia gefangen?«, bohrte Atos.

»Jeder Eindringling, der mich stört, wird dasselbe Schicksal erleiden! Deine Zauberin hat die Rinne zerstört und mich mit Wasser gereizt. Musste alles wieder reparieren!«

Der Zauberer verstand den Sinn der Erklärungen zunächst nicht, beschäftigte aber den schwarzen Wasserfall weiter. »Dann werde ich dasselbe tun, ohne den Fehler der Zauberin zu wiederholen«, erklärte Atos schwammig. »Ich sorge dafür, dass du für den Rest deines Daseins vom Wasser gereizt wirst.«

»Ich kann die Rinne reparieren«, lachte der Wasserfall unsicher und blickte mit seinen Eisaugen aufwärts.

»Und ich zerstöre sie wieder!« Atos ging ein Licht auf. Er

blickte nach oben, konnte aber nichts erkennen. Eilig stürmte der Zauberer die steinerne Treppe aufwärts und ignorierte seine trommelnden Kopfschmerzen.

»Was hast du vor?«, schnaubte der Wasserfall.

»Du gehst baden«, grinste Atos. Vorsichtig ertastete er vom oberen Balkon aus die unsichtbare Rinne mit dem Fuß, vermied aber die Verlagerung seines Körperwichts auf die wackelige Konstruktion. Der Zauberer ahnte nun, welche Umstände Amalia zum Verhängnis geworden waren. Amalia musste auf die Rinne getreten und abgestürzt sein. Der wütende Wasserfall schien alle Störungen übelzunehmen und ließ weder Wasser noch andere Gegenstände ungestraft über sich hinweg fallen. Mit einem gezielten Blitz schoss Atos ein Loch in die Rinne und lenkte damit das Wasser direkt auf die schwarze Eismasse. Spuckend und gurgelnd versuchte der Berggeist, das Loch wieder zu verschließen, doch Atos schoss jeden schwarzen Eisstopfen sofort wieder heraus.

»Aufhören«, röchelte der Wasserfall.

»Was ist denn das für ein Wasserfall, der kein Wasser verträgt?«, lästerte Atos. Unter seinen Füßen begann ein fürchterlicher Hustenanfall des Berggeistes. Der Zauberer stürmte die Steintreppe hinab und sah, wie Amalias leblos wirkender Körper aus der schwarzen Wand in den See herabstürzte. Atos gelang es, die Zauberin ans Ufer zu ziehen und dabei gleichzeitig die Fontaine abzuwehren. Der Zauberer stelle erleichtert fest, dass Amalias Herz noch schlug. Verärgert verschloss der Wasserfall die Ablaufrinne und erstarrte zu einer wütenden schwarzen Fratze. Noch immer gelang Atos keine Gedankenübertragung zu Amalia. Im Gegenteil, die Lebenszeichen wurden schwächer. Der Zauberer fasste schweren Herzens einen Entschluss. Er schulterte Amalia und marschierte mit dem leblos wirkenden Körper so schnell die Füße trugen in Richtung Ausgang. Eine Gedankenübertragung zu Anna, Max und Meister Dost wagte der Zauberer nicht. Zu groß erschien ihm die Gefahr, dass Garmander dazwischenfunkte. Die drei Abenteurer würden nun auf sich alleine gestellt sein. Atos wusste instinktiv, dass er nur in Dangholt über die notwendigen Kräuter, Tinkturen und Zauberbücher verfügte, um Amalia das Leben zu retten. Die Universaltinktur alleine reichte hier nicht mehr aus. In Rekordzeit überwand Atos alle Hindernisse des Rückwegs. Er stellte sich vor, nur eine Feder über der Schulter zu tragen und bemerkte das Gewicht der Zauberin kaum noch. Entsetzt stellte Atos fest, dass das Siegel zwischen dem Bergwerk der Zwerge und dem kalten Reich Frigadors gebrochen war. Kein einziger Polarriese befand sich noch in der Unterwelt.

»Der Marsch auf Dangholt hat bereits begonnen«, brummte der Zauberer. Nur der Klang der Harfe konnte die Würfelwelt, die Zwerge und Dangholt jetzt noch retten.

»Ping.« Ächzend erschien der magische Aufzug in der siebenten Ebene. Er wirkte unglücklich, weil er sich an tausenden Polarriesen den Rücken verhoben hatte. Ohne Unterlass hatte er Krieger, Doppeläxte, Harnische und andere Gegenstände an die Oberfläche transportieren müssen. Er sehnte sich nach den Zwergen zurück und keuchte. Mit letzter Kraft erreichte er das Tageslicht oberhalb des dritten Bergwerks.

Atos stellte erfreut fest, dass eine große gläserne Reisekugel unversehrt im Schnee parkte. Weder Frigador noch seinen Polarriese konnte die Bedeutung des magischen Gegenstands klar gewesen sein. Der Zauberer empfand es als Wunder, dass keine Doppelaxt die Kugel zu Kleinholz verarbeitet hatte. Mit einem feuchten Daumen ermittelte Atos die Himmelsrichtung und stellte eine Weiche neu. Amalia versetzte er in einen Schwebezustand, um ihr die Reise in der Kugel so angenehm wie möglich zu machen. Die Zauberin berührte die Innenhülle der Kugel nicht. Mit genügend Anlauf setzte Atos das Reisemobil in Bewegung. Er drückte Anna, Max, Meister Dost und den Zwergen alle verfügbaren Daumen. Der Zauberer nahm den Schienenstrang mit direktem Kurs auf Zapontia. Die fehlende Brücke über der Schlucht bereitete Atos kein Kopfzerbrechen. Seine einzige Sorge galt der Rettung der Würfelwelt. Er musste deutlich vor den Truppen des Eisritters die Hauptstadt erreichen, um überhaupt noch eine Verteidigung organisieren zu können. Insgeheim ohrfeigte Atos sich, dass er nicht alle vier Brücken rund um das Zwergenreich in Schutt und Asche gelegt hatte. Die Polarriesen hätten viel Zeit verloren, um andere Wege zur Überquerung der Schlucht zu finden. Doch Wapontia, Xapontia und Ypspontia waren intakt und Frigador auf diese Weise nicht mehr aufzuhalten. Dank der Schienen fand die Reisekugel des Zauberers im dichten Schneetreiben den kürzesten Weg zurück zur zerstörten Brücke von Zapontia. Hier sah Atos seine Chance, da Frigador und auch Garmander nur über Ypspontia oder Wapontia marschieren konnten. Vorsichtig schulterte der Zauberer die bewusstlose Amalia und verwandelte die Reisekugel in ein taschentaugliches Modell zurück.

Gegen Wind und Wetter schrie Atos in die Tiefe der Schlucht hinein. »Hexen von Loppelwuh, holt über.« Der Zauberer bedauerte, dass Sticks nicht zur Stelle sein konnte. Wahrscheinlich hockte der Klabauterkapitän in irgendeiner Taverne und spielte die beleidigte Leberwurst, weil die Geschäfte schlechter als gewöhnlich liefen. Aber auch die Entdeckung der Feuerhexen konnte als Glücksfalls gewertet werden. Seit Jahrhunderten verschwunden, kannte Atos nun ihr Geheimnis. Kurze Zeit später schwebten fünf Hexen auf ihren Besen heran.

»Ist die Zauberin tot?«, fragte die Anführerin.

Atos schüttelte den Kopf. »Nein, aber wir müssen schnell zurück in die Hauptstadt.«

Die Hexen nickten.

»Dangholt könnte die Macht eures Feuers gut gebrauchen«, ergänzte Atos.

Die Hexen schüttelten die Köpfe. »Das hier ist nicht unser Kampf, ehrenwerter Zauberer Atos. Wir helfen dir über die Schlucht und verweigern diesen Dienst jedem anderen Reisenden. Mehr können wir nicht tun.«

Viele erstaunlich kräftige Arme griffen nach Atos und Amalia und hakten die Zauberer jeweils zwischen zwei Besen ein. Die Anführerin prüfte auf der anderen Seite, dass niemand die Feuerhexen entdeckt hatte. Doch im dichten Schneetreiben und der irrsinnigen Kälte war jeder Bürger Zapontias mit sich selbst beschäftigt. Auch der Zapontia hockte bei einer Tasse Tee in seinem windschiefen Haus und bemerkte Atos und Amalia nicht.

»Habt Dank!«, rief der Zauberer leise.

Die fünf Hexen tauchten im Sturzflug in die Schlucht hinab und verschwanden im Nichts des Vergessens. Atos marschierte ein Stück aus dem Dorf Zapontia heraus und verwandelte die ehemalige Leuchtkugel des Boten zurück in eine bequeme Reisekugel. Amalia sah blass aus. Der Zauberer startete mit frischer Energie durch. Das gläserne Reisemobil pflügte durch die verschneite Landschaft. Atos war froh, dass Frigador mit seinen Polarriesen einen gehörigen Umweg in Kauf nehmen musste. Ein Gefecht gegen tausend Doppeläxte würde aber selbst die gesamte Zauberergilde der Hauptstadt verlieren. Was sollte da ein einzelner Magier ausrichten? Atos überlegte fieberhaft, wie er dem Angriff begegnen sollte. Bürgermeister Fuddelhaar und seinen Stadtwache in Ehren, aber gegen einen solchen Gegner wie den Eisritter hatte niemand der braven Soldaten je gekämpft. Erfolgsaussichten aber gab es nur dann, wenn die Pauke des Todes gestoppt wurde. Solange Eis und Schnee die Würfelwelt regierten, waren die Angreifer eindeutig im Vorteil.

Plötzlich erschien aus heiterem Himmel ein Hindernis vor der Reisekugel. Atos legte eine gekonnte Vollbremsung hin. Der runde Glaskörper rutschte noch einige Meter weiter geradeaus und blieb haarscharf vor einem leuchtenden Schild stehen. Eine größere Schar Glühwürmchen bildete ein knallrotes Ausrufungszeichen innerhalb eines roten Dreiecks. Selbst im dichten Schneetreiben war der Hinweis nicht zu übersehen. Atos verließ die Reisekugel und schluckte. Wenige Zentimeter vor seinem Glasglobus klaffte ein tiefer Spalt in der Straße. Durch die ständigen Erschütterungen des *wumm* war die Oberfläche in eine darunter liegende Höhle eingebrochen. Aufgeregt schwirrten die kleinen Leuchtkäfer um die Reisekugel herum und flogen kurze Zeit später in den Globus hinein.

»Verstehe«, grinste Atos. »Ihr gehört in diese Leuchtkugel, nicht wahr?«

Die Glühwürmchen wechselten die Farbe und bildeten in der Luft einen grünen Haken als Zeichen für ›OK‹ oder ›Richtig‹. Der Zauberer rollte mit magischen Kräften einen riesigen, haushohen Schneeball zusammen und ließ ihn in die Vertiefung gleiten. Dann stampfte er die Oberfläche glatt. »Bis zum nächsten Tauwetter sollte die Reparatur ausreichen«, lächelte er. Die nun bunt beleuchtete Reisekugel setzte ihre Reise nach Dangholt fort. Atos ging es nur noch um Geschwindigkeit und das Ziel, nicht mehr um Taktik oder eine unauffällige Fortbewegung. Ein junger Mann, der in Richtung Hauptstadt wanderte, sah mit panischem Blick die Kugel nahen und warf sich flach in einen Straßengraben.

›Der Gute hat wohl noch nie eine gläserne Reisekugel gesehen‹, vermutete Atos. Der Bote war anderer Meinung und blieb in Deckung, bis das Alptraumgefährt am Horizont verschwunden war. Keine zehn Pferde würden ihn jemals wieder in ein solches Ding hineinbekommen. Und auch kein Zauberer. In Erinnerung an die Reise von Zapontia aus zum Bergwerk im Zwergenreich wurde dem jungen Burschen speiübel.

Endlich tauchte die Silhouette der Hauptstadt fern am verschneiten Horizont auf. Noch immer suchte Atos verzweifelt nach einem Plan. Aber zunächst musste er unbemerkt in die Stadt und in sein Haus gelangen, um Amalia zu retten. Der Zauberer nahm Kurs auf die magische Eichenhöhle seines Freundes Buho. Vor dort aus führten geheime unterirdische Wege zurück in die Hauptstadt. Die Wiedersehensfreude mit dem mächtigen Uhu wurde von großer Besorgnis getrübt. Atos berichtete über den Aufmarsch der Polarriesen um Frigador, erzählte von Garmander und den Zwillingen.

»Ich muss schnell zurück in mein Haus, um Amalia zu retten.« Mit wenigen Worten erklärte der Zauberer den Fundort Amalias. »Ich benötige Kräuter, meine speziellen Zauberbücher und muss eine Tinktur brauen.«

»Bürgermeister Fuddelhaar ließ die Stadttore verriegeln«, brummte Buho. »Aber außerhalb von Dangholt gibt es keine Soldaten.«

»Keine Verteidigungsringe? Keine Bollwerke? Keine Kampfmaschinen?«, fragte Atos ungläubig.

Es raschelte. Buho drehte seinen Kopf um einhundertachtzig Grad und entdeckte den Verursacher.

»Knirk!«, rief Atos.

Auch der Rattenspion war erfreut. »Was für ein Zufall. Ich wollte gerade bei Buho fragen, ob es ein Lebenszeichen von dir gibt.«

»Ich erzähle dir alles auf dem Weg zurück in die Stadt!« Atos schulterte Amalia wie eine Feder und folgte dem Rattenspion. »Ist es korrekt, dass der Bürgermeister nichts unternimmt, um Frigador aufzuhalten?«

»Fuddelhaar spielt Vogel Strauß«, seufzte Knirk. »Er hockt schwer bewacht in seinem Rathaus und scheint mehr Angst vor der Rache Garmanders zu haben, als vor einem Angriff der Polarriesen. Jedenfalls sind alle Stadttore verrammelt und die Mauern mit Armbrustschützen besetzt.«

»Aber was ist mit der Bevölkerung und den Siedlungen zwischen dem Zwergenreich und Dangholt?«

»Keine Sorge«, beruhigte Knirk. »Der Zapontia ließ Boten aussenden, um die Bewohner zu warnen. Auch Fuddelhaar erhielt so die Nachricht. Ich war gerade im Rathaussaal.«

»Und?«, fragte Atos.

»Es gibt leider kein *und*«, bedauerte Knirk. »Die Bevölkerung ist Fuddelhaar egal. Er hat nicht einmal eigene Boten oder Spione ausgesandt.«

Atos fehlte die Kraft, um wütend zu werden. Vorsichtig transportierte er Amalia durch den Schlafsaal der Vampire und dann weiter über zugefrorene Abwasserkanäle und andere geheime Gänge. Knirk eilte voraus und kehrte kurze Zeit später zum wartenden Zauberer zurück.

»Die Luft ist rein. Dein Haus wird nicht mehr bewacht. Aber auf den Straßen sind viele Soldaten unterwegs!«

Atos nickte. Er nahm einige Verwandlungen vor, die ihn wie einen Bauern aussehen ließen. Aus dem Zaubererumhang wurde dabei ein großer brauner Kartoffelsack, in den er vorsichtig Amalia hinein bettete. Die Zauberin wirkte schwach und zerbrechlich.

»Sie ist so blass«, murmelte Knirk besorgt.

Atos nickte und humpelte unter den wachen Augen des Spions auf die Straße.

»Halt, wer da?« Ein Wachsoldat stoppte den Bauern. Zum Glück kein Offizier, sondern nur ein begriffsstutziger Gefreiter.

»Eine Lieferung Feuerholz für die Wachtürme, Herr Soldat«, erklärte der verzauberte Zauberer unterwürfig.

»Beeil dich, die Kameraden frieren«, schnauzte der einfache Soldat wichtigtuerisch. Er fühlte sich dem Landmann um Ellen überlegen. Atos spielte das Spiel mit, verbeugte und verabschiedete sich unterwürfig. Ohne Hast humpelte er aus dem Blickfeld des Soldaten in die Hopfengasse.

»Er ist gut. Er ist wirklich gut«, grinste Knirk und folgte dem Zauberer.

Der magische Verschluss des ehrenwerten Daribert erwies sich als Witz. Atos knackte die halbherzige Verschlüsselung im Handumdrehen und betrat sein Haus. Zum Glück stand alles noch an seinem Platz. Die Soldaten hatten bei der Hausdurchsuchung kein Chaos angerichtet. Knirk behielt den Kiesweg zur Hopfengasse im Auge, während Atos ein gemütliches rauchfreies Feuer im Kamin entzündete. Eilig schloss der Zauberer alle Vorhänge, blätterte in jahrhundertealten Zauberbüchern, hantierte mit Tiegeln, Glaskolben, Kräutern, Pasten und besonderen Zutaten wie Fledermausblut, Spinnenbeinen und anderen Leckereien. Kurze Zeit später brodelte ein Kupferkessel im Kaminfeuer. Grünliche Blasen stiegen auf und zerplatzten zu feinen Spritzern. Atos schmeckte den Zaubertrunk mit etwas Universaltinktur ab und flößte Amalia vorsichtig einige Löffel ein. Schlagartig kehrte eine gesunde Hautfarbe in das Gesicht der Zauberin zurück. Auch Arme und Beine gerieten in Bewegung, wohlige Wärme durchströmte die starren Glieder. Dann schlug Amalia die Augen auf.

»Genial«, staunte Knirk. »Einfach nur genial!«

»Magie«, grinste Atos.

»Wo bin ich?«, hauchte Amalia. »Anna? Max? Atos!«

Der Zauberer und der Rattenspion brachten Amalia auf den aktuellen Wissensstand.

»Was habe ich angerichtet?«, stöhnte Amalia. »Meinetwegen sind die Zwillinge in Lebensgefahr!«

Atos beruhigte seine Kollegin. »Nein, es ist nicht deine Schuld.

Du hast vor allen anderen die Gefahren für die Würfelwelt erkannt. Wir hatten nur etwas Mühe, dich zu finden. Meister Dost hat einen Teil deiner Nachricht vom Pergament geniest«, grinste Atos. »Die Zwillinge und Meister Dost sind ein starkes Team. Anna und Max sind wirklich gut. Du hattest das Pech, einem übellaunigen Berggeist in die Falle zu gehen. Damit konnte niemand rechnen.«

Amalia machte sich dennoch heftige Vorwürfe. »Ich hätte nicht alleine gehen dürfen.«

Atos grinste. »Das ist nun mal das Schicksal von uns Zauberern.«

Amalia lächelte schwach. Ihr Körper mochte noch geschwächt sein, aber ihr Geist arbeitete bereits auf Hochtouren. Die Zauberin schien sich an das Unglück mit dem schwarzen Wasserfall erinnern zu können. »Ich stand auf dem Balkon in der paradiesischen Höhle und bemerkte, dass das Wasser aus dem Bachlauf nicht über den Wasserfall nach unten lief. Bald darauf entdeckte ich die unsichtbare Rinne, brach ein und wurde vom Wasserfall festgehalten. Das Wasser, das eine Zeit lang von oben herunterlief, fesselte mich. Dann versiegte der Strom wieder. Ich erstarrte, versuchte Gedankenübertragungen, wurde aber von der Eisschicht abgeschirmt.«

»Ich habe von deinen Anstrengungen Kopfschmerzen bekommen, als ich die Treppe neben dem Wasserfall herunterlief«, staunte Atos. Amalia musste sich gewehrt haben wie eine Löwin.

»Was können wir tun, um die Würfelwelt zu retten?« Amalia hatte den Ernst der Lage erkannt.

»Wartet hier«, bat Knirk und huschte davon.

Amalia und Atos blickten sich fragend an. Der Rattenspion war immer wieder für eine Überraschung gut, dachte messerscharf und lieferte verblüffende Ideen und Lösungen. Dann geschah etwas Besonderes. Etwas Einmaliges. Schritte knirschten auf dem Kiesweg zwischen Hopfengasse und Haustür.

»Feuer aus«, befahl Atos. Die magischen Flammen im Kamin erloschen schlagartig. Vorsichtig schlich der Zauberer zum Küchenfenster und lugte durch einen Vorhangspalt nach draußen. Was er sah, verschlug selbst dem erfahrenen Magier für einen

Moment den Atem.

»Wenzel hat seine Bibliothek verlassen«, raunte Atos ungläubig. Diesen Tag musste er in seinem Kalender rot markieren. Ein außergewöhnlicher Tag. Aber außergewöhnliche Tage erforderten manchmal auch außergewöhnliche Maßnahmen. Atos öffnete die Haustür und Wenzel stiefelte verschneit in die Küche. Vorsichtig legte er einen Leinensack auf den Tisch und zog mehrere dicke Bücher heraus.

»Wir benötigen einen Plan, nicht wahr?«, fragte der Bibliothekar. »Ich hätte hier einige Unterlagen …«

Kurze Zeit später steckten Atos, Amalia, Wenzel und Knirk ihre klugen Köpfe zusammen, diskutierten, zeichneten, planten und kamen zu einem Ergebnis.

»So könnte es funktionieren«, nickte Wenzel.

»Aber es gibt zwei Voraussetzungen«, warf Amalia ein.

»Genau. Die Harfe muss erklingen, damit der Schneesturm endet und das Wetter besser wird«, nickte Atos.

»Und wir benötigen die Hilfe von Sticks«, grinste Knirk und machte sich auf den Weg, den Klabauterkapitän zu suchen.

Frigadors Truppen kamen erschreckend schnell voran. Die Polarriesen und Frostgeier fühlten sich im Schneesturm pudelwohl. Die Spione des Eisritters hatten ganze Arbeit geleistet und den kürzesten Weg zur nächsten intakten Brücke aus dem Zwergenreich gefunden. Vor dort aus marschierten die Hünen im Gleichschritt schnurstracks auf die Hauptstadt zu. Die Boten des Zapontia hatten glücklicherweise alle Dörfer und Siedlungen zwischen Dangholt und dem Zwergenreich rechtzeitig erreicht und gewarnt. Frigadors Armee fand daher nur verlassene Ortschaften vor. Dem Eisritter war es egal. Er würde den schwersten Brocken zuerst schlucken und Dangholt einnehmen. Die Unterwerfung der übrigen Ansiedlungen stellte danach kein Problem mehr dar. Ohne Verteidigungsanlagen, ohne Waffen und ohne Beistand aus der Hauptstadt würde kein Wesen auf dieser Würfelseite auch nur die geringste Chance gegen die dunkle Armee des Eisritters haben. Immer wieder schlugen die

Polarriesen mit einer Faust im Takt auf ihre Brustpanzer. Das Geräusch klang furchterregend. Tausende geschulterter Doppeläxte warteten nur darauf, Kleinholz aus jedem zu machen, der auch nur den geringsten Widerstand leisten würde. Hungrige Frostgeier hielten mit scharfen Augen Ausschau nach Beute.

»Ping.«

Der magische Aufzug im Bergwerk öffnete das Schutzgitter und ließ Garmander eintreten.

»Dass eine Sache klar ist«, drohte der Zauberer. »Dein Boden bleibt dieses Mal geschlossen. Ich habe keine Lust, wieder im Wasser zu landen.«

»Das war Notwehr«, antwortete der Aufzug kühl und fuhr gemütlich zur Oberfläche des Zwergenreichs zurück. Kurz vor dem Ziel legte der magische Fahrstuhl noch einen Spruch nach. »Übrigens. Du kommst zu spät!«

»Was soll das heißen?«, keifte Garmander.

»Deine Kugel ist fort!«

»Ach halt die Klappe«, giftete der Zauberer und musste wenige Augenblick später feststellen, dass seine Reisekugel tatsächlich verschwunden war. Nicht von Äxten zerschlagen, sondern gestohlen. Garmander wirkte für einen Wimpernschlag ratlos. Dann entdeckte der Zauberer jedoch in einem Schuppen die Zugmaschinen und stellte die Weichen in Richtung der Brücke von Ypspontia.

Anna und Max standen unentschlossen vor der magischen Eisharfe. Jetzt, unmittelbar vor dem Ziel, verließ die Zwillinge für kurze Zeit der Mut. Die folgende Aufgabe verlangte Fähigkeiten, die die Geschwister nicht besaßen. Noten lesen und Harfe spielen. Wieder und wieder hämmerten die Worte der Legende in Annas Kopf. ›Spiele die richtige Weise, die fehlerlose Melodie. Sie ist der Schlüssel. Spiele die falsche Weise, und die Harfe wird für immer verstummen.‹ Wie ein endloses Echo dröhnte ›die richtige Weise, die richtige Weise, die richtige Weise …‹ schmerzhaft durch das Gehirn des Mädchens. Meister Dost warf einen

Blick zurück in das Ohr und konnte ebenfalls nicht zur Beruhigung der Lage beitragen.

»Gleich schlägt der Hammer wieder zu«, rief der Kobold aufgeregt. Tatsächlich schienen dem Mechanismus nur noch wenige Zentimeter zu fehlen, bis der Amboss erneut erbebte. Welche Folgen dies hier draußen im Garten haben würde, konnte niemand vorhersagen. Max sorgte sich, dass die nun nicht mehr hinter einer Mauer verborgene Harfe schweren Schaden nehmen könnte. Geduldig wartete das Instrument auf die Hände, die eine erlösende Melodie zupfen konnten.

»Beeilung«, brüllte Meister Dost, der völlig hilflos die Ratlosigkeit der Zwillinge erdulden musste. Anna ließ vor Schreck das Pergament fallen und hob ungehalten das Blatt wieder von der saftigen Wiese auf. Dabei hielt sie die Zeichnung gedreht, sodass die fünf Notenlinien nicht mehr von links nach rechts, sondern von oben nach unten verliefen. Abwechselnd betrachtete das Mädchen Harfe und Pergament.

»Was hast du entdeckt?«, fragte Max.

»Ich weiß nicht genau, ob es eine Entdeckung ist«, grübelte Anna. »Aber wenn man das Blatt dreht und die Notenlinien von oben nach unten verlaufen, dann sehen diese Striche aus wie die Saiten einer Harfe.«

Max griff den Gedanken seiner Schwester auf und untersuchte die weiße Seite der Harfe genauer. »Du hast vielleicht recht«, rief der Junge aufgeregt und wies mit dem Zeigefinger auf den oberen Rand des Rahmens. Dort waren ohne Zweifel fünf senkrechte Striche zu erkennen, die jemand jeweils genau oberhalb bestimmter Saiten eingeritzt hatte. Auf der gegenüber liegenden schwarzen Seite der Harfe fehlten diese Markierungen.

»Und deshalb kann die Harfe auch nur von der weißen Seite aus gespielt werden«, triumphierte Anna.

»Tempo, tut endlich etwas«, kreischte Meister Dost und ging in Deckung.

»Wollen wir es wagen?«, fragte Anna.

Max nickte stumm. Er hielt seiner Schwester das Blatt neben die Harfe. Anna nahm Maß und zupfte die erste Saite an der Stelle, an der in der Zeichnung ein schwarzer Klecks als Note eingetragen war. Ein wunderschöner, glockenklarer, reiner Ton schwebte durch den Garten. Er streichelte das riesige Ohr, drang in den Gehörgang und brachte das Trommelfell zur Vibration. Schnell ließ Anna den nächsten Ton folgen. Beide Klänge vermischten sich, schwollen an, tanzten federleicht durch die Luft. Ton um Ton gelang, ohne dass Anna jemals zuvor Noten gelesen oder eine Harfe gespielt hatte. Auf die Tonlänge schien es nicht anzukommen, sie klangen von alleine nach. Ein letzter Ton schien noch zu fehlen, ein letzter ungespielter Notenklecks lauerte auf dem Pergament. Anna schätzte die passende Position auf der Saite und wollte gerade den erlösenden Klang produzieren, als Max die Hand seiner Schwester vom Instrument wegzog.

»Max, was tust du«, schimpfte Anna verwundert. »Wir sind gleich am Ziel.«

»Was soll das, Max?« Meister Dost hörte ein leises Knacken und wusste, dass das Geräusch der tödliche Vorbote zum nächsten *wumm* sein musste. Ein verfluchter Ton fehlte noch, und ausgerechnet jetzt drehte Max durch. »Willst du uns umbringen?«, kreischte der Kobold ungehalten.

»Schau auf die letzte Note«, bat Max seine Schwester. »Schau genau auf die letzte Note.«

Anna kniff ihre Augen zu feinen Schlitzen zusammen und musterte den letzten Klecks. Sie erkannte den Umriss eines Totenkopfs. »Eine Falle. Eine letzte Falle!«

»Genau«, nickte Max.

Die vollkommenen Akkorde umschmeichelten das Ohr auf der grünen Wiese. Meister Dost sah den Riesenhammer nach unten sausen und stürmte aus dem Gehörgang.

»Hammer fällt!« Der Kobold sah vor seinem geistigen Auge, wie die Druckwelle aus dem Ohr seinen leichten Körper wie eine Feder mitriss und ihn in den Saiten der magischen Eisharfe zu Aufschnitt verarbeitete.

Nichts geschah. Kein *wumm*, keine Druckwelle, keine magische Salami. Ungläubig stand der Kobold auf und untersuchte Hammer, Amboss und Steigbügel im Wiesenohr. Das wuchtige Schlagwerkzeug ruhte entspannt auf dem Amboss. Anna und Max staunten. Kurze Zeit später kannte der Jubel keine Grenzen.

Lachend hüpften drei fröhliche Abenteurer um das Ohr auf der Wiese herum und konnten ihr Glück kaum fassen.

»Du hast gerade zum ersten Mal in deinem Leben Harfe gespielt«, grinste Meister Dost. »Und nebenbei hast du damit die Würfelwelt gerettet.«

»*Wir* haben es gemeinsam getan. Max hat schließlich den als Note getarnten Totenkopf entdeckt«, betonte Anna, zweifelte aber trotz aller Freude an der Wirksamkeit des gesamten Vorhabens. Das Mädchen traute dem Frieden nicht. Nur, weil der Hammerschlag auf den Amboss ausgeblieben war, war die Welt noch nicht gerettet. Frigador und seine Armee würden nicht einfach verschwinden oder sich in Nichts auflösen. Auch Max überlegte, welche weiteren Auswirkungen das Harfenspiel haben mochte.

Langsam verhallten die betörenden Klänge der Harfe, die letzten Akkorde verschwanden im Ohr auf der Wiese. Nun geschahen mehrere Dinge und die gesamte aufgestaute Magie des Ortes entlud sich. Die Saiten der Harfe erstarrten wieder zu Eis. Gleichzeitig schloss einen unsichtbare Kraft die Mauer vor der kleinen Bühne wie einen Theatervorhang. Max starrte überrascht auf das Pergament in seinen Händen. Es war leer. Die Noten, die Abbildungen der Harfe, alles fehlte. Doch die Verwandlung des verzauberten Gartens ging weiter. Anna erschrak, als mit einem lauten »Plopp« das Ohr gegen eine geschlossene Tür ausgetauscht wurde. Dann spürten die drei Abenteurer einen Ruck und es wurde stockfinster. Der Boden unter ihren Füßen schien sich zu drehen, immer schneller und schneller. Dann zog ein magischer Strudel stärker und stärker an den Körpern. Anna dachte, ihr Körper würde in die Länge gezogen, mehrfach verknotet und dann wie ein Stück Teig wieder ausgerollt. In der Dunkelheit ging den Zwillingen jedes Zeitgefühl verloren. Niemand wusste mehr, wo oben, unten, links oder rechts war.

Dann kehrte das Licht zurück. Grelles, natürliches Licht. Von einer Sekunde auf die andere wurde es bitterkalt. Meister Dost verschwand komplett in einer hohen Schneeschicht und auch die Zwillinge steckten mit den Beinen im weißen Niederschlag fest.

»Es ist doch etwas schiefgelaufen«, meckerte Meister Dost enttäuscht und etwas benommen. »Die herrliche grüne Wiese ist verschwunden, das Ohr und die Harfe auch. Wir haben die Sache verbockt. In die Grütze geritten!«

Die Zwillinge grinsten. Max zog den grünen Kobold am Kragen aus einem Schneehaufen heraus und beruhigte den aufgebrachten Diener Amalias. »Schau dich um!«

»Ich sehe Mauern, Schnee, eine Tür, keine Harfe, kein Ohr, mir ist kalt, mir ist schwindlig, ich habe Hunger …«, zeterte Meister Dost.

Max wies mit einem Zeigefinger nach oben. Der Kobold staunte. Es fiel keine einige Schneeflocke mehr, die Wintersonne lächelte von einem wolkenlosen blauen Himmel.

»Wir sind zu Hause«, strahlte Anna.

»Im vergessenen Garten des Lapacho«, ergänzte Max.

Meister Dost stutzte, konnte aber kein Haar in der Suppe entdecken. Alles stimmte, jede Pflanze, jeder Mauerstein, die Position der Tür auf der verschneiten Wiese. »Wir sind in Dangholt!«

Die Zwillinge verschafften sich letzte Gewissheit. Im echten Garten des Lapacho lehnte an der Mauer eine unsichtbare Leiter. Max ertastete die Steighilfe und kletterte zur Mauerkrone. Sein Blick fiel in eine bekannte Gasse hinab.

»Alles in Ordnung«, beruhigte der Junge und stieg auf der Straßenseite wieder hinab. »Bring einen Zweig mit, Anna.« Meister Dost klammerte sich an Annas Schultern und überstand die Kletterpartie unbeschadet. Vorsichtig schlichen die Abenteuer die menschenleere Gasse hinunter. Max verwischte mit einem Ast die Fußspuren im Schnee notdürftig. Unentdeckt ging es bis zur nächsten Hauptstraße weiter. Dort allerdings standen zwei frierende Soldaten herum.

»Endlich schneit es nicht mehr.«

»Aber es ist lausig kalt, obwohl die Sonne scheint!«

»Hast du von den Gerüchten gehört, dass Dangholt angegriffen wird?«

»Auf Gerüchte gebe ich nichts. Der Bürgermeister hätte doch in seiner Rede davon erzählt, nicht wahr?«

Anna tippte Meister Dost auf die Schulter. »So kommen wir

nicht weiter«, flüsterte sie. »Kannst du die beiden ablenken?«

Der Kobold nickte und grinste schelmisch. »Wir treffen uns am Haus eurer Tante.« Er übergab Max sein Reisebündel und schlich unbemerkt von den Soldaten an einer Hauswand entlang. In einer Gebäudenische formte Meister Dost einige Schneebälle und eröffnete das Feuer auf die Soldaten. Die beiden Wachleute kamen auf den Kobold zu. Anna und Max nutzten die Gelegenheit und huschten im Rücken der verärgerten Männer auf die Hauptstraße und dann weiter in eine schmale Gasse. Meister Dost beschäftigte die Soldaten noch eine Weile und folgte den Zwillingen zu Amalias Haus.

»Es ist niemand zu Hause«, bemerkte Anna enttäuscht.

»Und das Haus wurde von einem Zauberer magisch verschlossen«, schimpfte Meister Dost scheinheilig. »Aber ich habe natürlich einen Nachschlüssel.«

Der Kobold nahm von Max sein Reisebündel in Empfang und kramte die Schnupftabakdose hervor. Unter dem immer noch trockenen Tabak kam ein kleiner Schlüssel zum Vorschein.

»Hier«, rief der Kobold stolz.

Anna lachte. »Jetzt weiß ich auch, warum du in der Höhle des schwarzen Wasserfalls ›der Inhalt ist wertvoll‹ gerufen hast. Es ging dabei gar nicht um den Tabak, sondern um den Schlüssel.«

Das Haus der Amalia lag verlassen und kalt da. Die Zwillinge fühlten sich nicht wohl, verspürten keinen Hunger und keinen Durst. Auch Meister Dost wusste, dass hier keine neuen Hinweise oder Spuren zu finden sein würden. Wo steckte Atos? Lebte seine Herrin, die Tante der Zwillinge, noch?

Der Kobold tröstete Max und Anna. »Vielleicht sind wir durch den Zeitsprung vor Herrn Atos in Dangholt angelangt? Niemand von uns weiß, wie lange die Reise durch den Strudel gedauert hat. Es gibt noch zwei Orte, an denen wir suchen müssen!«

»Das Haus von Herrn Atos!«, rief Anna.

»Und das Dangholter Schloss!«, ergänzte Max.

»Wir trennen uns«, schlug der Kobold vor. »Ich bleibe hier, Anna läuft zu Herrn Atos und Max zu Graf Krommel.«

Anna wollte protestieren, als ein kratzendes Geräusch ihre Aufmerksamkeit erregte. »Pssst!«, flüsterte eine bekannte

Stimme. »Pssst!«

Die drei Abenteurer begrüßten freudig den Rattenspion. »Wo kommst du denn her?«, fragte Meister Dost verwundert. »Das Haus ist magisch verschlossen, nur ein Zauberer oder mein Schlüssel kann …«

»Betriebsgeheimnis«, grinste Knirk. »Ich komme gerade von einer schwierigen Verhandlung mit Sticks. Buho und seine Eulenfreunde mussten eine ganze Weile nach dem verschneiten Dreimaster suchen. Sie fanden den Klabauterkapitän in einer Taverne. Ziemlich betrunken. Aber eine kleine Abreibung im Schnee …«

»Warum muss Sticks uns helfen?«, rätselte Max. »Wir konnten die magische Eisharfe finden und spielen.«

»Das haben wir bemerkt«, lobte der Spion. »Schließlich schneit es nicht mehr und endlich scheint die Sonne. Gute Arbeit. Aber Frigador und die Polarriesen marschieren auf Dangholt zu, Bürgermeister Fuddelhaar unternimmt nichts und fühlt sich in der Hauptstadt sicher. Es wird Tage, vielleicht Wochen dauern, bis die Temperaturen den Polarriesen gefährlich werden. Momentan reicht die Kraft der Sonne nicht aus, um diesen Eisschrank schnell genug zu erwärmen. Und in der Nacht scheint keine Sonne, die die Eindringlinge aufhalten könnte.«

»Weiß der Bürgermeister nichts von dem Marsch? Weiß er nichts vom Spion Frigadors, der Baron von Herzblut fast getötet hat?«, schimpfte Meister Dost.

»Er will es gar nicht wissen. Fuddelhaar fürchtet momentan nur Garmanders Rache und sitzt gut bewacht im Rathaus. Wenn wir uns auf den Bürgermeister verlassen, sind wir verlassen«, stöhnte Knirk mit säuerlicher Miene. »Und die Bevölkerung verlässt sich leider auf Fuddelhaar. Du weißt ja, wie gut er reden und die Leute um den kleinen Finger wickeln kann!«

»Was weißt du über Herrn Atos und Tante Amalia?«, fragte Anna ängstlich.

»Kommt mit zum Haus eures Lehrmeisters«, grinste Knirk geheimnisvoll. Die Zwillinge folgten dem Rattenspion durch enge Gassen, über zugefrorene Abwassergräben und einsame Hinterhöfe bis in die Hopfengasse. Anna und Max spürten schon auf dem Kiesweg zum Haus, dass viele Dinge wieder ins rechte Lot zurückgekehrt waren.

Die riesige Wiedersehensfreude konnte nicht verhindern, dass Atos die versammelte Gruppe nach einer kurzen Umarmung und Unterhaltung zur Eile mahnte. Es galt, einen gewagten Plan in die Tat umzusetzen. Den Ernst der Lage begriffen die Zwillinge sehr schnell. Knirk berichtete, dass die Eulen eine riesige Armee gesichtet hatten. Frigadors Truppen konnten höchstens noch einen Tagesmarsch von Dangholt entfernt sein und marschierten im Eiltempo weiter. Scheinbar spürte auch der Eisritter, dass ein Wettlauf gegen die Zeit begonnen hatte. Ein blauer Himmel und sie strahlende Sonne verhießen nichts Gutes. Auch Wenzels Anwesenheit galt als untrügliches Zeichen für riesige Probleme. Noch niemals hatten Anna und Max den Bibliothekar außerhalb seines Arbeitsplatzes gesehen. Überall auf dem Küchentisch und dem Fußboden lagen Pergamentblätter zwischen aufgeschlagenen Zauberbüchern herum. Die Zwillinge blickten staunend auf die vielen Skizzen, Berechnungen, Formeln, Entwürfe und Rezepte, aus denen sie nicht schlau wurden. Tante Amalia erklärte mit schwacher Stimme ein Vorhaben, das noch niemand zuvor versucht hatte. Atos, Amalia, Wenzel und Knirk hatten einen Plan ausgeheckt, der Frigador weit vor Dangholt auf einem freien Feld stoppen sollte. Hatte der verrückte Entschluss keinen Erfolg, würde die Armee der Polarriesen Dangholt im Handstreich einnehmen und in Schutt und Asche legen. Es gab keine Möglichkeit mehr, die Ideen zu testen. Der Plan musste auf Anhieb funktionieren. Die entscheidende Schlacht stand bevor. Doch bis dahin waren noch tausend Dinge zu erledigen.

Ein missmutiger Klabauterkapitän stiefelte über den Kiesweg zur Haustür und einfach durch das magische Holz hindurch.

»Mein Dreimaster steht euch zur Verfügung«, knurrte Sticks. Insgeheim liebte der Klabauter verrückte Pläne. Je verrückter, desto besser.

Atos nickte freundlich. »Das dachte ich mir ...«

Sticks lauschte und staunte.

Frigador trieb seine Truppen zur Eile. Die Polarriesen kannten aus dem Land der ewigen Finsternis keine Sonne und blickten immer wieder irritiert in den blendenden Feuerball am Himmel. Die Temperaturen aber reichten immer noch aus, um schnell zu marschieren und die Hauptstadt zu überrennen. Auch wenn kein Schnee mehr fiel und der angenehme Sturm sich gelegt hatte. Von seinen Spionen wusste der Eisritter, dass die lächerlichen Stadttore keiner Invasion standhalten würden. Auch die Soldaten Dangholts waren in seinen Augen feige Memmen, die den Kampf Mann gegen Mann scheuten. Die Armbrustbolzen konnten seiner Truppe gefährlich werden, sie aber auf Dauer nicht aufhalten. Frigador würde ohne mit der Wimper zu zucken viele seiner treuen Soldaten opfern. Der Sieg war das Ziel, und Ziele wurde erreicht. Die Frage, *ob* ein Ziel erreichbar war, stellte Frigador nicht. Ihn interessierte nur, bis wann. Die Polarriesen schienen ihren Gegnern in allen Belangen überlegen. Größer, kräftiger, besser bewaffnet, aggressiver, geübter, grimmiger und zu Allem entschlossen. Der Eisritter fühlte sich sicher und bemerkte weder die am Himmel kreisenden Eulen noch das Rentier, in dessen Gestalt Garmander den Polarriesen in sicherer Entfernung folgte. Alle Frostgeier hockten missmutig auf den Schultern ihrer Polarriesen. Hoch oben am Himmel war ihnen die sonnendurchflutete Luft zu warm geworden. Die mächtigen Tiere liebten Dämmerlicht, Kälte und tiefgefrorenes rohes Fleisch von Schlachtfeldern. Frigador, die Polarriesen und ihre Aasfresser sehnten den Abend herbei, aber bis dahin fehlten noch viele Stunden. Im strahlenden Sonnenschein wirkten die geschulterten Doppeläxte noch schärfer und bedrohlicher.

Die Armee durchquerte ein Schatten spendendes, kühles Waldgebiet, doch direkt dahinter lag eine weite unbewohnte Ebene vor Frigadors Truppen. Missmutig brüllte der Eisritter seine Anweisungen heraus, die anschließend von Adjutanten an die breite Masse der Polarriesen weitergegeben wurden. Grimmig marschierten die Axtträger voran. Nachdem einige Meilen hinter der Truppe lagen, stutzte Frigador und hob den rechten Arm als Zeichen, eine Pause einzulegen. Erst jetzt fiel ihm auf, dass schon seit Stunden kein beruhigendes *wumm* mehr ertönt war. Die Pauke des Todes hatte viel zu lange geschwiegen. Der eigentliche Grund für die Marschunterbrechung aber war ein seltsames Blitzen und Blinken, das etwa eine halbe Meile voraus plötzlich sichtbar wurde. Beunruhigte Adjutanten meldeten dem Eisritter, dass auch von beiden Seiten und im Rücken der Truppen diese Erscheinung gesichtet wurde. Die grellen Lichtpunkte kamen langsam näher und bildeten bald ein geschlossenes Band. Vom Standpunkt der Armee sah es nun so aus, als läge ein Quadrat aus glänzendem Lametta um die Ebene herum ausgebreitet. Langsam aber sicher kamen die fürchterlich hellen Lichterscheinungen näher und näher. Das quadratische Band zog sich zusammen wie eine Schlinge. Frigador kannte keine Furcht, aber das leuchtende Hindernis zu allen Seiten bereitete seinen Soldaten Probleme. Die Temperatur innerhalb der Einkesselung stieg schlagartig an. Gleißendes Sonnenlicht wurde gebündelt und tausendfach auf die Rüstungen der Polarriesen reflektiert. Geblendet versuchte Frigador mit seinen Beratern das Problem zu ergründen. Wild mit den Flügeln schlagende Frostgeier gingen ihm auf die Nerven. Wer wagte es, den Eisritter aus dem Land des Eises und der Finsternis anzugreifen?

»Widerstand ist zwecklos«, schrie Frigador mit erhobener Doppelaxt. Seine geblendete und verunsicherte Truppe aber schien beunruhigt. Garmander gab seine Gestalt als Rentier auf und zog für den Augenblick seine natürliche Gestalt vor, um die Szene zu beobachten. Unerbittlich rückte nun das Sonnenband von vorne näher an die Polarriesen heran. Das gebündelte Licht schmerzte nicht nur in den Augen, sondern erschwerte nun den Eissoldaten jede Bewegung. Auch der Schnee zu ihren Füßen verschaffte kaum Linderung. Die Hitze wurde zur Bedrohung.

»Angriff!«, schrie Frigador, doch es gab ein Problem. Keiner seiner Adjutanten wusste, in welche Richtung. Chaos brach aus, als die Polarriesen zu allen Seiten mit erhobenen Äxten ausschwärmten und halb blind auf die Hitzequellen zuliefen. Obwohl der Rest der Würfelwelt immer noch in einer Kältestarre lag, flirrte und flimmerte die Luft innerhalb des magischen Quadrats vor Hitze. Wütend erreichte die erste Reihe der Polarriesen den Gegner und ließ die Waffen sprechen. Metall schlug auf Metall. Funken flogen, Doppeläxte spalteten schwebende Schilde, die von niemandem getragen wurden.

»Was zum Tonaluga geht hier vor«, keuchte Garmander entsetzt. Der Zauberer fühlte, dass die Kräfte des Bösen nun selbst um ihr Überleben kämpften. Auch ihm war längst aufgefallen, dass kein weiteres *wumm* mehr ertönt war. Er beschloss, das Chaos in und um Dangholt für seine persönliche Rache zu nutzen. Ohne sich weiter um die Probleme des Eisritters zu kümmern, zog er ungesehen in einem großen Bogen um das Schlachtfeld herum und marschierte weiter in Richtung der Hauptstadt. Garmander war sich sicher, dass Frigador in der kalten dunklen Nacht die Oberhand gewinnen und den Angriff auf Dangholt führen würde.

Der Eisritter erkannte, dass sein Gegner aus gebogenen, blank polierten Metallschilden bestand, die von einer magischen Kraft dirigiert wurden. Er befahl, die Angriffsmacht in Vorwärtsrichtung zu bündeln und das grelle Band zu durchbrechen. Die neue Taktik wirkte. Brüllend gelang es einem Truppenverband, die vordere Linie der blitzblanken Schilde zu zerstören. Kurze Zeit später aber blickten die Polarriesen entsetzt und geblendet zum Himmel. Eine zweite Sonne schien direkt auf die Armee zuzufliegen. Aus einer unendlich hellen, riesigen Fläche schoss gebündeltes Sonnenlicht auf die Ebene herunter. Der Verursacher selbst schwebte unerreichbar in dutzenden Metern Höhe. Die ersten Polarriesen brachen bewusstlos zusammen und fielen in den schmelzenden Schnee.

Frigador war gezwungen, seine Pläne erneut zu ändern. Als erfahrener Feldherr erkannte der Eisritter, dass das Licht und die gebündelte Hitze der Sonne einen überraschend starken Gegner abgaben.

»Rückzug!«, befahl er.

Im Laufschritt vergrößerten die Polarriesen den Abstand zur Hauptstadt Meile um Meile. Das hoch oben schwebende Gefährt trieb die Truppen unerbittlich vor sich her, bis nach mehreren Stunden die Dämmerung hereinbrach und die Macht der Sonne brach. Frigador war nun in seinem Element. Er nutzte die dunkle, kalte Nachtluft, um seine Truppen neu zu ordnen. Wütend stauchte er seine Adjutanten zusammen. Ohne den Polarriesen eine Ruhepause zu gönnen, befahl Frigador den Angriff. Im Laufschritt verließ seine schwarze Armee ein schützendes Waldstück. Im seichten Mondlicht glitzerten tausende Doppeläxte wie ein Bachlauf.

›Wenn die Soldaten das Tempo durchhalten, erreichen wir vor dem Morgengrauen die Hauptstadt‹, dachte der Eisritter grimmig. Ein ›wenn nicht‹ kam in seinem Gedankenspiel nicht vor. Frigador erkannte, dass seine Gegner mit allen Wassern gewaschen waren und über magische Kräfte verfügten. Aber in der Nacht schien nun einmal keine Sonne, und genau hier lag die Chance.

Doch es kam anders.

Aus der Ferne zischten hunderte von Feuerbällen wie Kometen heran. Jede Lichterscheinung zog einen hellen Schweif durch die Nacht. Sie griffen die Polarriesen frontal an und trieben die Armee geschickt Meile um Meile zurück. An einen geordneten Rückzug war nicht mehr zu denken. Panisch rannten die Soldaten Frigadors um ihr Leben. Sie kannten nur magische kalte Feuer, aber nun flogen glühende, tiefrote Angreifer durch die Nacht. Frigador meinte für einen Augenblick, hoch oben am Himmel etwas entdeckt zu haben, was dort nicht hingehörte. Noch vor dem Morgengrauen standen seine Truppen mit dem Rücken zur Wand, besser gesagt zum Abgrund. In der Nähe von Zapontia saß die dunkle Armee in der Klemme. Ein weiterer Rückzug war unmöglich, da die unendlich tiefe Schlucht gierig hinter den Polarriesen gähnte. Ein brennender Halbkreis verhinderte jeden Ausbruchsversuch nach vorne oder zur Seite. Frigador wusste, dass es nur zwei Möglichkeiten gab. Springen und in Ehren sterben, oder Aufgabe und Gefangenschaft. Auf seiner Seite des Würfels war der Eisritter unsterblich, wollte es aber hier in der Fremde nicht darauf ankommen lassen.

»Verhandlung!«, rief er in die Dunkelheit. Noch immer hatte er keinen einzigen seiner Gegner zu Gesicht bekommen. Von oben wurde eine Strickleiter heruntergelassen.

»Nur du und zwei Adjutanten«, rief eine fröhliche Stimme aus der Höhe. »Und lasst die Waffen am Boden!«

Zähneknirschend kletterte Frigador die gefährlich schwankende Strickleiter nach oben und erreichte kurze Zeit später die modrig riechenden Planken eines schwebenden Dreimasters.

›Dann habe ich mich vorhin doch nicht geirrt‹, dachte der Eisritter.

»Willkommen an Bord«, rief Sticks fröhlich. Die imposante Erscheinung Frigadors und seiner Berater beeindruckte den pummeligen Klabauter kein bisschen. »Wenn ich euch unter Deck bitten dürfte! Mir ist kalt!«

In der Kapitänskajüte warteten ein Zauberer und eine runzelige Hexe. Frigador hatte beide noch niemals zuvor gesehen.

»Mein Name ist Atos, und hier neben mir siehst du die Oberhexe Ignipota.«

Frigador deutete eine Verbeugung an und erwartete sein Urteil. Er wusste, dass er im umgekehrten Fall keine Gnade walten lassen würde und rechnete daher mit einem kurzen Prozess.

»Meine Soldaten sind bereit, hier und jetzt zu sterben«, erklärte Frigador stolz. Doch auch hier unterschätzte der Eisritter seine Gegner.

Atos strich mit beiden Händen seinen wallenden Bart glatt. »Ich bin mir absolut sicher, dass du deine Polarriesen ohne mit der Wimper zu zucken in die Schlucht springen lassen würdest«, brummte der Zauberer. »Aber wem ist damit geholfen?«

»Wir haben dann dort unten die Schweinerei und müssen euch mit Besen und Feudel von den Steinen kratzen«, keifte die Feuerhexe gereizt.

»Genau«, nickte Atos. »Du hast einen Tag Zeit, auf dem Weg, den du gekommen bist, wieder von unserer Seite der Würfelwelt zu verschwinden. Vorher wirst du dafür sorgen, dass alle Zwerge wohlbehalten an die Oberfläche gelangen. Die Feuerhexen werden euren Rückzug in der Nacht überwachen, und Sticks übernimmt die Tagschicht. Ihr werdet den von euch gegrabenen Gang in das Land aus Eis und Finsternis zerstören und auf eurer Seite bleiben. Ihr wisst nun, was euch auf unserer Seite erwartet!«

Frigador nickte stumm. Als Feldherr wusste er, dass manchmal eine Schlacht verloren ging, aber der Krieg dennoch gewonnen werden konnte.

Atos ahnte die Gedanken des Eisritters. »Wir haben hier einen Vertrag, den du hier und jetzt unterzeichnen wirst! Alle Waffen werden gleich nach Abschluss des Kontrakts von deinen Leuten in die Schlucht geworfen.«

Frigador suchte vergeblich nach einem scharfen Gegenstand, um sich in den Finger zu ritzen. Atos reichte dem Anführer ein Tintenfass mit Feder. »Damit geht es auch, Blut ist nicht notwendig.«

Zerknirscht und verwirrt verließ der Eisritter mit seinen Beratern den Dreimaster. Alle Doppeläxte landeten im Abgrund. Die Feuerhexen von Loppelwuh konstruierten unter dem misstrauischen Auge des Zapontia eine Behelfsbrücke über die Schlucht. Das wackelige Bauwerk bestand immer abwechselnd aus einem Holzbrett und einem darunter schwebenden fliegenden Besen als Stütze. Die entwaffneten Krieger balancierten im Schein rotglühender Fackeln vorsichtig zurück ins Zwergenreich.

»Bring mich bitte zurück nach Dangholt«, bat Atos den Klabauterkapitän. »Die Feuerhexen werden sich um die Zwerge im Bergwerk kümmern.«

Sticks setzte die Segel und schwebte in Richtung Hauptstadt davon. Jedes einzelne Segeltuch reflektierte das schwache Mondlicht und den rötlichen Fackelschein und bündelte das Licht zu einem orangefarbenen Strahl. Bis zum Sonnenaufgang würde er pünktlich ins Zwergenreich zurückkehren und den Rückzug Frigadors persönlich überwachen.

Tags darauf konnte Bürgermeister Fuddelhaar sein Glück kaum fassen, als Major Bockelwitz seinen Bericht zur Lage der Hauptstadt abgab. Die Sonne strahlte von einem tiefblauen Winterhimmel herab. Die Temperaturen luden noch nicht zum längeren Verweilen in den Straßen und Gassen ein, aber es kehrte ein Stück Normalität nach Dangholt zurück. Die ersten Bewohner wagten sich an Reparaturen ihrer Häuser, die von den mächtigen Paukenschlägen in Mitleidenschaft gezogen worden waren. Aus dem Zwergenland drangen Gerüchte in die Hauptstadt, nach denen die Bergwerke in Kürze wieder ihren Betrieb aufnehmen würden. Was genau mit den Zwergen geschehen war, wusste der Bürgermeister nicht. Auch die Hintergründe zur Schlacht an der Schlucht, das plötzliche Verstummen der Pauke und viele andere Details schnappten seine Kundschafter nur aus zweiter oder dritter Hand auf. Die Feuerhexen von Loppelwuh waren wie vom Erdboden verschluckt. Kaum jemand wusste etwas vom Aufenthaltsort der lange verschollenen Besenreiterinnen. Fuddelhaar störte seine Unwissenheit nicht. Wichtig war nur, ein kleines Stückchen besser informiert zu sein als die Bürger.

Mit einem gequälten Lächeln auf den Lippen betrat der Bürgermeister den großen Sitzungssaal des Rathauses. Im sonnendurchfluteten Raum saßen seine Berater bei Braten, Wein und Trauben. Angestrengt versuchten sie, den Kopf des Stadtoberen nicht zu sehr anzustarren. Noch immer sah die Perücke aus, als hätte jemand eine Blutlache damit aufgewischt. Der Rotweinfleck erwies sich als besonders hartnäckig. Fuddelhaars Diener hatten jedes Hausmittel probiert. Heißes Wasser, kaltes Wasser, Weißwein, Kernseife, Salz, Drüsenfett der Brunnenunke, Rum, verschiedene Wurzelbürsten und sogar eine Drahtbürste. Nichts wirkte. Dafür stank das Haarteil nun zum Himmel. Die Mischung aus Alkohol und Unkenfett verursachte beim Stadtoberen Übelkeit. Missmutig warf er die Perücke einem Diener vor die Füße. Eilig entfernte der Lakai das Ärgernis vom Fußboden und legte es zum Durchlüften auf den Balkon. Sofort stürzte sich ein Grubbelwutz auf die Perücke und schleckte genüsslich am fettigen Haar. Grubbelwutze gehörten zu den fliegenden Unken, die oft Menschen von hinten ansprangen, um Fett aus den Haaren zu lecken. Dabei klammerten die Tiere sich mit gebogenen Krallen am Kopf fest. Die fliegenden Unken verließen ihr Opfer erst dann freiwillig, wenn die Haarpracht fettfrei und blitzsauber geleckt glänzte. Missmutig nahm Fuddelhaar das schmatzende Geräusch auf dem Balkon zur Kenntnis und ließ die großen Flügeltüren schließen. Der Bürgermeister fühlte sich unwohl. Garmander war noch immer wie vom Erdboden verschluckt.

»Major!«

Bockelwitz nahm Haltung an. »Jawoll, Herr Bürgermeister.«

»Sende Boten in jeden Winkel der Stadt. Lass von den Wachtürmen und in den Gassen kundtun, dass ich eine Rede zu halten gedenke.«

»Zu welcher Stunde?«, hakte Bockelwitz nach.

»Heute zur Mittagsstunde«, wies Fuddelhaar an. »Und verstärke die Wachen rund um das Rathaus. Garmander ist noch auf freiem Fuß.«

Der Offizier salutierte und machte gekonnt auf dem Absatz kehrt. Er erteilte die notwendigen Anweisungen an einen Leutnant.

»Diener«, keifte Bockelwitz. »Kümmere dich um meine Perücke!«

Ängstlich öffnete der Lakai die Balkontür und schlich mit Besen und Schaufel bewaffnet auf den Grubbelwutz zu. Die Unke blickte bitterböse und giftig nach oben, schleckte aber dann unbeeindruckt weiter. Unbeholfen stieß der überforderte Diener mit dem Besenstiel nach dem Leckermaul, erntete aber nur ein unwirsches Knurren. Zusätzlich sprang ein feiner bläulicher Blitz von der Unke auf den Besen über und versetzte dem Diener einen Schlag. Der Lakai zuckte zusammen und überlegte. Sicher, er hätte mit der Schaufel zuschlagen können, aber der Bürgermeister hätte sicher kein Verständnis für Grubbelwutzmatsche auf seiner Perücke. Schulterzuckend ließ er die Unke gewähren.

Der Bürgermeister schob lustlos einige Bissen Ochsenbraten in den Mund. Keiner seiner Berater sprach ein Wort. Mit gesenkten Köpfen stierten sie auf ihre Teller und hofften auf bessere Laune ihres Brötchengebers.

Doch es kam anders. Von der Treppe aus drang ein Sprachgewirr in den großen Rathaussaal. Mehrere Soldaten versuchten vergeblich, einen Zauberer aufzuhalten, der zielstrebig die Treppe hinauf stürmte. Erst direkt vor der Pforte zum Sitzungssaal stoppte der Besucher.

»Ich muss den Bürgermeister sprechen«, bat der Zauberer.

Major Bockelwitz traute seinen Augen nicht. »Warte hier«, schnarrte er und machte dem Bürgermeister Meldung. Kurze Zeit später kehrte der Major zurück und nickte. Atos betrat die

Höhle des Löwen.

»Wie kannst du es wagen, dich hier blicken zu lassen?«, keifte Fuddelhaar mit zu feinen Strichen zusammengekniffenen Augen. »Wir kämpfen für das Wohl der Stadt und der Würfelwelt, und der feine Herr Atos erscheint hier, wenn alles bereits vorüber ist. Möchtest du etwas Ochsenbraten, oder soll ich dich gleich wegen Verweigerung meiner Befehle in den Kerker bringen lassen? Du hast dich still und heimlich aus deinem Haus entfernt, als wir deine Hilfe dringend benötigt hätten. Dasselbe gilt für deine feine Kollegin Amalia.«

Der Grubbelwutz spitzte die Ohren und ließ von der Perücke ab. Auf dem Boden des Balkons lag ein perfekt gereinigtes Haarteil. Kein Rotweinfleck, keine Fettflecken und keine üblen Gerüche mehr. »Pfui Deibel«, entfuhr es der Unke.

Atos ließ sich von den Beschimpfungen des Bürgermeisters nicht beindrucken und grinste Fuddelhaar an.

»Was ist denn so wahnsinnig lustig?«, kreischte Fuddelhaar.

»Das will ich dir sagen. Ich finde es lustig, dass ich dich nun töte und du nichts dagegen unternehmen kannst«, lachte der Zauberer.

Fuddelhaar wurde blass, als die Eingangstür zum großen Saal wie von Geisterhand geschlossen wurde. Vergeblich hämmerten die Wachen um Major Bockelwitz gegen das stabile Holz. Alle Berater gingen unter dem Tisch in Deckung.

»Daribert!«, brüllte Fuddelhaar, erinnerte sich aber daran, dass der ehrenwerte Zauberer noch immer unauffindbar war.

Atos hob beide Hände und richtete alle zehn Finger in Richtung des zurückweichenden Bürgermeisters. Ein tödlicher Kugelblitz schoss auf den Stadtoberen zu und wurde nur Zentimeter vor dem Einschlag plötzlich wie von einem Magneten zur Seite gerissen. Krachend schlug der verirrte Energieball in eine Wand ein. Auch der nächste Angriffsversuch misslang. Durch die Balkontür trat der echte Atos in den Raum und feuerte auf seine Kopie. Ein weiterer Schuss ließ die große Pforte zum Saal splittern. Eine Schar Wachen stolperte herein und überwältigte mit Hilfe des echten Atos den Angreifer.

»Sofort loslassen«, schrie Garmander, der noch mithilfe eines

Nebelzaubers zu entkommen versuchte. Doch es war zu spät. Fluchend führten ein dutzend Wachmänner den Zauberer in magischen Fesseln in den Kerker.

»Es bleibt leider keine Zeit für Höflichkeiten«, rief Atos und stürmte mit wallendem Umhang am Bürgermeister vorbei. Im Stadtgefängnis prüfte er die magische Blase, innerhalb derer Garmander keine Macht mehr besitzen würde. Der Kreis schloss sich. Wortlos verließ Atos das Gefängnis und spuckte etwas Unkenfett aus. ›War das widerlich‹, dachte der Zauberer und ließ offen, ob die Gestalt als Grubbelwutz oder die schmutzige Perücke des Bürgermeisters gemeint war. Fuddelhaar würde die Rolle und Bedeutung des Atos bei der Rettung der Würfelwelt niemals begreifen, sondern sein armseliges Leben weiterführen. Auf der Jagd nach Gold, Diamanten und Macht. Auf den halbherzigen Dank des Regenten konnte der Zauberer problemlos verzichten.

Pünktlich zur Mittagsstunde betrat ein gut gelaunter Bürgermeister Fuddelhaar den Rathausbalkon. Seine Perücke glänzte im hellen Sonnenlicht, wohlriechend und ohne Rotweinfleck. Er würde der jubelnden Menge nun ein gehöriges Lügenmärchen auftischen, in dem er selbst als Held die Hauptrollen spielte. Mit einer tausendfach geübten Handbewegung brachte er die begeisterten Zuhörer zum Schweigen.

»Liebe Bürger von Dangholt, liebe Gäste aus dem Umland. Ich habe die Würfelwelt gerettet und Garmander gefangen genommen ...«

»Ist mir schlecht«, brummte Wenzel und schloss das Fenster seiner Dachkammer. Auf den Rest der Rede verzichtete der Bibliothekar und las stattdessen ein gutes Buch. Plötzlich fiel ihm ein, dass es noch eine ungeklärte Frage gab. Einen Zombie zu schicken, wäre unhöflich gewesen, aber Ordnung musste sein. Im Regal mit der Nummer DCCCLXIX klaffte noch eine Lücke. Seufzend legte der Bibliothekar seine Lektüre zur Seite und verließ zum zweiten Mal binnen weniger Tage die schützenden Mauern seines Pergamentreiches durch einen Hinterausgang.

In Amalias Haus feierte eine ausgelassene Runde die Rettung der Würfelwelt. Auch die wahren Helden zogen es vor, der öffentlichen Lügerei des Bürgermeisters nicht beizuwohnen.

»Er ist und bleibt eine Ratte«, brummte Sticks und nahm einen gehörigen Zug direkt aus einem Rumfässchen. Der Umweg über einem Becher kostete nur unnötig Zeit und verfälschte den Geschmack des edlen Tropfens.

»So übel sind wir Ratten gar nicht«, grinste Knirk listig. Der Spion nagte genüsslich an einem riesigen Stück Käse. Anna und Max saßen glücklich am Küchentisch. Die Zwillinge verputzten Amalias Zauberkekse und nippten an einem magischen Kakao, der besonders süß und lecker schmeckte. Ihre Tante schien gut erholt und kümmerte sich um die Bewirtung der Gäste. Atos saß entspannt in einem bequemen Sessel und zog genüsslich an seiner Pfeife. Grinsend dachte über das magische Meisterstück nach, das Amalia, Wenzel, Sticks und er selbst vollbracht hatten. Mit einer speziell zusammengemischten Metallfarbe hatten sie nicht nur die Segel des Klabauters besprüht, sondern auch tausende gebogene Schilde. Die Zauberer hatten heimlich ein Exemplar aus der Stadtwache beschafft und den schützenden Gegenstand tausendfach kopiert. Von Sticks' schwebendem Dreimaster aus dirigierte Atos seine magische Schilderarmee. Der Seelenverkäufer diente auch als Transportmittel für die Verteidigungslinien auf das Schlachtfeld. Eine Schlacht ohne Blutvergießen.

Meister Dost sprang durch die wohlig warme Küche und nahm eine riesige Portion Schnupftabak.

»Haaaaaaaatschiiiiiiii«, brüllte der Kobold durch den Raum, dass die Kupferkessel schepperten.

»Das erinnert mich an etwas«, rief Max.

»Fang nicht schon wieder damit an«, brummte Meister Dost peinlich berührt.

»Wir möchten doch nur wissen, was auf dem Pergament stand, das auf dem Küchentisch lag«, grinste Anna. Das Mädchen blickte ihre Tante fragend an.

»Dangholt ist in großer Gefahr. Ein Schatten ist in der Stadt. Wichtige Angelegenheiten dulden keinen Aufschub. So oder so ähnlich lauteten meine Worte«, erklärte die Zauberin.

»Soweit haben wir die Nachricht erhalten«, nickte Max. »Doch dann hat Meister Dost ...«

»Pööh«, meckerte der Kobold mit vor der Brust verschränkten Armen.

»Ich bin in den Bergwerken des Zwergenreichs und kehre bald zurück«, erklärte Amalia. »So lautete der letzte Satz auf dem Pergament.« Die Zauberin verließ die Küche und kehrte kurze Zeit später schwer beladen zurück. Aufgeregt betrachteten Anna und Max mehrere mit knallbuntem Leder überzogene Schachteln in verschiedenen Größen. Atos erhielt zuerst sein Geschenk. Erfreut blickte der Zauberer auf ein Paar wunderschöne Zaubererstiefel, die in feinster Maßarbeit gefertigt waren. Sein bisheriges Lieblingspaar war im Eislabyrinth seinem Täuschungsmanöver zum Opfer gefallen und verkohlt. Als nächster bekam Meister Dost eine goldfarbene Schachtel. Als Diener Amalias hatte er nicht mit einem Präsent gerechnet. Kurze Zeit später schlug er Purzelbäume auf dem Küchentisch und hielt stolz ein nagelneues goldenes Laufrad in die Höhe. Mit einer tiefen Verbeugung vor Amalia drückte der Kobold seinen Dank aus.

»Nun zu euch beiden.« Amalia blickte Anna und Max an. »Auch ihr sollt ein Geschenk bekommen. Ihr habt Mut, Tapferkeit und Ausdauer bewiesen. Dafür gebührt euch Dank. Ich denke, ihr seid bereit und reif für euer Geschenk!«

»Bestimmt für jeden ein Paar hübsche Schuhe«, lästerte Meister Dost. »Die beiden lieben Schuhe!«

Knirk grinste. Die Zwillinge öffneten gespannt eine schwere Schachtel, in der ein uraltes, abgewetztes Buch ruhte.

»Magie für Zauberlehrlinge«, strahlte Max über beide Ohren.

Anna fiel ihrer Tante um den Hals. »Vielen Dank.«

»Atos und ich haben beschlossen, dass ihr zukünftig Unterricht in Zauberei erhalten werdet«, erklärt Amalia. »Der eine oder andere Trick ist euch ja schon, wenn auch versehentlich, gelungen. Auch das Gedankenlesen ist eine besondere Kunst.«

»Als wir am Abgrund der Schlucht hingen, konnte ich deine

Gedanken empfangen. Du hast mir Kraft gegeben«, rief Anna. »Aber danach ist mir jeder weitere Versuch missglückt.«

»Als Gefangene des schwarzen Wasserfalls konnte ich keine Gedanken aussenden«, erklärte Amalia. »Die Kraft steckte in dir selbst, du hast dir nur eingebildet, dass ich die Quelle war.«

Auch Knirk erhielt ein Geschenk. Der bescheidene Spion hatte nicht damit gerechnet, freute sich aber umso mehr über eine magische Käseglocke. »In der Bibliothek riecht es manchmal etwas streng nach meiner Speisekammer«, gab Knirk zu. »Das Geschenk wird auch Wenzel erfreuen!«

»Wo steckt eigentlich der Bibliothekar?«, fragte Amalia.

»Du weißt doch, wie ungern Wenzel …«, begann Atos, als es klopfte.

»Sprecht ihr von mir?«, fragte der Bibliothekar und betrat die gemütliche Küche. Jeder der Anwesenden wusste, welch großen Anteil Wenzel, seine Vampire und Gnomen am guten Ausgang des Abenteuers gehabt hatten.

»Du kommst wie gerufen«, strahlte Amalia und drückte dem sprachlosen Bibliothekar eine riesige weinrote Schachtel in die Hände. Erfreut stellte Wenzel fest, dass das fehlende Original des Legendenbuches unversehrt zum Vorschein kam. Direkt unterhalb des wertvollen Bandes ruhte ein Säckchen mit Goldstückchen.

»Eine Spende für die Bibliothek«, erklärte Amalia lächelnd. »Und eine Art Leihgebühr für das Buch.«

Wenzel lächelte zufrieden und nahm am Küchentisch Platz.

Plötzlich lauschte Atos angestrengt und verließ seinen bequemen Sessel, um zur Haustür zu eilen. Anna und Max hörten das Schnauben eines Pferdes, das in der Hopfengasse langsam näher zu kommen schien. An der Gartenpforte stoppte Atos einen verdutzten Boten und überreichte ihm eine magische Leuchtkugel, in der Glühwürmchen munter umherschwirrten.

»Ich denke, die Kugel gehört dir«, bemerkte Atos. »Grüße mir das Zwergenreich!«

Der namenlose Bote dankte dem Zauberer und trottete gemütlich weiter. Zurück in eine normale Welt.

Der ehrenwerte Daribert erwachte gut erholt aus seinem mehrtägigen Nickerchen. Eilig entfernten vier Vampire die tragbare Schallschluckhaube, unter der ein ruhiger, ungestörter Schlaf wie auf einer sonnenbeschienenen Sommerwiese möglich gewesen war. Der Gildenmeister der Zauberer hatte das Kunststück vollbracht, die meisten Paukenschläge, den Angriff auf Dangholt und die Rettung der Würfelwelt durch den Klang der magischen Harfe zu verpassen. Auch die Lügenrede des Bürgermeisters war ihm komplett entgangen. Interessiert sah der ehrenwerte Daribert zu, wie verschiedene Diener den großen Spiegelsaal für ein Festbankett vorbereiteten. Scheinbar gab es eine Menge zu feiern, auch wenn der Zauberer die Gründe nicht wirklich verstehen konnte.

»Wer schläft, der sündigt nicht«, lächelte Graf Krommel weise.

»Aber wer schläft, bekommt fürchterlichen Hunger«, ergänzte der ehrenwerte Daribert. Mit knurrendem Magen verließ der Gildenmeister das Dangholter Schloss, um seinen Platz an der Seite des Bürgermeisters einzunehmen. Es würde Ochsenbraten geben. Mit viel fetter Soße, Klößen, Rotkraut und Wein. Aus Sicht des Zauberers war die Würfelwelt in Ordnung. Auf der ersten Treppenstufe vor dem Stadtschloss rutschte der ehrenwerte Daribert aus und schlug der Länge nach auf das vereiste Kopfsteinpflaster.

»Wumm«, rief der Zauberer.

Die vergangenen Tage hatten sichtbare Spuren hinterlassen. Im Dauerdienst auf einem der Wachtürme oder in den Straßen der Hauptstadt hatte Unterwachtmeister Breitschuh sich einen handfesten Schnupfen eingefangen. Der Soldat der Stadtwache wirkte müde und geschwächt, war aber trotzdem glücklich. Über sein von Sturm und Kälte gegerbtes Gesicht huschte ein kurzes triumphales Lächeln, dann wurde Breitschuh wieder ernst und nahm Haltung an. Eine besondere Ehre wurde ihm zuteil. Major Bockelwitz höchstpersönlich kam in feierlicher Uniform auf den einfachen Soldaten zu. Auch Breitschuh trug seine Paradeuniform und platzte innerlich fast vor Stolz.

»Augen geradeaus«, schnarrte Bockelwitz.

Breitschuh nahm Haltung an und blickte starr geradeaus, ohne dem Major dabei direkt in die Augen zu sehen. Sein Blick fixierte einen weit entfernten Punkt an der gegenüberliegenden Wand.

Bockelwitz entrollte feierlich ein Pergament und verlas mit gekonnter Routine den Inhalt.

»Unterwachtmeister Breitschuh. Hiermit befördere ich dich aufgrund besonderer Verdienste um die Stadt Dangholt zum Unterwachtmeister *erster Klasse.*«

Ein Adjutant des Majors tauschte mit tausendfach geübter Handbewegung die Schulterklappen auf Breitschuhs Uniform aus und salutierte. Breitschuh folgte den protokollarischen Vorschriften, schlug die Hacken zusammen und grüßte den Major militärisch zurück.

»Vielen Dank, Herr Major!«

»Weiter so, mein Junge«, bemerkte der Major in einem väterlichen Ton und ließ Breitschuh zusammen mit seiner stolzgeschwellten Brust wegtreten. Der frisch beförderte Soldat verließ das Gebäude der Stadtwache und betrat den Marktplatz. Die winterliche Sonne strahlte von einem tiefblauen Himmel. Ein perfekter Tag, an dem zum vollkommenen Glück nur noch eine Kleinigkeit fehlte.

Obwohl Unterwachtmeister erster Klasse Breitschuh seinen freien Tag hatte, führte ihn sein erster Spaziergang zum westlichen Wachturm, auf dem ein einsamer Kamerad Dienst schob und gelangweilt sein Revier vor der Stadtmauer beobachtete. Unbemerkt öffnete Breitschuh die Zugangstür zum Turm und schlich auf leisen Sohlen die steinerne Wendeltreppe nach oben. Sein Kollege bemerkte ihn nicht. Breitschuh streckte seien Arm aus und riss den völlig überraschten Mann mit einem lauten »Buh«-Ruf zu Boden. Mit wutverzerrtem Gesicht sprang Lorbeer auf und stieß Breitschuh zornig vor die Brust.

»Was fällt dir ein, mich zu erschrecken?«

»Jetzt siehst du mal, wie sich das anfühlt«, grinste Breitschuh. Lorbeer schien außer sich und schubste seinen Kameraden zu

Boden. Breitschuh kam wie ein Stehaufmännchen wieder auf die Füße und nahm Lorbeer in den Schwitzkasten. Mit einer gekonnten Beinsichel senkte der Angegriffene das Standbein des Kameraden zur Seite. Beide Soldaten fielen zu Boden und vollführten einen wilden Ringkampf. Schließlich flogen die Fäuste. Lorbeer und Breitschuh prügelten sich wie die Kesselflicker.

»Das wirst du mir büßen«, keuchte Lorbeer.

»Du hast mir gar nichts mehr zu befehlen«, lachte Breitschuh. Trotz blutiger Nase war er mehr als zufrieden. Endlich hatte Lorbeer die Abreibung erhalten, die er schon lange verdiente.

»Daf ferde if melden, verlaff diff drauf!« Lorbeer hatte sich im Eifer des Gefechts auf die Zunge gebissen. Auch der Kinnhaken seine Kameraden Breitschuh hatte den Gelenken seines Unterkiefers nicht besonders gut getan.

»Was willst du denn melden?«, lachte Breitschuh und verpasse Lorbeer ein blaues Auge. »Ich bin jetzt auch Unterwachtmeister *erster Klasse*, Kamerad!«

Dann ging alles ganz schnell. Ein Leutnant, vom Lärm der Rangelei angezogen, erschien auf der Plattform des Turms.

»Achtung!«, brüllte der Offizier und trennte die Streithähne mit zwei kräftigen Tritten voneinander.

»Er hat angefangen«, rief Lorbeer.

»Nein er«, schrie Breitschuh.

»Stillgestanden und Klappe halten«, brüllte der Leutnant und musterte die beiden einfachen Soldaten. »Mir ist schnuppe, wer angefangen hat. Es gibt strenge Regeln. Einfache Regeln, die jeder Idiot kapieren müsste. Wer mit einem höheren Dienstgrad kämpft, der ist schuld. Ist genau wie bei einem Auffahrunfall mit zwei Eselskarren. Der Esel, der von hinten kommt, ist Schuld. Du bist der Esel, Breitschuh.«

Lorbeer grinste.

»Aber …«, protestierte Unterwachtmeister erster Klasse Breitschuh. »Ich habe keinen höheren Dienstgrad ange …« Der Rest des Satzes blieb ihm im Halse stecken. Entsetzt stellte er fest, dass auf der Schulter von Lorbeer das Abzeichen eines *Oberwachtmeisters* prangte. Breitschuh schluckte. »Aber, das konnte ich doch nicht wissen.«

»Augen auf, Idiot«, zischte Lorbeer. »Ich bin gestern befördert worden.«

»Festnehmen«, befahl der Leutnant barsch.

Lorbeer trat Breitschuh in die Kniekehlen und zerrte den zusammensackenden Kameraden an der Paradeuniform wieder nach oben. Mit hämischem Grinsen riss er das Rangabzeichen von Breitschuhs Schulter und übergab es dem Leutnant[1].

»Im Stadtgefängnis ist noch eine gemütliche Zelle frei«, brüllte der Leutnant. »Direkt gegenüber von einem durchgeknallten Zauberer.«

Böse lachend stieß Lorbeer seinen Kameraden die Wendeltreppe des Turms hinunter und trieb ihn gefesselt durch die Stadt zurück zur Wache.

Enttäuscht stellten die Baugötter ihre Sektgläser zurück auf das Tablett. Die Party war vorbei, bevor sie richtig begonnen hatte.

»Dann eben bis zum nächsten Versuch«, schimpfte eine Unterbauhilfsgott mit geballter Faust. Er konnte die Würfelwelt nicht ausstehen, musste aber akzeptieren, dass einige der Bewohner für den – aus ihrer Sicht – schönen Planeten gekämpft und gewonnen hatten. Zur Strafe verpasste er einer anderen gerade im Bau befindlichen Weltkugel einen gewaltigen seitlichen Tritt mit seinem Stiefel und hinterließ einen dazu passenden Abdruck auf dem Globus.

»Ich hoffe, dass diese Welt besser gelingen wird als die Würfelwelt«, brummte der Unterbauhilfsgott und ging in den verdienten Feierabend.

– Ende –

---

[1] Der Vorgang ging als die kürzeste Dienstzeit eines Unterwachtmeisters erster Klasse in die Geschichte der Hauptstadt ein. Die Zeitspanne zwischen Beförderungen und Degradierung ist bis heute sogar im gesamten Universum einzigartig.

THOMAS WIENS

Das goldene Pendel von Dangholt

Zwillinge in Gefahr
Fantasy-Roman

Die Zwillinge Anna und Max bemerken es in einer viel zu langen Nacht im schmutzigen Waisenhaus vor allen anderen Einwohnern der Hauptstadt Dangholt. Die Welt ist nicht mehr in Ordnung. Das goldene Pendel auf dem Marktplatz schwingt immer langsamer.

Kurz darauf steht die Welt still. Finstere Mächte sind am Werk.

Bald herrscht helle Aufregung. Keiner der Gelehrten kann das Problem lösen. Bürgermeister Fuddelhaar fürchtet um seine Macht und beschließt, die Götter zu besänftigen und ein Opfer bringen zu lassen. Zwillinge! Anna und Max müssen aus Dangholt fliehen und werden vom listigen Zauberer Garmander verfolgt.

Es beginnt ein Wettlauf auf dem gefährlichen Weg durch Trollgebiete, Sümpfe, das Feenland und die angorianischen Drachenwälder bis ans Ende der bekannten Welt.

Können die Zwillinge zusammen mit ihrem geheimnisvollen Lehrmeister Atos das Rätsel lösen und die Welt retten?

327 Seiten, ISBN 978-3-7448-0076-1